startup.WR

Gymnasium Bayern – G9
Wirtschaft und Recht
Band 11

Bearbeitet von

Gerhard Pfeil
Stefan Pohle
Manuela Röhrle
Tobias Tyll
Carina Vogl
Johannes Wintermeier

UpdateCodes

Aktualisierung von Grafiken,
Statistiken und Tabellen

Mit digitalen Aufgabenkästen

Erklärfilm
73000-521

C.C.BUCHNER

startup.WR Gymnasium Bayern – G9

Wirtschaft und Recht
Band 11

Bearbeitet von Gerhard Pfeil, Stefan Pohle, Manuela Röhrle, Tobias Tyll, Carina Vogl und Johannes Wintermeier

Zu diesem Lehrwerk sind erhältlich:

- Digitales Lehrermaterial click & teach Einzellizenz, WEB-Bestell-Nr. 820271
- Digitales Lehrermaterial click & teach Box (Karte mit Freischaltcode), ISBN 978-3-661-82027-9

Weitere Lizenzformen (Einzellizenz flex, Kollegiumslizenz) und Materialien unter www.ccbuchner.de.

Dieser Titel ist auch als digitale Ausgabe click & study unter www.ccbuchner.de erhältlich.

Die enthaltenen Links verweisen auf digitale Inhalte, die der Verlag bei verlagsseitigen Angeboten in eigener Verantwortung zur Verfügung stellt. Links auf Angebote Dritter wurden nach den gleichen Qualitätskriterien wie die verlagsseitigen Angebote ausgewählt und bei Erstellung des Lernmittels sorgfältig geprüft. Für spätere Änderungen der verknüpften Inhalte kann keine Verantwortung übernommen werden.

An keiner Stelle im Schülerbuch dürfen Eintragungen vorgenommen werden.

1. Auflage, 1. Druck 2023
Alle Drucke dieser Auflage sind, weil untereinander unverändert, nebeneinander benutzbar.
Dieses Werk folgt der reformierten Rechtschreibung und Zeichensetzung. Ausnahmen bilden Texte, bei denen künstlerische, philologische oder lizenzrechtliche Gründe einer Änderung entgegenstehen.

Redaktion: Svenja Gronau, Katharina Nieratschker
Layout und Satz: tiff.any GmbH & Co. KG, Berlin
Illustrationen: tiff.any GmbH & Co. KG, Berlin
Druck und Bindung: Firmengruppe Appl, aprinta Druck, Wemding

www.ccbuchner.de

ISBN 978-3-661-**82022**-4

Liebe Schülerinnen und Schüler,

in der 11. Jahrgangsstufe trägt das Fach Wirtschaft und Recht in besonderem Maße zur politischen Bildung bei. Es weitet sich Ihr Blick auf gesamtwirtschaftliche Zusammenhänge in Deutschland, Europa und der Welt. Dabei nehmen Sie häufiger die Rolle der Staatsbürgerin bzw. des Staatsbürgers ein. Gegenwärtige und zukünftige Problemstellungen sowohl unserer Wirtschafts- als auch Rechtsordnung sowie internationaler wirtschaftlicher Verflechtungen werden von Ihnen auch aus dieser Perspektive analysiert, diskutiert und beurteilt. Der Blick auf Gegenwart und Zukunft befähigt Sie, als mündige Bürgerin bzw. Bürger Ihre ökonomische Zukunft mitzugestalten.

Der verstärkte Einsatz volkswirtschaftlicher Modelle legt den Grundstein für das wissenschaftspropädeutische Arbeiten in den Jahrgangsstufen 12 und 13. Mit **startup.WR** – Wirtschaft und Recht 11 halten Sie ein Schulbuch in der Hand, das diesen Ansprüchen in geeigneter Weise gerecht wird.

Im ersten Kapitel steht, aufbauend auf die Kompetenzen, welche Sie in der 10. Jahrgangsstufe erworben haben, zunächst unsere Wirtschaftsordnung, die Soziale Marktwirtschaft, im Fokus. Diese bildet den Rahmen des ökonomischen Handelns in Deutschland. Die Anwendung volkswirtschaftlicher Modelle befähigt Sie, wirtschafts-, sozial- und umweltpolitische Regelungen und Entscheidungen im Hinblick auf wirtschaftliche Effizienz und soziale Gerechtigkeit zu beurteilen. Die kritische Analyse aktueller Statistiken, Artikel und Karikaturen trägt wesentlich zur Kompetenz der politischen Meinungsbildung bei.

Das Recht bildet neben der Wirtschaftsordnung einen weiteren Rahmen für unser Handeln als mündige Bürgerinnen und Bürger. Im zweiten Kapitel entwickeln Sie die Kompetenz, rechtliche Regelungen und Entscheidungen im Hinblick auf die Erfüllung wesentlicher Funktionen des Rechts, rechtsstaatlicher Prinzipien sowie eines gerechten Interessenausgleichs zu beurteilen. Der Eigentumsordnung, als institutionelles Element der Sozialen Marktwirtschaft, kommt dabei eine besondere Rolle zu.

Als eine der größten Volkswirtschaften der Erde sind die internationalen wirtschaftlichen Verflechtungen für Deutschland von außerordentlicher Bedeutung. Im dritten Kapitel diskutieren Sie deren aktuellen Entwicklungen aus verschiedenen Perspektiven. Insbesondere bewerten Sie dabei auch Entwicklungen im Rahmen der europäischen Integration.

Im vierten Kapitel haben Sie globale Zukunftstrends im Blick. Sie entwickeln Zukunftsszenarien sowie Gestaltungsoptionen und beurteilen diese vor dem Hintergrund der jeweiligen Voraussetzungen und Rahmenbedingungen. Dies vertieft Ihre Kompetenz, als mündige Staatsbürgerinnen bzw. Staatsbürger aktiv an der Gestaltung der ökonomischen Zukunft verantwortungsbewusst mitzuwirken.

Wir haben dieses Schulbuch abwechslungsreich und realitätsnah für Sie gestaltet. Zeitgemäße Texte, Bilder und Karikaturen sowie anschauliche Grafiken spiegeln die wirtschaftliche und rechtliche Aktualität wider. Das soll Sie motivieren und beim Kompetenzerwerb unterstützen.

Viel Spaß wünschen das Autorenteam und der Verlag

KONZEPTIONSBESCHREIBUNG

Doppelauftaktseiten

Jedes Kapitel beginnt mit einer **Doppelauftaktseite**. Material und offene Aufgaben ermöglichen Ihnen eine erste Annäherung an die Inhalte des neuen Kapitels. Dabei können Sie auch zeigen, was Sie bereits über das neue Thema wissen.

Konsum im Alltag

Die Wirtschaftsordnung als Handlungsrahmen

1

In der Mittagspause eine Pizza holen, Schuhe im Onlineshop einkaufen oder das gebrauchte Smartphone über ein Kleinanzeigen-Portal verkaufen: Täglich treten wir als Nachfrager und Anbieter auf unterschiedlichen Märkten in Aktion. Dabei wirken alle Anbieter und Nachfrager mit ihren Entscheidungen aktiv auf die Preisentwicklung der unterschiedlichen Produkte ein. In Deutschland greift auch der Staat zum Teil direkt in das Marktgeschehen ein und wirkt indirekt durch gesetzliche Regelungen auf die Preisbildung am Markt ein. Im Rahmen der eigenen politischen Meinungsbildung ist es daher wichtig, Intentionen staatlichen Handelns und dessen Rahmenbedingungen sowie die möglichen Auswirkungen auf das eigene und das gesellschaftliche Leben einschätzen zu können.

Kompetenzen

Das können Sie nach diesem Kapitel:

... die Funktionen von Preisen auf Märkten an konkreten Beispielen aufzeigen und dabei auf Ihre Kompetenzen zum Marktmodell zurückgreifen.
... die Auswirkungen staatlicher Eingriffe in den Markt analysieren und dabei die Vorzüge dezentraler gegenüber zentral gelenkter Ordnungssysteme erkennen.
... die Notwendigkeit staatlicher Eingriffe vor dem Hintergrund von Grenzen und Risiken der Lenkung durch den Markt beurteilen.
... wirtschafts-, sozial- und umweltpolitische Regelungen und Entscheidungen im Hinblick auf wirtschaftliche Effizienz und soziale Gerechtigkeit beurteilen.
... gesamtwirtschaftliche Zusammenhänge mithilfe des Kreislaufmodells aufzeigen und dabei Ursache-Wirkungszusammenhänge unter Verwendung der Fachsprache formulieren.
... Statistiken auswerten und deren Aussagekraft beurteilen.
... journalistische Texte zu wirtschafts-, sozial- und umweltpolitischen Themen analysieren und zu den Inhalten im Rahmen der politischen Meinungsbildung Stellung beziehen.
... Karikaturen interpretieren und zu deren Aussagen Stellung beziehen.

Ihre Meinung ist gefragt!

1. Führen Sie in der Klasse eine Abstimmung durch: Wie frei fühlen Sie sich in Deutschland (1 sehr frei bis 4 überhaupt nicht frei)? Begründen Sie Ihre Auswahl.
2. Sammeln Sie Beispiele, wo Ihr Konsum eingeschränkt wird. Finden Sie mögliche Gründe für diese Einschränkungen.
3. Erläutern Sie, wie der Staat Familien unterstützt. Diskutieren Sie in der Klasse, ob Sie der Staat genug unterstützt.

8 9

Der kleine **Einführungstext** bietet einen ersten Überblick über den neuen Themenbereich.

Die **Kompetenzen** zeigen Ihnen, was Sie nach der Bearbeitung des Kapitels können sollten.

Basisseiten

Der Einleitungstext beschreibt die Kompetenz, die Sie durch die Bearbeitung der Doppelseite erwerben sollen. Anhand realistischer Fallbeispiele werden Sie an wirtschaftliche und rechtliche Themen herangeführt. Die Fallbeispiele ermöglichen Ihnen, das Gelernte mit Ihren eigenen Erfahrungen zu verknüpfen.

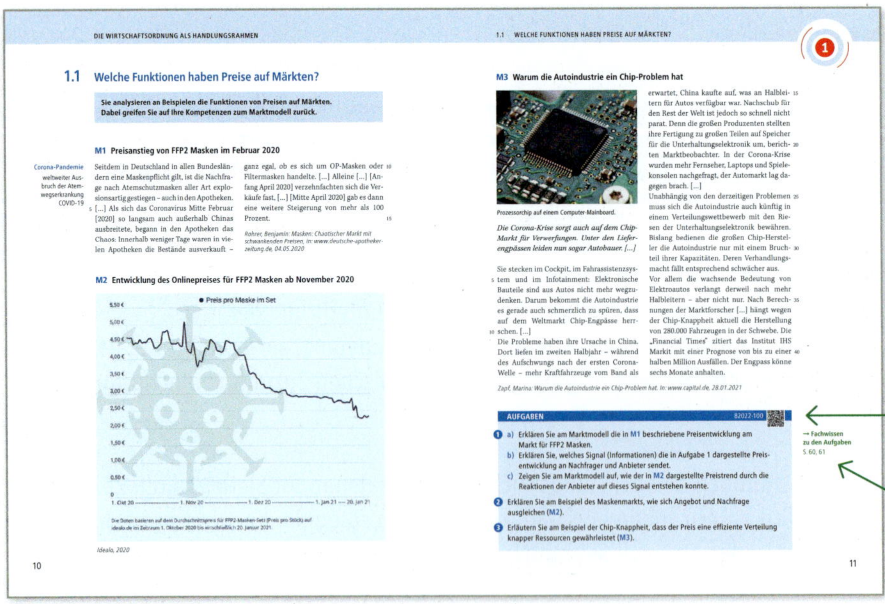
DIE WIRTSCHAFTSORDNUNG ALS HANDLUNGSRAHMEN

1.1 Welche Funktionen haben Preise auf Märkten?

Sie analysieren an Beispielen die Funktionen von Preisen auf Märkten. Dabei greifen Sie auf Ihre Kompetenzen zum Marktmodell zurück.

M1 Preisanstieg von FFP2 Masken im Februar 2020

Corona-Pandemie weltweiter Ausbruch der Atemwegserkrankung COVID-19

Seitdem in Deutschland in allen Bundesländern eine Maskenpflicht gilt, ist die Nachfrage nach Atemschutzmasken aller Art explosionsartig gestiegen – auch in den Apotheken. [...] Als sich das Coronavirus Mitte Februar [2020] so langsam auch außerhalb Chinas ausbreitete, begann in den Apotheken das Chaos: Innerhalb weniger Tage waren in vielen Apotheken die Bestände ausverkauft – ganz egal, ob es sich um OP-Masken oder Filtermasken handelte. [...] Alleine [...] [Anfang April 2020] verzehnfachten sich die Verkäufe fast, [...] [Mitte April 2020] gab es dann eine weitere Steigerung von mehr als 100 Prozent.

Rohrer, Benjamin: Masken: Chaotischer Markt mit schwankenden Preisen, in: www.deutsche-apotheker-zeitung.de, 04.05.2020

M2 Entwicklung des Onlinepreises für FFP2 Masken ab November 2020

Die Daten basieren auf dem Durchschnittspreis für FFP2-Masken-Sets (Preis pro Stück) auf idealo.de im Zeitraum 1. Oktober 2020 bis einschließlich 20. Januar 2021

Idealo, 2020

1.1 WELCHE FUNKTIONEN HABEN PREISE AUF MÄRKTEN?

M3 Warum die Autoindustrie ein Chip-Problem hat

Prozessorchip auf einem Computer-Mainboard.

Die Corona-Krise sorgt auch auf dem Chip-Markt für Verwerfungen. Unter den Liefer-engpässen leiden nun sogar Autobauer. [...]

Sie stecken im Cockpit, im Fahrassistenzsystem und im Infotainment: Elektronische Bauteile sind aus Autos nicht mehr wegzudenken. Darum bekommt die Autoindustrie es gerade auch schmerzlich zu spüren, dass auf dem Weltmarkt Chip-Engpässe herrschen. [...]
Die Probleme haben ihre Ursache in China. Dort liefen im zweiten Halbjahr – während des Aufschwungs nach der ersten Corona-Welle – mehr Kraftfahrzeuge vom Band als erwartet. China kaufte auf, was an Halbleitern für Autos verfügbar war. Nachschub für den Rest der Welt ist jedoch so schnell nicht parat. Denn die großen Produzenten stellten ihre Fertigung zu großen Teilen auf Speicher für die Unterhaltungselektronik um, berichten Marktbeobachter. In der Corona-Krise wurden mehr Fernseher, Laptops und Spielekonsolen nachgefragt, der Automarkt lag dagegen brach. [...]
Unabhängig von den derzeitigen Problemen muss sich die Autoindustrie auch künftig in einem Verteilungswettbewerb mit den Riesen der Unterhaltungselektronik bewähren. Bislang bedienen die großen Chip-Hersteller die Autoindustrie nur mit einem Bruchteil ihrer Kapazitäten. Deren Verhandlungsmacht fällt entsprechend schwächer aus.
Vor allem die wachsende Bedeutung von Elektroautos verlangt derweil nach mehr Halbleitern – aber nicht nur. Nach Berechnungen der Marktforscher [...] hängt wegen der Chip-Knappheit aktuell die Herstellung von 280.000 Fahrzeugen in der Schwebe. Die „Financial Times" zitiert das Institut IHS Markit mit einer Prognose von bis zu einer halben Million Ausfällen. Der Engpass könne sechs Monate anhalten.

Zapf, Marina: Warum die Autoindustrie ein Chip-Problem hat. In: www.capital.de, 28.01.2021

AUFGABEN 82022-100

1. a) Erklären Sie am Marktmodell die in M1 beschriebene Preisentwicklung am Markt für FFP2 Masken.
   b) Erklären Sie, welches Signal (Informationen) die in Aufgabe 1 dargestellte Preisentwicklung an Nachfrager und Anbieter sendet.
   c) Zeigen Sie am Marktmodell auf, wie der in M2 dargestellte Preistrend durch die Reaktionen der Anbieter auf dieses Signal entstehen konnte.
2. Erklären Sie am Beispiel des Maskenmarkts, wie sich Angebot und Nachfrage ausgleichen (M2).
3. Erläutern Sie am Beispiel der Chip-Knappheit, dass der Preis eine effiziente Verteilung knapper Ressourcen gewährleistet (M3).

→ Fachwissen zu den Aufgaben S. 60, 61

10 11

Lernaufgaben ermöglichen es Ihnen, die jeweiligen Kompetenzen anhand des realitätsnahen Materials, ggf. zusammen mit weiteren Erklärungen im **Fachwissen**, zu erwerben und die Eingangsfrage zu beantworten.

Methode

Ins Kapitel eingebunden sind speziell hervorgehobene Sonderseiten, mit denen Sie sich methodisches Rüstzeug aneignen.

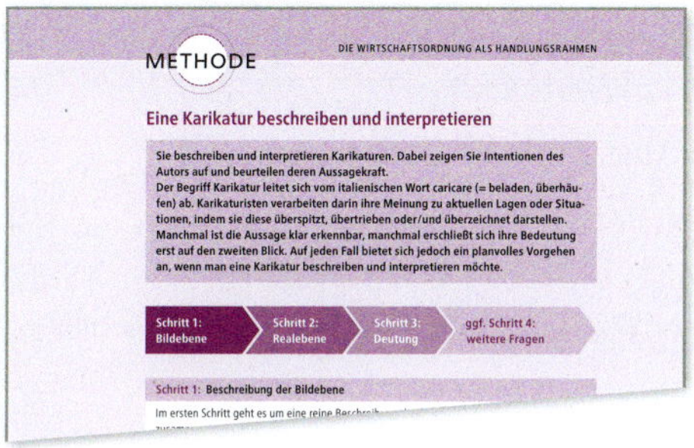

Fachwissen

Das Fachwissen des gesamten Lernbereichs wird am Ende des Kapitels übersichtlich zusammengefasst und ergänzt. Hier können Sie ggf. die zur Bearbeitung von Aufgaben notwendigen Zusatzinformationen nachlesen, und die Seiten zur Vor- oder Nachbereitung eines Themas nutzen.

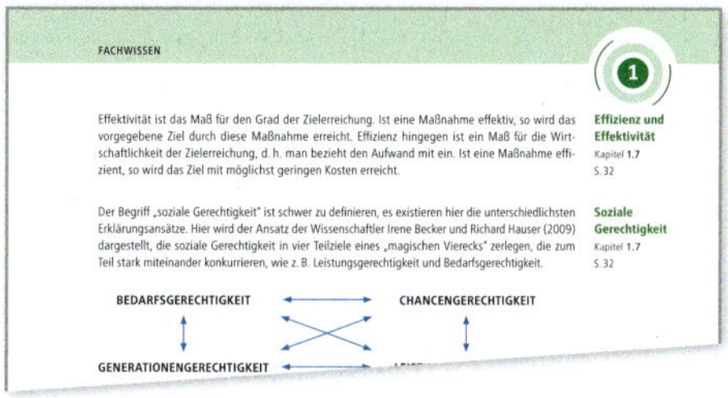

Kompetenzcheck

Der Kompetenzcheck bildet den Abschluss des Kapitels. Hier können Sie zeigen, dass Sie die erworbenen Kompetenzen in konkreten Situationen sinnvoll anwenden können.

Anhang

Alle Gesetzestexte, die Sie zur Arbeit mit diesem Buch brauchen, sind ab S. 180 abgedruckt. Sie finden dort auch die Erläuterungen zu den **Operatoren**, die den Erwartungshorizont der Aufgaben klar eingrenzen.

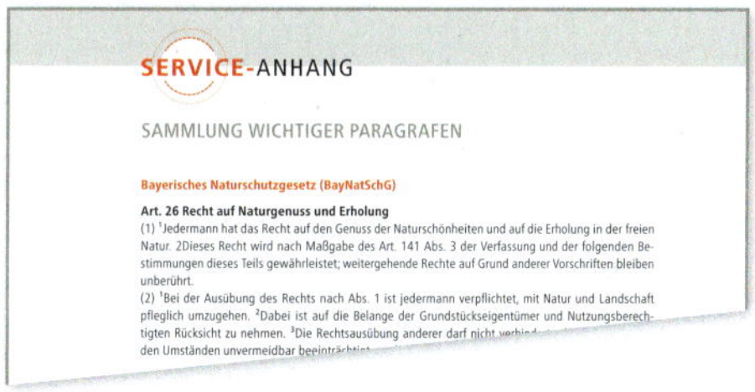

UpdateCodes

Zahlreiche Grafiken, Tabellen und Diagramme mit dem Icon werden regelmäßig aktualisiert und stehen mithilfe eines QR- und Mediencodes neben der jeweiligen Grafiküberschrift kostenfrei zum Download zur Verfügung. Die Grafiken sind wie folgt konzipiert:

- Unter der Grafiküberschrift findet sich der jeweilige Stand der Grafik-Aktualisierung, z. B. „Stand: 2023". Dieser Stand zeigt immer die letzte Datenüberprüfung an.
- Die Quellenangabe unter der Grafik informiert über den jeweiligen Datenerhebungszeitpunkt.
- Weitere Informationen zu den UpdateCodes finden sich im nebenstehenden QR- und Mediencode.

73000-519

Lesebeispiel zur Grafik: Die Daten von **M1** stammen von DESTATIS. Die letzte Datenüberprüfung, ob es neuere Daten gibt, fand im Jahr 2023 statt.

M1 Wie teilen sich die Steuereinnahmen auf?

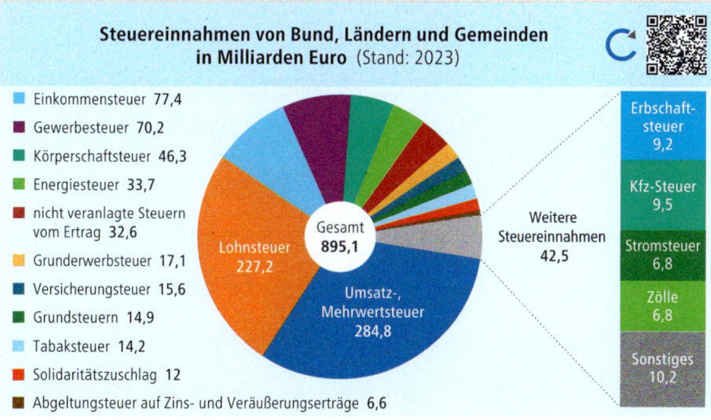

© C.C.Buchner Verlag, aktuelle Daten nach: DESTATIS (Datenerhebung: 2022; Grafikerstellung: 2023)

INHALTSVERZEICHNIS

1 Die Wirtschaftsordnung als Handlungsrahmen 9

1.1 Welche Funktionen haben Preise auf Märkten? 10

Methode: Eine Karikatur beschreiben und interpretieren **12**

1.2 Welche Folgen können staatliche Eingriffe in die Preisbildung haben? 14

1.3 Wo versagt die Lenkung des Marktes? 16

1.4 Soll der Staat bei Marktversagen eingreifen? 20

1.5 Welche Rolle kommt dem Staat in der Sozialen Marktwirtschaft zu? 24

Methode: Statistiken auswerten und deren Aussagekraft beurteilen **27**

1.6 Wie werden Maßnahmen in der Sozialen Marktwirtschaft finanziert? 29

1.7 Wie effizient und gerecht ist unser Steuersystem? 32

1.8 Wie effizient und gerecht ist unser System der sozialen Sicherung? 36

1.9 Wie effizient und gerecht ist unser Rentensystem? 40

1.10 Wie effizient und gerecht ist die Klimapolitik in Deutschland? 42

Methode: Analyse wirtschaftswissenschaftlicher journalistischer Texte **46**

1.11 Analyse journalistischer Fachtexte – Thema Krankenkasse 48

1.12 Analyse journalistischer Fachtexte – Thema Klimapolitik 50

1.13 Wie reagiert der Staat auf Strukturwandel? 52

1.14 Wie stellt man gesamtwirtschaftliche Zusammenhänge aus der Realität in einem Modell dar? 54

Methode: Ursache-Wirkungszusammenhänge mithilfe des Kreislaufmodells formulieren **56**

1.15 Wie zeigt man gesamtwirtschaftliche Zusammenhänge mithilfe des Kreislaufmodells auf? 58

Fachwissen **60**

Kompetenzcheck **74**

2 Recht als Handlungsrahmen 77

2.1 Was unterscheidet das Recht von anderen Bereichen der sozialen Ordnung? 78

2.2 Was ist gerecht? 80

2.3 Ist das Recht immer gerecht? 82

2.4 Was macht einen Staat zum Rechtsstaat? 84

2.5 Warum bedarf das Recht einer ständigen Fortentwicklung? 86

2.6 Welche Funktionen übernimmt das Recht in einer Gesellschaft? 88

2.7 In welche Bereiche gliedert sich das deutsche Recht? 90

2.8 Was bedeutet es, Eigentum an etwas zu haben? 92

2.9 Warum ist Privateigentum für eine marktwirtschaftliche Ordnung nötig? 96

2.10 Warum muss sich auch das Eigentumsrecht weiterentwickeln? 98

Fachwissen **102**

Kompetenzcheck **110**

3 Internationale wirtschaftliche Verflechtung 113

3.1 Warum produziert ein Land nicht alle Güter selbst? 114
3.2 Welche Bedeutung hat Freihandel speziell für Deutschland? 118
3.3 Welche Folgen haben Maßnahmen zur Begrenzung des Freihandels? 122
3.4 Anwendung: Karikaturen interpretieren und journalistische Texte analysieren 126
3.5 Welche Folgen haben Wechselkursschwankungen? 130
3.6 Welche Vor- und Nachteile hat die gemeinsame Währung im Euroraum? 132
3.7 Welche Freiheiten bietet der EU-Binnenmarkt? 136
Methode: Wie führt man ein Experteninterview und wertet es aus? **140**
3.8 Wie entwickelt sich die Europäische Wirtschafts- und Währungsunion? 142
Fachwissen **144**
Kompetenzcheck **156**

4 Globale Zukunftstrends 159

4.1 Welche globalen Trends werden das Leben in Zukunft beeinflussen? 160
Methode: Die Szenariotechnik **162**
4.2 Wie würden sich unterschiedliche Szenarien auf die Zukunft auswirken? 164
4.3 Was muss für eine verantwortungsvolle Gestaltung der Zukunft getan werden? 172
Fachwissen **174**
Kompetenzcheck **178**

Service-Anhang 180

Sammlung wichtiger Paragrafen 180
Operatoren 188
Glossar 190
Register 198
Bildnachweis 200

Über QR-Codes können Sie in verschiedenen Kapiteln Zusatzmaterialien direkt über das Smartphone ansteuern. Diese können außerdem über die Eingabe der Mediencodes im Suchfeld auf www.ccbuchner.de aufgerufen werden.

Hinweis: Texte und Materialien ohne Quellenangaben sind von den Autoren verfasst. Aufgrund der besseren Lesbarkeit wird im Folgenden darauf verzichtet, immer beide Geschlechter anzusprechen („Schülerinnen und Schüler"), auch wenn selbstverständlich beide gemeint sind.

82022-01

Konsum im Alltag

Ihre Meinung ist gefragt!

1. Führen Sie in der Klasse eine Abstimmung durch: Wie frei fühlen Sie sich in Deutschland (1 sehr frei bis 4 überhaupt nicht frei)? Begründen Sie Ihre Auswahl.
2. Sammeln Sie Beispiele, wo Ihr Konsum eingeschränkt wird. Finden Sie mögliche Gründe für diese Einschränkungen.
3. Erläutern Sie, wie der Staat Familien unterstützt. Diskutieren Sie in der Klasse, ob Sie der Staat genug unterstützt.

Die Wirtschafts-ordnung als Handlungsrahmen

1

In der Mittagspause eine Pizza holen, Schuhe im Onlineshop einkaufen oder das gebrauchte Smartphone über ein Kleinanzeigen-Portal verkaufen: Täglich treten wir als Nachfrager und Anbieter auf unterschiedlichen Märkten in Aktion. Dabei wirken alle Anbieter und Nachfrager mit ihren Entscheidungen aktiv auf die Preisentwicklung der unterschiedlichen Produkte ein. In Deutschland greift auch der Staat zum Teil direkt in das Marktgeschehen ein und wirkt indirekt durch gesetzliche Regelungen auf die Preisbildung am Markt ein. Im Rahmen der eigenen politischen Meinungsbildung ist es daher wichtig, Intentionen staatlichen Handelns und dessen Rahmenbedingungen sowie die möglichen Auswirkungen auf das eigene und das gesellschaftliche Leben einschätzen zu können.

Kompetenzen

Das können Sie nach diesem Kapitel:

... die Funktionen von Preisen auf Märkten an konkreten Beispielen aufzeigen und dabei die Vorzüge dezentraler gegenüber zentral gelenkter Ordnungssysteme erkennen.

... die Notwendigkeit staatlicher Eingriffe vor dem Hintergrund von Grenzen und Risiken der Lenkung durch den Markt beurteilen.

... wirtschafts-, sozial- und umweltpolitische Regelungen und Entscheidungen im Hinblick auf wirtschaftliche Effizienz und soziale Gerechtigkeit vor dem Hintergrund grundlegender Merkmale der Sozialen Marktwirtschaft beurteilen.

... gesamtwirtschaftliche Zusammenhänge mithilfe des Kreislaufmodells aufzeigen und dabei Ursache-Wirkungszusammenhänge unter Verwendung der Fachsprache formulieren.

... Statistiken zu wirtschafts-, sozial- und umweltpolitischen Themen auswerten und deren Aussagekraft beurteilen.

... journalistische Texte zu wirtschafts-, sozial- und umweltpolitischen Themen analysieren und zu den Inhalten im Rahmen der politischen Meinungsbildung Stellung beziehen.

... Karikaturen zu wirtschafts-, sozial- und umweltpolitischen Themen interpretieren und zu deren Aussagen im Rahmen der politischen Meinungsbildung Stellung beziehen.

1.1 Welche Funktionen haben Preise auf Märkten?

Sie analysieren an Beispielen die Funktionen von Preisen auf Märkten. Dabei greifen Sie auf Ihre Kompetenzen zum Marktmodell zurück.

M1 Preisanstieg von FFP2 Masken im Februar 2020

Corona-Pandemie weltweiter Ausbruch der Atemwegserkrankung COVID-19

Seitdem in Deutschland in allen Bundesländern eine Maskenpflicht gilt, ist die Nachfrage nach Atemschutzmasken aller Art explosionsartig gestiegen – auch in den Apotheken. [...] Als sich das Coronavirus Mitte Februar [2020] so langsam auch außerhalb Chinas ausbreitete, begann in den Apotheken das Chaos: Innerhalb weniger Tage waren in vielen Apotheken die Bestände ausverkauft – ganz egal, ob es sich um OP-Masken oder Filtermasken handelte. [...] Alleine [...] [Anfang April 2020] verzehnfachten sich die Verkäufe fast, [...] [Mitte April 2020] gab es dann eine weitere Steigerung von mehr als 100 Prozent.

Rohrer, Benjamin: Masken: Chaotischer Markt mit schwankenden Preisen, in: www.deutsche-apotheker-zeitung.de, 04.05.2020

M2 Entwicklung des Onlinepreises für FFP2 Masken ab November 2020

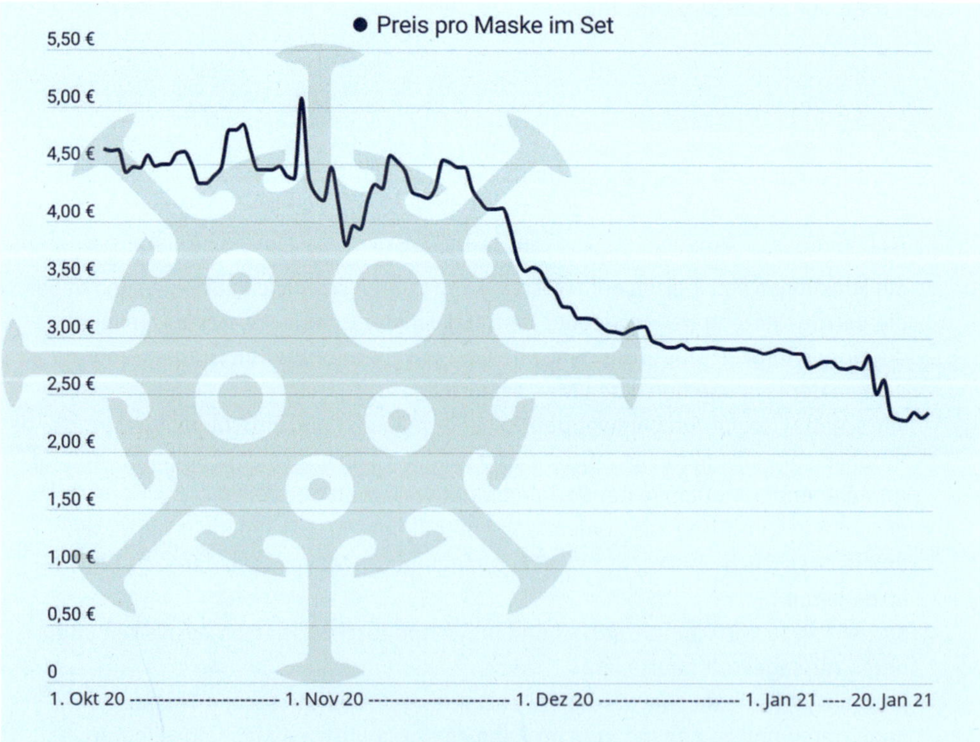

Die Daten basieren auf dem Durchschnittspreis für FFP2-Masken-Sets (Preis pro Stück) auf idealo.de im Zeitraum 1. Oktober 2020 bis einschließlich 20. Januar 2021.

Idealo, 2020

M3 Warum die Autoindustrie ein Chip-Problem hat

Prozessorchip auf einem Computer-Mainboard.

Die Corona-Krise sorgt auch auf dem Chip-Markt für Verwerfungen. Unter den Lieferengpässen leiden nun sogar Autobauer. [...]

Sie stecken im Cockpit, im Fahrassistenzsystem und im Infotainment: Elektronische Bauteile sind aus Autos nicht mehr wegzudenken. Darum bekommt die Autoindustrie es gerade auch schmerzlich zu spüren, dass auf dem Weltmarkt Chip-Engpässe herrschen. [...]
Die Probleme haben ihre Ursache in China. Dort liefen im zweiten Halbjahr – während des Aufschwungs nach der ersten Corona-Welle – mehr Kraftfahrzeuge vom Band als erwartet, China kaufte auf, was an Halbleitern für Autos verfügbar war. Nachschub für den Rest der Welt ist jedoch so schnell nicht parat. Denn die großen Produzenten stellten ihre Fertigung zu großen Teilen auf Speicher für die Unterhaltungselektronik um, berichten Marktbeobachter. In der Corona-Krise wurden mehr Fernseher, Laptops und Spielekonsolen nachgefragt, der Automarkt lag dagegen brach. [...]
Unabhängig von den derzeitigen Problemen muss sich die Autoindustrie auch künftig in einem Verteilungswettbewerb mit den Riesen der Unterhaltungselektronik bewähren. Bislang bedienen die großen Chip-Hersteller die Autoindustrie nur mit einem Bruchteil ihrer Kapazitäten. Deren Verhandlungsmacht fällt entsprechend schwächer aus.
Vor allem die wachsende Bedeutung von Elektroautos verlangt derweil nach mehr Halbleitern – aber nicht nur. Nach Berechnungen der Marktforscher [...] hängt wegen der Chip-Knappheit aktuell die Herstellung von 280.000 Fahrzeugen in der Schwebe. Die „Financial Times" zitiert das Institut IHS Markit mit einer Prognose von bis zu einer halben Million Ausfällen. Der Engpass könne sechs Monate anhalten.

Zapf, Marina: Warum die Autoindustrie ein Chip-Problem hat. In: www.capital.de, 28.01.2021

AUFGABEN

82022-100

1 a) Erklären Sie am Marktmodell die in **M1** beschriebene Preisentwicklung am Markt für FFP2 Masken.
b) Erklären Sie, welches Signal (Informationen) die in Aufgabe 1 dargestellte Preisentwicklung an Nachfrager und Anbieter sendet.
c) Zeigen Sie am Marktmodell auf, wie der in **M2** dargestellte Preistrend durch die Reaktionen der Anbieter auf dieses Signal entstehen konnte.

2 Erklären Sie am Beispiel des Maskenmarkts, wie sich Angebot und Nachfrage ausgleichen (**M2**).

3 Erläutern Sie am Beispiel der Chip-Knappheit, dass der Preis eine effiziente Verteilung knapper Ressourcen gewährleistet (**M3**).

→ Fachwissen zu den Aufgaben S. 60, 61

Eine Karikatur beschreiben und interpretieren

Sie beschreiben und interpretieren Karikaturen. Dabei zeigen Sie Intentionen des Autors auf und beurteilen deren Aussagekraft.
Der Begriff Karikatur leitet sich vom italienischen Wort caricare (= beladen, überhäufen) ab. Karikaturisten verarbeiten darin ihre Meinung zu aktuellen Lagen oder Situationen, indem sie diese überspitzt, übertrieben oder/und überzeichnet darstellen. Manchmal ist die Aussage klar erkennbar, manchmal erschließt sich ihre Bedeutung erst auf den zweiten Blick. Auf jeden Fall bietet sich jedoch ein planvolles Vorgehen an, wenn man eine Karikatur beschreiben und interpretieren möchte.

Schritt 1: Bildebene → **Schritt 2: Realebene** → **Schritt 3: Deutung** → **ggf. Schritt 4: weitere Fragen**

Schritt 1: Beschreibung der Bildebene

Im ersten Schritt geht es um eine reine Beschreibung des Bildes. Sie fassen lediglich zusammen, was im Bild tatsächlich zu sehen ist:

- Wer oder/und was ist in der Karikatur dargestellt?
- Wie sind Gesichtsausdruck und Körperhaltung der Personen?
- Gibt es auffällige oder übertriebene Merkmale (z. B. übertriebene Größe einer Person oder einer Sache)?
- Was sagen die Personen bzw. gibt es Textelemente in der Karikatur?

Schritt 2: Analyse der Realebene

Im zweiten Schritt wird versucht, der dargestellten Situation bzw. den dargestellten Elementen Ereignisse und Vorkommnisse aus der Realität zuzuordnen. Sie müssen den Personen und Dingen, die Sie in Schritt 1 beschrieben haben, jeweils ein Element der realen Welt zuordnen:

- Für welche realen Personen, Gegenstände, Zusammenhänge, Sachen stehen die verwendeten Symbole?
- Auf welche reale Situation deuten die dargestellten Elemente hin?

Schritt 3: Deutung der Karikatur

Im dritten Schritt geht es um die Deutung. Sie müssen aus den vorher beschriebenen Zusammenhängen herausfinden, worauf der Autor oder die Autorin mit der Karikatur „hinauswill", also was die Grundaussage der Karikatur ist:

- Was möchte der Autor oder die Autorin mit dieser Karikatur zum Ausdruck bringen?
- Arbeitet er oder sie mit Ironie?
- Welche Zusammenhänge will er oder sie darstellen?

Ggf. Schritt 4: **Besonderheiten bei der Fragestellung, eigene Stellungnahme**

Häufig steht die Aufgabe „Beschreiben und interpretieren Sie die Karikatur" nicht allein. Oftmals sollen Sie noch selbst zur Karikatur Stellung nehmen oder die Meinung des Karikaturisten oder der Karukaturistin kritisch hinterfragen:

- Soll zur Meinung des Autors oder der Autorin Stellung bezogen werden?
- Soll sich kritisch zur Grundaussage der Karikatur geäußert werden?
- Gibt es weitere Fragezusätze?

Vielleicht hilft Ihnen auch eine Tabelle, um Ihre Gedanken zu sortieren:

Bildebene		Realebene		Deutung
Objekt 1		Zuordnung 1		
Objekt 2	1	Zuordnung 2	2	— 3 → Deutung der Karikatur
…		…		

„Sie sind gekommen, um zu bleiben."

Karikatur: Paolo Calleri, 2021

AUFGABEN

82022-101

1. Beschreiben und interpretieren Sie die Karikatur und nehmen Sie Stellung zu der Aussage des Autors.
2. Diskutieren Sie in der Klasse: Ist eine Karikaturinterpretation immer eindeutig?
3. Beurteilen Sie die Bedeutsamkeit von Karikaturen als Medium zur Informationsbeschaffung und Meinungsbildung für aktuelle Themen.

1.2 Welche Folgen können staatliche Eingriffe in die Preisbildung haben?

Sie analysieren die Notwendigkeit staatlicher Eingriffe vor dem Hintergrund von Grenzen und Risiken der Lenkung durch den Markt.

M1 Gegen überteuerten Wohnraum – die Mietpreisbremse

Hohe Mieten sind besonders in Großstädten ein Problem: Seit Jahren wird Wohnraum immer teurer. Um dem entgegenzuwirken, trat im Juni 2015 das Mietrechtsnovellierungsgesetz in Kraft – auch Mietpreisbremse genannt. 2020 wurden die Regelungen weiter angepasst. Sie gilt in Gebieten mit angespanntem Wohnungsmarkt. Bei Neuvermietungen müssen sich Vermieter bei der Anpassung der Miete an bestimmte Regeln halten. [...]
Maximal 10 Prozent mehr als die ortsübliche Vergleichsmiete: Das ist die Grenze, bis zu der die Miete bei einer Neuvermietung maximal angehoben werden darf – Mietpreisbremse sei Dank. Beispiel gefällig? Angenommen, die Wohnung wurde bisher für 6,50 Euro pro Quadratmeter angeboten und die ortsübliche Vergleichsmiete liegt bei 7 Euro pro Quadratmeter. Egal wie schön die Wohnung auch ist: Der Vermieter darf durch die Mietpreisbremse bei einer Neuvermietung lediglich bis zu 7,70 Euro pro Quadratmeter verlangen – mehr ist nicht drin.

© Deutsche Post: Mietpreisbremse bei Neuvermietung: Das ist wichtig. In: www.umziehen.de, 08.07.2021

M2 Mindestlohn hatte nur geringe Auswirkungen auf die Wettbewerbsbedingungen

Schon im Juli [...] [2022] stieg der Mindestlohn auf 10,45 Euro brutto je Stunde. Im Oktober [...] [wurde] dann die Lohnuntergrenze auf 12 Euro angehoben. Eine Studie des ZEW Mannheim im Auftrag der Mindestlohnkommission zeigt nun, dass die Mindestlohn-Einführung 2015 sowie die erste Erhöhung im Januar 2017 kaum Marktaustritte von Unternehmen verursacht hat. [...] Ein Anstieg der Arbeitslosigkeit konnte [...] nicht beobachtet werden. Solange die Arbeitsnachfrage hoch ist, finden die betroffenen Arbeitnehmer/innen bei anderen Unternehmen eine Folgebeschäftigung [.] [...]
Die Studie bestätigt aber nicht nur, dass der Mindestlohn kaum Auswirkungen auf Marktaustritte hatte. Auch hat sich gezeigt, dass in Branchen, die besonders von der Einführung des Mindestlohns betroffen waren (etwa die Spiel-, Wett- und Lotteriewesen, die Werbebranche oder das Verlagswesen) die Arbeitsproduktivität – also der Umsatz im Verhältnis zu den eingesetzten Arbeitskräften – angestiegen ist. Die Studie gibt mehrere Erklärungsansätze: „Zum einen kann das damit zusammenhängen, dass Unternehmen verstärkt in Kapital, also Maschinen oder Technologien, investieren und somit ihre Arbeitskräfte produktiver einsetzen; andererseits ist denkbar, dass Unternehmen statt auf geringfügige mehr auf sozialversicherungspflichtige Beschäftigungsverhältnisse setzen und auch somit die Produktivität der Arbeitnehmer/innen steigt", sagt [Moritz] Lubczyk [, Wissenschaftler im ZEW-Forschungsbereich]. Ein weiterer Grund: „Wenn vor allem weniger produktive Unternehmen aus dem Markt austreten, dann steigt die durchschnittliche Produktivität der gesamten Branche."

Leibniz-Zentrum für Europäische Wirtschaftsforschung: Mindestlohn hatte nur geringe Auswirkungen auf die Wettbewerbsbedingungen, in: www.zew.de, 05.08.2022

M3 Zentralverwaltungs- und Mangelwirtschaft in der DDR

Schlange vor einem Erfurter Obstladen 1985

Die Wirtschaftsordnung der DDR orientiert sich an der idealtypischen Vorstellung einer Zentralverwaltungswirtschaft und wird deshalb hier als Beispiel verwendet.

Die Wirtschaft in der DDR wurde von der Zentralverwaltung gelenkt. Für die verstaatlichte Industrie und Landwirtschaft wurden genaue Pläne erstellt, was und wie viel produziert werden musste. Auch die Preise und Löhne wurden festgelegt. Am Ende führte dies zu langen Schlangen vor den Läden. Die Bedürfnisse der Bürger nach Produkten des täglichen Bedarfs konnten nicht mehr befriedigt werden. Es stellte sich ein Mangel in beinahe allen Bereichen des privaten Konsums ein.

Bearbeiter

Übersicht über die Zentralverwaltungswirtschaft

82022-16

AUFGABEN 82022-102

1. Stellen Sie die Auswirkungen der Einführung eines Miethöchstpreises (unter dem Gleichgewichtspreis) am Marktmodell dar (**M1**) und leiten Sie mögliche Folgen für Mieter und Vermieter ab.
2. Erklären Sie mithilfe des Marktmodells, wie durch einen Mindestlohn Arbeitslosigkeit entstehen könnte und sammeln Sie Gründe, warum dieser Effekt in der Realität nicht eingetreten ist (**M2**).
3. Stellen Sie die Auswirkungen der staatlichen Maßnahmen (**M1** und **M2**) auf die Funktionen des Preises dar.
4. Begründen Sie vor dem Hintergrund der Preisfunktionen, dass staatlich festgelegte Preise, wie in der Zentralverwaltungswirtschaft, zu Mängeln in der Güterversorgung führen können (**M3**).

→ Fachwissen zu den Aufgaben S. 62–64

1.3 Wo versagt die Lenkung des Marktes?

Sie vollziehen die Grenzen und Risiken der Lenkung durch den Markt nach.

M1 Wahre Kosten für Lebensmittel

Wahre Kosten
Versteckte Zusatzkosten:
+ 3.54 €
10.53 €
1 kg = 21.06 €

Wahre Kosten
Versteckte Zusatzkosten:
+ 4.76 €
10.45 €
1 kg = 23.22 €

Wahre Kosten
Versteckte Zusatzkosten:
+ 1.22 €
3.11 €
1 kg = 15.55 €

Wahre Kosten enthalten neben dem Preis auch soziale und umweltbezogene Folgekosten der Herstellung des Produkts.

M2 Versteckte Kosten der Landwirtschaft

MILCHERZEUGUNG

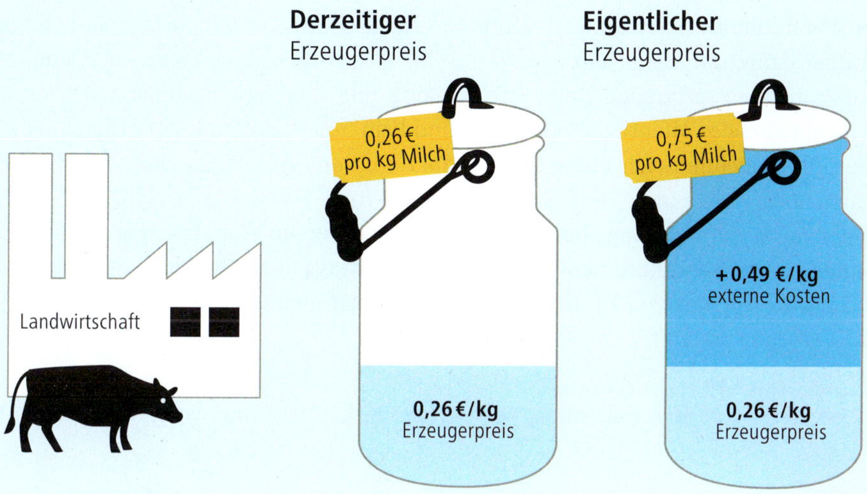

- Erzeugerpreis
- externe Kosten (Stickstoff, Treibhausgase und Energieerzeugung)

Externe Kosten eingerechnet müsste der Verbraucherpreis um **188 %** auf **0,75 €/kg** steigen.

+188 % Preisaufschlag

MILCHPRODUKTE KÜHLREGAL

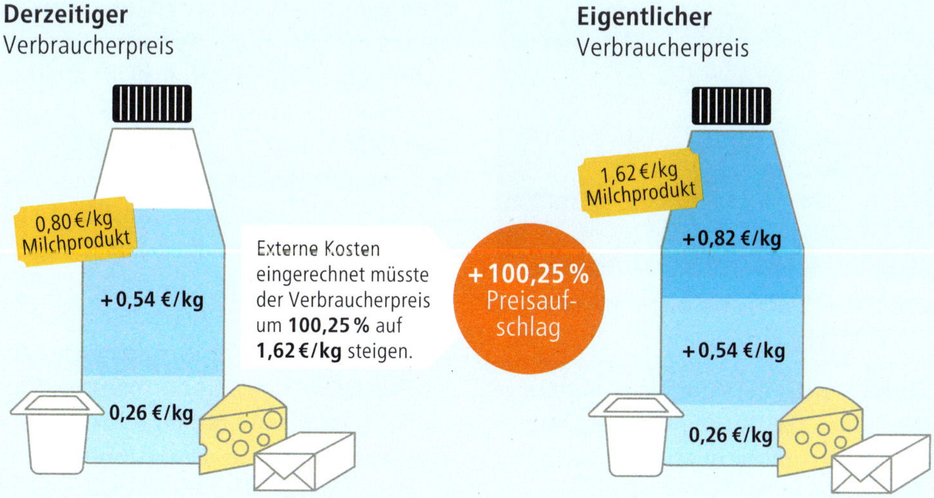

Externe Kosten eingerechnet müsste der Verbraucherpreis um **100,25 %** auf **1,62 €/kg** steigen.

+100,25 % Preisaufschlag

- Erzeugerpreis
- Transport, Veredelung, Handel etc.
- externe Kosten (Stickstoff, Treibhausgase und Energieerzeugung)

Nach: Tollwood/HoMaBiLe, weitere Informationen zum Projekt unter www.homabile.de und www.tollwood.de/homabile. Aus didaktischen Gründen wurde die Grafik vom Bearbeiter vereinfacht.

Externe Kosten sind Kosten, die durch die Produktion oder den Konsum von Gütern oder Dienstleistungen entstehen, aber nicht von den unmittelbar beteiligten Parteien übernommen werden. Stattdessen werden sie von Dritten oder der Gesellschaft getragen. Ein typisches Beispiel für externe Kosten ist die Umweltverschmutzung.

Bearbeiter

M3 Klimaschutz als öffentliches Gut

Aus ökonomischer Sicht stellt sich bei der Analyse der Erfolgschancen internationaler Klimapolitik auch die Frage nach der Zahlungsbereitschaft für Klimaschutz [...]. Die Messung dieser Zahlungsbereitschaft ist nun mit einigen Problemen verbunden, denn Klimaschutz ist ein globales öffentliches Gut. Öffentliche Güter zeichnen sich durch zwei Eigenschaften aus: Zum einen sind solche Güter nicht rival in der Nutzung (der Konsum des Gutes durch einen Akteur wird nicht dadurch beeinträchtigt, dass ein zusätzlicher Akteur das Gut konsumiert), zum anderen kann das Ausschlussprinzip nicht angewendet werden (man kann das Gut konsumieren, auch ohne einen Preis dafür zu zahlen). Beide Eigenschaften treffen auf das Gut „Klimaschutz" zu: Alle Staaten können das Gut „stabiles Klima" unabhängig voneinander nutzen und kein Staat kann von der erbrachten Reduktion von Treibhausgasemissionen und damit vom Konsum dieses Gutes ausgeschlossen werden – unabhängig davon, ob er einen Beitrag zur Erstellung des Gutes geleistet hat oder nicht.

Löschel, Andreas/ Sturm, Bodo/Vogt, Carsten: Die reale Zahlungsbereitschaft für Klimaschutz. In: Wirtschaftsdienst Heft 11, 90. Jahrgang 2010, S. 749-753

M4 Versagt der Markt in der Pflege?

Immer mehr alte Menschen sind auf professionelle Pflege angewiesen.

Tariflohn
Lohn, der mittels Tarifvertrag zwischen Gewerkschaften und Arbeitgeberverbänden vereinbart wurde.

In keinem Bereich in Deutschland übersteigt die Nachfrage das Angebot so dramatisch wie in der Altenpflege. [...] Ausgerechnet in der Pflege, einem der Schicksalsthemen der nächsten Jahrzehnte, versagen die Marktgesetze völlig. Doch wieso ist das so [...]? Die naheliegende Antwort ist, dass der Pflegemarkt beileibe nicht dem Ideal der klassischen Theoretiker entspricht. Damit, wie man es aus den vereinfachenden Schemata kennt, sich die Angebots- und Nachfragekurve genau in der Mitte treffen, muss der Markt perfekt sein: Alle Teilnehmer handeln nach eigenem, rein rationalem Interesse, ohne größere Kenntnisse oder Macht als ihre Marktteilnehmer.

Doch der Pflegemarkt ist eben nicht perfekt, und das gleich in mehrerlei Hinsicht. So gibt es, erstens, in Deutschland nur drei große Player im Pflegebereich: öffentlicher Dienst, Kirchen und private Anbieter. Der öffentliche Dienst ist mit seiner Tarifstruktur per se fern der Prinzipien von Angebot und Nachfrage und verzerrt den Marktpreis. Auch die Kirchen setzen in der Regel auf Tariflöhne, die denen des öffentlichen Dienstes ähneln. Ein perfektes Marktgleichgewicht kann nicht entstehen.

Schäfer, Kristina: Wieso Markt und Staat in der Pflege versagen. In: www.wiwo.de, 10.09.2018

M5 Equal Pay Day 2022: 07. März

2021 verdienten Frauen in Deutschland durchschnittlich 18 % weniger Lohn als Männer. Das entspricht 66 Tagen im Jahr, an denen Frauen „quasi" umsonst arbeiten: erst ab dem 7. März verdienen sie rechnerisch genauso viel wie Männer.

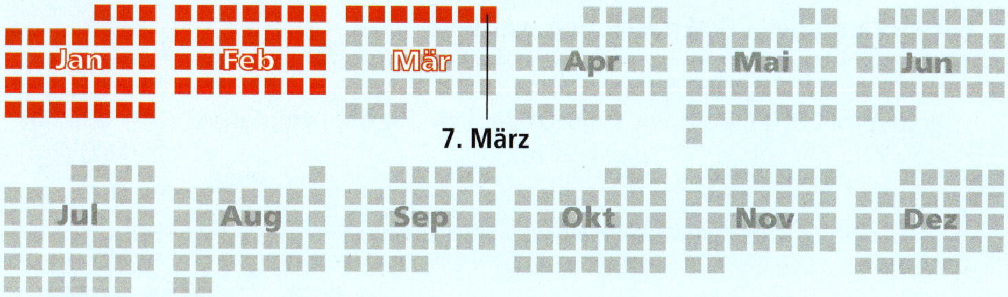

Durchschnittlicher Bruttostundenlohn

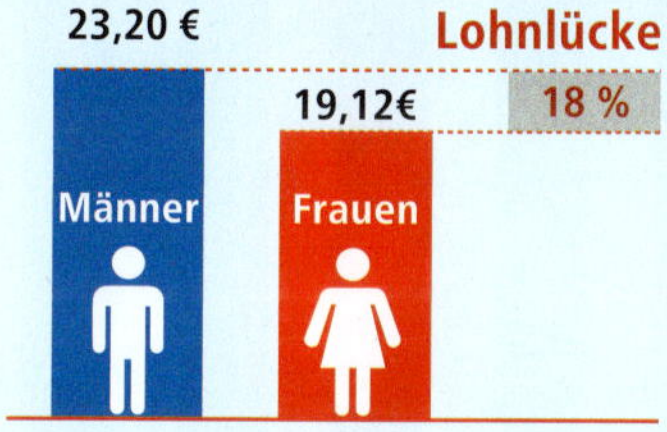

Gründe für die Differenz

Frauen arbeiten häufiger in schlechter bezahlten Berufen, Teilzeit und auf niedrigeren Führungsstufen. Damit lassen sich aber nur etwa drei Viertel der Lohnlücke erklären.

Der Rest erklärt sich dadurch, dass Frauen auch bei vergleichbarer Qualifikation in vergleichbaren Tätigkeiten weniger Lohn erhalten als Männer.

Nach: dpa, Statistisches Bundesamt 2022

AUFGABEN

82022-103

1. Sammeln Sie mit Ihrem Sitznachbarn / Ihrer Sitznachbarin Beispiele für Kosten, die gegebenenfalls bei den wahren Kosten (M1) zusätzlich zum Verkaufspreis berücksichtigt wurden.
2. Stellen Sie mithilfe der Funktionen des Preises dar, welche Auswirkungen es hätte, wenn die externen Kosten im Verkaufspreis berücksichtigt werden würden (M1, M2).
3. Zeigen Sie am Beispiel des Klimaschutzes auf, dass der Marktmechanismus bei öffentlichen Gütern kein gesellschaftlich zufriedenstellendes Ergebnis erbringt. (M3)
4. Stellen Sie dar, dass der Preis am Pflegemarkt (M4) seine Funktionen nicht erfüllen kann.
5. Zeigen Sie anhand der Grafik in M5 auf, dass durch das Marktsystem auch soziale Probleme entstehen können. Recherchieren Sie nach weiteren sozialen Ungerechtigkeiten auf Märkten.

→ Fachwissen zu den Aufgaben S. 65

1.4 Soll der Staat bei Marktversagen eingreifen?

Sie beurteilen die Notwendigkeit staatlicher Eingriffe bei Marktversagen.

M1 Entwicklung der CO_2-Emissionen weltweit

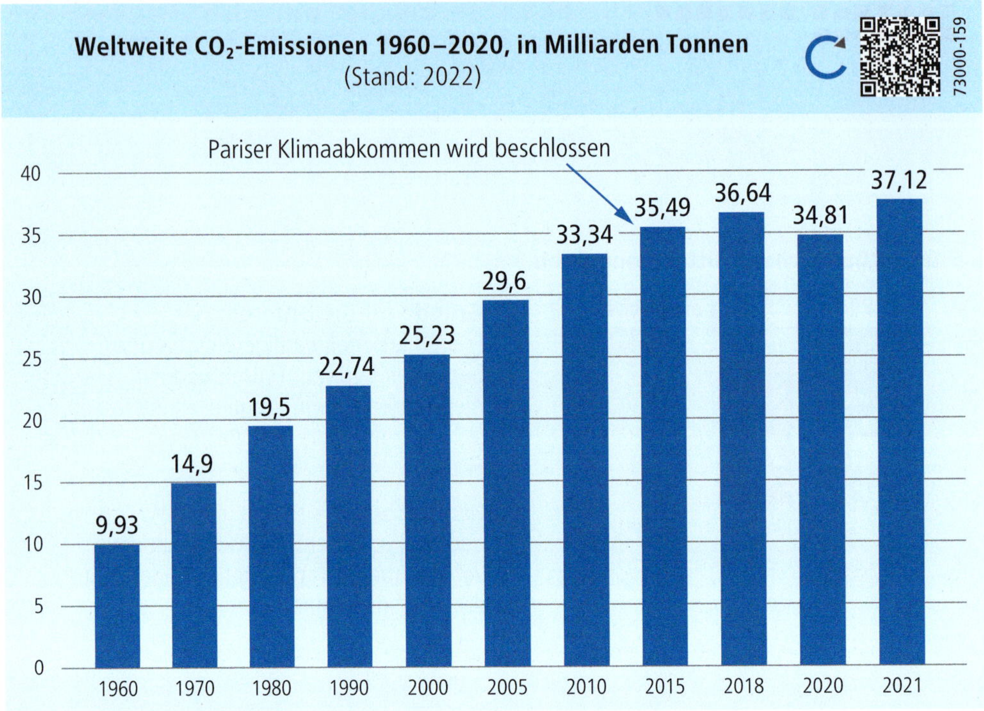

© C.C.Buchner Verlag, aktuelle Daten nach: Global Carbon Project, eigene Berechnungen (Datenerhebung: 2022; Grafikerstellung: 2022)

M2 Diesel-Fahrverbot

Dieselfahrzeugen ist die Durchfahrt dieser Verkehrszonen verwehrt.

M3 Welche Auswirkungen hat die neue CO_2-Abgabe?

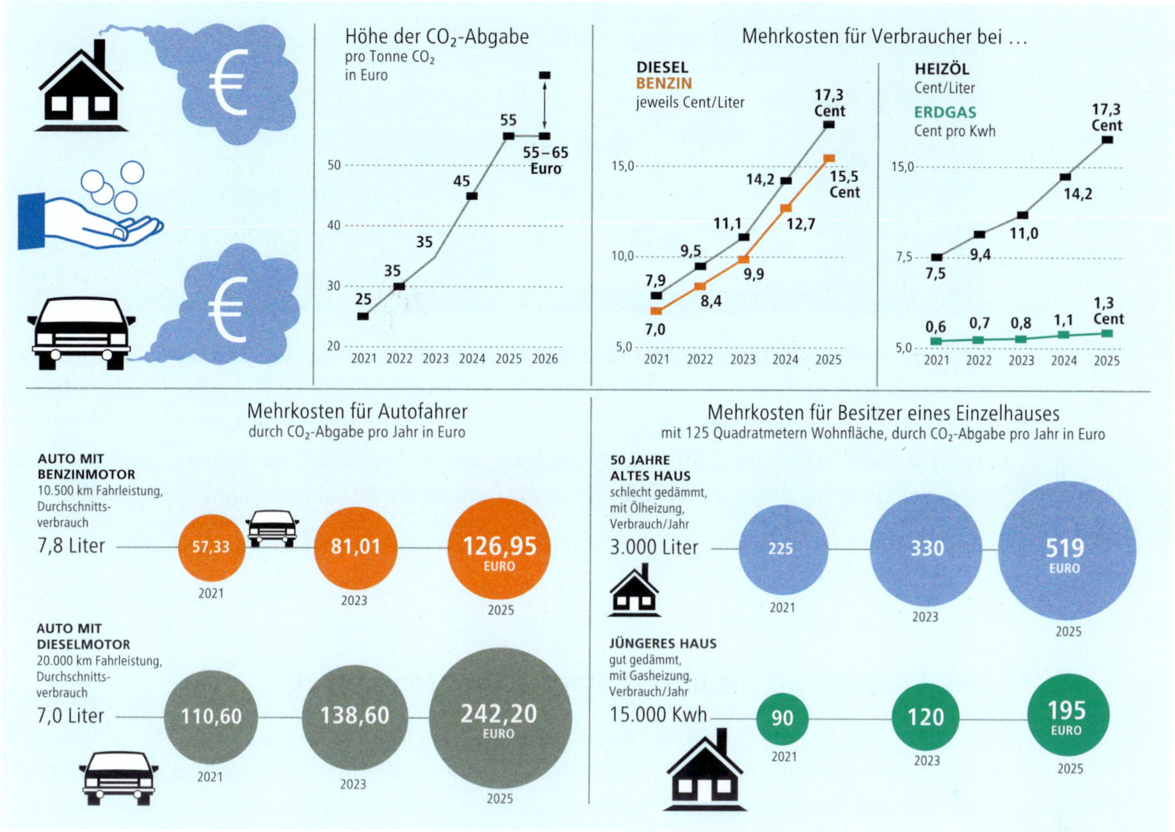

Nach: Hamburger Abendblatt/Frank Hasse (Grafik), Bundesumweltministerium, Kraftfahrtbundesamt

Die Erhöhung der CO2-Preise wurde 2023 aufgrund der Energiekrise temporär ausgesetzt.

M4 Die geheime Geldmaschine eines Elektroautobauers

[Der größte US-amerikanische] Elektroautobauer [...] macht mit dem Verkauf von Autos immer noch Verluste. Dass für 2020 unterm Strich ein satter Gewinn steht, verdankt [...] [der Unternehmenschef] einer anderen Einnahmequelle.

Für [...] [das Unternehmen] war 2020 ein fulminantes Jahr. Dank einer Versiebenfachung des Marktwertes stieg der Elektroautobauer nicht nur zum wertvollsten Autokonzern der Welt auf. Er ist an der Börse auf einmal sogar mehr wert als die nächstgrößeren Konkurrenten zusammen. [...] Erstmals in der Unternehmensgeschichte schaffte es [...] [das Unternehmen] 2020, über ein gesamtes Jahr Gewinne einzufahren. Noch 2019 hatte der Verlust 862 Millionen US-Dollar betragen, für 2020 steht ein satter Gewinn von 721 Millionen. Und das im krisenhaften Corona-Jahr. [...]

Allerdings: Ein genauer Blick auf die Zahlen, die vergangene Woche veröffentlicht wurden, zeigt, dass [...] [der Elektrobauer] mit dem eigentlichen Verkauf von Autos – 2020 waren es rund 500.000 Stück – immer noch Verluste schreibt. Dass unterm Strich ein Millionengewinn steht, verdankt [...] [das Unternehmen] nämlich einer anderen Einnahmequelle: dem Verkauf von CO_2-Zertifikaten. 1,6 Milliarden Dollar brachten die Zertifikate [...] [dem Unternehmen] 2020 ein,

Net zero
Klimaneutralität, d. h. nicht mehr CO_2 auszustoßen, als von der Natur aufgenommen werden kann

Durch Emissionshandel sollen festgelegte Klimaziele erreicht werden.

ohne diese Einnahmen wären die Zahlen immer noch tiefrot.

CO_2-Zertifikate sind ein regulatorisches Mittel, das die Industrie dazu bringen soll, mehr klimafreundliche Autos zu verkaufen. In elf US-Staaten, wie auch in der EU, müssen Autobauer, die nicht einen gewissen Anteil an CO_2-freien Wagen verkaufen, zum Ausgleich diese Zertifikate erwerben – und zwar von Konkurrenten, die ihr Soll übererfüllen.

Bakir, Daniel: Teslas geheime Geldmaschine: Der Gewinn kommt nicht aus dem Verkauf von Autos. In: www.stern.de, 08.02.2021

M5 Brauchen wir staatliche Eingriffe in den Fleischmarkt?

In Politik und Gesellschaft wird intensiv über Tierwohl, Arbeitnehmerschutz und Klima- und Umweltauswirkungen der Fleischindustrie diskutiert. Staatliche Eingriffe werden je nach Standpunkt vehement gefordert oder kategorisch abgelehnt. [...] Im Rahmen des 30. Ökonomenpanels wurden Ökonom*innen im Juli 2020 befragt, ob sie in der Fleischindustrie Marktversagen erkennen können und deshalb Staatseingriffe befürworten und, falls ja, welche der genannten Instrumente sie zur Verminderung des Marktversagens für sinnvoll halten. [...] Das Fleisch, das in den Supermärkten landet, ist typischerweise hygienisch einwandfrei, ordentlich gekennzeichnet und wird zu günstigen Preisen angeboten. Aus verbraucherpolitischer Sicht ist das zu begrüßen. Auch die zweifellos bestehende Marktmacht [...] [einzelner] Unternehmen [...] erscheint aus verbraucherpolitischer Sicht zunächst unbedenklich, da sie ja nicht zu höheren Verbraucherpreisen und damit zu einer Verringerung der Konsumentenrente führt, sondern sozusagen »nach hinten« wirkt, d. h., sie wirkt sich auf den Inputmärkten aus und führt [bei einzelnen Unternehmen] zu schlechter Bezahlung der Bauern, Tierzüchter und der Arbeitnehmer.

Das aber ist kein genuin verbraucherpolitisches Problem. Ursachen für Marktversagen, wie externe Effekte und Informationsunvollkommenheiten, kommen erst ins Spiel, wenn man das Produkt, das im Supermarkt ausliegt, breiter definiert. [...] Im Fall von Fleisch umfasst das u.a. das Wohl der Tiere, von denen es stammt, und das Wohl der Arbeitnehmer, die es verarbeitet haben, wobei dieses Wohl [...] [bei einzelnen Unternehmen neben den Betriebsabläufen] [...] auch die Bezahlung der Arbeitnehmer und sogar ihre Wohnverhältnisse [umfasst].

Ahlheim, Michael et. al.: Brauchen wir staatliche Eingriffe in den Fleischmarkt? In: ifo Schnelldienst 8/2020 73. Jahrgang. 12.08.2020, S. 60–63

M6 Wirtschaftspolitische Eingriffe des Staates in den Fleischmarkt

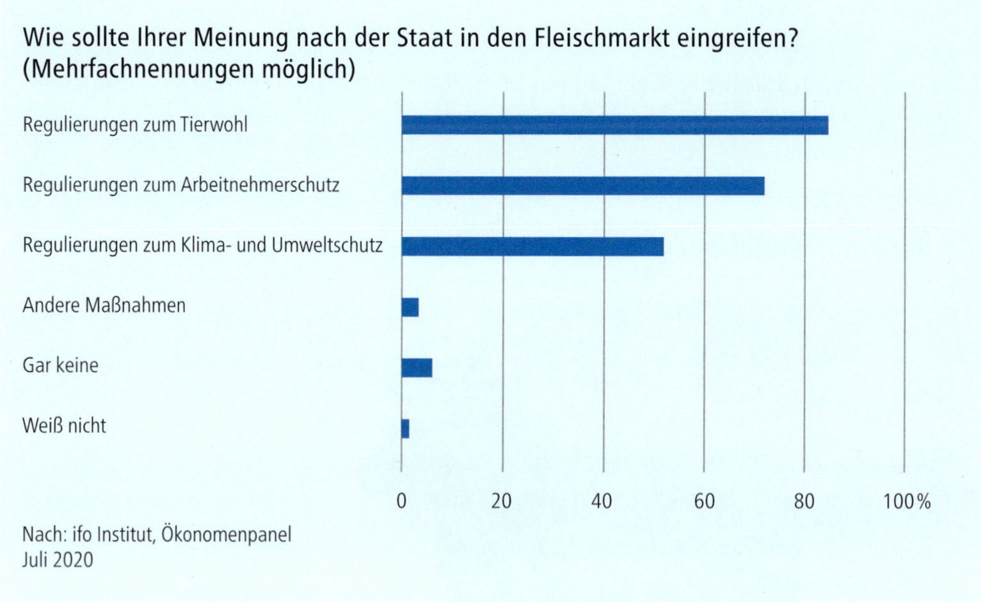

Umfrage im Rahmen des ifo-FAZ-Ökonomenpanels, an dem 123 Professorinnen und Professoren teilnahmen.

AUFGABEN

82022-104

1. Recherchieren Sie die Ziele des Pariser Klimaabkommens und begründen Sie, warum sich die Staaten dazu verpflichtet haben (M1).
2. Recherchieren Sie, wie weit die aktuelle Lage vom Ziel des Pariser Klimaabkommens entfernt ist (M1). Entwerfen Sie anschließend in der Gruppe konkrete staatliche Maßnahmen, die zur Erreichung der Ziele beitragen könnten.
3. Stellen Sie dar, wie die in M2 bis M4 dargestellten Maßnahmen auf den Markt wirken.
4. Diskutieren Sie die in M2 bis M4 dargestellten Maßnahmen zur Reduktion von CO_2-Ausstoß. Berücksichtigen Sie dabei nicht nur ökologische, sondern auch soziale und wirtschaftliche Aspekte.
5. Führen Sie die Umfrage in M6 in Ihrer Klasse durch (M5, M6). Vergleichen Sie Ihr Ergebnis mit der vorliegenden Verteilung und begründen Sie Unterschiede.
6. Beurteilen Sie die Notwendigkeit eines stärkeren staatlichen Eingriffs in den Fleischmarkt aus Unternehmer- und Verbrauchersicht (M5, M6).
7. Entwerfen Sie konkrete Vorschläge für staatliche Eingriffe auf den Fleischmarkt und zeigen Sie deren intendierte Wirkung auf (M5, M6).

→ Fachwissen zu den Aufgaben S. 65, 66

1.5 Welche Rolle kommt dem Staat in der Sozialen Marktwirtschaft zu?

Sie analysieren staatliche Maßnahmen im Hinblick auf grundlegende Merkmale der Sozialen Marktwirtschaft.

M1 Karikatur: Soziales und Marktwirtschaft

Karikatur: Christof Stückelberger

M2 Merkmale der Sozialen Marktwirtschaft

Ebenso wie beim Fußballspiel der Schiedsrichter nicht mitspielen darf, hat auch der Staat nicht mitzuspielen.

Ludwig Erhard

Staatliche Planung der Formen – ja; staatliche Planung und Lenkung des Wirtschaftsprozesses – nein.

Walter Eucken

Sinn der Sozialen Marktwirtschaft ist es, das Prinzip der Freiheit auf dem Markte mit dem des sozialen Ausgleichs zu verbinden.

Alfred Müller-Armack

So viel Markt wie möglich, so viel Staat wie nötig.

Karl Schiller

70 Jahre Soziale Marktwirtschaft

82022-02

M3 Staat, Wirtschaft und Gesellschaft als Partner

Das Wesen einer Sozialen Marktwirtschaft besteht darin, einerseits Wohlstand und Sicherheit in der Gesellschaft zu garantieren und andererseits die Freiheit der Wirtschaft und der Individuen zu schützen. Der Sozialstaat ist auf die Marktwirtschaft angewiesen, da mit der ökonomischen Wertschöpfung die Finanzierungsgrundlage des Sozialstaates in Form von Steuereinnahmen und Sozialversicherungsbeiträgen entsteht. Die Marktwirtschaft ist von der Risikobereitschaft der Individuen abhängig, denn die erhöht die Innovationsfähigkeit einer Gesellschaft. Der Sozialstaat wiederum hat die Aufgabe, bestimmte Lebensrisiken abzufedern und so das marktwirtschaftliche Verhalten der Gesellschaft zu fördern.

Die Interaktionen zwischen Staat, Wirtschaft und Gesellschaft sind vielfältig. So gibt es, erstens, rechtliche Regelungen, um über Ge- und Verbote wie etwa das Arbeitszeitgesetz das Verhalten der Marktakteure zu steuern oder auch die Gesundheit der Arbeitnehmerinnen und Arbeitnehmer zu sichern. Zweitens umfasst das Zusammenspiel materielle Leistungen wie das Arbeitslosengeld für Menschen, die in bestimmten Situationen kein ausreichendes Einkommen erzielen können. Drittens gehört die Bereitstellung von sozialer Infrastruktur in Form von Sach- und Dienstleistungen dazu, wie etwa der Bau und Betrieb von Kindergärten, Krankenhäusern oder Schulen. [...] Rechtssystem, Finanzierung und Organisation des Sozialstaates beruhen dabei auf [...] [folgenden] Kernprinzipien: [...] Das Solidaritätsprinzip bedeutet, dass sich Zahlungen wie etwa Pflege- oder Wohngeld nicht an einer vorher erbrachten Leistung, sondern am Bedarf orientieren. Es beruht darauf, gegenseitig Verantwortung füreinander zu übernehmen. Solidarität schafft nicht nur die Grundlage für Sicherheit, sondern auch für individuelle Freiheit.

Das Subsidiaritätsprinzip wiederum definiert eine Rangordnung: Zunächst ist der Mensch für sich selbst verantwortlich. Im Bedarfsfall kommt sodann die Familie in die Pflicht. Und der Staat springt erst ein, wenn diese Möglichkeiten ausgeschöpft worden sind. [...] Um Sozialpolitik angemessen umzusetzen, bedarf es also einer ausreichenden finanziellen Ausstattung, die nur von einer Wirtschaft erbracht werden kann, die von eben dieser Sozialpolitik gestärkt wird.

Heinrich-Böll-Stiftung: Sozialatlas. Daten und Fakten über das, was unsere Gesellschaft zusammenhält. 1. Auflage, März 2022, S. 16 f.

M4 Auszug aus der Festrede von Dr. Jens Weidmann

Der Staat hilft den Menschen finanziell durch die schwierige Zeit, etwa mit Kurzarbeitergeld, Kinderbonus oder günstigeren Regeln beim Arbeitslosengeld. Dadurch gelang es, rund 80 % der Einkommenseinbußen der privaten Haushalte in Deutschland aufzufangen – so eine aktuelle Studie von ifo und der EU-Kommission. Eine Analyse des IW kam bereits zuvor zu dem Schluss, dass das soziale Sicherungssystem im vergangenen Jahr einem Anstieg der Ungleichheit in den verfügbaren Haushaltseinkommen entgegenwirken konnte.

Außerdem überbrückt der Staat während der Pandemie Einnahmeausfälle von Unternehmen. Er leistet Transfers, stundet Steuern, garantiert Kredite oder beteiligt sich sogar mit Kapital an Firmen. Damit übernimmt er Risiken, die die Privatwirtschaft in der Krise überfordern würden. [...]

Das derzeit hohe Maß an staatlichen Eingriffen in die Wirtschaft ist in einer Krisen-

ifo
ifo-Institut für Wirtschaftsforschung

IW
Institut der Deutschen Wirtschaft

situation vertretbar, sollte aber nicht zum neuen Normalzustand werden. Die Maßnahmen könnten etwa den notwendigen Strukturwandel erschweren. Wenn Unternehmen mit überholtem Geschäftsmodell am Markt verbleiben, binden sie Produktionsfaktoren, die an anderer Stelle produktiver eingesetzt werden könnten. Zugleich hat uns die Krise gezeigt, wie kraftvoll marktwirtschaftlich getriebene Lösungen sind. Denken Sie zum Beispiel daran, wie schnell Unternehmen auf die Maskenproduktion umgestiegen sind.

Weidmann, Jens: Erfolgsgeschichte Soziale Marktwirtschaft – mit Rat und Tat in die Zukunft. Festrede anlässlich des 70-jährigen Bestehens des Instituts der deutschen Wirtschaft. In: www.bundesbank.de, 27.05.2021

Dr. Jens Weidmann – Präsident der Deutschen Bundesbank von 2011–2021

AUFGABEN

82022-105

→ Fachwissen zu den Aufgaben S. 66, 67

1. Beschreiben und interpretieren Sie die Karikatur **M1** auch vor dem Hintergrund der Zitate in **M2**.
2. Arbeiten Sie aus **M2** und **M3** die grundlegenden Merkmale der Sozialen Marktwirtschaft heraus und stellen Sie diese denen der freien Marktwirtschaft sowie der Zentralverwaltungswirtschaft gegenüber (**M2**).
3. Erklären Sie, dass staatliche Maßnahmen im Rahmen der Sozialen Marktwirtschaft nötig sind, um den Folgen von Marktversagen (siehe Kapitel 1.4) entgegenzuwirken (**M1**, **M2**, **M3**).
4. Erklären Sie, dass eine Finanzierung der Sozialpolitik „nur von einer Wirtschaft erbracht werden kann, die von eben dieser Sozialpolitik gestärkt wird" (**M3**).
5. Analysieren Sie die Maßnahmen in **M4** hinsichtlich der Merkmale der Sozialen Marktwirtschaft.
6. Erläutern Sie, weshalb die in **M4** beschriebenen Eingriffe des Staates in einer Sozialen Marktwirtschaft nicht zum „Normalzustand" werden sollten.

Statistiken auswerten und deren Aussagekraft beurteilen

Sie werten Statistiken aus und beurteilen deren Aussagekraft.
Statistiken können in Form von Tabellen, aber auch bereits aufgearbeitet in Diagrammen oder Schaubildern vorliegen. Dabei ist es wichtig, nicht nur die Statistiken inhaltlich auszuwerten, sondern auch deren Aussagekraft zu beurteilen, um die Daten richtig interpretieren zu können.

Schritt 1: Beschreibung der Statistik → **Schritt 2: Auswertung der Daten** → **Schritt 3: Beurteilung der Aussagekraft**

Folgende Fragen sollen helfen, eine Statistik richtig auszuwerten.

Schritt 1: Beschreibung

- Über welche Thematik informiert die Statistik nach Aussage der Überschrift oder der Beschreibung?
- Welche Maßeinheiten haben die Zahlenwerte?
- Werden absolute und relative Zahlenwerte angegeben?
- Welche Extremwerte (z. B. Minimal- und Maximalwert) sind auszumachen?
- Aus welchen Quellen stammen die Daten?
- Welcher Zeitraum ist dargestellt?
- Welche Darstellungsform wurde gewählt (z. B. Tabelle, Diagramm, Schaubild)?
- Wurden die Werte bereinigt (z. B. saisonal-, kalender- oder realbereinigt)?

Absoluter Wert
Zahl, die eine Menge, Größe oder Häufigkeit angibt

Relativer Wert
Zahl, die einen Zusammenhang mit einer anderen Größe darstellt

Schritt 2: Auswertung

- Ist die Darstellungsform passend zum Datenmaterial?
- Sind Entwicklungen (räumlich, zeitlich oder sachlich) zu erkennen?
- Sind Auffälligkeiten (z. B. Wiederholungen, Kumulationen) zu erkennen?
- Muss das Zahlenmaterial der Statistik weiterbearbeitet werden (z. B. Umrechnung in aussagekräftige Prozentwerte, Bildung des Mittelwerts oder des Medians)? Kann zur besseren Visualisierung ein Diagramm erstellt werden?
- Sind die angegebenen Werte vergleichbar oder müssen sie auf eine gemeinsame Basis umgerechnet werden (z. B. auf 100.000 Einwohner)?
- Welche Beziehungen können zwischen einzelnen Daten der Statistik hergestellt werden?
- Welche grundsätzlichen Aussagen lassen sich der Statistik entnehmen?

Mittelwert
Summe aller Daten geteilt durch deren Anzahl

Median
Der Wert, der genau in der Mitte aller nach der Größe sortierten Daten liegt

Schritt 3: Beurteilung der Aussagekraft

- Informiert die Statistik tatsächlich über die angekündigte Thematik?
- Mit welcher Absicht wurde die Statistik veröffentlicht?
- Sind die Quellen glaubwürdig, neutral oder vertreten sie individuelle Interessen?
- Sind Fehler (z. B. Summe der Prozentwerte ergibt nicht 100 %) oder Manipulationen (z. B. asymmetrische Einteilung der Achsen) erkennbar?
- Ist die Stichprobengröße ausreichend groß gewählt?

Tipps:

- Arbeiten Sie bei der Analyse der Daten sehr genau. Bereits kleine Unsauberkeiten können die Aussage der Statistik verändern.
- Verweisen Sie auf Inhalte der Statistik, um die Aussagekraft Ihrer Argumente zu belegen.
- Verknüpfen Sie Aussagen aus mehreren Quellen, um Argumente fundiert mit Daten unterschiedlicher Herkunft zu untermauern.

Was macht eine Soziale Marktwirtschaft aus?

Nach: Allensbacher Archiv. IfD-Umfrage 12031, 2021

AUFGABE 82022-106

Werten Sie die Statistik aus und beurteilen Sie deren Aussagekraft.

1.6 Wie werden Maßnahmen in der Sozialen Marktwirtschaft finanziert?

Sie vollziehen anhand staatlicher Einnahmen und Ausgaben die Umverteilung in der Sozialen Marktwirtschaft nach.

M1 Wie teilen sich die Steuereinnahmen in Deutschland auf?

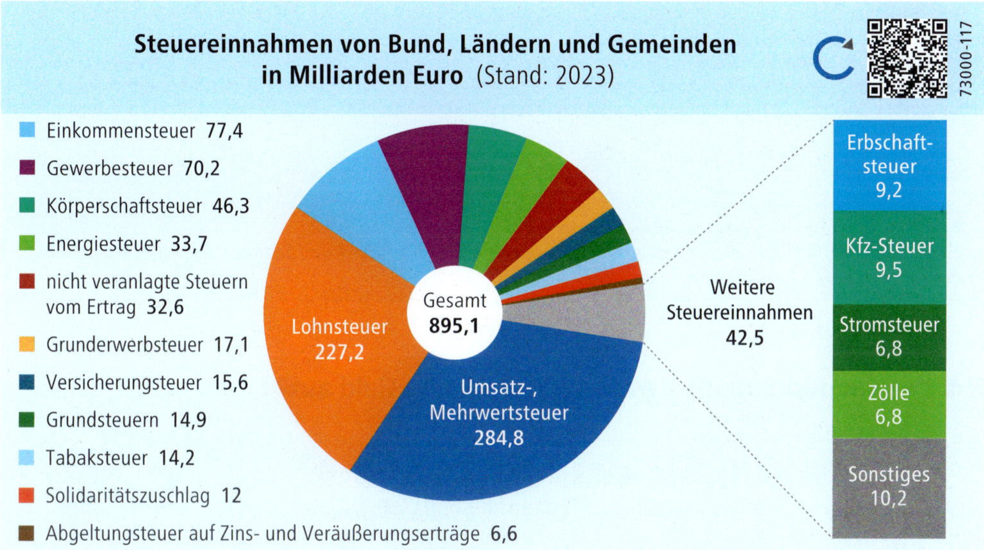

© C.C.Buchner Verlag, aktuelle Daten nach: DESTATIS (Datenerhebung: 2022; Grafikerstellung: 2023)

M2 Steuern und Abgaben auf das Einkommen: Beispiel einer Gehaltsabrechnung

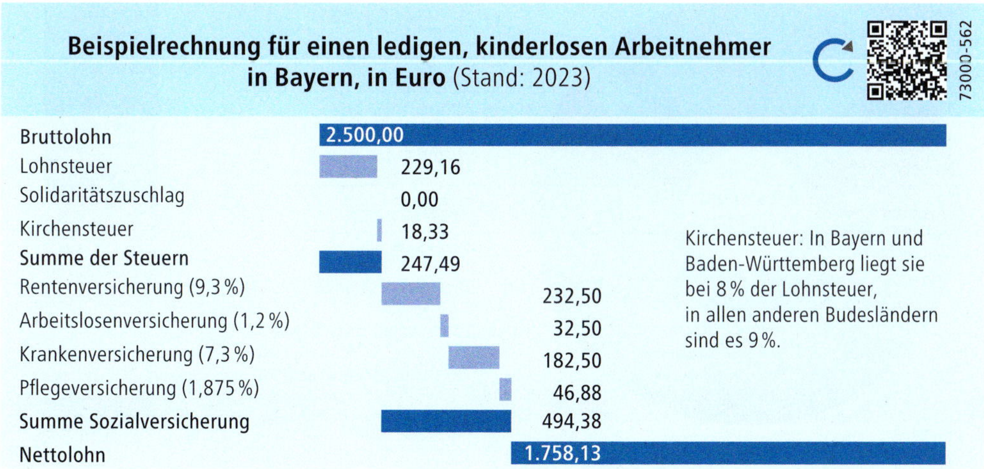

© C.C.Buchner Verlag, aktuelle Daten nach: www.brutto-netto-rechner.info (Datenerhebung: 2023; Grafikerstellung: 2023)

M3 Das Sozialbudget – Wer finanziert die soziale Sicherung?

Sozialbudget
Überblick über das System der sozialen Sicherung mit der Höhe der jeweiligen Finanzierung durch Versicherungsbeiträge und staatliche Zuweisung

Auszug aus dem Sozialbudget, in Milliarden Euro
(Stand: 2022)

73000-121

	Leistungen insgesamt	Finanzierung durch		
		Sozialbeiträge der Versicherten	Sozialbeiträge der Arbeitgeber	Zuschüsse des Staates
	in Milliarden Euro	in Millionen Euro		
Sozialbudget insgesamt	**1.107,2**	**341,2**	**285,7**	**361,7**
Sozialversicherungssysteme (u. a. Rentenversicherung, Krankenversicherung)	640,9	276,5	237,8	116,7
Förder- und Fürsorgesysteme (u. a. Kindergeld, Arbeitslosenhilfe)	193,9	–	–	193,2
…				

M4 Der Bundeshaushalt – Wofür gibt der Staat Geld aus?

Einzeletats der Ressorts in Mrd. Euro und Anteil am Gesamtetat in Prozent (Stand: 2023)

73000-616

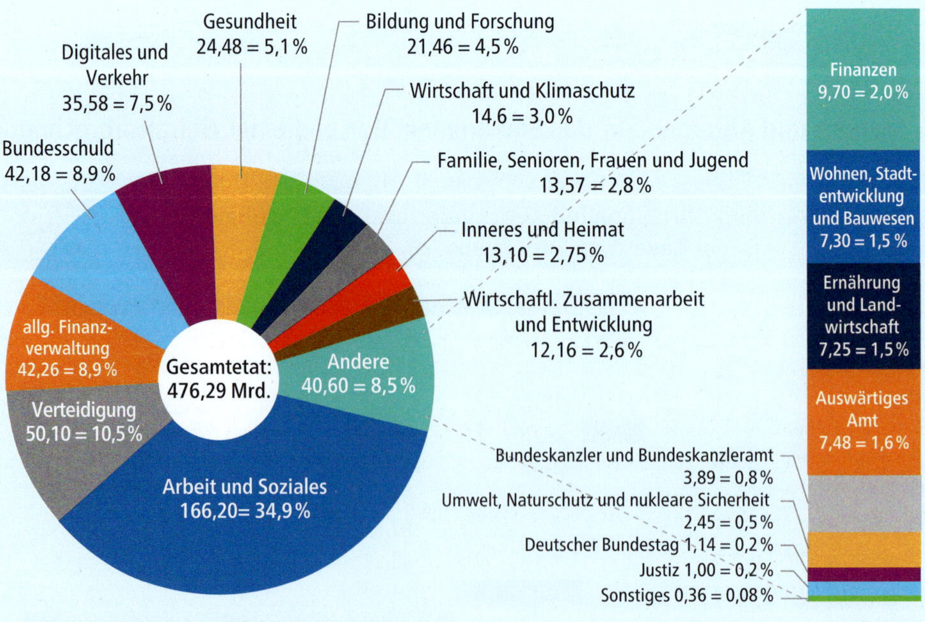

M5 Änderungen für den Verbraucher

Das ändert sich für Verbraucher
(Stand: 2023)

73000-570

	2022	2023	
Bürgergeld-Regelsätze	**Euro pro Monat**		
Erwachsene	449	502	**+ 53 €/Monat**
Jugendliche	376	420	**+ 44 €**
6- bis 13-Jährige	311	348	**+ 37 €**
Kinder bis 6 Jahre	285	318	**+ 33 €**
	(bis 2022 Arbeitslosengeld II)		
Mindestlohn	**Euro pro Stunde**		
	10,45	1.7. 12,00	**+ 1,15 Euro/Std.**
Einkommensteuer Grundfreibetrag	**Euro pro Jahr**		
	9.984	10.908	**+ 924 €/Jahr**
Grundrente	–	Zuschlag	**+ 86 €** durchschn.

© C.C.Buchner Verlag, aktuelle Daten nach: BMAS, BMF, DESTATIS, Deutsche Rentenversicherung (Datenerhebung: 2023; Grafikerstellung: 2023)

AUFGABEN

82022-107

1. Identifizieren Sie in **M1** die Steuern, die Sie selbst bezahlen. Recherchieren Sie, wie hoch diese Steuersätze ausfallen und schätzen Sie ab, wie viel Sie in der letzten Woche zum Steueraufkommen beigetragen haben.
2. Grenzen Sie grundsätzlich Steuern von Beiträgen für die Sozialversicherungen ab (**M1**, **M2** und Fachwissen).
3. Beurteilen Sie die Ausgaben des Staates im Rahmen des Sozialbudgets. Werten Sie dazu die Statistik **M3** aus und beurteilen Sie deren Aussagekraft auch im Hinblick auf den Bundeshaushalt in **M4**.
4. Recherchieren Sie den aktuellen Bundeshaushalt und analysieren Sie diesen im Hinblick auf die Merkmale der Sozialen Marktwirtschaft (**M4**).
5. Erklären Sie, weshalb die Änderungen für Verbraucher in **M5** den grundlegenden Merkmalen der Sozialen Marktwirtschaft entsprechen.
6. Stellen Sie dar, wie der Staat in der Sozialen Marktwirtschaft versucht, eine Umverteilung zu erreichen (**M1–M5**).

→ Fachwissen zu den Aufgaben
S. 67, 68

www.bundeshaushalt.de

82022-03

1.7 Wie effizient und gerecht ist unser Steuersystem?

Sie beurteilen an Beispielen die aktuelle Ausgestaltung ausgewählter Steuern im Hinblick auf Effizienz und soziale Gerechtigkeit.

M1 Effektivität und Effizienz

Bau-Praxis: Effektivität und Effizienz, www.baupraxis-blog.de

M2 Effizienz vs. Effektivität – ein großer Unterschied

„Effizienz" und „Effektivität" werden umgangssprachlich immer wieder synonym verwendet. Dabei unterscheiden sich diese Begriffe in ihrer Bedeutung deutlich!

Ausgangspunkt für eine begriffliche Abgrenzung sei ein vorgegebenes Ziel. Wird dieses Ziel irgendwie erreicht, dann war das Vorgehen effektiv. Das muss weder kostensparend, zeitsparend noch clever erfolgen. Wird das Ziel aber zusätzlich noch mit möglichst wenig Aufwand (Kosten, Zeit, ...) erreicht, dann war das Vorgehen effizient. Man kann kurz sagen: Jede Maßnahme, mit der ich ein Ziel erreiche, ist effektiv. Erreicht man sein Ziel und verbraucht dabei möglichst wenig Ressourcen, dann ist die Maßnahme auch effizient.

Bearbeiter

M3 Die 4 Dimensionen sozialer Gerechtigkeit

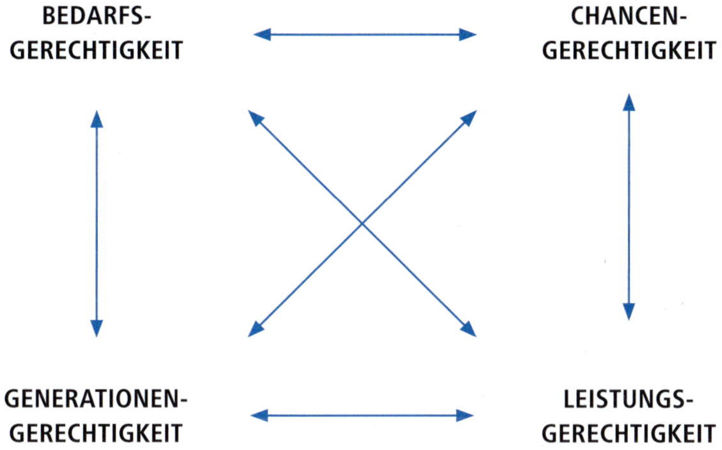

Bearbeiter

M4 Klassische Theorie optimaler Steuern

Ein ideales Steuersystem zu finden beschäftigt Ökonomen in Deutschland seit Jahrzehnten – bislang ohne Erfolg. Die Theorie der optimalen Steuern versucht herauszufinden, wie und in welchem Umfang die Steuerkosten möglichst geringgehalten werden können. Denn das Steuersystem in Deutschland kostet den Staat, oder vielmehr den Steuerzahler, viel Geld. Finanzämter und Steuerbeamte müssen unterhalten und bezahlt werden, hier verursachen allen voran die Stunden, die die Beamten für die Erstellung der Steuererklärungen brauchen, enorme Kosten.

Die Theorie der optimalen Steuern beschäftigt sich aber mit einem dem Laien weitaus unbekannteren Faktor, der das Steuersystem kostspielig macht: Die Verhaltensänderung des Bürgers im Zuge der Steuererhebungen. Wird eine bestimmte Produktgruppe vom Staat höher besteuert als eine vergleichbare ähnliche Gruppe, wird der Bürger auf die niedriger besteuerte Produktgruppe ausweichen. Dieses Verhalten wird als Ausweichreaktion bezeichnet. Mineralwasser beispielsweise wird mit der erhöhten Mehrwertsteuer von 19 % besteuert, ebenso Erfrischungsgetränke wie Cola oder Limonade. Würde der Staat Mineralwasser mit dem verringerten Mehrwertsteuersatz von 7 % besteuern, würde der Verbraucher die teureren Erfrischungsgetränke meiden und vermehrt auf Mineralwasser ausweichen. Hierdurch entstehen Kosten, da der Bürger nun weniger von den teureren Produkten konsumiert.

Besteuert der Staat demnach Produkte höher, verliert er im gleichen Zuge an Wirtschaftskraft.

Bearbeiter, basierend auf: Welter, Patrick: Auf der Suche nach der optimalen Steuer. In: www.blogs.faz.net, 07.07.2016

M5 Der Einkommensteuertarif

Anmerkung: Ab einem Einkommen von 277.826 Euro greift noch der sog. Reichensteuersatz von 45 %.

Grenz-und Durchschnittssteuersätze 2023 in % des zu versteuernden Jahreseinkommens, ohne Solidaritätszuschlag (Stand: 2023)

73000-617

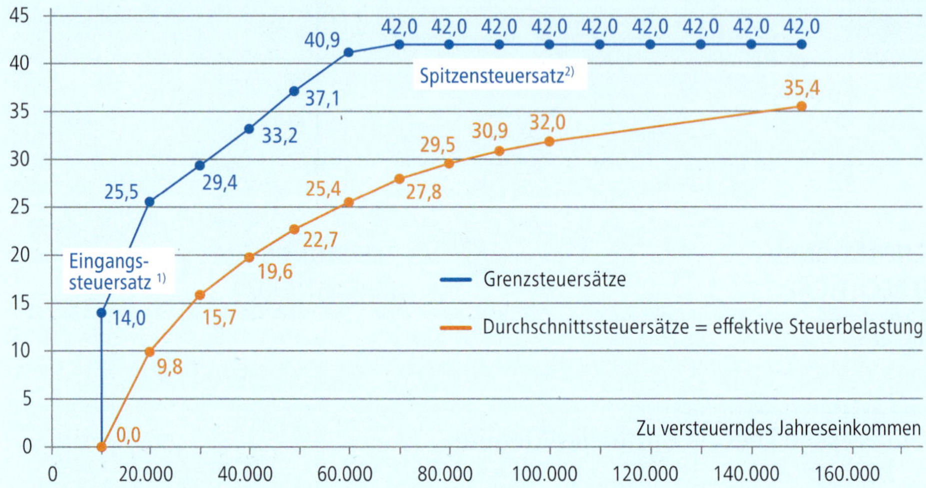

1) Der Eingangssteuersatz greift ab einem Jahreseinkommen von 10.909 Euro (Stand 2023).
2) Der Spitzensteuersatz beginnt ab einem (zu versteuernden) Jahreseinkommen von 63.515 Euro (Stand 2023).

© C.C.Buchner Verlag, aktuelle Daten nach: Bundesministerium der Finanzen (Datenerhebung: 2023; Grafikerstellung: 2023)

M6 Der Einkommensteuertarif – Wer zahlt wie viel Steuern?

Beitrag der Steuerpflichtigen zum Einkommensteueraufkommen im Jahr 2023 (Stand: 2023)

73000-618

Bezieher von Einkommen über 61.523 €/Jahr (25 % aller Steuerpflichtigen)

Bezieher von Einkommen zwischen 35.901 und 61.523 €/Jahr (25% aller Steuerpflichtigen)

Bezieher von Einkommen unter 35.901 €/Jahr (50 % aller Steuerpflichtigen)

© C.C.Buchner Verlag, aktuelle Daten nach: Bundesministerium der Finanzen, Datensammlung der Steuerpolitik (Datenerhebung: 2023; Grafikerstellung: 2023)

M7 Was ist die Umsatzsteuer?

Die Umsatzsteuer (USt), umgangssprachlich als Mehrwertsteuer (MwSt.) etabliert, ist eine Verbrauchssteuer. Bei jedem Einkauf wird der gekaufte Warenwert (der Umsatz) besteuert, der Käufer zahlt hier also direkt für seinen eigenen Konsum bzw. Verbrauch. Die Unternehmen führen dann die Steuereinnahmen abzüglich der von ihnen selbst gezahlten Umsatzsteuern an das Finanzamt ab. Daher spricht man bei der USt auch von einer indirekten Steuer, da der Steuerträger sie nicht direkt an den Staat abführt.

Bearbeiter

M8 Welcher Steuersatz für welche Güter?

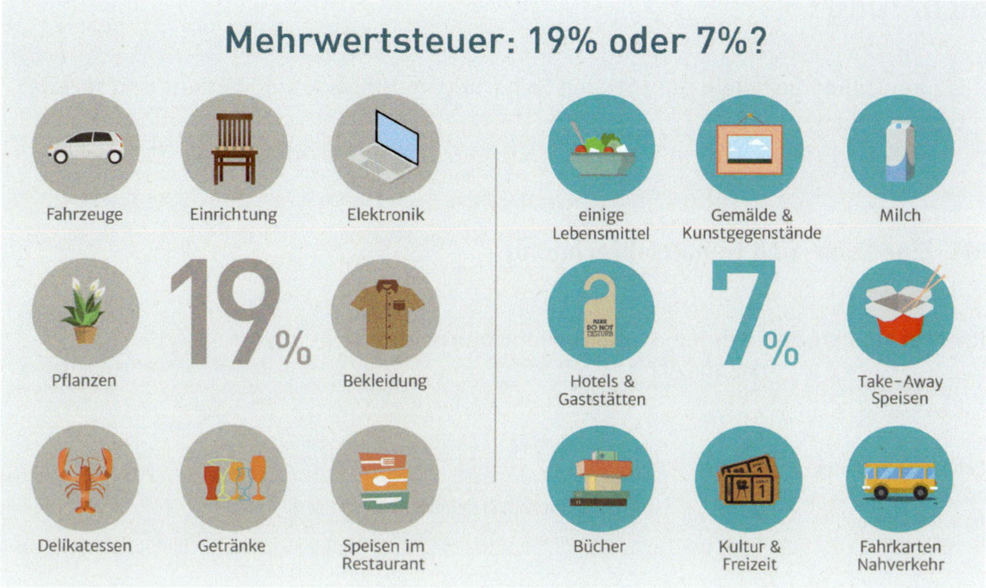

© Lexware (Hrsg.)

AUFGABEN

82022-108

1. Grenzen Sie anhand von M1 und M2 die Begriffe „Effektivität" und „Effizienz" voneinander ab.
2. Begründen Sie anhand von Beispielen, dass es sich bei M3 um ein magisches Viereck handelt, dass also nie alle Dimensionen gleichzeitig erfüllt sein können. Recherchieren Sie dazu ggf. die Bedeutung der vier Dimensionen sozialer Gerechtigkeit nach M3.
3. Entwickeln Sie auch unter Zuhilfenahme von M4 Kriterien, denen eine gesamtwirtschaftlich effiziente Steuer genügen sollte.
4. Entwickeln Sie unter Beachtung von M3 und M4 Kriterien, denen eine sozial gerechte Einkommensteuer genügen sollte.
5. Erklären Sie anhand der Grafik M5 Besonderheiten des deutschen Einkommensteuertarifs.
6. Erklären Sie anhand von M7 Unterschiede zwischen Einkommensteuer und Umsatzsteuer.
7. Beurteilen Sie die Ausgestaltung der Einkommensteuer (M5, M6) sowie der Umsatzsteuer (M7, M8) im Hinblick auf Effizienz und soziale Gerechtigkeit.

→ Fachwissen zu den Aufgaben S. 69

1.8 Wie effizient und gerecht ist unser System der sozialen Sicherung?

Sie beurteilen Beispiele der sozialen Sicherung im Hinblick auf Effizienz und soziale Gerechtigkeit.

M1 Eine Lohn- und Gehaltsabrechnung

Lohn- und Gehaltsabrechnung einer ledigen, kinderlosen Arbeitnehmerin in Bayern
(Stand: 2023)

73000-569

Lohn- und Gehaltsabrechnung
Gilt als Verdienstbescheinigung.
Bitte sorgfältig aufbewahren.

Lichtqualität GmbH
Schützenstr. 1, 82008 Unterhaching

Frau Hadiye Mustafi
Peitinger Str. 110
81379 München

Abrechnung für	August 2021	Eintrittsdatum	15.09.2018
Bundesland	BY	Geb.datum	13.09.1997
Sozialversicherung		St.-Kl.	I
SV-Nummer	14301075V132	**Urlaub**	
RV	18,60 %	Anspr. VJ	0
KV	14,60 %	Anspr. LJ	30
PV	3,05 %	genommen	16
AV	2,60 %	verbl.	14
Religion	rk	Kinderfreibeträge	0,0
Krankenkasse	BEK Betriebskrankenkasse		
Freibetrag			
jährlich	0,0	monatlich	0,0
Kreditinstitut	Stadtsparkasse München		
IBAN	DE16701500000060101234		
BIC	SSKMDEMMXXX		

	Gesamt-Brutto
Jahresgehalt	33.600,00 €
Monatsgehalt	2.800,00 €

Abzüge		Jährlich	Monatlich
Lohnsteuer		3.552,96 €	296,08 €
Solidaritätszuschlag		–	–
Kirchensteuer		284,16 €	23,69 €
Steuerrechtliche Abzüge		3.837,12 €	319,77 €
Rentenversicherung	9,300 %	3.124,80 €	260,40 €
Krankenversicherung	7,300 %	2.721,60 €	204,40 €
Pflegeversicherung	1,875 %	630,00 €	52,50 €
Arbeitslosenversicherung	1,300 %	436,80 €	36,40 €
Summe Sozialversicherung		6.913,20 €	553,70 €
Summe der Abzüge		10.750,32 €	873,47 €

Differenz	Betrag
Gesamt-Brutto	2.800,00 €
Gesamte Abzüge	873,47 €
Netto:	1.926,53 €

© C.C.Buchner Verlag, aktuelle Zahlen nach: www.brutto-netto-rechner.info (Datenerhebung: 2023; Grafikerstellung: 2023)

M2 Das Sozialversicherungssystem in Deutschland

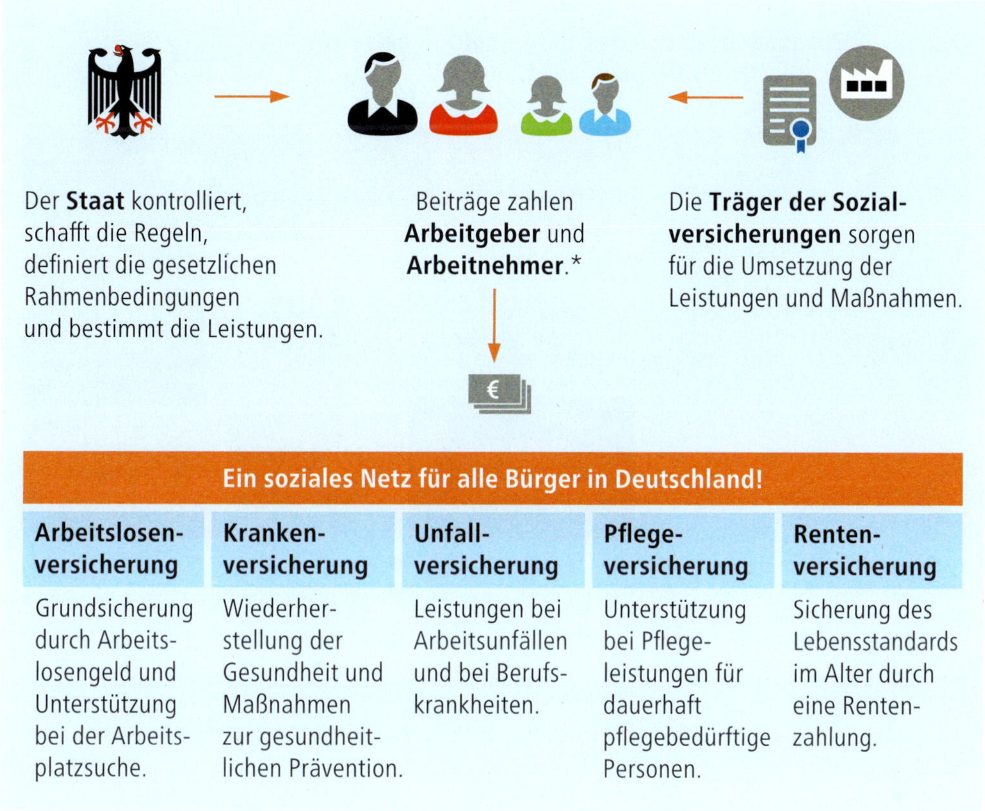

Nach: www.einfach-rente.de

*Die Finanzierung erfolgt paritätisch (also zu gleichen Anteilen) durch Arbeitnehmer und Arbeitgeber. Ausnahme stellt die gesetzliche Unfallversicherung dar, diese wird nur durch die Arbeitgeber finanziert.

M3 Bürgergeld ersetzt Hartz IV

Das Bürgergeld ist eine staatliche Leistung für Menschen, die bedürftig sind, grundsätzlich arbeiten können, aber kein Arbeitslosengeld erhalten. Es ersetzt seit Januar 2023 die Hartz IV-Leistungen. Eine alleinstehende Person bekommt seit Januar 2023 als Regelbedarf 502 Euro […]. Bis 2024 werden die Kosten für Miete oder Eigenheim übernommen, ohne dass geprüft wird, ob die Wohnkosten angemessen sind. Auch Vermögen bis zu 40.000 Euro pro Person bleibt unangetastet […]. [Zusätzlich zu den Regelsätzen und zu Wohn- und Heizkosten werden beim Bürgergeld u. a. auch noch die Beiträge zur Kranken- und Pflege-Versicherung sowie ein Bildungspaket für Lernende (z. B. Mittagessen, Schulbedarf, Ausflüge, Schülerbeförderung, Lernförderung) gewährt.]

[…] Ein Ziel der Bürgergeld-Reform ist es, Arbeitssuchende durch Qualifizierung, Weiterbildung und individuelles Coaching bei der Suche nach einem Arbeitsplatz zu unterstützen, um sie dauerhaft wieder in den Arbeitsalltag zu integrieren. Die Jobcenter müssen nicht mehr vorrangig einen Job vermitteln, wenn eine Weiterbildung zunächst sinnvoller erscheint. Leistungen können gekürzt werden, wenn jemand eine zumutbare Stelle nicht annimmt oder Termine im Jobcenter verpasst.

Schön, Britta B.: So bekommst Du das neue Bürgergeld. In: www.finanztip.de, 10.01.2023

M4 Wie setzt sich der Bürgergeld-Regelsatz zusammen?

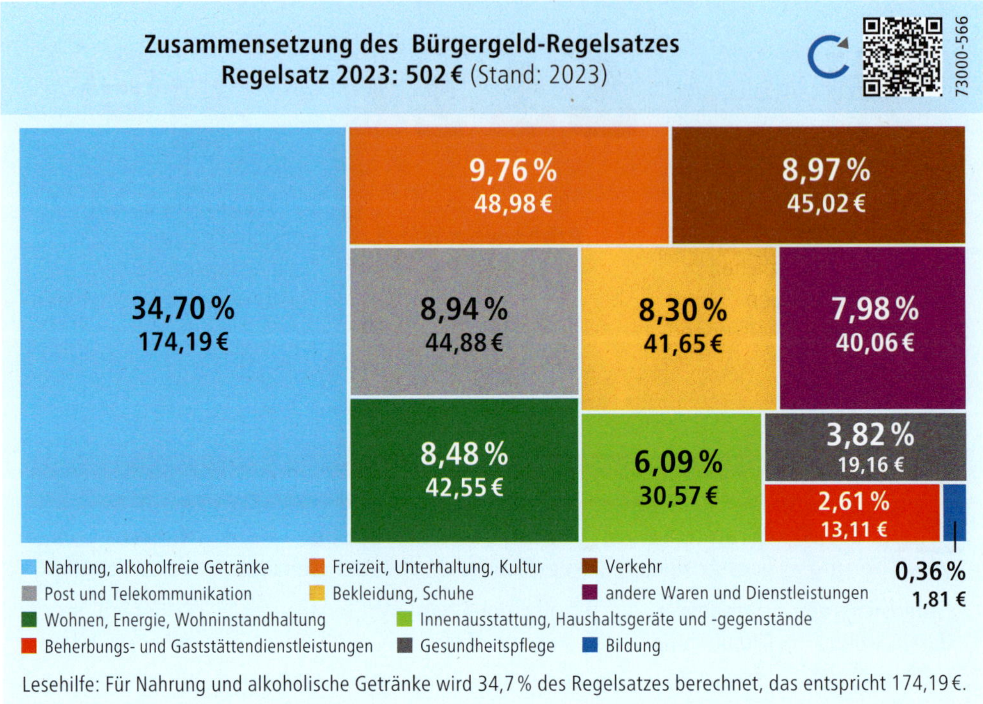

© C.C.Buchner Verlag, aktuelle Daten nach: Landeszentrale für politische Bildung Baden-Württemberg (Datenerhebung: 2023; Grafikerstellung: 2023)

M5 Wie hoch ist das Kindergeld in Deutschland?

Kindergeld in Deutschland
(Stand: 2023)

73000-09

Wem steht Kindergeld zu?

Das Kindergeld wird einkommensunabhängig an alle Familien gezahlt bis

- **18 Jahre** für alle Kinder
- **21 Jahre** für arbeitslose Kinder
- **25 Jahre** für Kinder in Ausbildung

Kindergeldantrag

Das Kindergeld bedarf eines schriftlichen Antrags bei der zuständigen Familienkasse (in der Regel bei den Agenturen für Arbeit).

Derzeit wird in Deutschland Kindergeld für rund 16 Millionen Kinder gezahlt.

Wie hoch ist das Kindergeld monatlich?

Das Kindergeld beträgt für jedes Kind 250 €.

250 €

Für jedes Kind, das in 2020 kindergeldberechtigt war, zahlt die Bundesregierung einmalig einen Bonus aus dem Coronapaket. Dieser Familienbonus beträgt 2020 300 Euro. 2021 wurden 150 Euro ausgezahlt, 2022 100 Euro.

© C.C.Buchner Verlag, aktuelle Daten nach: Bundesregierung (Datenerhebung: 2023; Grafikerstellung: 2023)

M6 Karikatur: Sozialsysteme

Karikatur: Thomas Plaßmann, 2008

AUFGABEN

82022-109

1. Arbeiten Sie aus **M1** und **M2** die Säulen der sozialen Sicherung in Deutschland heraus.
2. Erklären Sie die unterschiedlichen Prozentsätze der Sozialversicherungen in der Lohn- und Gehaltsabrechnung **M1** und ermitteln Sie, von welcher Größe die Höhe der Sozialversicherungsbeiträge abhängt.
3. Begründen Sie, dass die gesetzlich vorgeschriebene Sozialversicherung (Pflichtversicherung) dem Solidaritätsprinzip („Einer für alle, alle für einen") entspricht (**M2**).
4. Beurteilen Sie die Finanzierung der Pflichtversicherungen im Hinblick auf soziale Gerechtigkeit (**M1**, **M2**).
5. Beurteilen Sie die Regelungen zum Bürgergeld im Hinblick auf wirtschaftliche Effizienz und soziale Gerechtigkeit (**M3**, **M4**).
6. Beurteilen Sie die Regelungen zum Kindergeld im Hinblick auf wirtschaftliche Effizienz und soziale Gerechtigkeit (**M5**).
7. Beschreiben und interpretieren Sie die Karikatur **M6**.
8. Recherchieren Sie aktuelle Entscheidungen und Regelungen zum System der sozialen Sicherung und beurteilen Sie diese mit Blick auf Effizienz und soziale Gerechtigkeit.

→ **Fachwissen zu den Aufgaben**
S. 70, 71

Siehe auch:
Analyse journalistischer Texte, Thema Krankenkasse. S. 48

1.9 Wie effizient und gerecht ist unser Rentensystem?

Sie beurteilen Beispiele der sozialen Sicherung im Hinblick auf Effizienz und soziale Gerechtigkeit.

M1 Wie funktioniert die Rentenversicherung?

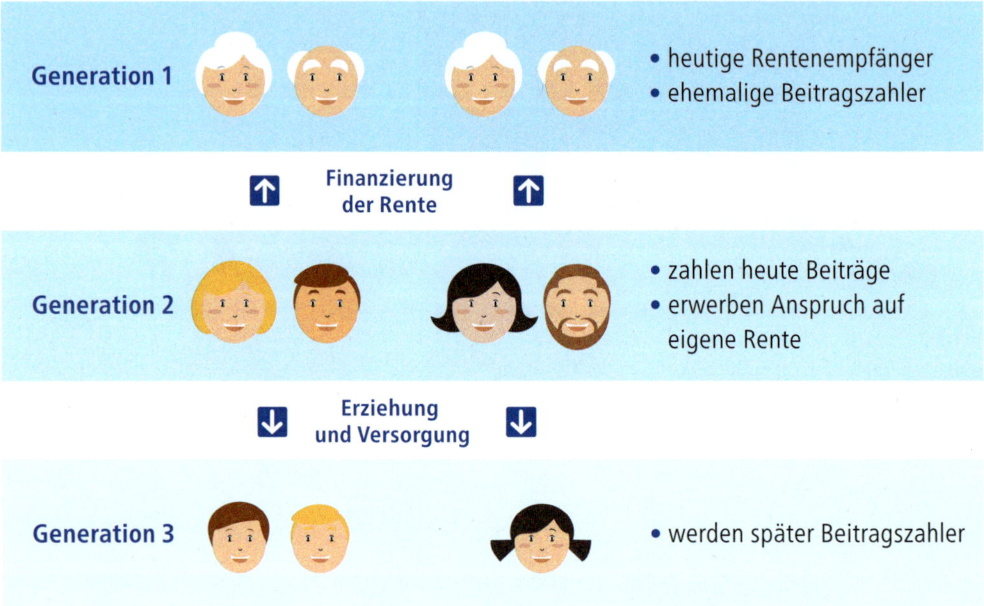

© STC Research

M2 Gewaltige Kluft zwischen Rente und Beamten-Pension

Wenig, Yannick: Gewaltige Kluft zwischen Rente und Beamten-Pension – Altersarmut droht. In: www.fr.de, 31.05.2021

Aus der Antwort der Bundesregierung auf die Anfragen der Bundestagsfraktion [...] [einer Partei] geht hervor, dass die gesetzliche Rente in 56,2 Prozent der Fälle unter 1.000 Euro liegt. 23,8 Prozent der Rentner:innen, das entspricht fast fünf Millionen Menschen in Deutschland, haben monatlich sogar weniger als 500 Euro zur Verfügung. Zum Vergleich: Die Pensionen der ehemaligen Bundesbeamtinnen und -beamten fallen deutlich höher aus. Fast zwei Drittel (65,2 Prozent) der Pensionen liegen laut diesen Zahlen über 2.000 Euro im Monat.

M3 Rentensystem vor dem Kollaps?

Die Kritik am System der deutschen Rentenversicherung ist scharf.

Viele der Kritikpunkte sind seit langem bekannt, für Aufregung sorgte aber vor allem ein Papier des wissenschaftlichen Beirats am Bundeswirtschaftsministerium. [...] Die Autoren der Studie [...] sehen „schockartig steigende Finanzierungsprobleme“ auf die Rentenkassen zukommen. Verursacht würden diese Probleme vor allem von der 2018 eingeführten Garantie des Rentenniveaus bei 48 Prozent des Durchschnittslohns sowie der

Begrenzung der Rentenbeiträge auf maximal 20 Prozent. Dies habe zusammen mit der Einführung der „Rente mit 63“ dazu geführt, dass das Defizit innerhalb der Rentenversicherung weiter ausgeweitet wurde. Mehr als ein Viertel des Bundeshaushalts musste 2019 in die Rentenkasse umgeleitet werden, um diese Lücke zu füllen. Im Jahr 2040 droht bereits knapp die Hälfte der Bundesmittel dafür aufgebracht zu werden.

Die Folgerung der Ökonomen des Beirats lautet: Die Koppelung des Renteneintrittsalters an die Lebenserwartung sei „unumgänglich“. Wenn die Deutschen also in der Tendenz länger leben und länger Rente beziehen, müsse der Rentenstart entsprechend weiter nach hinten geschoben werden. Dies würde in rund 20 Jahren einer „Rente mit 68“ entsprechen. [...]

Einen radikalen Schwenk weg von der heutigen reinen Umlagefinanzierung fordert etwa Martin Werding, Professor an der Ruhr-Universität Bochum. Eine „Aktienrente“, bei der Arbeitnehmer zwei Prozent ihres Bruttoeinkommens in einen Aktienfonds investieren, könne bei langjährig versicherten Durchschnittverdienern die Rentenzahlungen um bis zu 30 Prozent erhöhen, hat Werding errechnet.

Braun, Andreas: Rentensystem vor dem Kollaps? In: www.tagesschau.de, 21.06.2021

M4 Wo liegen die Probleme des Rentensystems?

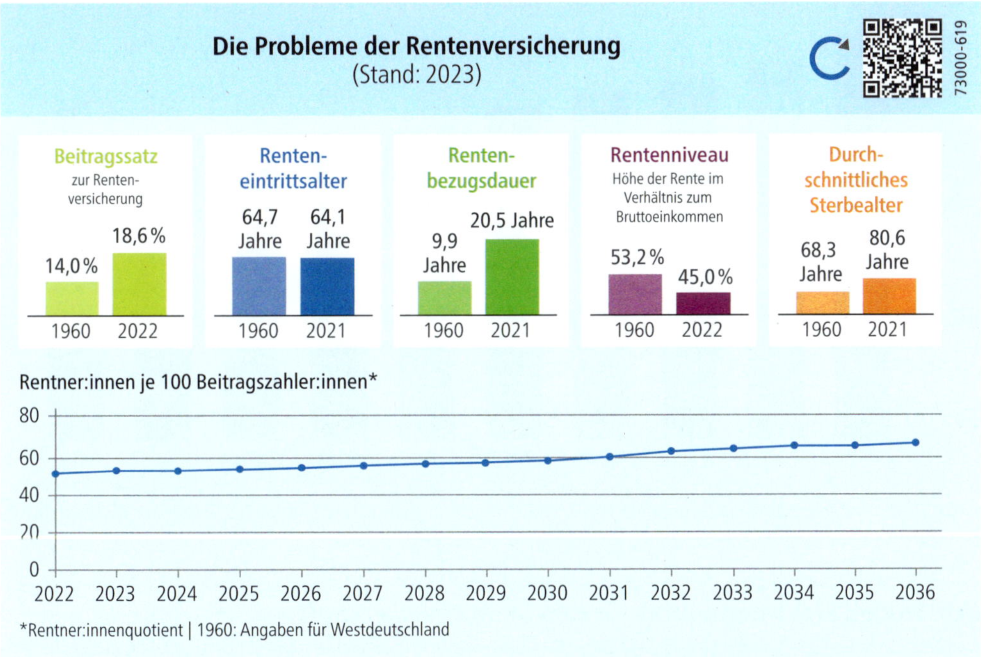

© C.C.Buchner Verlag, aktuelle Daten nach: DRV/BMAS (Datenerhebung: 2022; Grafikerstellung: 2023)

AUFGABEN

82022-110

1. Erklären Sie anhand von **M1**, warum man bei der Finanzierung der Rentenversicherung von einem Umlageverfahren und von einem Generationenvertrag spricht.
2. Arbeiten Sie aus **M1–M4** grundlegende Probleme der Rentenversicherung heraus.
3. Nehmen Sie Stellung zu den verschiedenen Vorschlägen in **M3** vor dem Hintergrund von sozialer Gerechtigkeit und Effizienz.

→ Fachwissen zu den Aufgaben S. 70, 71

1.10 Wie effizient und gerecht ist die Klimapolitik in Deutschland?

Sie beurteilen Maßnahmen und Vorschläge zur Klimapolitik im Hinblick auf Effizienz und soziale Gerechtigkeit.

M1 Treibhausgasemissionen in Deutschland

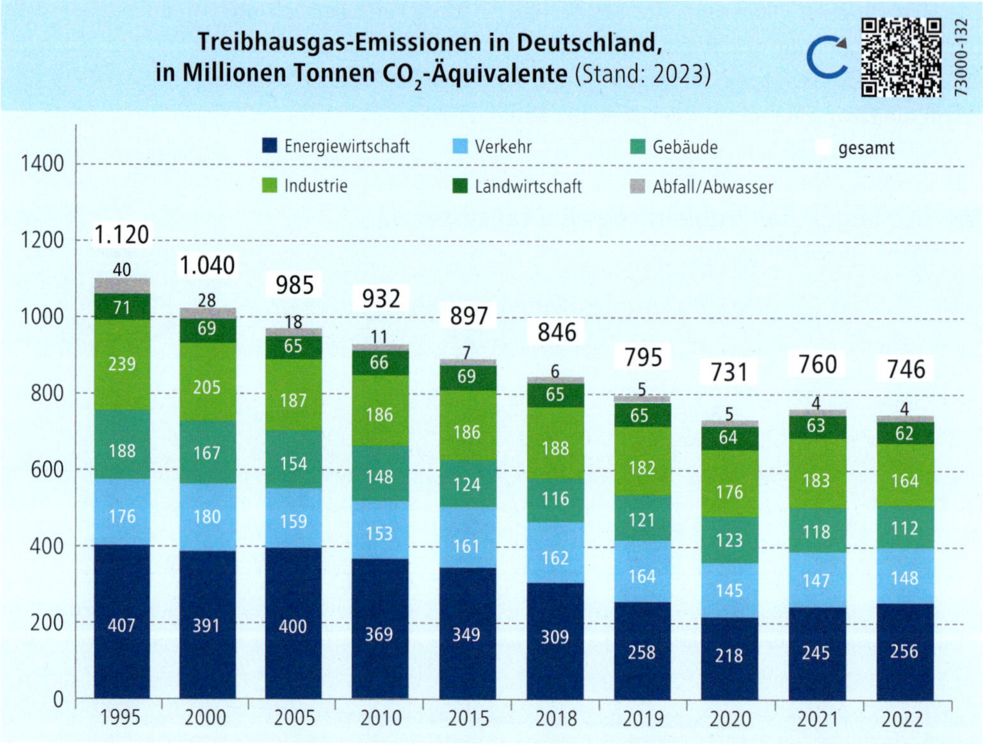

© C.C.Buchner Verlag, aktuelle Daten nach: ARD/ZDF-Onlinestudie (Datenerhebung: 2022; Grafikerstellung: 2023)

M2 Studie: Elektromobilität für den Staat teuer erkauft

Fiskalische Effekte
Effekte, die öffentliche Einnahmen (z. B. Steuern) und Ausgaben betreffen

Für jedes batterielektrisch betriebene Auto (BEV) kommen neben der Kaufprämie während der Nutzung weitere fiskalische Effekte hinzu. Zusammen summiert sich dies auf mehr als 20.000 Euro [(Stand 2021)], wenn in der gehobenen Mittelklasse ein BEV statt eines Autos mit Verbrennungsmotor genutzt wird, hat die Deutsche Bank errechnet. […] Die fiskalischen Effekte resultieren aus geringeren Einnahmen aus Energie- beziehungsweise Mineralölsteuer, Kfz-Steuer, CO_2-Abgabe auf Benzin und Diesel und Mehrwertsteuer […].

Außerdem sieht die Deutsche Bank mit Blick auf die fiskalischen Effekte eine soziale Schieflage. Besserverdienende profitierten aktuell am meisten von den Förderungen, während Geringverdienende (mit eigenem Auto) relativ zu ihrem Einkommen einen recht hohen Teil der Förderungen zahlten. Generell nähmen derzeit Personen mit

einem höheren Einkommen die staatlichen Förderungen stärker in Anspruch als Personen mit einem niedrigeren Einkommen.
„Häufig sind Elektroautos Zweitwagen in einem Haushalt und/oder sie werden als Firmenwagen genutzt. Dagegen finanzieren alle Steuerzahler gemäß ihrer jeweiligen Leistungsfähigkeit die Fördermaßnahmen und den Ausbau der Ladeinfrastruktur", wird in der Studie erläutert. Bei der Förderung privater Ladestation spiele auch eine Rolle, ob ein eigener Stellplatz vorhanden sei.
Die Fahrer und Fahrerinnen von Verbrennern zahlten zudem bei jedem Tankvorgang einen Teil des Geldes für den Betrieb der Ladeinfrastruktur für Elektroautos. [...]

Elektroautos sind häufig Firmenwagen.

Allerdings zementiere der Staat durch technologiespezifische Subventionen und die regulatorische Einstufung von Elektroautos als Null-Emissions-Fahrzeuge zu einseitig die Technologiepfade.

Wilkens, Andreas: Studie: Elektromobilität für den Staat teuer erkauft und mit sozialer Schieflage. In: www.heise.de, 10.08.2021

M3 Mittelweg zwischen Emissionshandel und CO_2-Steuer: Flexcap

Ökonomen plädieren [...] seit Jahren für die Einführung eines CO_2-Preises. Technologieoffen ausgestaltet setzt er Anreize, den Ausstoß von Treibhausgasen dort zu verringern, wo dies am günstigsten ist. [Aktuell gibt es verschiedene Abgaben, die den Ausstoß von Kohlendioxid in Deutschland bepreisen.] Die fehlende Systematik setzt bisher allerdings in nahezu allen Sektoren nicht die notwendigen Anreize für eine effiziente Vermeidung der Emissionen. Durch die Ökosteuer werden beispielsweise Benzin und Diesel mit circa 60 Euro je ausgestoßener Tonne CO_2 belastet, während beim Heizen privater Haushalte mit Erdöl nur 8 Euro je Tonne Kohlendioxid anfallen. Strom wird allein durch Stromsteuer, Emissionszertifikate und die Umlage für erneuerbare Energien (EEG-Umlage) mit fast 200 Euro je Tonne belastet. Um die Klimaziele zu erreichen, müsste grüner Strom in Zukunft jedoch viel stärker als bisher in den Sektoren Wärme und Verkehr eingesetzt werden. Das aktuelle Steuersystem setzt dafür nicht die richtigen Anreize. [...]
Ein vom ifo-Institut entwickeltes Konzept zur CO_2-Bepreisung mit dem Titel „Flexcap" verbindet die Vorteile von CO_2-Steuer und Emissionshandelssystem und stellt eine effizientere Lösung als die Reinform beider Instrumente dar. Ein reines Emissionshandelssystem wälzt alle Unsicherheit in Form von Preisschwankungen auf Firmen und Konsumenten ab. Die reine CO_2-Steuer wiederum gefährdet die Erreichung des Mengenziels. Beim Flexcap hängt die Menge der zu versteigernden Zertifikate vom Preis ab: Ist der Preis hoch, werden mehr Zertifikate versteigert. Ist der Preis niedrig, so werden weniger Zertifikate versteigert. Beide Anpassungen stabilisieren den Preis im Vergleich zu einem Emissionshandelssystem mit fixer Obergrenze. Mit Flexcap reduziert sich die Unsicherheit in Bezug auf Preis und Menge, gleichzeitig lassen sich die langfristigen Klimaziele erreichen.

EEG-Umlage
Abgabe, die den Ausbau und die Förderung von erneuerbaren Energiequellen finanziert (zum 01.01.2023 abgeschafft).

Nach: Pittel, Karen/Henning, Hans-Martin: Was uns die Energiewende wirklich kosten wird. In: www.faz.net, 12.07.2019 und ©ifo Institut: Das Flexcap – eine innovative CO_2-Bepreisung für Deutschland. In: www.ifo.de (Abruf am 16.12.2021)

M4 Karikatur zum CO_2-Ausstoß

Karikatur: Mester, 2017

M5 Klimaziele der EU

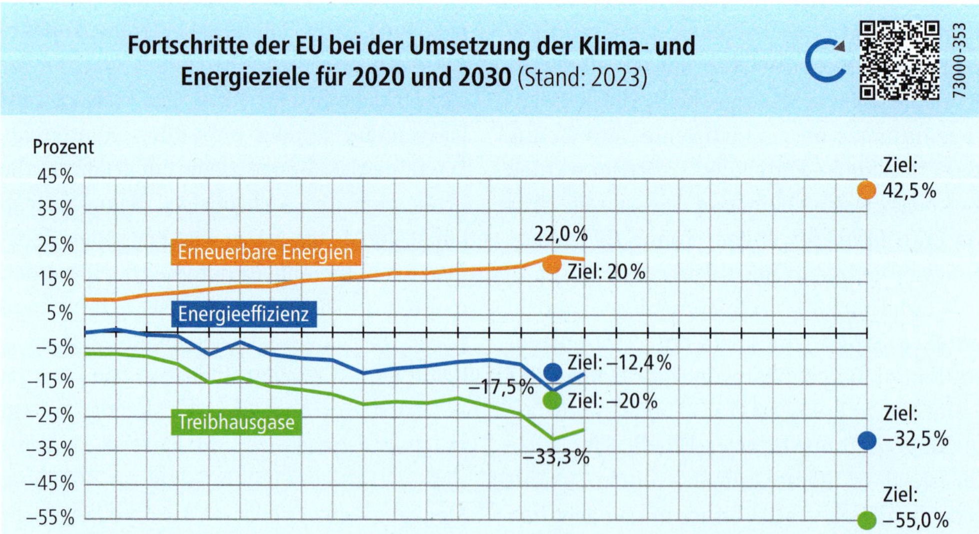

© C.C. Buchner Verlag, aktuelle Daten nach: Umweltbundesamt (Datenerhebung: 2022; Grafikerstellung: 2023)

M6 Internationale Klimapolitik

Der Klimawandel macht nicht vor nationalen Grenzen Halt. Er ist aufgrund seiner Ursachen und seiner Folgen eine globale Herausforderung, die internationale Lösungen und die Kooperation aller Staaten erfordert.

Die Internationale Klimapolitik beschäftigt sich damit, mit welchen Maßnahmen effektiver Klimaschutz erreicht werden kann. Eines der zentralen Handlungsfelder ist die Vermeidung und Verringerung des Ausstoßes von Treibhausgasen [...]. Zudem erarbeiten die internationalen Staatenvertreter Lösungsstrategien, wie die nicht mehr vermeidbaren Folgen des Klimawandels bewältigt und eingedämmt werden können [...]. [...]
Das maßgebliche völkerrechtliche Vertragswerk zum internationalen Klimaschutz ist die Klimarahmenkonvention der Vereinten Nationen [...]. Heute umfasst die Klimarahmenkonvention 194 Mitgliedsstaaten, sowie die EU als regionale Wirtschaftsorganisation. Damit haben sich fast alle Länder der Welt zu den Zielen und Prinzipien der Klimarahmenkonvention bekannt. Konkrete Einigungen sind aufgrund der Vielzahl von Interessen jedoch oft nur schwer zu erzielen. [...]
Neben der Klimarahmenkonvention gibt es auch andere internationale politische Bemühungen, Klimaschutz in Industrie-, Schwellen- und Entwicklungsländern weiter voranzubringen. Sie unterscheiden sich vor allem in ihren Themenschwerpunkten und dem Kreis der Mitglieder. [...]
Setzt sich der heutige steigende Emissionstrend weiter fort, ist laut Weltbankbericht bis Ende des Jahrhunderts eine Erwärmung von bis zu vier Grad Celsius zu erwarten. Dies hätte verheerende Folgen für Menschen und Ökosysteme auf der ganzen Welt, insbesondere aber für die ärmsten Menschen in Schwellen- und Entwicklungsländern. Zur Stabilisierung des Klimas auf einem als gerade noch „verträglich" eingeschätzten Niveau, das heißt unterhalb der Zwei-Grad-Obergrenze, müssen die weltweiten Treibhausgasemissionen unmittelbar und langfristig stark gesenkt werden.

Umweltbundesamt: Internationale und EU-Klimapolitik. In: www.umweltbundesamt.de, 28.03.2022

AUFGABEN

82022-111

1. Werten Sie die Statistik **M1** aus und formulieren Sie drei Kernaussagen.
2. Leiten Sie aus **M1** mögliche Ansatzpunkte für die Klimapolitik ab.
3. Diskutieren Sie die Förderung von E-Mobilität vor dem Hintergrund von Effizienz und sozialer Gerechtigkeit (**M2**). Diskutieren die ggf. den Vorschlag des ifo-Instituts vor dem Hintergrund von Effizienz und sozialer Gerechtigkeit (**M3**).
4. Beschreiben und interpretieren Sie die Karikatur **M4** auch vor dem Hintergrund der Grafik **M5**.
5. Begründen Sie, dass eine sozial gerechte Klimapolitik nicht vor den Landesgrenzen haltmachen darf (**M6**).
6. Diskutieren Sie, inwiefern internationale Klimapolitik möglich ist (**M6**).
7. Entwickeln Sie im Klassenverband Kriterien oder Maßstäbe für eine effiziente Klimapolitik.
8. Recherchieren Sie aktuelle Entscheidungen und Regelungen zur Klimapolitik und beurteilen Sie diese vor dem Hintergrund von **M5** mit Blick auf Effizienz und soziale Gerechtigkeit.

→ Fachwissen zu den Aufgaben S. 69, 70

Analyse wirtschaftswissenschaftlicher journalistischer Texte

Im Deutschunterricht der vergangenen Jahre haben Sie sich bereits viele Kompetenzen im Umgang mit dem Lesen pragmatischer Texte angeeignet. Sie können mittlerweile pragmatische Texte mit geeigneten Kategorien (z. B. Inhalt, Aufbau, Argumentation, Adressatenbezug, Intention, Veröffentlichungsmedium) untersuchen, Sie analysieren und unterscheiden journalistische Textsorten (z. B. Nachricht, Kommentar, Glosse, Blog) und Sie entscheiden sich für geeignete Lesestrategien. Im Folgenden soll daher auf fachliche Kompetenzen aus dem Bereich Deutsch wie Lesestrategien o. ä. nicht mehr eingegangen werden.
Sie finden hier vielmehr noch einige fachspezifische Tipps, Vorgehensweisen und Hinweise zur Lektüre von journalistischen Texten mit wirtschaftswissenschaftlichem oder rechtswissenschaftlichem Bezug.

Schritt 1: Ziel der Lektüre → **Schritt 2: Prüfung der Glaubwürdigkeit** → **Schritt 3: Inhaltliche Analyse** → **Schritt 4: Positionierung**

Schritt 1: Ziel der Lektüre

Die Lektüre eines Textes erfolgt nie zweckfrei. Daher sollten Sie sich vor dem Lesen darüber im Klaren sein, welches Ziel Sie mit der Lektüre verfolgen:

- Wollen Sie sich nur einen Überblick oder Einblick verschaffen?
- Dient die Lektüre der Vertiefung in einem bereits bekannten Gebiet?
- Liegt Ihnen eine konkrete Aufgabenstellung zum Text vor, z. B. Fakten herausarbeiten, Kernaussagen notieren?

Schritt 2: Prüfung der Glaubwürdigkeit (Seriosität)

Beim Lesen eines Artikels mit fachlichem Bezug muss immer die Glaubwürdigkeit des Textes überprüft werden, um nicht Fehl- oder Falschinformationen aufzusitzen:

- Werden Quellen genannt?
- Wie vertrauenswürdig sind die Quellen?
- Welche Qualifikation hat der Autor oder die Autorin?
- In welchem Medium wurde der Text veröffentlicht?

Schritt 3: **Inhaltliche Analyse**

Bei der inhaltlichen Analyse stehen das Verstehen und **Einordnen** der dargebotenen Informationen im fachlichen Kontext im Vordergrund:

- Welche Textform liegt vor (Bericht, Fachartikel, Kommentar, ...)?
- Werden objektive Fakten oder subjektive Meinungen wiedergegeben?
- Wann wurde der Text veröffentlicht, ist der Stand aktuell?
- Verstehe ich den Inhalt oder muss ich Begriffe recherchieren?
- Um welches wirtschaftswissenschaftliche Gebiet handelt es sich?
- Was sind die Kernaussagen bzw. Kernthesen des Textes?
- Lässt sich die Intention des Autors oder der Autorin herauslesen?
- Welche Informationen sind neu, welche lassen sich an bereits bekanntes Fachwissen anknüpfen?

Schritt 4: **Persönliche Stellungnahme / eigene Positionierung**

In den Wirtschaftswissenschaften gibt es ebenso wie in den Rechtswissenschaften häufig kein absolutes „richtig" oder „falsch". Daher ist es wichtig, die angebotenen Informationen auch für die eigene fachliche und politische Meinungsbildung zu bewerten:

- Wie schätze ich die Fakten / Argumentation im Artikel ein?
- Benötige ich weitere Informationen (z. B. Gegenmeinungen)?

Grundsätzlich ist es auch von Vorteil, sich nach der Lektüre mit anderen Personen auszutauschen und über den Text zu sprechen, um das eigene Verständnis und die Position zu festigen.

1.11 Analyse journalistischer Fachtexte – Thema Krankenkasse

Sie analysieren wirtschaftliche journalistische Texte im Hinblick auf Aussagekraft und Intention des Autors.

Was eine Bürgerversicherung bringt – und was nicht

Gesetzlich, privat – oder lieber alle Versicherten in einem System? [...] [Einige Parteien] werben für eine Bürgerversicherung. Ökonomen haben nun ausgerechnet, ob sich das finanziell lohnt.

Zwischen einem Menschen und einem Termin in einer deutschen Facharztpraxis steht in Deutschland eine große Hürde, sie heißt: Wie sind Sie versichert? Privat oder gesetzlich, das spaltet das Land in privilegierte und weniger privilegierte Patienten, in „Kommen Sie gerne heute Nachmittag vorbei" und „Leider haben wir erst wieder was im März [...] [nächsten Jahres]". Ob das wirklich nicht besser geht, ist eine der zentralen Fragen des deutschen Gesundheitssystems – und manche, dazu gehören auch die SPD, die Linken und die Grünen, wollen diesen Missstand mit einer sogenannten Bürgerversicherung beheben: mit einer Krankenversicherung für alle. Aber wäre das wirklich gerechter?

Das arbeitgeberfinanzierte Institut der Deutschen Wirtschaft (IW) hat nachgerechnet, was eine Bürgerversicherung tatsächlich für die Versicherten in Deutschland bedeuten würde. Die Studie, die der SZ vorliegt, kommt zu dem Schluss: Die Lasten würden in einem solchen Modell anders verteilt als bisher, die Gruppe der heute gesetzlich Versicherten könnte sich auf geringere Beiträge einstellen – allerdings nur für etwa sechs Jahre. Dann würde der Kassenbeitrag wieder auf das Niveau von heute steigen.

Um die Kosten einer gemeinsamen Versicherung berechnen zu können, haben die Wissenschaftler zunächst verglichen, wie hoch das Erkrankungsrisiko beider Gruppen ist. Dabei zeigt sich, dass im Alter zwischen 20 und 70 Jahren die privat Versicherten deutlich geringere Kosten verursachen als gesetzlich Versicherte. Im höheren Alter gleicht sich das an. Für die Studie hat man das als Indiz für die tatsächlich bessere Gesundheit der privat Versicherten interpretiert. Woran liegt das? Es gebe mehrere Erklärungsansätze, sagt Jochen Pimpertz, der am IW Köln unter anderem zu Krankenversicherung und Verteilungsfragen forscht und einer der Studienautoren ist. Eine Möglichkeit sei, dass vor allem Menschen mit guter Konstitution ein hohes Einkommen erwirtschaften. Wer mit seiner Gesundheit kämpft, könnte es deutlich schwerer haben, überhaupt über die Verdienstgrenze zu kommen, die für einen Beitritt in die private Krankenversicherung notwendig ist. Die andere Möglichkeit wäre, dass die Privaten ihre Versicherten durch bessere Leistungen länger gesund hielten. „Diese Frage ist wissenschaftlich ungeklärt", sagt Pimpertz.

Um einen ganzen Punkt könnten die Beiträge sinken – aber nicht für immer

Tatsächlich würden bei einem Wechsel aller PKV-Versicherten in die gesetzliche Kasse nun überdurchschnittlich viele ältere Menschen dazukommen, die entsprechend höhere Kosten verursachen. Sie brächten allerdings auch überdurchschnittlich hohe Einkommen und folglich hohe Beiträge mit. Das führt dazu, dass mit dem aktuellen Beitragssatz Überschüsse erwirtschaftet würden – das sieht das System nicht vor, der Kassenbeitrag würde also gesenkt: um einen Prozentpunkt von derzeit 15,6 auf 14,6 Prozent.

Wer aktuell gesetzlich versichert ist, könnte sich von einer Bürgerversicherung also eine finanzielle Entlastung erhoffen. Allerdings wäre die nur temporär, sagt Pimpertz: „Wenn alle anderen Rahmenbedingungen unverändert bleiben, die Kosten also weiterhin überproportional wachsen, dann wäre nach sechs Jahren das alte Beitragsniveau wieder erreicht."

Kritisch sehen die Wissenschaftler auch die Frage, wie die Lasten zwischen Alt und Jung verteilt wären. Grundsätzlich bliebe der Anteil jener Menschen, die einen „Solidarbeitrag" leisten, die also mehr bezahlen als ihrem aktuellen Erkrankungsrisiko rechnerisch entspräche, bei Einführung einer Bürgerversicherung zunächst bei knapp 40 Prozent nahezu konstant. Aufgrund des demografischen Wandels – also der Alterung der Gesellschaft – werden die jungen Menschen im Erwerbsalter immer stärker belastet, um das GKV-System weiter zu finanzieren. „Dieses Problem besteht derzeit und es bestünde in einer Bürgerversicherung weiterhin", so Pimpertz.

Kann man das lösen? Der Wissenschaftler schlägt vor, die Solidarleistung ab einem bestimmten Punkt zu deckeln und den Rest über ein kapitalgedecktes Versicherungsmodell zu finanzieren. Für Versicherte hieße das, dass sie – ähnlich wie beim Zusatzbeitrag, der schon derzeit bei vielen Kassen fällig wird – zusätzliche Kosten hätten, auch wenn der Beitragssatz nicht steigt. Im IW-Modell wären das aber keine einkommensabhängigen Aufschläge, sondern Versicherungsprämien. Das, so Pimpertz, könnte zu mehr Wettbewerb auf der Angebotsseite führen: Versicherungen könnten Modelle anbieten, mit denen Menschen ihre Prämien reduzieren könnten, etwa wenn sie auf freie Arztwahl verzichteten und stattdessen stets zuerst zum Hausarzt gehen würden.

Slavik, Angelika: Was eine Bürgerversicherung bringt – und was nicht. In: www.sueddeutsche.de, 12.07.2021

AUFGABE 82022-112

Diskutieren Sie die Einführung einer Bürgerversicherung für alle mit Blick auf wirtschaftliche Effizienz und soziale Gerechtigkeit. Analysieren Sie dazu den Text unter Berücksichtigung der Hinweise auf der Methodenseite „Analyse wirtschaftswissenschaftlicher Texte" auf S. 46.

1.12 Analyse journalistischer Fachtexte – Thema Klimapolitik

Mehr Demokratie wagen – eine Handlungsanweisung

Beim Klimaschutz verhindern Denkblockaden wichtige Fortschritte, kritisiert IW-Direktor Michael Hüther in einem Gastbeitrag für das Handelsblatt. Die Parteien sollten die Wähler mit Transparenz und Ehrlichkeit für notwendige Reformen gewinnen. […]

Bau eines klimaneutralen Hauses

Beispiel Klimaschutz: Er ist zur Jahrhundertaufgabe der Menschheit geworden. Doch der Entwurf des jüngsten „Projektionsberichts“ zum „Klimaschutzprogramm 2030“ des Bundesumweltministeriums macht deutlich, dass wir nicht auf dem projektierten Weg sind.

Klar ist: Klimapolitik ist mit erheblichen Belastungen verbunden. Denn die zunehmend verringerte Zuteilung von CO_2-Emissionsrechten führt in vielen Lebensbereichen zu Konsequenzen, die mit erheblichen Verteilungskonflikten einhergehen werden. Diese Konsequenzen lassen sich nicht mit Formulierungen wie „grünes Wachstum“, „neue Märkte“, „saubere Jobs“ übertünchen.

Die Kosten für das Individuum zu verschleiern ist Folge eines verfestigten Denkens in politischen Silos und der Ignoranz gegenüber Wechselwirkungen. Denn schnell entstehen aus wirksamer Klimapolitik Konflikte mit anderen Politikfeldern.

Wer die energetische Gebäudesanierung forcieren will, was dringend geboten ist, der wird mit Steigerungen bei den Mieten konfrontiert, die in den letzten Jahren in größeren Städten infolge erhöhter Binnenwanderung bereits kräftig gestiegen sind. Der Vorschlag eines Mietpreisdeckels ist nicht nur mit Blick auf die Anreize für vermehrte Bautätigkeit fragwürdig, sondern ebenso klimapolitisch.

Wer im Verkehr die Dekarbonisierung, die Abkehr von fossilen Energieträgern, vorantreiben will, der wird durch die sinnvolle Integration des Bereichs in den Zertifikatehandel über die Mineralölwirtschaft steigende Benzinpreise in Kauf nehmen müssen.

Subventionen führen zu unerwünschten Verteilungswirkungen

Die Subventionen für batterieelektrisch angetriebene Fahrzeuge – vor allem bei SUVs – kann man als teuer und ineffizient bewerten, zudem führen sie zu unerwünschten Verteilungswirkungen. Diese werden noch dadurch verschärft, dass die Ladestationen leichter in Eigenheimvierteln für alle verfügbar zu machen sind als in Vierteln mit dichtem Geschosswohnungsbau.

Im Ergebnis werden die einen beruhigt im subventionierten Hybrid- oder E-Auto fahren, die anderen beengt mit dem öffentlichen Nahverkehr. Dessen Ausbau läuft allen Wünschen und Notwendigkeiten hinterher. Das liegt am Geld, vor allem aber an den Planungs- und Genehmigungsverfahren.

In den Wahlprogrammen fast aller demokratischen Parteien findet sich der Hinweis, die Ökostromumlage in den Bundeshaushalt zu überführen. Dafür gibt es sowohl gute energie- und klimapolitische Gründe – Stichwort Sektorkopplung – als auch ordnungs- und verteilungspolitische Argumente.

Derzeit finanziert die EEG-Umlage die Subventionen für Immobilienbesitzer, bezahlt wird sie aber von allen privaten Haushalten unabhängig von ihrer Leistungsfähigkeit. Das würde bei einer Finanzierung über Steuern anders, die Umverteilung von unten nach oben wäre beendet. Doch die 16 Milliarden Euro, die ab 2022 leicht ansteigend vom Bund zusätzlich zu finanzieren sind, erforderten Steuererhöhungen oder Ausgabenkürzungen an anderer Stelle. [...]

Schließlich noch ein Blick auf die internationalen Zusammenhänge: Allen ist klar oder sollte klar sein, dass der Klimaschutz nur international zum Erfolg führt. Jede nationale Agenda muss darauf gerichtet sein. Doch dem Pariser Abkommen fehlt eine Verhandlungslogik, die den Ländern in einem anderen Entwicklungsstadium verhandelbare Vorteile aus der Klimaneutralität verschafft.

Klimaschutz bedarf internationaler Kooperation

Und nicht vergessen sollte man: In der letzten Dekade hat China so viele Kraftwerke für fossile Brennstoffe neu gebaut, dass allein deren Kapazität den Bedarf Europas erreicht.

Internationale Lösungen können begünstigt werden, wenn bestehende Klimaclubs – wie die Europäische Union – zeigen, dass CO2-Neutralität erreichbar sein kann, ohne massiv und dauerhaft an Wohlstand einzubüßen. Das setzt voraus, dass wir die Wechselwirkungen nicht ignorieren, sondern ihr Konfliktpotenzial auflösen. Das bedeutet nicht zuletzt, Klimapolitik auch als verteilungspolitische Herausforderung zu betrachten, indem jene Gruppen kompensiert werden, die dadurch besondere Einbußen erleiden.

Die UN-Klimakonferenz als internationale Kooperation

Hüther, Michael: Mehr Demokratie wagen – eine Handlungsanweisung. In: www.iwkoeln.de, 27.08.2021

AUFGABEN 82022-113

Leiten Sie aus dem Text konkrete Handlungsempfehlungen ab, die sowohl wirtschaftlich effizient als auch sozial gerecht erscheinen. Analysieren Sie dazu den Text unter Berücksichtigung der Hinweise auf der Methodenseite „Analyse wirtschaftswissenschaftlicher Texte" auf S. 46.

1.13 Wie reagiert der Staat auf Strukturwandel?

Sie beurteilen staatliche Reaktionen auf den Strukturwandel im Hinblick auf wirtschaftliche Effizienz und soziale Gerechtigkeit.

M1 Strukturwandel durch Automatisierung

Prognose zur Anzahl der potenziell gefährdeten Arbeitsplätze durch die Automatisierung in Deutschland nach Berufen bis zum Jahr 2025 (in Millionen)

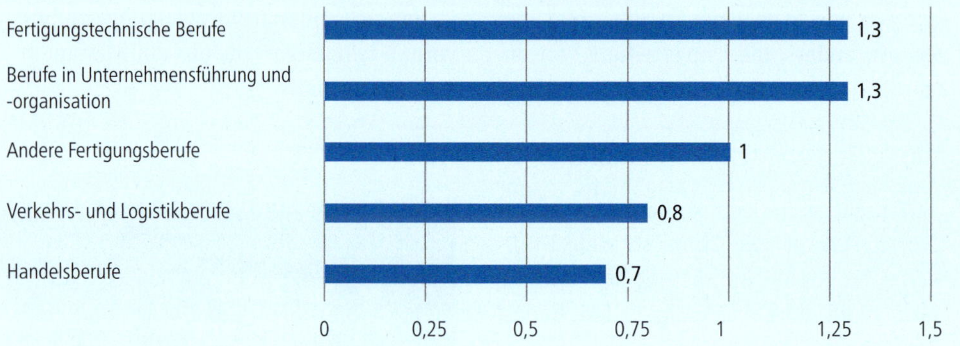

Nach: Statista, T. Käufer

M2 Strukturwandel in den Wirtschaftssektoren

Entwicklung von Erwerbstätigkeit und BIP nach Wirtschaftssektoren (Stand: 2023)

73000-620

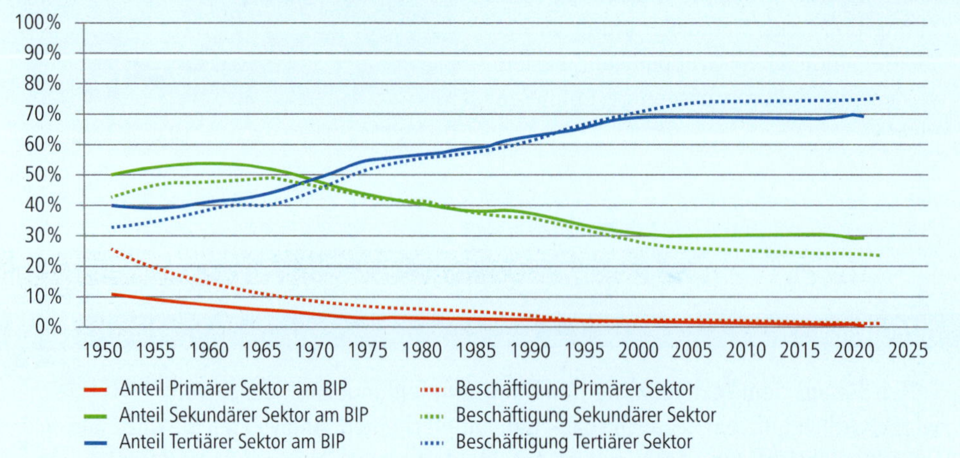

© C.C.Buchner Verlag, aktuelle Daten nach: DESTATIS (Datenerhebung: 2022; Grafikerstellung: 2023)

1

M3 Arbeitswelt und Arbeitsmarkt: Strukturwandel gestalten

Der Einsatz von Künstlicher Intelligenz wird zu einer neuen Stufe der Veränderung von Arbeit führen, mit deutlichen Unterschieden zur bisherigen Automatisierung und Digitalisierung. [...] KI hat Auswirkungen auf Anforderungen, Kompetenzen, Arbeitsplätze, Arbeitsorganisation und Arbeitsbeziehungen. Ein ganzheitlicher, menschengerechter und nutzerzentrierter Ansatz ist essentiell für die Entwicklung und positive Nutzung von KI in der Arbeitswelt und Voraussetzung dafür, die Innovations- und Produktivitätspotenziale von KI auszuschöpfen. [...]
Ein wesentlicher Fokus der Beteiligten am Konsultationsprozess liegt in diesem Handlungsfeld auf der zügigen Umsetzung einer nationalen Weiterbildungsstrategie. Es sollen Möglichkeiten für flexiblere und weniger formalisierte Wege digitaler Weiterbildung geschaffen und eine Verbesserung der Übersichtlichkeit und Qualität von Qualifizierungsangeboten erreicht werden. [...]
Das gesamtgesellschaftliche Potenzial von KI liegt in der Produktivitätssteigerung bei zeitgleicher Steigerung des Wohlergehens der Erwerbstätigen: Eintönige oder gefährliche Aufgaben können an Maschinen übertragen werden, während sich Menschen auf kreative Problemlösungen konzentrieren könnten. [...]
[Unter anderem] sind folgende Maßnahmen vorgesehen: [...]

- Die Bundesregierung organisiert einen europäischen und transatlantischen Dialog zum menschenzentrierten Einsatz von KI in der Arbeitswelt. [...]
- Im Rahmen einer Nationalen Weiterbildungsstrategie wird die Bundesregierung ein breitenwirksames Instrumentarium zur Förderung der Kompetenzen von Erwerbstätigen entwickeln. [...]
- Die Bundesregierung wird auf der analytischen Grundlage eines neuen Fachkräftemonitorings die Fachkräftestrategie auch im Hinblick auf den digitalen Wandel und neue Technologien wie KI weiterentwickeln. [...]
- Die Bundesregierung wird die betrieblichen Mitbestimmungsmöglichkeiten bei der Einführung von KI-Anwendungen sichern und prüfen, ob im Rahmen eines eigenständigen Beschäftigtendatenschutzgesetzes mehr Rechtssicherheit bei der Einführung entsprechender Anwendungen im Betrieb geschaffen werden kann.

© Bundesregierung: Strategie Künstliche Intelligenz der Bundesregierung. In: Nationale Strategie für Künstliche Intelligenz (2018), S. 25 ff.

KI (Künstliche Intelligenz)
Fähigkeit einer Maschine, menschliche Fähigkeiten wie logisches Denken, Lernen, Planen und Kreativität zu imitieren

AUFGABEN 82022-114

1. Analysieren Sie die Statistik M1 im Hinblick auf Auswirkungen auf die Berufswelt.
2. Analysieren Sie die Statistik M2 und definieren Sie daraus den Begriff Strukturwandel.
3. Beurteilen Sie die staatlichen Reaktionen auf den Strukturwandel vor dem Hintergrund von Effizienz und sozialer Gerechtigkeit (M1–M3). Recherchieren Sie dazu ggf. weitere Informationen in der „Strategie Künstliche Intelligenz der Bundesregierung".

→ Fachwissen zu den Aufgaben S. 71, 72

1.14 Wie stellt man gesamtwirtschaftliche Zusammenhänge aus der Realität in einem Modell dar?

Sie ordnen konkrete wirtschaftliche Aktivitäten den Strömen des Kreislaufmodells zu.

M1 Akteure der deutschen Volkswirtschaft

84,3 Mio. Einwohner (Stand 2023)

45,6 Mio. Erwerbstätige (Stand 2023)

3,7 Mio. Unternehmen (Stand 2023)

10.789 Gemeinden (Stand 2021)

107 kreisfreie Städte und 294 Landkreise (Stand 2023)

aktuelle Zahlen: Statistisches Bundesamt

M2 Der deutsche Bundeshaushalt

Einnahmen und Ausgaben des Bundeshaushalts, in Milliarden Euro
(Stand: 2023)

73000-133

Einnahmen	476,3 (Soll)	Ausgaben	476,3 (Soll)
allg. Finanzverwaltung	411,70	Arbeit und Soziales	166,20
Bundesschuld	47,90	allg. Finanzverwaltung	42,30
Verkehr, digitale Infrakstruktur	8,60	Verteidigung	50,10
Sonstiges	2,60	Gesundheit	24,50
Arbeit und Soziales	2,80	Verkehr, digitale Infrakstruktur	35,60
Inneres, Bau, Heimat	0,60	Bildung, Forschung	20,30
wirtschaftliche Zusammenarbeit, Entwicklung	0,75	Bundesschuld	42,20
		Inneres, Heimat	13,10
Wirtschaft, Klimaschutz	0,70	Familie, Senioren, Frauen, Jugend	13,60
Verteidigung	0,30	wirtschaftliche Zusammenarbeit, Entwicklung	12,20
Familie, Senioren, Frauen, Jugend	0,20		
Gesundheit	0,10	Wirtschaft, Klimaschutz	14,60
Bildung, Forschung	0,04	Sonstiges	31,60

© C.C.Buchner Verlag, aktuelle Daten nach: Bundesministerium der Finanzen (Datenerhebung: 2023; Grafikerstellung: 2023)

M3 Ströme in der Wirtschaft

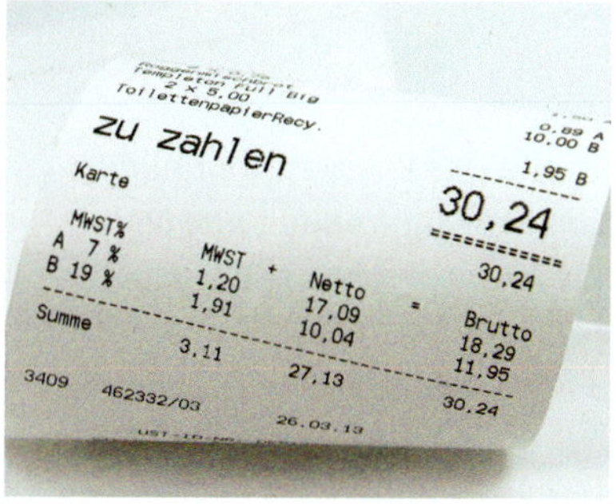

Ein Kassenzettel mit ausgewiesener MwSt.

Ein Ordner mit der Aufschrift „Bausparen"

Eine Straße wird frisch geteert

	Gesamt-Brutto
Jahresgehalt	33.600,00 €
Monatsgehalt	2.800,00 €

Abzüge		Jährlich	Monatlich
Lohnsteuer		3.552,96 €	296,08 €
Solidaritätszuschlag		–	–
Kirchensteuer		284,16 €	23,69 €
Steuerrechtliche Abzüge		3.837,12 €	319,77 €
Rentenversicherung	9,300 %	3.124,80 €	260,40 €
Krankenversicherung	7,300 %	2.721,60 €	204,40 €
Pflegeversicherung	1,875 %	630,00 €	52,50 €
Arbeitslosenversicherung	1,300 %	436,80 €	36,40 €
Summe Sozialversicherung		6.913,20 €	553,70 €
Summe der Abzüge		10.750,32 €	873,47 €

Ausschnitt aus einer Gehaltsabrechnung

AUFGABEN 82022-115

1 a) Begründen Sie anhand der Zahlen in M1, dass für eine Modellbildung der deutschen Volkswirtschaft eine Zusammenfassung der verschiedenen Akteure zu den Sektoren Private Haushalte, Unternehmen und Staat sinnvoll ist.

b) Visualisieren Sie, wie die einzelnen Sektoren zueinander in Beziehung stehen bzw. wie die Sektoren interagieren. Verwenden Sie dazu auch die Quellen M2 und M3.

c) Begründen Sie, warum es ausreicht, in dem erstellten Modell nur Geldströme zwischen den Sektoren zu betrachten und reduzieren Sie Ihr Modell dementsprechend.

d) Vergleichen Sie Ihr Modell mit dem Kreislaufmodell im Fachwissen (S. 73) und begründen Sie die Notwendigkeit des Sektors Vermögensveränderungen.

→ Fachwissen zu den Aufgaben S. 72, 73

2 Ordnen Sie die in M2 und M3 dargestellten Informationen und Aktivitäten den Strömen des Kreislaufmodells zu.

→ Fachwissen S. 73

METHODE

Ursache-Wirkungszusammenhänge mithilfe des Kreislaufmodells formulieren

Sie formulieren Ursache-Wirkungszusammenhänge mithilfe des Kreislaufmodells. Volkswirtschaftliche Zusammenhänge lassen sich gut am Kreislaufmodell nachvollziehen und erklären. Mithilfe dieses Modells ist es sogar möglich, potenzielle Auswirkungen einer volkswirtschaftlichen Entscheidung aufzuzeigen. Natürlich darf man bei einer Analyse nicht vergessen, dass das Modell nur ein Modell ist, die Zusammenhänge also vereinfacht und reduziert dargestellt sind. Deshalb sollte man beim Formulieren von Ursache-Wirkungsketten immer den Konjunktiv verwenden, wenn man Prognosen äußert.

Eine kreislauftheoretische Analyse findet in drei Schritten statt:

Schritt 1: Situation analysieren → **Schritt 2:** Ströme und Sektoren zuordnen → **Schritt 3:** mögliche Auswirkungen analysieren und formulieren

Schritt 1: Die Situation analysieren

- Welche Entscheidung, Veränderung, Regelung steht im Fokus?
- Welche Akteure sind betroffen?

Schritt 2: Die Vorgänge den Strömen des Kreislaufmodells zuordnen

- Welche Sektoren im Kreislaufmodell sind unmittelbar betroffen?
- Welche Ströme im Kreislaufmodell sind unmittelbar betroffen?
- Erhöhen oder verringern sich die Stromwerte?

Schritt 3: Die möglichen Auswirkungen auf die Sektoren und weitere Ströme analysieren und formulieren

- Wie könnten sich die veränderten Stromwerte auf die betroffenen Sektoren auswirken?
- Wie könnten die betroffenen Sektoren darauf reagieren?
- Welche möglichen Auswirkungen könnten diese Reaktionen auf weitere Ströme oder Sektoren haben?

Um die Ursache-Wirkungszusammenhänge zu formulieren, verwendet man die Bezeichnung der Sektoren und der Ströme und setzt diese mit den realen Vorgängen in Beziehung. Es ist dabei sinnvoll, vom betroffenen Strom auszugehen und zu argumentieren.

Beispiel:
Formuliert man z. B. die Ursache-Wirkungszusammenhänge einer Senkung der Unternehmensteuern, so wäre eine mögliche Formulierung:

> Eine Senkung der Unternehmensteuern wirkt sich auf den Strom T vom Sektor Unternehmen zum Sektor Staat aus. Dieser verringert sich. Dadurch verbleibt bei den Unternehmen mehr Geld, die Einnahmen des Staates verringern sich.
> Steht den Unternehmen mehr Geld zur Verfügung, so können diese z. B. investieren (I) und die Produktion ausweiten.
> Dem Staat steht hingegen weniger Geld zur Verfügung. Möglicherweise muss er diesen Fehlbetrag durch Kredite Kr_{ST} ausgleichen. Der Staat könnte aber auch die Transferzahlungen oder Subventionen (Z) verringern.

Im nächsten Schritt könnten nun ggf. wiederum weitere mögliche Reaktionen auf diese Auswirkungen analysiert werden.

M1 Aus dem Rentenversicherungsbericht 2020 der Bundesregierung

Im RV-Leistungsverbesserungs- und -Stabilisierungsgesetz ist festgelegt, dass der Beitragssatz bis zum Jahr 2025 den Wert von 18,6 % nicht unterschreiten darf. Ferner ist dort geregelt, dass bis zum Jahr 2025 das Sicherungsniveau vor Steuern nicht unter 48 % und der Beitragssatz nicht über 20 % steigen darf […]

In der mittleren Variante der Vorausberechnungen bleibt der Beitragssatz bis zum Jahr 2022 beim aktuellen Wert von 18,6 % stabil. Anschließend steigt der Beitragssatz auf 19,3 % im Jahr 2023, 19,9 % im Jahr 2025 und 21,5 % im Jahr 2030. Zum Ende des Vorausberechnungszeitraums im Jahr 2034 beträgt der Beitragssatz 22,4 %.

© Bundesministerium für Arbeit und Soziales: Rentenversicherungsbericht 2020. S. 12

AUFGABE 82022-116

Analysieren Sie mithilfe kreislauftheoretischer Überlegungen mögliche Auswirkungen der Erhöhung des Rentenbeitragssatzes (**M1**).

1.15 Wie zeigt man gesamtwirtschaftliche Zusammenhänge mithilfe des Kreislaufmodells auf?

Sie zeigen gesamtwirtschaftliche Ursache-Wirkungszusammenhänge mithilfe des Kreislaufmodells auf.

M1 Das Bruttoinlandsprodukt (BIP)

Das Bruttoinlandsprodukt (BIP) ist ein Maß für die wirtschaftliche Leistung einer Volkswirtschaft in einem bestimmten Zeitraum. Es misst den Wert der im Inland hergestellten Waren und Dienstleistungen (Wertschöpfung), soweit diese nicht als Vorleistungen für die Produktion anderer Waren und Dienstleistungen verwendet werden. Das Bruttoinlandsprodukt [...] wird in den jeweiligen Preisen und preisbereinigt (Deflationierung mit jährlich wechselnden Vorjahrespreisen und Verkettung) errechnet. [...] Die Veränderungsrate des preisbereinigten Bruttoinlandprodukst [...] dient als Messgröße für das Wirtschaftswachstem der Volkswirtschaften. Das Bruttoinlandsprodukt [...] ist damit die wichtigste Größe der Volkswirtschaftlichen Gesamtrechnungen [...].

© Destatis: Bruttoinlandsprodukt (BIP). In: www.destatis.de (Abruf am 16.12.2021)

M2 Sparen und Investieren

Man kann sich die Welt [...] [im Kreislaufmodell] als Kornökonomie vorstellen. Spar- und Investitionsentscheidungen werden getroffen, nachdem das Korn geerntet wurde. Die privaten Haushalte entscheiden dann, wieviel sie davon konsumieren. Das nicht konsumierte Korn (Ersparnis) wird am Kapitalmarkt als „Kapital" angeboten. Es wird von Investoren (Bauern) nachgefragt, die es aussähen. Eine Periode später werden daraus mehr Körner, sodass die Investoren den Haushalten die ausgeliehene Körnermenge plus Verzinsung zurückzahlen können. Sparen ist somit die [...] [Voraussetzung für] Investitionen.

Bofinger, Peter: Sparen und Investieren im Spannungsfeld widerstreitender Paradigmen. In: Wirtschaftsdienst 100. Jahrgang Heft 8. (2020) S. 577–581

M3 Sparen und Investieren aus mathematischer Sicht

Betrachtet wird ein vereinfachtes Modell, welches nur aus den Sektoren U, HH und VV mitsamt zugehörigen Strömen besteht.
Es gilt in allen Sektoren:

Zuflüsse = Abflüsse

Für den Sektor VV gilt: $I^{br} = D + S_H$

$I^n + I^e = D + S_H$

Mit $I^e = D$ gilt: $I^n = S_H$

Bearbeiter

M4 Mit „Wumms“ aus der Krise

[Im Jahr 2020] beschloss die Bundesregierung ein umfangreiches Konjunkturpaket. Es sollte der Wirtschaft helfen, nach dem Corona-Einbruch wieder durchzustarten – mit „Wumms“. [...] Durch öffentliche Investitionen etwa in E-Mobilität, durch die Überbrückungshilfe für kleine Firmen oder 300 Euro Kinderbonus. Insgesamt ging es um mehr als 50 Maßnahmen. Kernstück des „Wumms“ war die zeitweise Absenkung der Mehrwertsteuer von 19 auf 16 Prozent.

Zeitweise Mehrwertsteuersenkung während der Corona-Krise

Polansky, Martin: Warten auf den richtigen Wumms. In: www.tagesschau.de, 03.06.2021

M5 Auswirkungen der Mehrwertsteuersenkung

Zur Absenkung der Mehrwertsteuer gibt es inzwischen einige Untersuchungen. Eine Studie im Auftrag des Bundesministeriums für Justiz und Verbraucherschutz stellt fest, dass die Preissenkungen vielfach tatsächlich weitergereicht wurden an die Verbraucher in der zweiten Hälfte des letzten Jahres. Allerdings: Wirklich angekurbelt wurde der Konsum dadurch kaum. Zu diesem Ergebnis kommen Studien des Münchener ifo-Instituts und der gewerkschaftsnahen Hans-Böckler-Stiftung. Die Rechnung: 20 Milliarden Euro an Steuerausfällen kostete die Absenkung, sechs bis sieben Milliarden Euro an zusätzlichem Konsum stünden dem gegenüber, so die Wirtschaftsforscher.

Polansky, Martin: Warten auf den richtigen Wumms. In: www.tagesschau.de, 03.06.2021

AUFGABEN

82022-117

1. Erklären Sie mithilfe des Kreislaufmodells, dass das BIP einer geschlossenen Volkswirtschaft (also ohne Handel mit dem Ausland) durch die Gleichung $BIP = C_H + C_{St} + I^{br}$ berechnet wird (**M1**).
2. Erklären Sie unter Zuhilfenahme des Kreislaufmodells sowie **M1** bis **M3** die Bedeutung des Sparens im Hinblick auf das Wachstum einer Volkswirtschaft (BIP).
3. Nehmen Sie kritisch Stellung zu Ihrem in Aufgabe 2 dargestellten Zusammenhang, indem Sie diesen mit der Realität abgleichen.
4. Zeigen Sie anhand kreislauftheoretischer Ursache-Wirkungszusammenhänge auf, wie die Bundesregierung durch die Mehrwertsteuersenkung (**M4**) die Wirtschaft stützen wollte.
5. Analysieren Sie die tatsächlichen Auswirkungen der Mehrwertsteuersenkungen (**M5**) und sammeln Sie mögliche Gründe der Abweichung anhand kreislauftheoretischer Ursache-Wirkungszusammenhänge.
6. Nehmen Sie vor dem Hintergrund der Aufgaben 3 und 5 kritisch Stellung zur Aussagekraft des Kreislaufmodells.

→ Fachwissen zu den Aufgaben S. 72, 73

→ Fachwissen S. 73

FACHWISSEN

Preisbildung am Markt
Kapitel 1.1
S. 10

Der Marktpreis wird durch Aufeinandertreffen von Angebot und Nachfrage gebildet. Das Marktgleichgewicht befindet sich am Schnittpunkt von Angebots- und Nachfragekurve. Der zugehörige Preis wird als Gleichgewichtspreis, die Menge als Gleichgewichtsmenge bezeichnet.

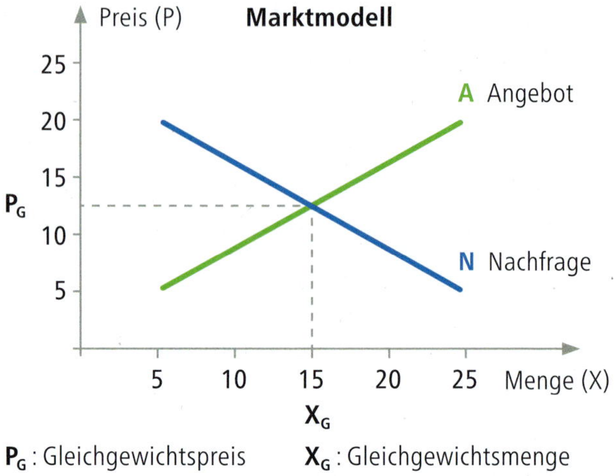

Auf Märkten erfüllt der Preis idealtypisch unterschiedliche Funktionen:

Signal-/ Informationsfunktion

Der Preis informiert über die Knappheit eines Gutes. Ein Preisanstieg zeigt, dass das Angebot für die bestehende Nachfrage zu gering ist. Den Anbietern **signalisiert** die Preiserhöhung eine gestiegene Nachfrage und damit eine höhere Attraktivität des Marktes. Für den Nachfrager ist der Preis ein Zeichen für eine geringere Verfügbarkeit von Gütern.

Allokationsfunktion/ Lenkungsfunktion

Durch den Preis werden Produktionsfaktoren in die Bereiche der Volkswirtschaft gelenkt, wo der Markt sie fordert. Die Marktpreise sorgen also dafür, dass mit den knappen Ressourcen das produziert wird, was den Wünschen der Nachfrager am meisten entspricht. Je knapper ein Gut ist, desto höher ist dessen Preis und umso sparsamer wird es verwendet. Dadurch können die knappen Ressourcen dort verwendet werden, wo sie am dringendsten gebraucht werden. Eine **effiziente Verteilung von Produktionsfaktoren** wird dadurch gewährleistet.

Koordinationsfunktion/ Ausgleichsfunktion

Beim Gleichgewichtspreis kommen alle Nachfrager und alle Anbieter zum Zug, die bereit sind, ihr Produkt für diesen Preis zu kaufen bzw. zu verkaufen. Bei jedem anderen Preis ist der Umsatz auf dem Markt geringer. Der Preis **koordiniert** hier also die Konsumpläne von Anbietern und Nachfragern, so dass der Markt ausgeglichen ist.

Vorzüge dezentraler/marktwirtschaftlicher Ordnungssysteme
Kapitel 1.2
S. 14

In marktwirtschaftlichen Ordnungssystemen entscheiden die Wirtschaftssubjekte selbst über ihr wirtschaftliches Handeln – die Nachfrager, was sie von wem kaufen wollen und die Anbieter, wie viel sie von was produzieren. Werden mehr Güter einer Art nachgefragt (siehe N_2), wird durch den Preismechanismus mittel- bis langfristig auch das Angebot steigen (siehe A_2). Sinkt das Angebot (z. B. aufgrund von Rohstoffknappheit), steigt zuerst der Preis. Mittel- bis langfristig kann sich die Nachfrage, bei einer Möglichkeit der Substitution dieser Güter mit Alternativen, anpassen.

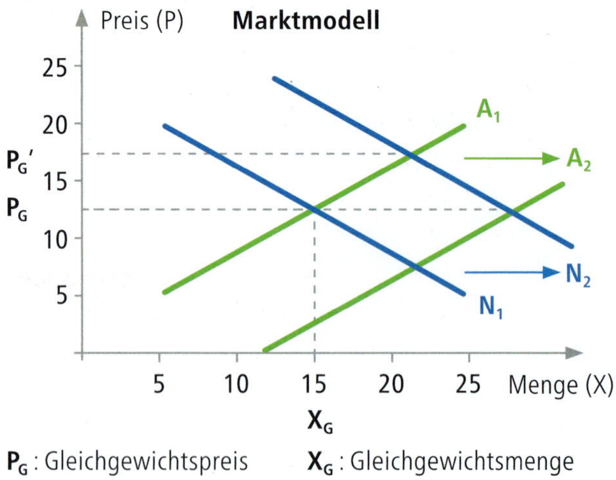

Die Unternehmen treffen ihre Entscheidungen mit dem Ziel, ihren Gewinn zu steigern. Dafür setzen sie die knappen Ressourcen effizient ein und reagieren auf die Wünsche der Kunden. Die Haushalte streben nach einer Optimierung ihres Nutzens. Dabei werden Sie aber nicht nur durch den Preis, sondern auch durch weitere Interessen (z. B. persönliche Präferenzen oder Vorlieben) geleitet. Durch das Streben der Marktteilnehmer nach Nutzen- und Gewinnmaximierung entsteht idealerweise auch der größtmögliche Wohlstand für das Gemeinwesen (Koordinationsfunktion). Das Preissystem des Marktes lenkt daher mit einer „unsichtbaren Hand" das individuelle Verhalten der Marktteilnehmer so, dass auch der Nutzen für die Allgemeinheit gesteigert wird.

Alle 4 W's werden auf Märkten entschieden.
(dezentrale Lenkung durch die „unsichtbare Hand")

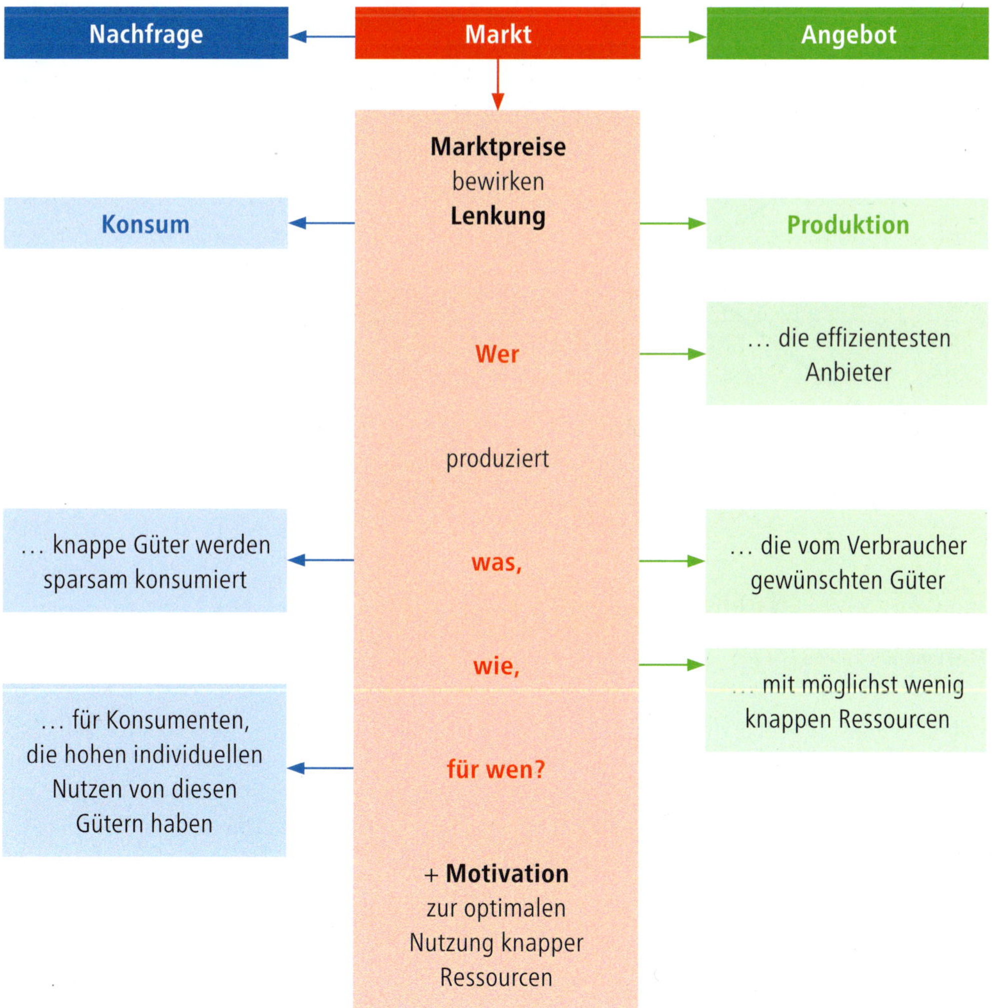

Staatliche Eingriffe in die Marktpreisbildung

Kapitel **1.2**
S. 14

Die Koordination von Angebot und Nachfrage führt zu einer effizienten Verwendung knapper Güter. Dabei werden aber beispielsweise soziale Aspekte nicht berücksichtigt. Hierzu kann der Staat mit folgenden Möglichkeiten direkt Einfluss auf die Preisbildung auf dem Markt nehmen:

Höchstpreis

Um Güter auch für Personen mit geringerem Einkommen verfügbar zu machen, kann der Staat Höchstpreise (z. B. für Mietpreise) festlegen. Liegt der Höchstpreis $\mathbf{P_H}$ unterhalb des Gleichgewichtspreises $\mathbf{P_G}$, so ergibt sich ein dauerhafter **Nachfrageüberschuss**. Das Angebot $\mathbf{X_{HA}}$ ist zum Höchstpreis niedriger als das Angebot $\mathbf{X_G}$ im Gleichgewichtspreis. Das Gut ist durch den Eingriff zwar billiger geworden und mehr Nachfrager können und wollen es sich zum Höchstpreis leisten ($\mathbf{X_{HN}}$ höher als $\mathbf{X_G}$), es steht aber nur noch in einer geringeren Menge auf dem Markt zur Verfügung ($\mathbf{X_{HA}}$), d. h. weniger Nachfrage als im vorherigen Gleichgewicht wird erfüllt. Bei einem Nachfrageüberschuss kann die Nachfrage daher zu einem bestehenden Preis nicht durch das Angebot befriedigt werden.

Ein Höchstpreis über dem Gleichgewichtspreis hat keine Bedeutung, weil Angebot und Nachfrage bereits den niedrigeren Gleichgewichtspreis bestimmt haben.

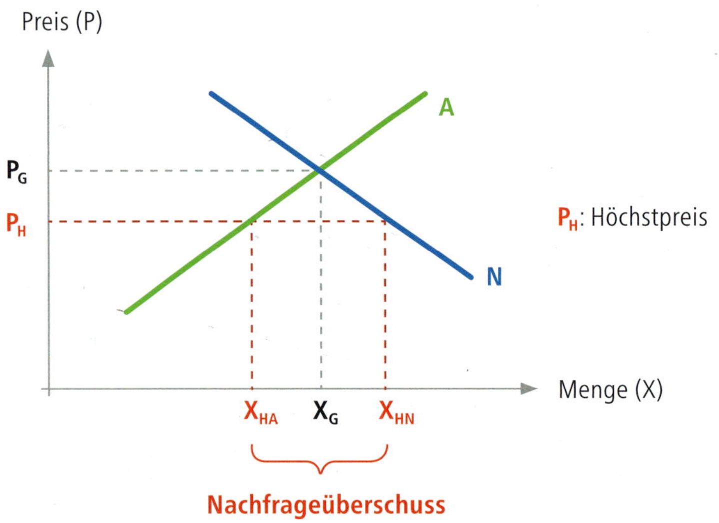

Markt mit Höchstpreis

Mindestpreis

Darüber hinaus kann der Staat Mindestpreise (z. B. Mindestlohn auf dem Arbeitsmarkt) festlegen. Ein Mindestpreis $\mathbf{P_M}$, der oberhalb des Gleichgewichtspreises $\mathbf{P_G}$ liegt, bietet für die Anbieter einen zusätzlichen Anreiz, das Gut anzubieten ($\mathbf{X_G} \rightarrow \mathbf{X_{MA}}$). Aufgrund des höheren Preises ($\mathbf{P_M}$) wird die Nachfrage idealtypisch sinken ($\mathbf{X_G} \rightarrow \mathbf{X_{MN}}$), es entsteht ein **Angebotsüberschuss**. Der Preis für das Gut ist durch den Eingriff in die Preisbildung zwar gestiegen und mehr Anbieter können oder werden ($\mathbf{X_{MA}}$ höher als $\mathbf{X_G}$) das Gut nun zum Mindestpreis anbieten, es besteht aber nur eine geringere Nachfrage auf dem Markt ($\mathbf{X_{MN}}$), d. h. weniger Angebot als im vorherigen Gleichgewicht wird abgesetzt.

Bei einem Angebotsüberschuss werden daher zu einem bestehenden Preis nicht alle angebotenen Güter auch tatsächlich nachgefragt.

Ein Mindestpreis unter dem Gleichgewichtspreis hat keine Bedeutung, weil Angebot und Nachfrage bereits den höheren Gleichgewichtspreis bestimmt haben.

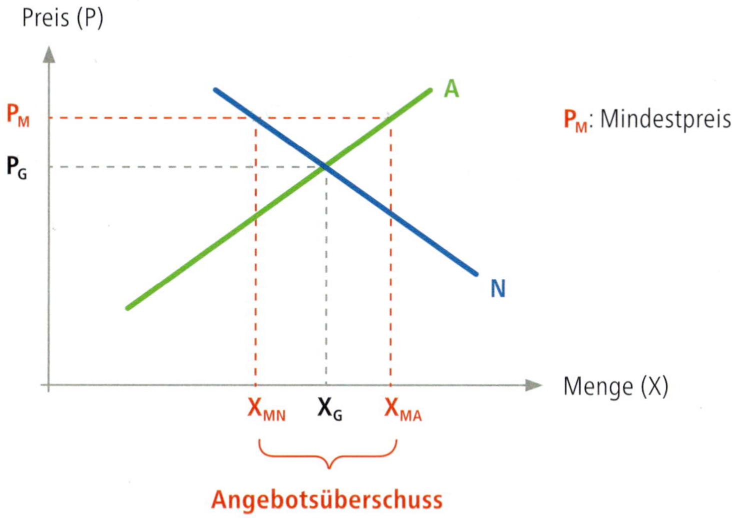

Markt mit Mindestpreis

Marktkonforme Eingriffe

Neben diesen direkten Eingriffen auf den Marktmechanismus kann der Staat auch marktkonform durch Steuern und Subventionen Angebot und Nachfrage beeinflussen. Marktkonform sind Eingriffe dann, wenn sie Angebot und Nachfrage so beeinflussen, dass die Preisbildung am Markt nicht beeinträchtigt wird. Dadurch kann auf die Preisentwicklung eingewirkt werden, die Marktmechanismen werden dadurch aber nicht beeinträchtigt. Die Erhebung von Steuern und die Gewährung von Subventionen können, je nach Träger oder Empfänger, zu Verschiebungen von Angebot oder Nachfrage führen. Damit beeinflussen diese Eingriffe die ökonomischen Entscheidungen und damit den Preis. Der Marktmechanismus selbst wird dadurch nicht beeinträchtigt.

Voraussetzungen dezentraler/ marktwirtschaftlicher Ordnungssysteme

Kapitel **1.1**
S. 11

Grundlage eines dezentralen Ordnungssystems ist die Gewährleistung eines **Wettbewerbs ohne Beschränkungen**, bei dem die Marktteilnehmer größtmögliche **wirtschaftliche Handlungsfreiheiten** besitzen. Dafür sollte der Staat nicht in das **Preissystem der Märkte** eingreifen. Da sich Anbieter und Nachfrager auf „Augenhöhe", d. h. mit gleichen Informationen und Handlungsmöglichkeiten, auf den Märkten treffen, dürfen auch **keine marktbeherrschenden Positionen** wie beispielsweise ein Monopol (nur ein Anbieter) vorliegen.

Um wirtschaftliches Handeln zu ermöglichen, muss darüber hinaus **Vertragsfreiheit** herrschen, d. h. jeder kann Verträge nach seinen Vorstellungen abschließen. Um Anreize zu schaffen, nach Optimierung des eigenen Nutzens oder Gewinns zu streben, muss auch **Privateigentum** gewährleistet werden. Damit ist sichergestellt, dass Gewinne aus wirtschaftlicher Tätigkeit auch behalten werden können. Dies schließt aber auch die Haftung für mögliche Verluste mit ein. Damit wird ein sorgsamer Umgang mit den eigenen Produktionsmitteln gewährleistet.

FACHWISSEN

Unterscheidung von Wirtschaftsordnungen
Kapitel 1.2
S. 15

Neben marktwirtschaftlichen Systemen gibt es Wirtschaftsordnungen mit zentraler Planung und Entscheidung:

Extremformen:

Alle wirtschaftlichen Entscheidungen werden „zentral" getroffen, z. B. durch eine zentrale Planungsbehörde.

Zentralverwaltungswirtschaft

Die Wirtschaftssubjekte (Haushalte und Unternehmen) entscheiden **„dezentral"** mit ihrer individuellen Nachfrage bzw. ihrem individuellen Angebot auf freien Märkten, wer, was, wie, für wen produziert.

Freie Marktwirtschaft

Mischformen:
In den real existierenden Wirtschaftsordnungen werden niemals alle wirtschaftlichen Entscheidungen ausschließlich zentral vom Staat bzw. ausschließlich dezentral auf Märkten getroffen. Real existierende Wirtschaftsordnungen lassen sich entlang eines Kontinuums einordnen: ein bestimmter Teil der wirtschaftlichen Aktivität wird vom Staat gelenkt, während andere wirtschaftliche Entscheidungen dezentral auf mehr oder weniger freien Märkten erfolgen.

Grad der dezentralen Entscheidung „durch den Markt"

Grad der zentralen Entscheidung „durch den Staat"

Schwächen der Zentralverwaltungswirtschaft
Kapitel 1.2
S. 15

Aufgrund der zentralen Festlegung von Produktionsmengen, Güterarten und Preisen gleichen sich Güterproduktion und Nachfrage nicht wie in marktwirtschaftlichen Systemen automatisch an. Daher kann die zentral festgelegte **Produktion** in Menge, Art und Qualität **nicht der Nachfrage** entsprechen. Die Nachfrage kann so möglicherweise nicht bedient werden (Versorgungslücken) oder Güter werden nicht nachgefragt (Überproduktion). Die Planungsbehörden können hier nicht an Preisänderungen erkennen, ob sich die Bedürfnisse oder Konsumentenwünsche verändern und treffen womöglich **falsche Produktionsentscheidungen**.

Aufgrund der fehlenden Flexibilität und Entscheidungsfreiräume der Unternehmen durch die zentralen Planvorgaben findet **kein Wettbewerb** statt. Zusammen mit dem Fehlen von Privateigentum führt dies zu einer niedrigeren Anstrengungsbereitschaft und Motivation für Gewinnerzielung, Effizienzsteigerung und Innovationsentwicklung der Unternehmen.

Haushalten und Unternehmen fehlt die freie Entscheidung über Produktion, Konsum und Arbeitsplatzwahl. Dadurch werden **Ressourcen nicht optimal verteilt** und eingesetzt und **Unzufriedenheit** in der Bevölkerung entsteht.

Grenzen und Risiken der Lenkung durch den Markt
Kapitel 1.3
S. 16

Bisher wurde davon ausgegangen, dass die Freiheit der Marktkräfte – d. h. Angebot und Nachfrage – die Wirtschaft so steuern kann, dass die knappen ökonomischen Ressourcen optimal genutzt werden und für alle Beteiligten ein optimales Ergebnis erzielt wird. In der Realität der Marktwirtschaft lassen sich jedoch Ergebnisse beobachten, die keineswegs als optimal empfunden werden.

Soziales Ungleichgewicht

Durch das freie Spiel der Marktkräfte können **soziale Probleme** entstehen. Menschen, die am Arbeitsmarkt beispielsweise aufgrund fehlender Ausbildung, Krankheit oder Alter wenig oder keine Leistung anbieten können, erhalten oft zu wenig Einkommen, um davon leben zu können. Diese sozialen Ungleichgewichte entstehen durch das Zusammenspiel von Angebot und Nachfrage.

Marktversagen

Darüber hinaus kann es durch das freie Zusammenspiel der Marktkräfte auch zu einem Versagen des Preismechanismus kommen. Unternehmen produzieren und bieten nur Güter an, mit denen sie Gewinn machen können. **Öffentliche Güter** wie saubere Luft, öffentliche Sicherheit oder auch Straßenbeleuchtung werden von Unternehmen nicht angeboten, weil diesen Gütern keine individuelle Nachfrage gegenübersteht. Öffentliche Güter zeichnen sich durch Nichtausschließbarkeit (Personen können an der Nutzung nicht gehindert werden) und Nichtrivalität (Nutzung des Gutes durch eine Person verhindert nicht die Nutzbarkeit für andere) aus.

Zusätzlich enthalten Marktpreise, die sich durch Angebot und Nachfrage bilden, teils nicht alle Kosten, die bei der Produktion der Güter entstanden sind. Der Preis für Strom aus dem Atomkraftwerk beinhaltet beispielsweise nicht die gesamtwirtschaftlichen Kosten für die Entsorgung der radioaktiven Materialien, mögliche Umweltschäden bei Unfällen oder Rückbauten der Anlagen. Diese Auswirkungen tragen meist nicht die Verursacher, die Betreiber der Atomkraftwerke und deren Kunden, sondern die Allgemeinheit. Diese negativen **externen Effekte** (externe Kosten) entstehen beim Konsum der Güter und sind nicht im Marktpreis enthalten.

Da die Nutzung der Umwelt (z. B. frische Luft, sauberes Trinkwasser) für jeden uneingeschränkt kostenlos möglich ist, kommt es zu einer **Übernutzung dieser Ressourcen**. Die externen Kosten dieser Beanspruchung werden wieder nicht von den Verursachern, sondern von anderen getragen, die dadurch geschädigt werden. So tragen beispielsweise Kinder Gesundheitsschäden der Luftverschmutzung in Städten durch den Verkehr, Landwirte die Auswirkungen des Klimawandels oder Fischer die Verschmutzung der Gewässer durch die Industrie.

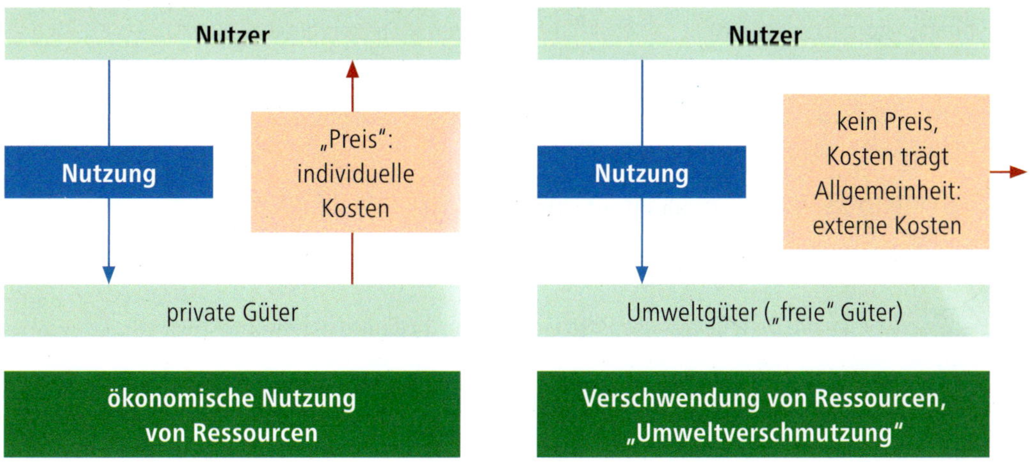

Notwendigkeit des Eingriffs bei Marktversagen
Kapitel 1.4
S. 20

Um entweder die Kosten für diese negativen externen Effekte zu internalisieren oder am besten gar nicht entstehen zu lassen und öffentliche Güter für die Gesellschaft bereitzustellen, muss der Staat oft eingreifen. Dies kann zum einen durch **moralische Appelle** geschehen. Durch Kampagnen wird beispielsweise die Verwendung des öffentlichen Nahverkehrs als soziales Verhalten der Allgemeinheit gegenüber dargestellt. Oft reichen diese reinen Aufforderungen aber nicht. Der Staat hat besonders bei öffentlichen Gütern, wie sauberer Luft in den Innenstädten oder dem Schutz vor Überschwemmung, die Verpflichtung diese zu gewährleisten. Dies kann beispielsweise durch **öffentliche Bereitstellung** des Hochwasserschutzes oder **Ver- und Gebote** für den Verkehr (z. B. Umweltzonen in Großstädten) gewährleistet werden.

Die gezielte Vermeidung von umweltschädlichem Verhalten und die Bestärkung von umweltschonenden Handlungen können mit **Steuern und Subventionen** umgesetzt werden. Beispielsweise können durch eine höhere Besteuerung von Benzin und Diesel Umweltschäden durch den Personenkraftverkehr zurückgehen. Darüber hinaus kann auch die Subventionierung des öffentlichen Personennahverkehrs durch einen folglich geringeren Ticketpreis zu einer Verringerung des Verkehrsaufkommens und dadurch des CO_2-Ausstoßes führen.

Eine weitere Möglichkeit Umweltproblemen frühzeitig entgegenzutreten ist die Umweltverschmutzung in ihrer Menge mithilfe von **Zertifikaten** zu begrenzen. Dabei stellen zugeteilte Zertifikate beispielsweise die Menge der erlaubten Schadstoffausstoße dar. Stößt ein Unternehmen weniger aus, kann es die Zertifikate an Unternehmen verkaufen, die bei der Produktion mehr Schadstoffe als erlaubt produzieren. Dies reguliert den gesamten CO_2-Ausstoß und gibt einen wirtschaftlichen Anreiz Umweltverschmutzung zu vermeiden.

Soziale Marktwirtschaft
Kapitel 1.5
S. 24

Das Konzept der Sozialen Marktwirtschaft kennzeichnet eine Wirtschaftsordnung, die wie die freie Marktwirtschaft den Wettbewerb und damit den Preismechanismus gewährleistet: **So viel Markt wie möglich.** Der Staat greift nur dann ein, wenn die sozialen Aspekte wie Freiheiten, soziale Sicherheit oder soziale Gerechtigkeit gefährdet sind: **So viel Staat wie nötig.**

Gewährleistung wirtschaftlicher Freiheit

Im Zentrum des sozialen Marktes steht daher die Freiheit der Wirtschaftssubjekte:

Freiheit der Unternehmen	Haushalte
was und für wen sie produzieren (Produzentensouveränität)	welche Verträge sie abschließen und was sie konsumieren (Konsumfreiheit), wo und was sie arbeiten (Freiheit der Berufswahl)
Tarifautonomie: Verhandlung der Löhne und Gehälter durch die Tarifpartner (Gewerkschaften und Arbeitgeberverbände)	
Eigentumsrecht: selbstbestimmte Verfügung über die Güter, die jemandem rechtlich gehören	

Dadurch werden die Vorteile des dezentralen Ordnungssystems (siehe vorne) genutzt.

Der Staat gewährleistet dabei zum einen den Rahmen für das Funktionieren des Marktes. Er **verhindert, dass Monopole und Preisabsprachen** entstehen, und garantiert ein funktionsfähiges **Rechtssystem mit Rechtssicherheit**, welche die oben genannten Freiheiten gewährleistet und dadurch den Wettbewerb sicherstellt.

Sozialer Ausgleich

Zum anderen greift der Staat aber ein, wenn die **soziale Sicherheit oder die soziale Gerechtigkeit gefährdet** sind. Dabei soll vor allem im Sinne einer gerechten Einkommens- und Vermögensverteilung eine **Umverteilung** mit besonderem Blick auf die schwächeren Mitglieder der Gesellschaft (z. B. Kranke, Arbeitslose, Alte, Personen ohne Ausbildung) erfolgen. Dies wird durch gesetzliche Regelungen, wie beispielsweise der Festlegung eines Mindestlohns oder Vorschriften zum Arbeitsschutz, umgesetzt. Darüber hinaus sorgt der Staat durch das System der sozialen Sicherung dafür, dass die Bürger im Falle von Krankheit, Alter und Erwerbslosigkeit aufgefangen werden. Dabei gibt es **direkte finanzielle Unterstützung durch den Staat**, wie Bürgergeld, das bei Bedarf an die Personen ausgezahlt wird. Des Weiteren unterstützt der Staat auch das **System der gesetzlichen Sozialversicherungen** (z. B. gesetzliche Rentenversicherung) durch Zuschüsse, wenn die Beiträge der Bürger zur Deckung der Ausgaben nicht ausreichen.

Zur Erklärung: Alle sozialversicherungspflichtig Beschäftigten sind Mitglieder der gesetzlichen Sozialversicherungen: Kranken-, Arbeitslosen-, Renten-, Pflege- und Unfallversicherung. Damit sind sie verpflichtet nach ihrer persönlichen Leistungsfähigkeit Sozialversicherungsbeiträge in die selbstverwalteten Kassen einzubezahlen. Im Gegenzug erhalten sie das Recht, Leistungen nach ihren individuellen Bedürfnissen zu beziehen. Ausnahmen bestehen für Selbstständige, Beamte und Arbeitslose.

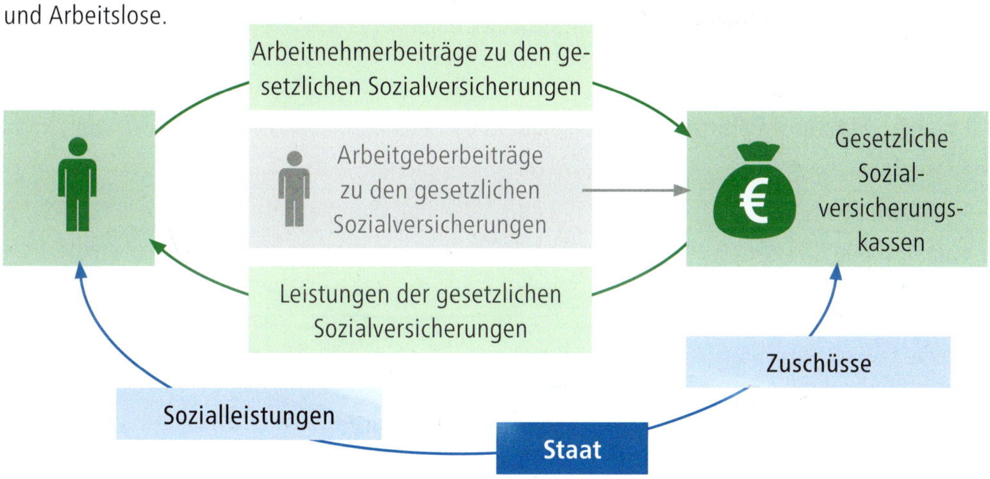

System der sozialen Sicherung

Subsidiarität und Solidarität

Dabei werden im Sozialstaat die Prinzipien Subsidiarität und Solidarität verfolgt. Das **Subsidiaritätsprinzip** legt fest, dass eine Aufgabe zuerst von der kleinstmöglichen Einheit erfüllt werden muss. Erst wenn dies nicht möglich ist, greift die nächsthöhere Instanz ein. Personen erhalten dadurch z. B. erst Unterstützungsleistungen vom Staat, wenn sie weder von Einrichtungen, wie der Agentur für Arbeit oder der Krankenkasse, Leistungen erhalten, noch über genügend eigene Mittel verfügen. Dabei greift auch das Prinzip der **Hilfe zur Selbsthilfe**. So sollen die Empfänger von Hilfsleistungen befähigt werden, später wieder ohne eine derartige Unterstützung auszukommen. Staatlich geförderte Qualifikationsmaßnahmen können beispielsweise helfen, das Bürgerinnen und Bürger wieder selbst ihren Lebensunterhalt bestreiten können. Das **Solidaritätsprinzip** steht für ein Einstehen der Gemeinschaft für einzelne Personen. Durch die einkommensabhängigen Beiträge der gesetzlichen Sozialversicherungen unterstützen Personen mit höherem Einkommen Geringverdiener oder Kinder, die nur geringe oder keine Beiträge leisten können. So erhalten alle Personen im System der sozialen Sicherung die Leistungen, die sie zur Behandlung von Krankheiten oder zum Erhalt der Lebensgrundlage im Alter benötigen.

FACHWISSEN

Umverteilung in der Sozialen Marktwirtschaft durch Steuern und Abgaben

Kapitel **1.6**
S. 28

Die Ausgaben des Staates im Rahmen der sozialen Sicherheit müssen natürlich auch durch Einnahmen gedeckt werden. Im öffentlichen Haushalt des Bundes, der Länder und Gemeinden werden für ein Jahr im Voraus die geplanten Einnahmen den Ausgaben gegenübergestellt. Dabei sind neben Ausgaben für die soziale Sicherung auch Posten für beispielsweise Infrastrukturausbau, Bildung und Forschung nötig.

Abgaben sind Zahlungen an Bund, Länder oder Gemeinden zur Erzielung von Einnahmen. Dabei werden Steuern, Gebühren und Beiträge unterschieden. Gebühren stellen Zahlungen für die Inanspruchnahme von öffentlichen Leistungen (z. B. Abwassergebühr, Müllentsorgungsgebühr) dar. Beiträge fallen bereits für die Möglichkeit der Inanspruchnahme an (z. B. Anschlussbeiträge für Abwasserbeseitigung bei Grundstückskäufen). Beide Zahlungen sind im Gegensatz zu Steuern mit einer direkten (möglichen) Gegenleistung verbunden.

Einnahmen und Ausgaben des Bundeshaushalts, in Milliarden Euro
(Stand: 2023)

73000-133

Einnahmen	476,3 (Soll)	Ausgaben	476,3 (Soll)
allg. Finanzverwaltung	411,70	Arbeit und Soziales	166,20
Bundesschuld	47,90	allg. Finanzverwaltung	42,30
Verkehr, digitale Infrakstruktur	8,60	Verteidigung	50,10
Sonstiges	2,60	Gesundheit	24,50
Arbeit und Soziales	2,80	Verkehr, digitale Infrakstruktur	35,60
Inneres, Bau, Heimat	0,60	Bildung, Forschung	20,30
wirtschaftliche Zusammenarbeit, Entwicklung	0,75	Bundesschuld	42,20
		Inneres, Heimat	13,10
Wirtschaft, Klimaschutz	0,70	Familie, Senioren, Frauen, Jugend	13,60
Verteidigung	0,30	wirtschaftliche Zusammenarbeit, Entwicklung	12,20
Familie, Senioren, Frauen, Jugend	0,20		
Gesundheit	0,10	Wirtschaft, Klimaschutz	14,60
Bildung, Forschung	0,04	Sonstiges	31,60

© C.C.Buchner Verlag, aktuelle Daten nach: Bundesministerium der Finanzen (Datenerhebung: 2023; Grafikerstellung: 2023)

Welche Ausgaben aber tatsächlich realisiert werden können, hängt von den Einnahmen ab. Die wichtigste Einnahmequelle für Bund, Länder und Gemeinden sind die **Steuern**. Diese sind Zwangsabgaben, die Wirtschaftssubjekte belasten, bei denen der jeweilige Steuersachverhalt auftritt, ohne dass sie eine direkte Gegenleistung erhalten. So wird beispielsweise das Einkommen von Erwerbstätigen besteuert. Eine direkte Gegenleistung erfolgt hier für den Steuerpflichtigen aber nicht. Der Staat kann diese Einnahmen zur Deckung seiner Ausgaben verwenden. **Eine soziale Umverteilung** erreicht der Staat dadurch, dass Leistungsfähige mittels der **Einkommensteuer** und Personen mit höheren Konsumausgaben durch die **Mehrwertsteuer** stärker belastet werden. Durch die Verwendung dieser Einnahmen für die **soziale Sicherung findet eine Umverteilung** hin zu schwächeren Mittgliedern der Gesellschaft im Sinne der Sozialen Marktwirtschaft statt.

Effizienz und Effektivität
Kapitel **1.7**
S. 32

Effektivität ist das Maß für den Grad der Zielerreichung. Ist eine Maßnahme effektiv, so wird das vorgegebene Ziel durch diese Maßnahme erreicht. Effizienz hingegen ist ein Maß für die Wirtschaftlichkeit der Zielerreichung, d. h. man bezieht den Aufwand mit ein. Ist eine Maßnahme effizient, so wird das Ziel mit möglichst geringen Kosten erreicht.

Soziale Gerechtigkeit
Kapitel **1.7**
S. 32

Der Begriff „soziale Gerechtigkeit" ist schwer zu definieren, es existieren hier die unterschiedlichsten Erklärungsansätze. Hier wird der Ansatz der Wissenschaftler Irene Becker und Richard Hauser (2009) dargestellt, die soziale Gerechtigkeit in vier Teilziele eines „magischen Vierecks" zerlegen, die zum Teil stark miteinander konkurrieren, wie z. B. Leistungsgerechtigkeit und Bedarfsgerechtigkeit.

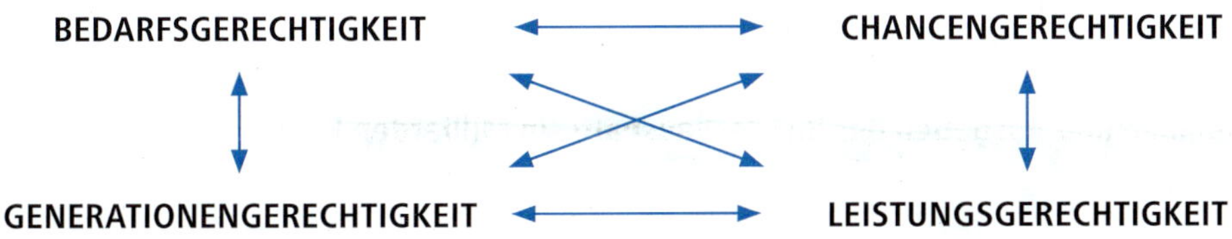

Unter **Leistungsgerechtigkeit** versteht man, dass jeder das bekommen soll, was er sich aufgrund seiner eigenen Leistung auch verdient hat. D. h., dass diejenigen, die mehr leisten, dementsprechend auch mehr bekommen sollen. Dies soll auch als Anreiz dienen, seine Anstrengungen zu steigern.

Bedarfsgerechtigkeit bedeutet, dass jeder das bekommen soll, was er objektiv betrachtet zum Leben benötigt, der Mindestbedarf des Einzelnen muss also gedeckt werden.

Chancengerechtigkeit meint, dass alle, unabhängig von ihrem sozialen Status, ihrem kulturellen Hintergrund, ihrer Behinderung, ihrem Alter oder Geschlecht, die gleichen Möglichkeiten zur Entwicklung von Leistungsfähigkeit bekommen sollen. Der Begriff der Chancengerechtigkeit wird häufig im Bildungskontext verwendet.

Generationengerechtigkeit verfolgt das Ziel, bei der Verwendung von Ressourcen und beim Wirtschaften immer auch die Vor- und die Folge-Generationen im Blick zu behalten, so dass keine der Generationen durch das Handeln einer Generation schlechter gestellt wird.

Einkommensteuer
Kapitel **1.7**
S. 33

Die deutsche Einkommensteuer hat einen progressiven Steuersatz, d. h. dass höhere Einkommen mit höheren Steuersätzen besteuert werden als niedrige Einkommen. Im deutschen Einkommensteuersystem spricht man deshalb einerseits vom sogenannten „Grenzsteuersatz", das ist der Steuersatz, der für den zuletzt verdienten Euro bezahlt wird, andererseits vom Durchschnittssteuersatz, das ist der Steuersatz, der für das komplette Einkommen durchschnittlich bezahlt wird. Der Grenzsteuersatz steigt im Rahmen der Steuerprogression ab dem Freibetrag von 10.347 EUR (Stand 2022) bis zu einem Betrag von 58.597 EUR (Stand 2022) kontinuierlich von 14 % auf 42 % an. Der Grundfreibetrag wird vom Gesetzgeber nicht versteuert, d. h. wer unter 10.347 EUR im Jahr verdient, zahlt gar keine Einkommensteuer bzw. wer mehr verdient, zahlt nur Steuern für den Verdienst, der den Grundfreibetrag übersteigt. Ab einem Jahreseinkommen von über 58.598 EUR verharrt der Grenzsteuersatz bei einem Wert von 42 %, ab einem Jahreseinkommen von 277.826 EUR (Stand 2022) steigt dieser Satz auf 45 % („Reichensteuer").

Die aktuellen Einkommensgrenzen des Einkommensteuertarifs findet man im § 32a Einkommensteuergesetz.

Soziale Gerechtigkeit bei der Einkommensteuer
Kapitel **1.8** S. 37

Bei der Einkommensteuer sind mehrere Facetten der sozialen Gerechtigkeit und der Sozialen Marktwirtschaft zu erkennen. Man erkennt deutlich das Solidaritätsprinzip, da Leute mit einem höheren Einkommen auch einen höheren Durchschnittssteuersatz haben. Personen mit einem höheren Einkommen tragen also überdurchschnittlich zur Finanzierung des Staatshaushaltes bei, 2021 bezahlten z. B. die obersten 10 % der Steuerpflichtigen mehr als die Hälfte des gesamten Einkommensteueraufkommens. Die Steuerprogression endet jedoch beim Spitzensteuersatz – ab dort greift das Prinzip der Leistungsgerechtigkeit, der Grenzsteuersatz bleibt bei größerem Einkommen konstant, erst ab einem Einkommen von 277.826 EUR (2022) steigt dieser Satz nochmals. Durch den Grundfreibetrag wird dem Prinzip der Bedarfsgerechtigkeit Rechnung getragen, ein gewisses lebensnotwendiges Einkommen wird nicht besteuert. Auch werden die individuellen Lebensumstände bei der Besteuerung berücksichtigt, muss jemand beispielsweise Ehepartner und Kinder mitversorgen, so fällt auch dessen Einkommensteuerschuld geringer aus als bei einem Alleinstehenden.

Kalte Progression
Kapitel **1.7** S. 33

Werden die Einkommensgrenzen des Einkommensteuertarifs nicht an die Preissteigerungsraten im Land angepasst, so kann es zu einer sogenannten kalten Progression kommen. Liegt die Inflation beispielsweise bei 2 % und werden die Löhne ebenfalls um 2 % erhöht, so hat der Arbeitnehmer mit dieser Lohnerhöhung die gleiche Kaufkraft wie vor der Lohnerhöhung, da nur die Inflation ausgeglichen wurde. Erfolgt jedoch keine Anpassung der Einkommensteuergrenzen, so muss der Arbeitnehmer aufgrund des progressiven Steuertarifs nun mehr Steuern zahlen als vorher. Er verdient also trotz Lohnerhöhung in Bezug auf seine Kaufkraft weniger als vorher, da er auf das höhere Einkommen (mit der gleichen Kaufkraft) einen höheren Durchschnittssteuersatz zahlen muss (und somit weniger Kaufkraft als vor der Lohnerhöhung hat). Es handelt sich also um eine schleichende Einkommensteuererhöhung. Mittlerweile versucht der Staat, die kalte Progression durch eine regelmäßige Anpassung des Einkommensteuertarifs zu verhindern.

Säulen der gesetzlichen Sozialversicherung
Kapitel **1.8** S. 37

Jeder Mensch ist im Laufe seines Lebens sozialen Risiken ausgesetzt, deren Konsequenzen die wenigsten allein zu tragen in der Lage sind. Zu diesen zählen beispielsweise die Folgen von Arbeitslosigkeit, Krankheit oder einem Unfall. Um extreme Härten im Einzelfall zu vermeiden, werden solche Risiken im Rahmen des Systems der sozialen Sicherung von der Gemeinschaft getragen.

Das System der sozialen Sicherung in Deutschland hat es sich zur Aufgabe gemacht „dazu bei[zu] tragen,

- ein menschenwürdiges Dasein zu sichern,
- gleiche Voraussetzungen für die freie Entfaltung der Persönlichkeit, insbesondere auch für junge Menschen, zu schaffen,
- die Familie zu schützen und zu fördern,
- den Erwerb des Lebensunterhalts durch eine frei gewählte Tätigkeit zu ermöglichen und
- besondere Belastungen des Lebens, auch durch Hilfe zur Selbsthilfe, abzuwenden oder auszugleichen." (§ 1 I Sozialgesetzbuch I)

Die gesetzlichen Sozialversicherungen (gesetzliche Kranken-, Unfall, Renten-, Arbeitslosen- und Pflegeversicherung) tragen wesentlich zur Erreichung dieser Ziele bei.

	Krankenversicherung	Unfallversicherung	Rentenversicherung	Arbeitslosenversicherung	Pflegeversicherung
Wozu?	Kostenübernahme von Behandlungskosten zur Wiederherstellung der Gesundheit, Lohnersatzzahlung bei krankheitsbedingtem Ausfall, Maßnahmen zur gesundheitlichen Prävention	Leistungen bei Arbeitsunfällen und Berufskrankheiten, z. B. Reha-Maßnahmen, Entschädigung bei Arbeitsunfähigkeit	Finanzielle Sicherung des Lebensstandards im Alter, auch Hinterbliebenenrente	Grundsicherung durch Arbeitslosengeld, Unterstützung bei der Arbeitsplatzsuche	Unterstützung bei Pflegeleistungen für dauerhaft pflegebedürftige Personen
Beiträge 2023	14,6% vom Bruttolohn [1]	Abhängig von den gezahlten Bruttolöhnen sowie vom Gefahrtarif des Unternehmens	18,6 % vom Bruttolohn [2]	2,6 % vom Bruttolohn	3,05 % vom Bruttolohn [3]
Wer zahlt?	Arbeitnehmer und Arbeitgeber zu gleichen Teilen (jeweils 7,3 %)	Arbeitgeber	Arbeitnehmer und Arbeitgeber zu gleichen Teilen (jeweils 9,3 %)	Arbeitnehmer und Arbeitgeber zu gleichen Teilen (jeweils 1,3 %)	Arbeitnehmer und Arbeitgeber zu gleichen Teilen (jeweils 1,525 %) [4]

Strukturwandel

Kapitel **1.13**
S. 52

Als Wirtschaftsstruktur bezeichnet man allgemein den Aufbau und die Gliederung der Wirtschaft in einem bestimmten Gebiet. In einen Wirtschaftsbereich oder -sektor werden die Unternehmen nach der Art der von ihnen produzierten Gütern zusammengefasst. Traditionell unterscheidet man dabei drei Sektoren: Der primäre Sektor liefert Güter direkt aus der Natur. Dazu gehören z. B. Land- und Forstwirtschaft, Fischerei und Bergbau. Der weiterverarbeitende sekundäre Sektor umfasst die Bereiche Industrie und Handwerk. Zum tertiären Sektor gehören alle Dienstleistungen, wie z. B. IT-Dienstleistungen, Beratungsdienstleistungen, Handel, Verkehr, Tourismus, Banken.

Mit dem Modell des sektoralen Wandels nach Jean Fourastié (Mitte des 20. Jhd.) wurde gezeigt, dass sich im Lauf der Entwicklung eines Landes der Schwerpunkt der wirtschaftlichen Aktivitäten zunächst vom primären Sektor auf den sekundären Sektor und schließlich auf den tertiären Sektor verlagert und sich somit ein ständiger Strukturwandel vollzieht. Wesentliche Gründe für diesen strukturellen Wandel sind aktuell die Digitalisierung, der technische Fortschritt sowie die Globalisierung. Ein struktureller Wandel wirkt sich über die Veränderung in der Arbeitswelt auch auf die Sozialstruktur der Bevölkerung eines Landes oder einer Region aus.

1 Allgemeiner Beitragssatz
2 Ausnahme: Knappschaftliche Rentenversicherung
3 Beitragszuschlag von 0,35 % für kinderlose Versicherte, die das 23. Lebensjahr vollendet haben (Stand Juni 2023)
4 Ausnahme Sachsen: 2,025 % Arbeitnehmer, 1,025 % Arbeitgeber

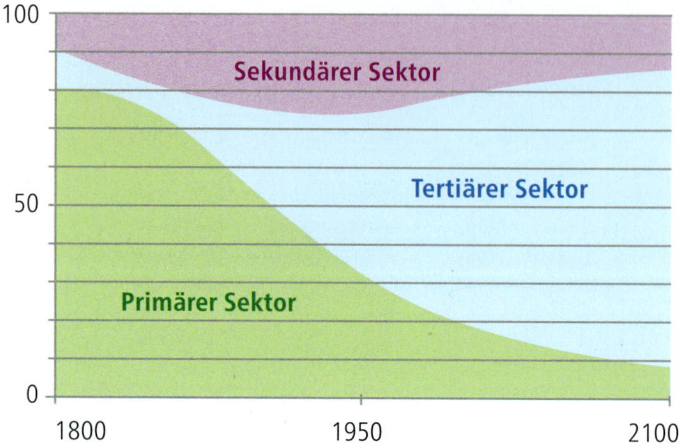

Das klassische Drei-Sektoren-Modell wird in den letzten Jahrzehnten häufig um den Informationssektor zu einem Vier-Sektoren Modell erweitert. Dieser vierte Sektor wird als der Sektor der qualifizierten Dienstleistungen verstanden, die dann aus dem ehemaligen tertiären Sektor ausgegliedert und getrennt dargestellt werden, z. B. sämtliche IT-Dienstleistungen, Beratungsdienstleitungen von Wirtschaftsberatern, Ingenieuren und Rechtsanwälten, Hochtechnologie-Branchen wie Nanotechnologie oder Biotechnologie.

Der strukturelle Wandel stellt den Staat immer wieder vor neue Aufgaben, da durch wirtschaftspolitische Maßnahmen einerseits der Strukturwandel gefördert wird (z. B. durch Subventionen für Innovationen, neue Techniken), andererseits aber auch den Auswirkungen des Strukturwandels Rechnung getragen werden muss (z. B entstehende Arbeitslosigkeit, Weiterbildungsmaßnahmen). Hier müssen die Alternativen sorgfältig vor dem Hintergrund von wirtschaftlicher Effizienz und sozialer Gerechtigkeit abgewogen werden.

Kreislaufmodell einer geschlossenen Volkswirtschaft

Kapitel **1.15**
S. 58

Mit dem Kreislaufmodell lassen sich die vielfältigen wirtschaftlichen Aktivitäten und deren Abhängigkeiten vereinfacht darstellen und damit besser begreifbar machen. Einerseits wird durch die Modellierung Komplexität reduziert, andererseits gehen dadurch aber auch Informationen verloren. Hier wird zunächst das Modell einer geschlossenen Volkswirtschaft betrachtet, d. h. es bestehen keine wirtschaftlichen Beziehungen zum Ausland.

Im Kreislaufmodell werden wichtige Akteure des Wirtschaftssystems zu Sektoren zusammengefasst (aggregiert): Im Sektor **Haushalte** befinden sich alle konsumtiven Wirtschaftssubjekte einer Volkswirtschaft, im Sektor **Unternehmen** alle produzierenden Wirtschaftssubjekte und im Sektor **Staat** sämtliche Gebietskörperschaften (u. a. Bund, Länder, Landkreise, Gemeinden) sowie die Sozialversicherungen.

Zwischen all diesen Sektoren fließen Geld- und Güterströme, z. B. erhalten die Haushalte Produkte und Dienstleitungen von den Unternehmen und bezahlen dafür an die Unternehmen Geld. Da Geld- und Güterströme aber jeweils wertgleich sind, betrachtet man im Modell nur die Geldströme.

Der Sektor **Vermögensveränderung** nimmt im Modell eine Sonderstellung ein, da ihm keine realen Subjekte zugeordnet werden. Er dient nur als imaginäres Geld-Konto, auf dem Vermögensveränderungen in der Volkswirtschaft, also z. B. Investitionen der Unternehmen, Ersparnisse der Haushalte oder eine Kreditaufnahme des Staates bilanziert werden können.

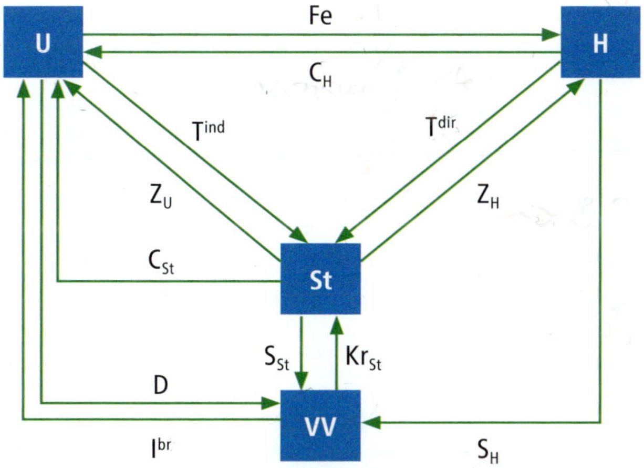

Es gilt die grundsätzliche Prämisse, dass die Zuflüsse in den einzelnen Sektoren in einer Periode gleich den Abflüssen sein müssen.

Sektoren	Ströme (nur Geldströme)
H: Haushalte **U:** Unternehmen **St:** Staat **VV:** Vermögensveränderung	Fe: Faktoreinkommen (z. B. Löhne, Gehälter, Miete, Zinsen, Gewinne) C_H, C_{St}: Konsum der Haushalte bzw. des Staates T_{dir}: direkte Steuern, z. B. Einkommensteuer T_{ind}: indirekte Steuern, z. B. Umsatzsteuer Z_H, Z_U: Zahlungen des Staates an Haushalte (Transferzahlungen Z_H) und Unternehmen (Subventionen Z_U) D: Abschreibungen (engl.: Depreciations, vermindern die Gewinne und dienen als Grundstock für Ersatzinvestitionen) I^{br}: Bruttoinvestitionen (Summe aus Ersatzinvestitionen I^e und Neu- bzw. Nettoinvestitionen I^n) S_H: Sparen der Haushalte (Alle Einnahmen der Haushalte abzüglich des Konsums sowie der Steuern und Abgaben gelten als Ersparnisse) S_{St}: Sparen des Staates Kr_{St}: Kredite des Staates

Das Bruttoinlandsprodukt
Kapitel **1.15**
S. 58

Das Bruttoinlandsprodukt (BIP) ist ein Maß, um die Leistungsfähigkeit einer Volkswirtschaft in einem bestimmten Zeitraum zu messen. Es misst den Wert aller Güter und Dienstleistungen (ohne Vorleistungen), die innerhalb einer Periode im Inland hergestellt werden. Das BIP kann in den jeweiligen Preisen, aber auch preisbereinigt angegeben werden. Bei der preisbereinigten Angabe bezieht man sich auf die Preise des Vorjahres, eventuelle Preissteigerungen, die inflationär bedingt sind, werden dabei herausgerechnet. Dadurch kann man den Wert zwischen den beiden Jahren besser vergleichen.

In einer geschlossenen Volkswirtschaft lässt sich das BIP im Kreislaufmodell anhand folgender Gleichung bestimmen: $BIP = C_H + C_{St} + I^{br}$

Die volkswirtschaftliche Bedeutung von Sparen und Investieren
Kapitel **1.15**
S. 58

Im Kreislaufmodell ist klar zu erkennen, dass die Bruttoinvestitionen in einem starken Maß von den Ersparnissen der Haushalte abhängen. Erst wenn die Haushalte einen Teil ihres Einkommens sparen, also auf Konsum verzichten, stehen den Unternehmen in der nächsten Periode zusätzliche Mittel und Kapazitäten bereit, um Investitionsgüter zu produzieren, die dann den Kapitalstock und damit zukünftige Produktionsmöglichkeiten vergrößern. Dadurch erhöht sich dann in kommenden Perioden das BIP, da innerhalb der Volkswirtschaft mehr Geld und Güter zur Verfügung stehen. Wachstum kann es in einer Volkswirtschaft also nur durch Neu- bzw. Nettoinvestitionen geben.

M1 CO_2-Emissionen pro Kopf weltweit, in Tonnen

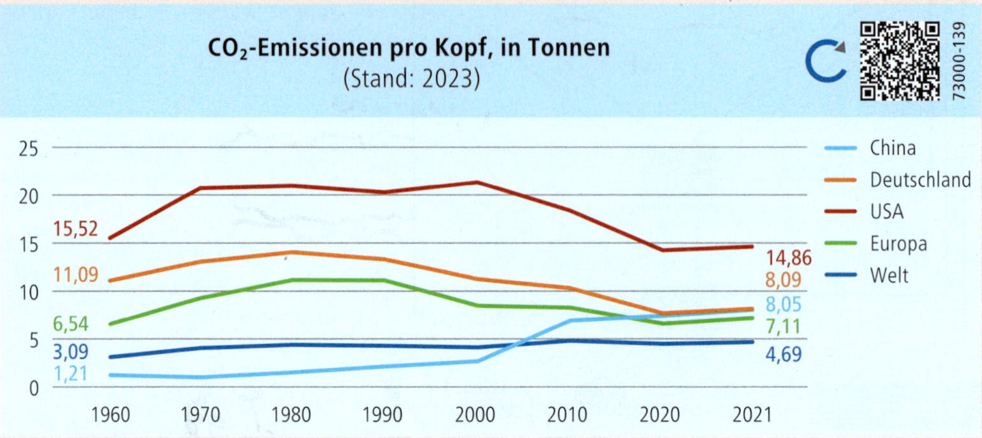

© C.C.Buchner Verlag, aktuelle Daten nach: OurWorldinData (Datenerhebung: 2022; Grafikerstellung: 2023)

M2 Der Europäische Emissionshandel (EU-ETS)

Abgase eines Kohlekraftwerks in der Nähe von Mannheim

Der EU-ETS funktioniert nach dem Prinzip des sogenannten „Cap & Trade". Eine Obergrenze (Cap) legt fest, wie viele Treibhausgas-Emissionen von den emissionshandelspflichtigen Anlagen insgesamt ausgestoßen werden dürfen. Die Mitgliedstaaten geben eine entsprechende Menge an Emissionsberechtigungen an die Anlagen aus – teilweise kostenlos, teilweise über Versteigerungen (eine Berechtigung erlaubt den Ausstoß einer Tonne Kohlendioxid-Äquivalent – CO_2-Äq). Die Emissionsberechtigungen können auf dem Markt frei gehandelt werden (Trade). Hierdurch bildet sich ein Preis für den Ausstoß von Treibhausgasen. Dieser Preis setzt Anreize bei den beteiligten Unternehmen, ihre Treibhausgas-Emissionen zu reduzieren.

©Bundesministerium für Umwelt, Naturschutz und nukleare Sicherheit (BMU): Der Europäische Emissionshandel. In: www.umweltbundesamt.de (Abruf am 15.12.2021)

1

M3 Karikatur zur CO_2-Steuer

Karikatur: Schwarwel

AUFGABEN

82022-118

1. Werten Sie die Statistik **M1** im Hinblick auf die weltweite Entwicklung der CO_2-Emissionen aus.
2. Erklären Sie, wie durch den Preis der Emissionsberechtigungen Anreize für Unternehmen geschaffen werden, ihre Treibhausgas-Emissionen zu reduzieren (**M2**).
3. Begründen Sie mit **M2**, dass es sich bei dem Europäischen Emissionshandel um ein marktwirtschaftliches System handelt.
4. Nehmen Sie zum Emissionshandel zur Verringerung des CO_2-Ausstoßes kritisch Stellung (**M1**, **M2**).
5. Nehmen Sie Stellung zu der Frage, ob der CO_2-Ausstoß nur durch staatliches Eingreifen verringert werden kann.
6. Erklären Sie unter Verwendung des Marktmodells die Wirkung einer CO_2-Besteuerung.
7. Analysieren Sie mithilfe kreislauftheoretischer Überlegungen mögliche Folgen einer CO_2-Besteuerung und formulieren Sie entsprechende Ursache-Wirkungszusammenhänge (**M3**).
8. Beschreiben und interpretieren Sie die Karikatur **M3**.
9. Beurteilen Sie vor dem Hintergrund grundlegender Merkmale der Sozialen Marktwirtschaft die im Jahr 2021 eingeführte CO_2-Steuer im Hinblick auf wirtschaftliche Effizienz und soziale Gerechtigkeit. Recherchieren Sie dazu auch weitere Informationen über die Ausgestaltung und Umsetzung.

Das goldene Zeitalter

Lucas Cranach d. Ä., Das goldene Zeitalter, 1530, Alte Pinakothek München

Die Vorstellung eines „goldenen Zeitalters" als ein Idealzustand der Gesellschaft entstand bereits um 700 v. Chr. in Griechenland. Zeitgleich wurden dort die ersten Gesetze niedergeschrieben, um der richterlichen Willkür Einhalt zu gebieten. Im Christentum entspricht das „goldene Zeitalter" der Vorstellung vom Paradies. Der Überlieferung nach war die Zeit vor dem Verfall der Werte und Sitten durch völlige Harmonie zwischen Mensch und Natur geprägt. Die Gesellschaft zeichnete sich durch einen absoluten Gerechtigkeitssinn aus. Es bedurfte deshalb keiner Gesetze, um ein konfliktfreies Zusammenleben der Menschen zu gewährleisten.

Ihre Meinung ist gefragt!

1. Vergleichen Sie die Vorstellung vom „goldenen Zeitalter" mit der heutigen Realität.
2. Erklären Sie, warum gerade mit den ersten geschriebenen Gesetzen der Wunsch nach einem „goldenen Zeitalter" aufgekommen sein könnte.

Recht als Handlungsrahmen

2

Die Rechtsordnung verhindert das Recht des Stärkeren, das Faustrecht. Es ermöglicht, dass Konflikte in der Regel friedlich beigelegt werden können. Das Recht gewährleistet nicht nur den Frieden in der Gesellschaft, sondern es garantiert auch die Freiheit des Individuums. Bei rechtlichen Regelungen und individueller Freiheit handelt es sich nur anscheinend um einen Widerspruch. In einer Gesellschaft, in der Menschen zusammenleben, kann es keine uneingeschränkte Freiheit geben. Es gilt der Grundsatz, den der deutsche Philosoph Immanuel Kant (1724 – 1804) so formulierte: Die Freiheit des Einzelnen endet dort, wo die Freiheit des Anderen beginnt.

Kompetenzen

Das können Sie nach diesem Kapitel:

... rechtliche Regelungen und Entscheidungen aus den Bereichen des öffentlichen und privaten Rechts hinsichtlich der Erfüllung wesentlicher Funktionen des Rechts und rechtsstaatlicher Prinzipien beurteilen.

... rechtliche Regelungen und Entscheidungen in Hinblick auf die Schaffung eines gerechten Interessenausgleichs untersuchen.

... anhand konkreter Beispiele Inhalt und Grenzen des Eigentums vor dem Hintergrund seiner Funktion als institutionelles Element der Sozialen Marktwirtschaft sowie grundlegender Wertvorstellungen der Eigentumsordnung im deutschen Recht analysieren.

2.1 Was unterscheidet das Recht von anderen Bereichen der sozialen Ordnung?

Sie grenzen in unterschiedlichen Beispielen das Recht von anderen Bereichen der sozialen Ordnung ab.

M1 Fallbeispiel: Wer darf zuerst in den Bus?

Ferdinand B. wartet vor einem Bus in Nürnberg

Ferdinand B. ist 74 Jahre alt und aufgrund einer mobilen Einschränkung auf den Rollstuhl angewiesen. Montagmittag wartete der Rentner in der Innenstadt Nürnbergs auf den Bus, um nach Hause zu fahren. Zu dieser Zeit haben viele Schüler Schulschluss, dementsprechend voll würde der Bus werden. Der Bus kam, die Türen öffneten sich, doch Ferdinand B. konnte nicht einsteigen.

Rollstuhlfahrer sind auf eine spezielle Rampe angewiesen, die bei den Hintertüren eines Busses vom Busfahrer selbst herausgezogen werden müssen. Der Busfahrer machte an diesem Tag jedoch keine Anstalten, zur Bustür zu laufen und die Rampe für den Rollstuhlfahrer vorzubereiten. Der Bus wurde immer voller, bis sich schließlich die Türen schlossen, der Bus losfuhr und Ferdinand B. zurückblieb.

Eine solche Diskriminierung von Rollstuhlfahrern und Rollstuhlfahrerinnen ist kein Einzelfall, meint der Rentner. Er selbst erlebe es immer wieder, dass ihm die Mitfahrt unmöglich gemacht oder sogar verweigert wird, vor allem, wenn der Bus sehr voll ist und es wenig Platz für einen Rollstuhl gibt.

Bearbeiter, basierend auf: Glauch, Helmut: Wer darf als Erster in den Bus? In: www.mainpost.de, 03.12.2019

M2 Fahrradunfall: Folgenschwere unterlassene Hilfeleistung …

Ein Busfahrer sitzt auf der Anklagebank. Der Grund: Er habe einem verunglückten Radfahrer nicht geholfen.

Das zuständige Amtsgericht klagt Marcel F. wegen unterlassener Hilfeleistung an. Der Busfahrer sah, wie ein Radler auf der Straße stürzte, hielt aber nicht an, um diesem erste Hilfe zu leisten. Marcel F. verteidigt sich, er habe es aufgrund der geringen Schwere des Sturzes nicht für notwendig gehalten, seinen vollen Bus zu stoppen. Aus diesem Grund fuhr er weiter, ohne nach dem Rechten zu sehen.

Fahrradunfall: Ist man immer verpflichtet zu helfen?

Bearbeiter, basierend auf: Philipp, Martina: Unterlassene Hilfeleistung bringt einen Busfahrer vor Gericht. In: www.badische-zeitung.de, 07.10.2019

M3 Wo steht das Recht in unserer sozialen Ordnung?

Recht ist ein geistiges Erzeugnis menschlicher Gemeinschaften. Es ist nicht etwa von Anfang an vorgegeben, sondern von Menschen „gemacht". Deshalb ist es auch von Land zu Land verschieden und ändert sich mit der Zeit. Wir können uns das Recht vorstellen als eine große Zahl von Vorschriften und Rechtssätzen, die zu bestimmter Zeit in einer bestimmten Rechtsgemeinschaft gelten. [...]
Unterschiede in der geographischen Lage und der geschichtlichen Entwicklung haben zu voneinander abweichenden Wert- und Rechtsauffassungen geführt. [...] Jedes Volk, jeder [...] [Staat] [...] [,] aber auch jede örtliche Gemeinschaft ist durch eine eigene soziale Lebensordnung gekennzeichnet. Sie hat zwei wichtige Aufgaben: Die soziale Lebensordnung regelt die Beziehungen der Menschen innerhalb der Gemeinschaft zueinander [...] [und] stellt eine gewisse Abgeschlossenheit nach außen gegenüber anderen Gemeinschaften dar. Die Lebensordnungen regeln das Verhalten der Menschen zueinander, machen es somit berechenbar und bringen Sicherheit und Beständigkeit in die mitmenschlichen Begegnungen. [...] Das Recht ist [...] ein Bestandteil der sozialen Lebensordnung. Und welches sind die übrigen Teile? Da sind zunächst einmal die Bräuche und Sitten. Sie führen zu bestimmten gleichmäßigen Verhaltensweisen und gesellschaftlichen Spielregeln innerhalb einer Gemeinschaft. [...] Daneben gibt es die Verhaltensregeln der Religion. [...] Das Recht unterscheidet sich [...] von den übrigen Ordnungen in erster Linie durch seine Erzwingbarkeit. Sicher, auch das sittliche und das religiöse Gebot kennen Druckmittel. Da sind die gesellschaftliche Ächtung, das mahnende Gewissen und die Furcht vor Gott. Auch dabei kann es sich um empfindlichen Zwang handeln. Doch allein hinter dem Recht steht die Gewalt des Staates mit den praktisch unwiderstehlichen Vollstreckungsmitteln. So gesehen ist nur das Recht eine verbindliche Ordnung.

In der römischen Mythologie ist Justitia die Göttin der Gerechtigkeit.

Feldmann, Joachim: Alles was Recht ist, Bayerische Landeszentrale für politische Bildungsarbeit (Hrsg.), München 1989, S. 20 ff.

AUFGABEN 82022-119

1. Vergleichen Sie die Fälle **M1** und **M2**. Begründen Sie mithilfe des § 323c StGB (Paragrafensammlung S. 187), dass Marcel F. im Fall **M2** u. a. wegen unterlassener Hilfeleistung angeklagt wurde, der Busfahrer im Fall **M1** hingegen wahrscheinlich keine strafrechtlichen Konsequenzen zu erwarten hat.
2. Grenzen Sie das Recht von anderen Bereichen der sozialen Ordnung ab (**M3**).
3. Bewerten Sie die Fälle **M1** und **M2** im Hinblick auf Verstöße gegen die soziale Ordnung (**M3**).
4. Zeigen Sie, inwieweit die *Zehn Gebote* Eingang in unser Strafgesetzbuch gefunden haben.

→ Fachwissen zu den Aufgaben S. 102

2.2 Was ist gerecht?

Sie beurteilen unterschiedliche Sachverhalte im Hinblick auf eine gerechte Lösung.

M1 Verschiedene Vorstellungen von Gleichheit und Gerechtigkeit

M2 „Noten können nie gerecht sein"!?

Wie gibt man Schülerinnen und Schülern faire Noten? Das ist eine der wichtigsten Fragen, die Lehrer in ihrem Berufsalltag umtreibt. Wie überfordernd es sein kann, darauf eine Antwort zu finden, schilderte eine Lehrerin vor Kurzem in einem Artikel.

„Es ist eine Illusion, dass Lehrerinnen und Lehrer mit ihren Noten gerecht und verantwortungsbewusst Leistungen widerspiegeln können", schrieb sie. Sie habe deshalb ihre Notengebung umgestellt und verteile nur noch gute Zensuren.

Viele Leser kritisierten die Lehrerin für ihre Entscheidung. Gute Noten für alle, das sei unfair gegenüber Schülern, die sich wirklich anstrengen, lautete ein Argument.

Haug, Kristin/Klovert, Heike: Noten können nie gerecht sein. In: www.spiegel.de, 01.02.2019

M3 Junger Vater wegen Falschparkens bestraft

Ein Nürnberger parkte in der Kurzparkzone vor dem Klinikum und bat mit einem Zettel um Nachsicht, da seine Frau gerade ein Kind auf die Welt brachte und er unbedingt bei der Geburt dabei sein wollte. Was er bekam war ein Strafzettel. Zwischen Freude und Aufregung über sein erstes Kind drängt sich bei Matthias D. Unverständnis für die Parkraumüberwachung der Stadt. Weil er während der Geburt seines Kindes vor dem Klinikum zu lange geparkt hat, muss er nun ein Bußgeld in Höhe von 35 Euro begleichen.

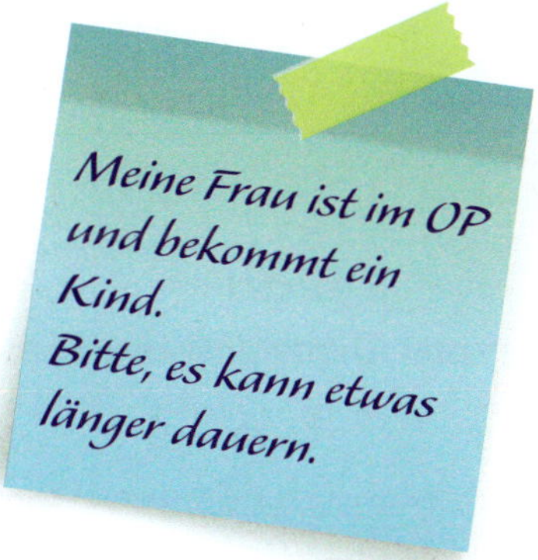

Der Hinweis hinter der Windschutzscheibe konnte das Knöllchen nicht verhindern.

Bearbeiterin, basierend auf: Scharf, Eva Maria: Vater wegen Falschparkens abgestraft. In: www.kleinezeitung.at, 14.09.2021

M4 „Containern" ist Diebstahl: Urteil gegen Studentinnen bestätigt

Im Januar hat […] [ein bayerisches Amtsgericht] zwei „Containerinnen", Franziska S. und Caroline K. […], wegen Diebstahls verurteilt. Nun hat das Bayerische Oberste Landesgericht die Revision der beiden verworfen und das Urteil bestätigt. […]

Sie hatten weggeworfene Lebensmittel aus einem versperrten Müllcontainer eines Supermarktes […] geholt, den sie mit Hilfe eines mitgebrachten Vierkantschlüssels öffneten. Mit der Aktion wollten sie auch gegen die Verschwendung von Lebensmitteln protestieren. […] In Deutschland landen pro Jahr 18,4 Millionen Tonnen genießbare Lebensmittel in der Tonne. Wer aber diese Lebensmittel rettet, um sie selbst zu essen oder weiter zu teilen, macht sich strafbar. Eine Strafbarkeit als Hausfriedensbruch kommt vor allem bei der Überwindung eines physischen Hindernisses, das einem Container vorgelagert ist, in Betracht – oder beim unberechtigten Betreten eingezäunter Grundstücke. Bisher gilt es auch als Diebstahl, Nahrungsmittel aus Müllcontainern zu holen, die Supermärkte und Fabriken wegen abgelaufener Mindesthaltbarkeitsdauer oder Druckstellen weggeworfen haben.

Demmelhuber, Sandra: „Containern" ist Diebstahl: Urteil gegen Studentinnen bestätigt. In: www.br.de, 14.10.2019

AUFGABEN

82022-120

1. Beurteilen Sie die beiden Sachverhalte in den Bildern **M1** im Hinblick auf verschiedene Vorstellungen von Gerechtigkeit.
2. Diskutieren Sie die Aussage der Lehrerin in **M2**, dass es eine Illusion sei, dass Noten Leistung gerecht widerspiegeln können.
3. Stellen Sie die Interessen der Parkraumüberwachung und die des Vaters im Fall **M3** gegenüber.
4. Diskutieren Sie in der Klasse, ob Sie das Urteil des Gerichts (**M4**) als gerecht empfinden.

→ Fachwissen zu den Aufgaben S. 102, 103

2.3 Ist das Recht immer gerecht?

Sie analysieren positives Recht im Hinblick auf die Umsetzung des Naturrechtsgedankens.

M1 Fallbeispiel: Dienstanweisung an die Grenztruppen der DDR

2. Verhinderung von Grenzdurchbrüchen

Es ist Ihre Pflicht, Ihre Einzelkämpfer- und tschekistischen Fähigkeiten so zu nutzen, daß Sie die List des Grenzverletzers durchbrechen, ihn stellen bzw. liquidieren, um somit die von ihm geplante Grenzverletzung zu vereiteln.
Handeln Sie dabei umsichtig und konsequent, da die Praxis die Gefährlichkeit und Hinterhältigkeit der Verräter mehrfach beweist.
Zögern Sie nicht mit der Anwendung der Schusswaffe, auch dann nicht, wenn die Grenzdurchbrüche mit Frauen und Kindern erfolgen, was sich die Verräter schon oft zunutze gemacht haben. Nach erfolgter Anwendung der Schusswaffe haben Sie die entsprechende der unter Punkt 1. genannten Maßnahmen zu handeln.

Dienstanweisung vom 3. Dezember 1974 für die „Einsatzkompanie" der Hauptabteilung I „NVA und Grenztruppen" des Ministeriums für Staatssicherheit

Ministerium für Staatssicherheit war zugleich Geheimdienst und Geheimpolizei der DDR.

Tschekisten Mitarbeiter von Geheimdiensten in den Staaten des ehemaligen Ostblocks.

M2 Rechtspositivismus versus Naturrechtslehre

Rechtspositivismus

Lehre, die im Unterschied zum Naturrecht die These vertritt, dass Recht und Moral streng getrennt werden sollten. Recht sei das, was der Gesetzgeber im vorgeschriebenen Verfahren als solches verabschiedet hat. Eine Beurteilung des Rechts an moralischen Maßstäben verbiete sich in modernen Gesellschaften, weil es keine einheitlichen oder gar homogenen Moralvorstellungen gebe. Verbindlichkeit beziehe das Recht dann aus der Legitimität seines Ursprungs, also regelmäßig aus den demokratischen Verfahren und aus der Garantie von Rechtssicherheit.

Naturrecht

Lehre, die – im Unterschied zum Rechtspositivismus – die These vertritt, dass man Recht und Moral nicht trennen kann. Etwas ist Recht oder Unrecht, weil es der Natur des Menschen bzw. der natürlichen Vernunft entspricht (deshalb auch »Vernunftrecht«) bzw. widerspricht. Daher gibt es auch Recht, welches gilt, ohne dass es in einem Gesetz enthalten sein muss, z. B. die Menschenrechte. Das positive, in Gesetzen enthaltene Recht muss zudem an der Moral gemessen werden. Nur Gesetze, die moralischen Ansprüchen genügen, können den Anspruch erheben, befolgt zu werden.

Nach: Alexy/Fisahn/Hähnchen/Mushoff/Trepte: Das Rechtslexikon.Begriffe, Grundlagen, Zusammenhänge. 1. Auflage. Bonn: Verlag J.H.W. Dietz Nachf. 2019

M3 Mauerschützenprozesse: Die Grenze des Rechtsstaats

Am 9. November 2004 feiert das wiedervereinigte Land den 15. Jahrestag des Mauerfalls […]. Zugleich endet nahezu geräuschlos ein umstrittenes Kapitel deutscher Wiedervereinigungsgeschichte. Denn an diesem Tag spricht das Berliner Landgericht das Urteil im letzten Mauerschützenprozess. Auf der Anklagebank sitzen vier Männer im Rentenalter: Gerhard H., Dieter S., Rüdiger H. und Herbert S. Die ehemaligen Pionieroffiziere der DDR-Grenztruppen hatten sich wegen der Installation und Instandhaltung von Splitterminen […] an den innerdeutschen Grenzzäunen zu verantworten. Fünf Männer im Alter von 17 bis 29 Jahren waren beim Versuch, die DDR-Grenze zu überwinden, im Zuständigkeitsbereich der Angeklagten in den vernichtenden Splitter-Regen der „Tötungsautomaten" geraten. Vier starben, einer gelangte schwer verletzt in die Bundesrepublik. Richterin Gabriele Strobel spricht die Ex-Grenzschützer wegen Beihilfe zum Mord und versuchten Mordes schuldig. […] Strafen verhängt Strobel allerdings nicht. Die vier Angeklagten hätten „acht Jahre mit der Anklage leben" müssen, zudem habe der Tod von Flüchtlingen sie damals wie heute wirklich berührt. […] Recht wird in den Prozessen gegen Mauerschützen zweifellos gesprochen – die Gerechtigkeit ist dabei allerdings auf der Strecke geblieben. Bei ihrem Versuch, Straftaten an der innerdeutschen Grenze aufzuarbeiten, gelangen die Gerichte ihrerseits an eine Grenze: die Grenze des Rechtsstaats.

Frenzel, Eike: Mauerschützenprozesse. Die Grenze des Rechtsstaats. In: www.spiegel.de, 07.04.2014

M4 Die Radbruch'sche Formel

Der Konflikt zwischen der Gerechtigkeit und der Rechtssicherheit dürfte dahin zu lösen sein, dass das positive, durch Satzung und Macht gesicherte Recht auch dann den Vorrang hat, wenn es inhaltlich ungerecht und unzweckmäßig ist, es sei denn, dass der Widerspruch des positiven Gesetzes zur Gerechtigkeit ein so unerträgliches Maß erreicht, dass das Gesetz als „unrichtiges Recht" der Gerechtigkeit zu weichen hat. Es ist unmöglich, eine schärfere Linie zu ziehen zwischen den Fällen des gesetzlichen Unrechts und den trotz unrichtigen Inhalts dennoch geltenden Gesetzen; eine andere Grenzziehung aber kann mit aller Schärfe vorgenommen werden: Wo Gerechtigkeit nicht einmal erstrebt wird, wo die Gleichheit, die den Kern der Gerechtigkeit ausmacht, bei der Setzung positiven Rechts bewusst verleugnet wurde, da ist das Gesetz nicht etwa nur ›unrichtiges Recht‹, vielmehr entbehrt es überhaupt der Rechtsnatur.

Gustav Radbruch (1878–1949) war ein deutscher Politiker und Rechtswissenschaftler. In der Weimarer Republik war er Reichsminister der Justiz. Er gilt als einer der einflussreichsten Rechtsphilosophen des 20. Jh.

Christian-Albrechts-Universität zu Kiel: Große Forscher und Forscherinnen von der Förde: Gustav Radbruch. In: www.uni-kiel.de (Abruf am 10.06.2023

AUFGABEN 82022-121

1. Erörtern Sie, ob die Dienstanweisung an die Grenztruppen der DDR (M1) „Recht" ist.
2. Diskutieren Sie unter Berücksichtigung von M1, M2 und M4 sowie der §§ 27 und 211 StGB (Paragrafensammlung S. 185) das Urteil und die verhängte Strafe gegen die vier Angeklagten im Mauerschützenprozess (M3).
3. Analysieren Sie das Grundgesetz der Bundesrepublik Deutschland und die Bayerische Verfassung im Hinblick auf die Umsetzung des Naturrechtsgedankens (M2).

→ Fachwissen zu den Aufgaben S. 103, 104

2.4 Was macht einen Staat zum Rechtsstaat?

Sie beurteilen Regelungen und Entscheidungen im Hinblick auf deren Rechtsstaatlichkeit.

M1 Stimmen aus dem Alltag: Was haben wir vom Rechtsstaat?

Nach: ©Bundesregierung: Infoplakat: Was haben wir vom Rechtsstaat? In: www.bundesregierung.de, 19.09.2019

M2 Sind Rechtsstaat und Impfpflicht vereinbar?

Befürwortern gilt eine Impfpflicht als Mittel, um weitere Pandemiewellen zu vermeiden [...]. Gegner der Impfpflicht halten sie für rechtlich bedenklich oder fürchten eine weiter vertiefte Spaltung der Gesellschaft. [...] Eine allgemeine Impfpflicht ist als Eingriff in die verfassungsrechtlich geschützte körperliche Unversehrtheit umstritten. Staatsrechtler und Politiker betonten [...] aber auch, dass das Grundgesetz sie nicht ausschließt. Bei der juristischen Beurteilung muss abgewogen werden, was schwerer wiegt: Die individuelle Entscheidung über den Körper oder

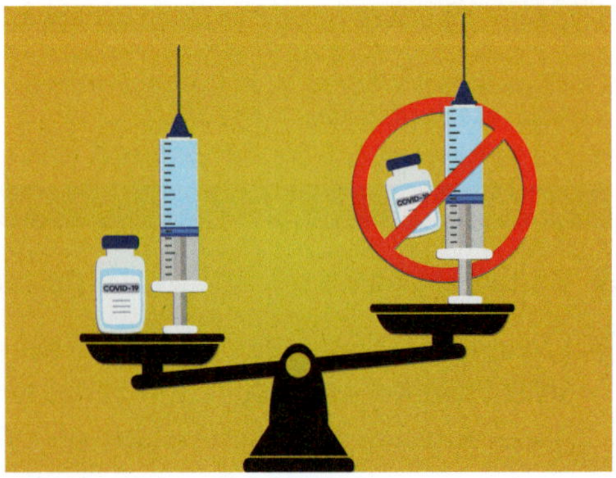

In besonderen Fällen kann das Wohl der Allgemeinheit überwiegen.

der Schutz der Allgemeinheit vor einer ansteckenden Krankheit. Verfassungsrechtler sehen eine Impfpflicht als rechtlich möglich an. Der Bund hat die Gesetzgebungskompetenz dafür. Seine Zuständigkeit ergibt sich aus Artikel 74 Grundgesetz (GG): Er kann Gesetze für Maßnahmen gegen „gemeingefährliche und übertragbare Krankheiten" erlassen. [...] Allerdings gibt es auch Stimmen, die [...] eine allgemeine Impfpflicht für unverhältnismäßig halten. Zu den prominenten Vertretern dieser Position zählt der Jurist und frühere Spitzenpolitiker Otto Schily, der, nach eigenen Angaben dreimal geimpft, eine allgemeine Impfpflicht für „unverantwortlich" und „schlicht verfassungswidrig" hält [...]: „Nicht einmal in der sonst so vehement als autoritär gescholtenen Volksrepublik China besteht eine allgemeine Impfpflicht", schreibt Schily.

Schmidt, Michael: Kommt die Impfpflicht? Wer dafür, wer dagegen ist – und warum. In: www. tagesspiegel.de, 03.12.2021

M3 Sicherheit gegen Rechtsstaat!?

Karikatur: Kostas Koufogiorgos, 2016

AUFGABEN 82022-122

1. Zeigen Sie anhand von Beispielen auf, welche Rolle der Rechtsstaat in Ihrem persönlichen Leben spielt (**M1**).
2. Arbeiten Sie aus den Art. 19 und 20 GG (Paragrafensammlung S. 184) rechtsstaatliche Prinzipien heraus und erläutern Sie diese.
3. Diskutieren Sie, inwieweit eine Impfpflicht (**M2**) rechtsstaatlichen Prinzipien (**M1**) genügt.
4. Beschreiben und interpretieren Sie die Karikatur **M3**.

→ **Fachwissen zu den Aufgaben** S. 104, 105

2.5 Warum bedarf das Recht einer ständigen Fortentwicklung?

Sie begründen die Notwendigkeit einer Rechtsfortentwicklung anhand konkreter Beispiele.

M1 Juristische Literatur

„Schau an, die Literatur hat aber doch enorme Fortschritte gemacht seit Moses!" *Karikatur: Jupp Wolter*

M2 Künstliche Intelligenz und Haftungsrecht: die e-Person

Künstliche Intelligenz (KI) scheint den derzeitigen Rechtsrahmen infrage zu stellen, wenn Regeln aus einer analogen Welt auf Rechtsfragen des digitalen Zeitalters angewendet werden. Dies macht sich insbesondere dann bemerkbar, wenn KI-Systeme Schäden verursachen. Die akademische Rechtsdiskussion beschäftigt sich aktuell damit, ob ein KI-System selbst haftbar gemacht werden soll. Dazu wurde das Rechtskonstrukt der e-Person entwickelt. […]
Man stelle sich vor, dass unmittelbar vor einem mit autonomen Lenk- und Bremssystem ausgestatteten und in voller Fahrt befindlichen Fahrzeug ein Kind die Straße betritt. Ein Bremsen zur Vermeidung einer Kollision sei aus physikalischen Gründen nicht mehr möglich. Die dem Fahrzeug zugrundeliegende künstliche Intelligenz bzw. die Algorithmen erkennen drei Möglichkeiten. Das Fahrzeug kann geradeaus weiterfahren, was unmittelbar zum Tod des Kindes führt (Lösung 1). Das Fahrzeug kann nach links auf den Bürgersteig ausweichen, auf dem ein junges Pärchen spaziert und die in Folge einer Kollision mit dem Fahrzeug versterben (Lösung 2). Oder das Fahrzeug entscheidet sich nach rechts auszuweichen, wodurch das Fahrzeug gegen einen Baum fährt, wobei der Aufprall zum Tod des „Fahrers" des autonom lenkenden und bremsenden Systems führt (Lösung 3). Neben der Tatsache, dass ein KI-System im Gegensatz

zum Menschen in der Lage ist, die Informationen und Handlungsfolgen blitzschnell zu analysieren und sich für die „beste" der drei tödlichen Lösungen zu entscheiden, stellt sich unmittelbar die Frage der Haftung für die entstandenen Schäden.

Drei Möglichkeiten sind denkbar: Zunächst könnte man an eine Haftung des Herstellers (und der Lieferanten) denken [...]. Daneben könnte eine Haftung des Nutzers (Betreiber oder Bediener) oder des Halters (Eigentümer) des autonomen Fahrzeugs in Betracht gezogen werden. Und schließlich könnte ein KI-System selbst haften. Letzte Möglichkeit ist in der Konzeption des „analogen" Haftungsrechts allerdings bisher nicht vorgesehen. So setzt das gegenwärtige Haftungsrecht menschliches Verhalten voraus. Die Frage ist folglich, ob ein Update hin zu einem digitalen Haftungsrecht in Zukunft auch maschinelles Verhalten als Grundlage haben sollte. Die gegenwärtige juristische Diskussion überlegt dabei die Konzeption eines neuen Rechtskonstrukts in Form der sogenannten e-Person, d. h. man könnte autonomen KI-Systemen eine eigene Rechtspersönlichkeit zuordnen. Für unser Beispiel hieße das, dass das autonome Fahrzeug in jedem der drei Fälle für den entstehenden Schaden in vollem Umfang selbst haftet.

Autonom fahrender Bus in Berlin

Nach: Scheufen, Marc: Künstliche Intelligenz und Haftungsrecht: die e-Person aus ökonomischer Sicht. In: ZBW (Hg.): Wirtschaftsdienst, 99. Jahrgang, Heft 6, 2019, S. 411–414

AUFGABEN

82022-123

1. Stellen Sie unter Berücksichtigung der Karikatur **M1** die Notwendigkeit einer zunehmenden Verrechtlichung von Lebensbereichen dar und erörtern Sie mögliche Folgen für die Gesellschaft.
2. Recherchieren Sie Beispiele für eine Rechtsfortentwicklung im Bereich des Familien- oder Namensrechts.
3. Diskutieren Sie den Vorschlag, KI-Systemen eine eigene Rechtspersönlichkeit in Form der sogenannten e-Person zuzusprechen (**M2**).
4. Recherchieren Sie mit Hilfe einer Tageszeitung oder des Internets weitere aktuelle Beispiele für die Weiterentwicklung des Rechts und begründen Sie jeweils deren Notwendigkeit.

→ Fachwissen zu den Aufgaben S. 105

2.6 Welche Funktionen übernimmt das Recht in einer Gesellschaft?

Sie beurteilen rechtliche Regelungen und Institutionen im Hinblick auf die Erfüllung wesentlicher Funktionen des Rechts.

M1 Streit um eine Parklücke

Nach langem Suchen haben Sie endlich eine Parklücke gefunden, die frei wird. Und während Sie höflich warten, dass der „Vorgänger" rückwärts ausgeparkt hat, kommt von der anderen Seite ein Auto und schiebt sich frech auf den frei gewordenen Parkplatz. Oder in der einzigen leeren Parklücke steht schon ein Fußgänger und „reserviert" diesen Parkplatz. Doch wem gehört die Lücke?

Parkplatzsuche: Wer hat Anspruch auf den freien Platz?

Wer im Streitfall das Recht auf einen Parkplatz hat, regelt die Straßenverkehrsordnung (StVO). § 12 Abs. 5 S. 1 StVO bestimmt, dass an einer Parklücke derjenige Vorrang hat, der sie zuerst unmittelbar erreicht. Befindet sich ein Autofahrer in einer Straße mit Gegenverkehr auf der gegenüberliegenden Straßenseite, hat er die Parklücke noch nicht „unmittelbar erreicht". [...]

Und wie verhält es sich mit dem Reservieren einer Parklücke? Die Antwort ist eindeutig: Da § 12 Abs. 5 StVO nur dem Fahrzeugführer selbst Vorrang gewährt, ist es nicht zulässig, wenn eine andere Person ihm den Parkplatz reserviert. Wer das trotzdem tut, behindert einen anderen Verkehrsteilnehmer und verhält sich damit ordnungswidrig nach § 1 Abs. 2 StVO. Allerdings ist Vorsicht bei dem Versuch geboten, sein Recht durchsetzen zu wollen. Denn fährt man auf die Person zu mit dem Ziel, sie zum Weggehen zu bewegen, kann das grundsätzlich den Straftatbestand der Nötigung (§ 240 Strafgesetzbuch – StGB) erfüllen. Und der kann mit Geldstrafe oder Freiheitsstrafe bis zu drei Jahren bestraft werden. [...] [E]in bayerisches Gericht [...] verurteilte einen Autofahrer wegen Körperverletzung, weil der auf die Person, die die Parklücke blockierte, zugefahren war, sie berührt und dadurch sogar zu Fall gebracht hatte. Die Richter wiesen in ihrer Begründung außerdem explizit darauf hin, dass schon das bloße Zufahren auf den Störer eine Nötigung sei, weil darin eine konkludente Drohung liege, ihn überfahren zu wollen [...].

Deutsches Anwaltsregister: Parkplatzsuche: Darf ein Parkplatz reserviert werden und darf man einem anderen die Parklücke wegschnappen? In: www. anwaltsregister.de, 20.07.2012

M2 Hauptangeklagter rechtskräftig wegen Mordes verurteilt

Der BGH bestätigt das Mordurteil gegen die Berliner „Ku'Damm-Raser" in Teilen. Der Hauptangeklagte ist nun rechtskräftig wegen Mordes verurteilt. […]

Der BGH hat das Mordurteil für zwei Berliner Autoraser in Teilen bestätigt. Die Richter aus Karlsruhe beschäftigten sich zum zweiten Mal mit dem illegalen Autorennen auf dem Berliner Ku´Damm, bei dem ein Unbeteiligter getötet wurde. Sie bestätigten das Urteil wegen Mordes gegen Hamdi H., welches nun rechtskräftig ist. Über den anderen Fahrer – Marvin N. – muss das LG Berlin zum dritten Mal entscheiden. […] Hamdi H. und Marvin N. lieferten sich im Februar 2016 spontan ein Straßenrennen auf dem Berliner Kurfürstendamm. Während der Fahrt passierten sie eine Vielzahl von Ampeln, die teilweise rot zeigten, aber von den beiden Männern nicht beachtet wurden. Das Rennen sollte bis zum Kaufhaus KaDeWe gehen. Kurz vor dem Ziel lag N. vorne, weshalb H. nochmal seinen Wagen auf Höchstleistung beschleunigte und eine Geschwindigkeit von bis zu 170 km/h erreichte. Dabei kam es auf einer Kreuzung zu einer Kollision mit einem Jeep, der bei grün aus einer Seitenstraße kam. Der 69 Jahre alte Fahrer dieses Wagens verstarb noch am Unfallort.

BGH
ist die Abkürzung für den Bundesgerichtshof, das oberste Gericht Deutschlands.

Jura Online: BGH zum Berliner Raser-Fall: Mordurteil (teilweise) bestätigt. In: jura-online.de, 19.06.2020

M3 Wie sorgen Richterinnen und Richter für Rechtsstaatlichkeit?

Richterin und Richter in ihren Roben im Gerichtssaal

AUFGABEN

82022-124

1. Arbeiten Sie aus **M1** und **M2** heraus, welche Funktionen das Recht in den beschriebenen Fällen jeweils übernimmt.
2. Recherchieren Sie, warum Richterinnen und Richter vor Gericht eine Robe tragen müssen (**M3**). Diskutieren Sie, ob diese Regelung heute noch sinnvoll ist.
3. Recherchieren Sie das Berufsbild einer Richterin/eines Richters und erläutern Sie anhand deren Aufgaben die Funktionen des Rechts (**M3**).

→ **Fachwissen zu den Aufgaben**
S. 106, 107

2.7 In welche Bereiche gliedert sich das deutsche Recht?

Sie ordnen unterschiedliche Regelungen dem öffentlichen Recht oder dem Privatrecht begründet zu.

M1 Fall aus Franken: Polizei überführt Graffiti-Sprayer

Die Polizei hat einen 18 Jahre alten Bamberger ermittelt, dem zahlreiche Graffiti-Schmierereien und damit Fälle von Sachbeschädigung zur Last gelegt werden. Der Schaden geht in die Tausende.

Bamberg – Einem Zufall ist es zu verdanken, dass eine Reihe von Schmierereien in Bamberg aufgeklärt werden konnte. Bei dem mutmaßlichen Täter handelt es sich um einen 18-Jährigen aus der Bamberger Sprayer-Szene. Der junge Mann soll für das Sprühen der sogenannten Tags „CCB" und „gmp" verantwortlich sein. Diese Tags sprühte er an Hauswände, in Unterführungen, in Treppenabgängen und an Bushaltestellen. Der dadurch entstandene Sachschaden beträgt mindestens 6.000,00 Euro.
Bei der Fahndung kam der Polizei ein Zufall zur Hilfe. Bei der Durchsuchung der Wohnung des 18-Jährigen wegen des Verdachts des Drogenhandels stellten die Beamten auch ein *Blackbook* sicher.
Graffitisprayer benutzen diese *Blackbooks*, um in der Szene einen Beweis für die von ihnen angebrachten *Tags* zu haben. Schmerzhaft dürften für den Täter nicht nur die zu erwartende Strafe für den Drogenhandel und die Sachbeschädigungen sein, sondern auch die Forderungen der geschädigten Eigentümer für den entstandenen Schaden.

Bearbeiter

M2 Staat oder privat?

1 Unterschreiben eines Mietvertrages

2 Ausfüllen einer Einkommensteuererklärung

3 Radarkontrolle in Augsburg

4 Verkehrsunfall in München

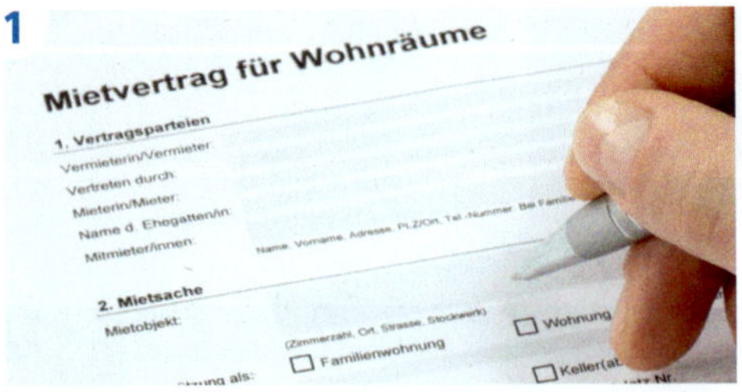

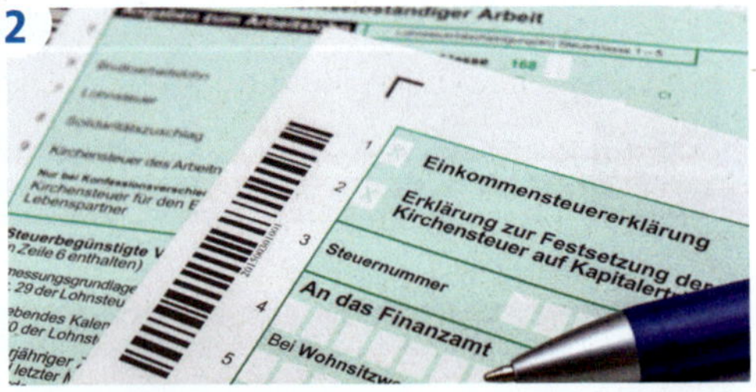

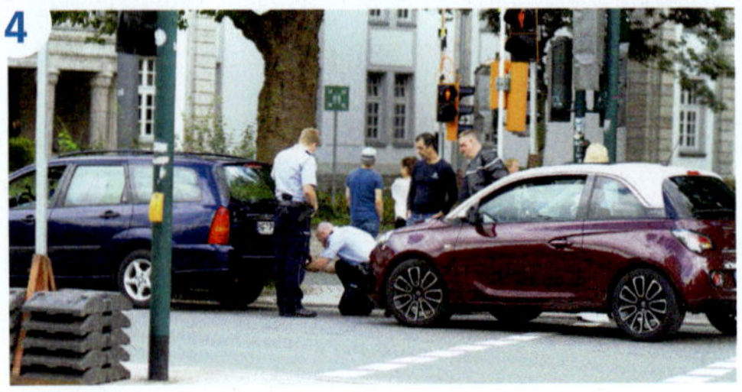

M3 **Überblick: privates und öffentliches Recht in Deutschland**

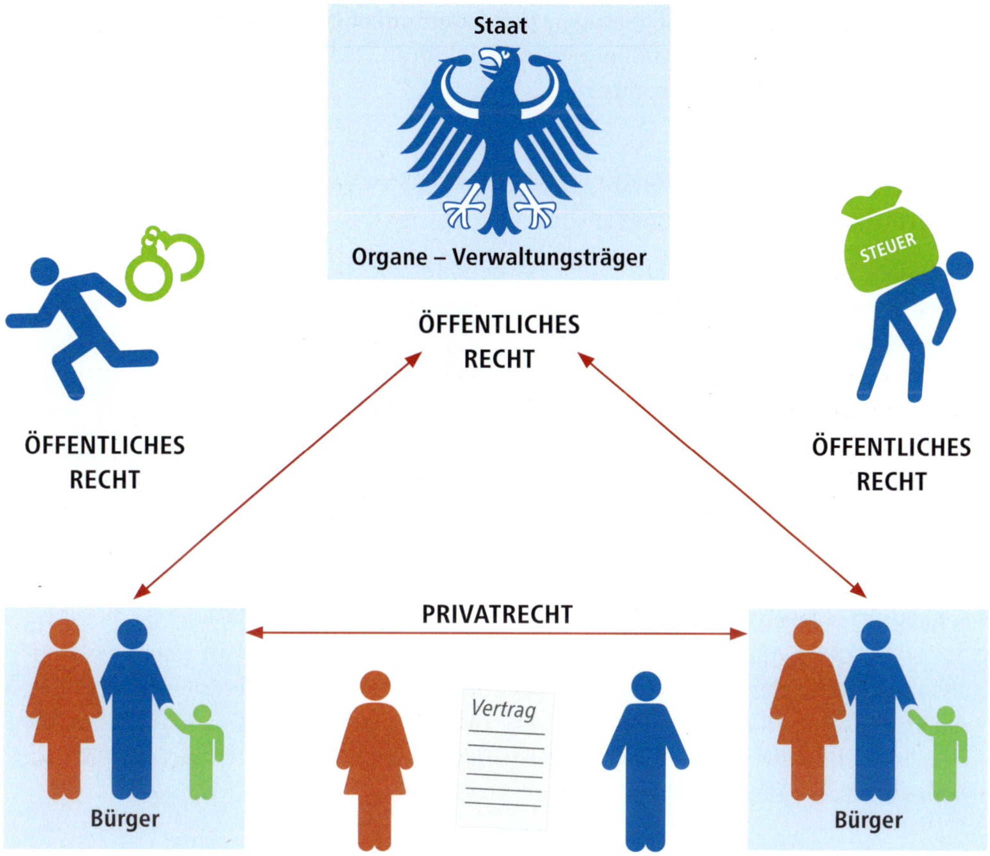

AUFGABEN

82022-125

→ Fachwissen zu den Aufgaben S. 107

1. Zeigen Sie, dass im Fall **M1** sowohl ein öffentliches Interesse als auch ein privates Interesse an der Überführung des Graffiti-Sprayers besteht.
2. Erläutern Sie mögliche Interessen, die die Beteiligten oder der Staat in den Beispielen aus **M2** jeweils haben könnten.
3. Recherchieren Sie, in welchen Gesetzen sich jeweils Regelungen zu den in **M2** dargestellten Sachverhalten finden.
4. Erklären Sie mithilfe von Darstellung **M3** den Unterschied zwischen dem öffentlichen Recht und dem Privatrecht.
5. Ordnen Sie unter Verwendung von **M3** den Fall **M1** sowie die dargestellten Sachverhalte in **M2** dem öffentlichen Recht oder dem Privatrecht zu.
6. Begründen Sie, dass sich das Urheberrecht nicht eindeutig dem öffentlichen oder dem Privatrecht zuordnen lässt.

2.8 Was bedeutet es, Eigentum an etwas zu haben?

Sie analysieren rechtliche Regelungen zum Eigentum in Bezug auf die ihnen zugrundliegenden Wertvorstellungen und konkreten Fallbeispiele im Hinblick auf die Grenzen des Eigentumsrechts.

M1 Streit um vier Quadratmeter

Seit [...] Jahren tobt der Straßenkampf nun schon, ein Kleinkrieg der besonderen Art. [...] Es geht um vier Quadratmeter einer öffentlichen Straße mitten in der historischen Innenstadt [...] [einer fränkischen Kleinstadt]. Der Flecken gehört der [örtlichen Grafschaft] [...]. [Im November 2019] [...] griff [...] [der] Bürgermeister [...] durch und erließ einen amtlichen Bescheid mit Sofortvollzug gegen die [...] [Grafschaft]. Anlass sind Pläne der Stadt, den größten öffentlichen Parkplatz in der Innenstadt zu sanieren. Er ist nur über eine Engstelle zu erreichen, in der die ominösen vier Quadratmeter liegen. Die Straße existiert seit mehr als hundert Jahren, wobei vor sehr langer Zeit von der Verwaltung versäumt wurde, besagte vier Quadratmeter auch korrekt als Teil dieser Straße rechtlich zu widmen.

Der Bürgermeister am Ort des Streits

Ritzer, Uwe: Vier Quadratmeter, die eine Stadt spalten. In: www.sueddeutsche.de, 08.11.2019

M2 Warum und wozu verpflichtet Eigentum?

„Mein" und „Dein" sind gar nicht so leicht auseinanderzuhalten. Wäre es einfach, würden die Kinder im Sandkasten nicht so laut brüllen. Und manche Leute meinen, die Welt wäre besser und gerechter, wenn es die Unterscheidung von „Mein" und „Dein" gar nicht gäbe. Dann stünde allen Menschen alles gleichermaßen zur Verfügung, gemäß ihren Bedürfnissen. [...] Kein Wunder, dass das Recht auf privates Eigentum sowohl den neuzeitlichen Staat begründet als auch den Kapitalismus ermöglicht. Nach John Locke (1632 bis 1704) vereinigen sich die Menschen nur deshalb zu einem Staat, um gegenseitig ihr Leben, ihre Freiheit und ihre Güter zu sichern. Wer, wenn nicht der Staat, sollte mittels Polizei und Gefängnissen eine Eigentumsordnung garantieren, wenn in einem Land Diebe und Plünderer umgehen? Das Privateigentum ist ein Recht menschlicher Freiheitsausübung, welches die Menschen selbst nur durch den Staat sichern können. Die Erwartung, von seinem Kapital einen Profit zu erhalten, die wichtigste Triebfeder einer Marktwirtschaft, beruht auf dem Recht auf Privateigentum. Nur wo Eigentum rechtlich garantiert wird, sind Menschen bereit, Ideen umzusetzen, Geld zu investieren und Arbeitsplätze zu schaffen.

Im Grundgesetz stehen in Artikel 14 jene Sätze, die jeder Schüler im Sozialkundeunterricht lernt: „Eigentum verpflichtet. Sein Gebrauch soll zugleich dem Wohle der Allgemeinheit dienen." Doch was ist damit gemeint? [...] Die Väter des Grundgesetzes stemmten sich gegen Vorstellungen, wonach der Missbrauch des Eigentums zur Begründung wirtschaftlicher und politischer Macht bereits ein Anlass zur Enteignung hätte sein können. [...] Auch das hat historische Gründe. Im Gegensatz zum römischen Recht, das einen strengen Begriff des Privateigentums kennt, hielten die nördlich der Alpen lebenden Germanen lange am Familieneigentum und Gemeindeeigentum fest. Im Familieneigentum stand die Hufe (huba), zu der die Wohngebäude mit Zubehör und Ackerfläche gehörten, während Brachland, Weide und Gewässer als Allmende im Eigentum der Gemeinde allen zugleich zur Verfügung standen.

Allmende
ist die gemeinschaftliche Nutzung einer Fläche oder Ressource, wobei jeder der Nutzer gleichberechtigter Eigentümer ist

Hank, Rainer: Warum und wozu verpflichtet Eigentum? In: www.faz.net, 11.04.2007

M3 Betreten des Waldes verboten!

Gesperrtes Waldstück in Nordrhein-Westfalen

M4 Betretungsrecht – Art. 26 des Bayerischen Naturschutzgesetzes

Das Recht auf Genuss der Naturschönheiten und auf Erholung in der freien Natur ist durch Art. 141 Abs. 3 Satz 1 der Bayerischen Verfassung (BV) zu einem jedermann zustehenden subjektiven Recht im Range eines Grundrechts erhoben worden. Das Recht auf Naturgenuss und Erholung hat öffentlich-rechtliche und privatrechtliche Auswirkungen. Öffentlich-rechtlich beschränkt es das Eigentum an den von ihm erfassten Grundstücken und konkretisiert dessen Sozialbindung. Die sich im Einzelnen daraus ergebenden Verpflichtungen hat der betroffene Eigentümer wegen der Situationsgebundenheit seines Grundstückes grundsätzlich entschädigungslos hinzunehmen (Art. 36 Abs. 1 BayNatSchG).

Vollzug des Bayerischen Naturschutzgesetzes; Teil 6 „Erholung in der freien Natur": Das Betretungsrecht. Allgemeines, Art. 26 BayNatSchG

2.9 Warum ist Privateigentum für eine marktwirtschaftliche Ordnung nötig?

Sie vollziehen anhand von Beispielen die Notwendigkeit von Privateigentum in einer marktwirtschaftlichen Ordnung nach.

M1 Bäckerei aus Nächstenliebe

Karikatur: Dirk Meissner, 2020

M2 Was nützt uns das Privateigentum?

Elefanten in einem afrikanischen Nationalpark

In einigen Ländern Afrikas besteht für Elefanten […] [die] Gefahr [des Aussterbens], weil Wilderer nach dem Elfenbein der Stoßzähne trachten.
Doch nicht alle Tierarten mit wirtschaftlicher Bedeutung sind in diesem Maß bedroht. Die Kuh z. B. ist eine wertvolle Nahrungsmittelressource, doch niemand braucht sich in absehbarer Zeit um ihr Aussterben zu sorgen. Überdies scheint die große Nachfrage nach Rindfleisch den Fortbestand der Spezies geradezu zu sichern.
Warum ist der Handelswert von Elfenbein eine Existenzbedrohung für Elefanten, der Handelswert von Rindfleisch jedoch eine Bestandssicherung für Kühe? Die Elefanten ziehen frei herum und haben keinen Eigentümer. Jeder Wilderer ist geneigt, so viele Elefanten wie nur möglich zu erlegen. […] Im Gegensatz dazu leben Kühe auf Bauernhöfen, die sich im Privatbesitz befinden. Jeder Landwirt unternimmt große Anstrengungen, seinen Bestand an Kühen zu pflegen, weil er die Früchte dieser Bemühungen ernten will.
Das Existenzproblem der Elefanten versuchen Regierungen auf zweierlei Art zu lösen. Einige Länder, wie Kenia, Tansania und Uganda, haben es bei Strafe verboten, Elefanten zu töten und ihr Elfenbein zu verkaufen.

Doch diese Gesetze haben sich als schwer durchsetzbar erwiesen und die Zahl der Elefanten nimmt weiter ab. Im Gegensatz dazu haben andere Länder, wie Botswana, Malawi, Namibia und Simbabwe, die Elefanten dadurch zu privaten Gütern gemacht, dass sie es den Leuten gestatteten, die Elefanten auf ihrem eigenen Grund und Boden abzuschießen. Für die Grundeigentümer besteht nun ein Anreiz, die Tierart auf dem eigenen Gelände zu pflegen. Ein Ergebnis ist, dass die Elefantenpopulation wieder zunimmt.

Mankiw/Taylor/Wagner/Herrmann: Grundzüge der Volkswirtschaftslehre. 4. Auflage. Stuttgart 2008, S. 265 f.

M3 Warum ist Eigentum so wichtig?

[Die] Theorie zur „Tragik der Allmende" [...] besagt: Sobald eine Ressource allen Menschen unbegrenzt zur Verfügung steht, will jeder für sich den maximalen Gewinn herausholen. Zum Beispiel wenn jeder Fischer versucht, besonders viele Fische zu fangen, um sie anschließend auf dem Markt zu verkaufen. [...] Die Schwierigkeiten kommen [...] dann, wenn es zu viele Fischer werden und nicht mehr ausreichend Fische in den Meeren schwimmen. [...] Jeder Nutzer versucht immer weiter, seinen Ertrag zu verbessern – und das Gut wird dabei immer weniger. [...] Für den Einzelnen ist der Gewinn, den er kurzfristig erzielen kann, wesentlich wichtiger als die für ihn erst auf lange Sicht spürbaren Nachteile. Zudem wäre ein einzelner Nutzer ohnehin zu schwach, die Ressource zu retten. Und genau dadurch trägt jeder Akteur mit zum Ruin der Gemeinschaft und damit auch seiner eigenen Lebensgrundlage bei. [...] Eine erprobte Lösung lautet hier: privates Eigentum, privatisierte Rechte – und in der Folge Eigentümer, die verantwortlich sind. [...] Der Umgang mit Rechten, die ihre Eigentümer zur Verantwortung zwingen, kann dabei zum Beispiel so aussehen: Soll die Luftverschmutzung durch Unternehmen eingedämmt werden, können an die einzelnen Firmen Rechte verkauft werden. Rechte, die Luft bis zu einem gewissen Grad zu verschmutzen, Emissionsrechte. [...] Jeder Akteur muss also entscheiden, wie viel ihm die Luftverschmutzung wirklich wert ist. Das Ergebnis: Da jeder Mitspieler seine Rechte teuer bezahlt, überlegt sich jedes Unternehmen nun genau, ob es wirklich so viele Schadstoffe ausstoßen muss. Und so geht jeder der Rechteeigner aus purem Eigennutz sorgsamer mit dem hohen Gut, der sauberen Luft, um. [...] Doch das ist nicht einmal der Hauptgrund, warum Privateigentum so wichtig ist. „Eigentlich ist die Einführung von Privateigentum in allererster Linie durch seine Anreizwirkung begründet", sagt Wirtschaftsphilosoph Karl Homann. Denn da der Mensch von Natur aus träge ist, muss er nun mal genügend Anreize haben, etwas zu tun. Geld zu verdienen. Die Wirtschaft in Gang zu bringen und zu halten.

Frey/Zwittlinger-Fritz: Der Staat in Finanznot. Warum Eigentum so wichtig ist. In: www.focus.de, 02.11.2014

AUFGABEN 82022-127

1. Beschreiben und interpretieren Sie die Karikatur (M1).
2. Diskutieren Sie die Ansicht, dass das Privateigentum an Gütern in ökonomischen Systemen Anreize schafft, mit diesen sparsam umzugehen (M2, M3).
3. Erläutern Sie die These, dass Privateigentum der Schlüssel zu einer marktwirtschaftlichen Ordnung ist (M3).

→ Fachwissen zu den Aufgaben S. 108, 109

2.10 Warum muss sich auch das Eigentumsrecht weiterentwickeln?

Sie vollziehen für unterschiedliche Beispiele die Notwendigkeit der Fortentwicklung des Eigentumsrechts nach.

M1 Überblick: Geistiges Eigentum

	Immaterialgüterrechte Teil des Privatrechts, eigentumsähnliches Sachenrecht (Eigentum im Sinne des Art. 14 GG)		
	Urheberrecht und verwandte Schutzrechte Kulturrecht: umfasst neben Sachenrecht auch Personenrecht zum Schutz der Persönlichkeit des Urhebers	**Gewerblicher Rechtsschutz** Reines Wirtschaftsrecht: Umfasst neben Patent- und Markenrecht auch Geschmacksmuster-, Gebrauchsmuster- und Designrecht.	
	Urheberrecht	**Patentrecht**	**Markenrecht**
Was wird geschützt?	Geistiges Werk 	Technische Erfindungen 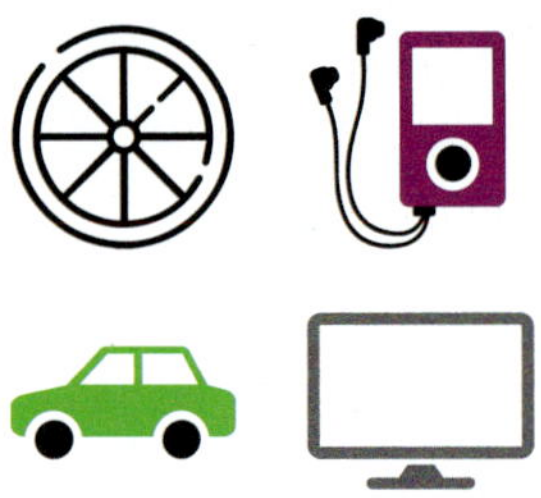	Marken, Firmennamen SoundMix Seeearch GoSnack CCBSports
Gesetz	Urheberrechtsgesetz (UrhG)	Patentgesetz (PatG)	Markengesetz (MarkenG)
Voraussetzung für Schutz	Persönliche geistige Schöpfung (nötige „Schöpfungshöhe")	Erfindung; Neuheit; erfinderische Tätigkeit ging voraus; gewerblich anwendbar	Kennzeichen hat nötige „Unterscheidungskraft"
Funktion	Schutz der Person des Urhebers; Anerkennung/Bezahlung des Urhebers; Kulturförderung	Ansporn und Belohnung des Erfinders; Gegenleistung für Offenlegung	schützt Verbaucher vor Irreführung und Anbieter vor unlauteren Konkurrenten
Übertragbarkeit	Urheberrecht nein, nur Nutzungsrechte	unbegrenzt	unbegrenzt
Schutzdauer	70 Jahre nach Tod des Urhebers. Nach Tod geht Recht auf Erben über	20 Jahre	unbegrenzt; alle 10 Jahre Verlängerung nötig

M6 Streit über patentgeschützte Corona-Impfstoffe

Die mögliche Freigabe von Patenten im globalen Kampf gegen das Coronavirus ist unter Experten umstritten. Unter epidemiologischen und ethischen Gesichtspunkten erachten Mediziner und Hilfsorganisationen die Freigabe von Patenten für Impfstoffe, Therapeutika und Tests im Grundsatz als sinnvoll. Die Herstellerseite gab jedoch in einer öffentlichen Anhörung des Gesundheitsausschusses [...] zur Freigabe der Patente zu bedenken, dass die pharmazeutische Industrie dadurch schwer geschädigt werden könnte, ohne dass der Mangel an Impfstoffen in bestimmten Ländern beseitigt würde. [...]
Die [...] [antragstellende Partei argumentierte], in weiten Teilen der Welt sei nur ein geringer Anteil der Bevölkerung geimpft. Von einer Deckung des weltweiten Bedarfs könne nicht zuletzt aufgrund der Preise keine Rede sein. [...] Die Abgeordneten fordern von der Bundesregierung, den Antrag Südafrikas und Indiens zur Aussetzung der Patente für Therapeutika, Impfstoffe und Tests bei Covid-19 bei der Welthandelsorganisation zu unterstützen. [...]
Der Branchenverband der Biotechnologie-Industrie warnte in seiner Stellungnahme vor kontraproduktiven Zwangslizenzen oder Benutzungsanordnungen. Der Patentschutz sei bei der globalen Bereitstellung des Impfstoffs kein Hindernis, sondern ermögliche Unternehmen erst, in Forschung zu investieren. Das für die Anwendung der patentierten Technologien erforderliche Know-how mache einen maßgeblichen Wert der Unternehmen aus und dürfe nicht durch eine erzwungene Offenlegung entwertet werden. [...]
Der Verband der forschenden Pharma-Unternehmen [...] argumentierte, Grundlage für die in Rekordzeit entwickelten Corona-Impfstoffe sei ein wirksamer Schutz geistigen Eigentums. [...] Die Organisation „Ärzte ohne Grenzen" kritisierte, Impfstoffe würden nicht nach Bedarf verteilt, sondern nach ökonomischer Macht. Nötig seien die globale Ausweitung von Produktionskapazitäten und ein Abbau von Zugangsbarrieren zu Covid-19-Technologien. Durch geistige Eigentumsrechte werde der Zugang zu Schutzmasken, Beatmungsgeräten, Medikamenten, Diagnostika und Impfstoffen stark beschränkt. Es sei inakzeptabel, dass Mengen künstlich verknappt würden und der immense Bedarf nicht zu bezahlbaren Preisen gedeckt werden könne. Die zeitlich begrenzte Aussetzung von geistigen Eigentumsrechten sei eine notwendige Bedingung für die Ausweitung der Produktionskapazität.

Deutscher Bundestag: Streit über patentgeschützte Corona-Impfstoffe. In: www.bundestag.de, 16.02.2022

AUFGABEN

82022-128

1. Grenzen Sie das Urheberrecht von Patent- und Markenrecht ab (**M1**) und begründen Sie die Notwendigkeit der Unterscheidung.
2. Recherchieren Sie die Bedeutung der unterschiedlichen Creative-Commons-Lizenzen (**M2**).
3. Erläutern Sie, warum der Gesetzgeber beim Schutz des geistigen Eigentums im Bereich des Urheberrechts vor besonderen Herausforderungen steht (**M2, M3**).
4. Diskutieren Sie das „Uploadfilter-Gesetz" (**M4**) im Spannungsfeld zwischen Urheberrechtsschutz und Meinungsfreiheit.
5. Diskutieren Sie, ob in Pandemiezeiten der Patentschutz für Impfstoffe außer Kraft gesetzt werden sollte (**M5**, **M6**).

→ **Fachwissen zu den Aufgaben**
S. 107–109

FACHWISSEN

Recht als Teil der sozialen Ordnung
Kapitel 2.1 S. 79

Immer dort, wo Menschen zusammenleben, entstehen Konflikte, meist deshalb, weil das Freiheitsbedürfnis der einen mit dem Schutzbedürfnis anderer zusammentrifft.
Um das friedliche Zusammenleben zu gewährleisten, geben sich Menschen einer Gemeinschaft eine **soziale Ordnung**. Nicht Zufall oder Willkür bestimmen das Zusammenleben, sondern eine Vielzahl von Regelungen und Normen. Diese sollen die Gemeinschaft schützen und erhalten, gleichzeitig sollen sie aber auch die Mitglieder vor anderen Mitgliedern und vor der Gemeinschaft selbst schützen. Sie machen das menschliche Verhalten kalkulierbar und bringen damit Sicherheit und Beständigkeit in die menschlichen Begegnungen.
Das jeweils geltende **Recht** ist ein wesentlicher Teil der sozialen Ordnung. Der Begriff Recht leitet sich aus dem althochdeutschen reht (= aufgerichtet, gelenkt) ab und bedeutet im objektiven Sinne die Gesamtheit der staatlichen Regeln (Rechtsordnung), die menschliches Verhalten anleiten oder beeinflussen (objektives Recht). Als subjektives Recht wird dagegen der Anspruch bezeichnet, der für einen Berechtigten aus dem objektiven Recht erwächst. So gehört z. B. das Bürgerliche Gesetzbuch (BGB) zur Rechtsordnung und stellt somit objektives Recht dar. Der Anspruch des Verkäufers auf Bezahlung des Kaufpreises aus § 433 I BGB wäre hingegen ein subjektives Recht.

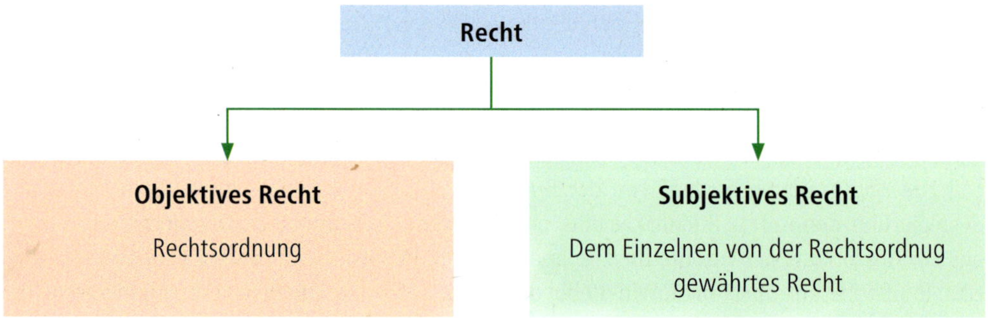

Neben der Rechtsordnung spielen aber auch Sitten und Gebräuche und die Verhaltensregeln der Religion eine wichtige Rolle in der sozialen Ordnung.
Das Recht unterscheidet sich von den anderen Bestandteilen dadurch, dass es durch staatliche Maßnahmen erzwingbar ist.
In manchen Gesellschaften bildet das Recht häufig noch eine kaum zu trennende Einheit mit Religion, Moral und Sitte. Je weiter sich eine Gesellschaft entwickelt, desto weiter entfernt sich das Recht von den anderen Teilen der sozialen Lebensordnung.

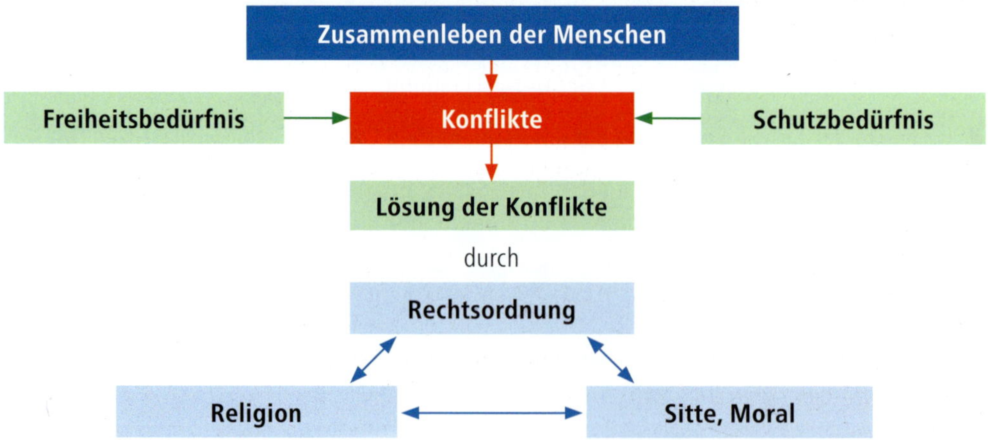

Gerechtigkeit als oberstes Ziel des Rechts
Kapitel 2.2
S. 81

Die **Gerechtigkeit** bildet das oberste Ziel des Rechts. Diesem zentralen Grundwert soll das Recht überall und zu allen Zeiten verpflichtet sein. Ein gerechtes **Ordnungs- und Verteilungsprinzip** zielt darauf ab, „jedem das Seine" zu gewähren. Die ausgleichende Gerechtigkeit betrifft das Verhältnis der Einzelnen zueinander. Hierzu gehört es zum Beispiel, geschlossene Verträge einzuhalten oder gegebenenfalls Schadensersatz zu leisten. Die austeilende Gerechtigkeit bezieht sich auf die Rechte und Pflichten der Einzelnen gegenüber der Gemeinschaft. Jedermann soll der staatlichen Gemeinschaft das Ihre geben, indem er seine staatsbürgerlichen Pflichten erfüllt, seiner Steuerpflicht nachkommt und das Staatswesen mitgestaltet. Die Gemeinschaft gibt dabei jedem Individuum das ihm Zustehende zurück, etwa durch Fürsorge bei Bedürftigkeit oder aber auch durch angemessene Sanktionen bei Rechtsverstößen.

Gleichheit
Kapitel 2.2
S. 80

Ein wesentliches Merkmal der Gerechtigkeit ist die **Gleichheit**. Keiner darf ohne objektiven Grund bevorzugt oder benachteiligt werden. Das bedeutet nicht, völlig gleiche, sondern nur jeweils gleichmäßige Behandlung unter **Berücksichtigung** der bestehenden Unterschiede. Gleichartiges und Gleichwertiges ist also gleich, Ungleiches ungleich zu behandeln. Dabei bestimmt der jeweilige Zeitgeist, was gleichartig und was gleichwertig ist. Das Beispiel des Frauenwahlrechts mag dies verdeutlichen. Während es in Finnland „bereits" 1906 und in Deutschland 1918 eingeführt wurde, dauerte es in der Schweiz immerhin bis 1971, bis Frauen zur Wahlurne schreiten durften.

Billigkeit
Kapitel 2.2
S. 81

Neben der Gleichheit zählt die **Billigkeit** zu den Bedeutungsinhalten der Gerechtigkeit. Unter Billigkeit ist die Gerechtigkeit im **Einzelfall** zu verstehen, es ist also den Besonderheiten des einzelnen Falls Rechnung zu tragen (individualisierende Gerechtigkeit). Dass diese Forderung schwer zu erfüllen ist, liegt daran, dass gesetzliche Normen in der Regel so verfasst sind, dass sie eine möglichst große Zahl von Lebenssituationen erfassen, also möglichst allgemeingültig formuliert sind. Man spricht in diesem Zusammenhang von der generalisierenden Gerechtigkeit.

Rechtspositivismus
Kapitel 2.3
S. 82

Der **Rechtspositivismus** sieht im Unterschied zur Naturrechtslehre den Ursprung des Rechts allein im „positiven" Recht. Darunter ist ausschließlich staatlich gesetztes (geschriebenes) und staatlich anerkanntes Recht (z. B. Gewohnheitsrecht, Richterrecht) zu verstehen, das seine Legitimation aus der staatlichen Macht ableitet. Für den Rechtspositivismus gelten demnach keine allgemein gültigen und überzeitlichen Rechtsnormen, wie sie dem Naturrecht eigen sind. Das Recht beruht nach dieser Auffassung auf dem bloßen Willen des Staates als Recht setzender Autorität. Der Rechtspositivismus erlebte seine Blüte in der zweiten Hälfte des 19. Jahrhunderts, als die meisten Staaten dazu übergingen, ihr Recht zu verschriftlichen und dadurch berechenbar zu machen. Nach dem zweiten Weltkrieg galt der Rechtspositivismus als eine Ursache für die mögliche Durchsetzung der nationalsozialistischen Unrechtsgesetze. Dadurch traten die schon seit dem Anfang des 20. Jahrhunderts vorhandenen Gegenströmungen in den Vordergrund, etwa die Auffassung, dass positives Recht wegen seines Inhalts gesetztes Unrecht sein könne.

Naturrecht
Kapitel 2.3
S. 82

Das **Naturrecht** oder das überpositive Recht ist eine rechtsphilosophische Bezeichnung für das Recht, das sich aus der Natur des Menschen ableitet und das demnach aus der reinen Vernunft, die allen Menschen eigen ist, erkennbar ist. Das Naturrecht ist damit von Raum und Zeit unabhängig und kann so als überstaatliches Recht angesehen werden. Dem Naturrechtsgedanken liegt die Überzeugung zugrunde, dass jeder Mensch von Natur aus mit unveräußerlichen Rechten ausgestattet ist, unabhängig von Geschlecht, Alter, Ort, Staatszugehörigkeit oder der Zeit und der Staatsform. Die Naturrechtslehre reicht bis in die griechische Antike (Plato und Aristoteles) zurück und gewann im Zeitalter der Aufklärung (17. bis 18. Jahrhundert) politische Bedeutung. Sie stand im Gegensatz zur christlich-mittelalterlichen Auffassung der Gnade, nach der Leben oder Freiheit durch die Gnade Gottes oder des Fürsten willkürlich verliehen sind, ohne dass ein ursprüngliches Recht darauf bestehe. Zu Beginn des 19. Jahrhunderts wurde die Idee vom Naturrecht durch die historische Rechtsschule (Savigny) weitgehend verdrängt, die das gewachsene Recht als die Quelle eines jeden Rechtssystems ansieht. In und nach dem Zweiten Weltkrieg sind unter dem Eindruck der Missachtung der Persönlichkeit durch totalitäre Regime und der Kriegsgeschehnisse naturrechtliche Gedankengänge durch die Anerkennung **allgemein gültiger, unveräußerlicher Grund- und Menschenrechte** wieder in den Vordergrund getreten.

Radbruch'sche Formel
Kapitel **2.3**
S. 83

Für den Fall, dass bei der Rechtsprechung ein Konflikt zwischen dem positiven (gesetzten) Recht und der Gerechtigkeit deutlich wird, hat der deutsche Rechtsphilosoph Gustav Radbruch 1946 die These formuliert, dass nur dann gegen das Gesetz und für die Gerechtigkeit zu entscheiden ist, wenn das Gesetz als „unerträglich ungerecht" erscheint oder es die grundsätzliche Gleichheit aller Menschen „bewusst verleugnet". Die **Radbruch'sche Formel** ist u. a. bei der Rechtsprechung des Bundesverfassungsgerichts zur Bewältigung des Unrechts während des NS-Regimes und in den „Mauerschützenprozessen" zur Anwendung gekommen.

Prinzipien des Rechtsstaats
Kapitel **2.4**
S. 84

Um den Frieden in einer komplexen Gesellschaft zu sichern und den zu schützenden Mitgliedern Schutz zu gewähren, bedarf es einer Rechtsordnung, die das Zusammenleben ordnet und damit Konflikte verhütet bzw. friedlich löst.

Dies setzt jedoch voraus, dass zur Durchsetzung der Rechtsordnung dem Staat das alleinige Gewaltmonopol zusteht. Gerade die deutsche Geschichte hat mehrfach gezeigt, dass eine derartige Konzentration von Macht die Gefahr des Missbrauchs birgt. Die Ausübung staatlicher Gewalt muss daher an enge, transparente und vom Bürger, als Souverän eines Staates, überprüfbare Regeln gebunden sein.

Ein **Rechtsstaat** erfüllt diesen Anspruch. Von einem solchen spricht man, wenn das staatliche Handeln auf die Verwirklichung von Recht und Gerechtigkeit abzielt, es an bestehende Gesetze gebunden ist, den Bürgern unveränderliche **Grundrechte garantiert** sind und das Handeln der unabhängigen richterlichen Kontrolle unterliegt.

In der Bundesrepublik Deutschland sind diese unverbrüchlichen Grundrechte in der Verfassung, dem Grundgesetz, verankert. Zu ihnen zählen beispielweise das Recht auf Unantastbarkeit der Menschenwürde, auf freie Meinungsäußerung sowie, dass das geltende Recht ohne Ansehen der Person in gleicher Weise angewandt werden muss (**Rechtsgleichheit**). Das Grundgesetz steht im Rang über allen anderen deutschen Rechtsnormen. Es bindet den Gesetzgeber sowie alle Staatsorgane in ihrem Handeln und zwingt sie, den Schutz der Menschenwürde zur obersten Leitlinie ihres Handelns zu machen. Fühlt sich ein Bürger in seinen Grundrechten verletzt, steht ihm der Gang vors Bundesverfassungsgericht zur Verfügung. Dieses kann eine für alle Staatsorgane verbindliche Entscheidung herbeiführen. Da das Grundgesetz im Rang höher steht als alle anderen Rechtsnormen, dürfen diese dem Grundgesetz auch nicht widersprechen. Entscheidet das Bundesverfassungsgericht, dass ein Gesetz den Maßstäben des Grundgesetzes nicht genügt, es also verfassungswidrig ist, so ist dieses Gesetz nichtig. Damit ist die Gesetzgebungskompetenz des Bundestages, Bundesrates sowie der Landtage eingeschränkt.

In einem Rechtsstaat steht nicht nur bei der Verletzung eines Grundrechts, sondern bei jedem Akt staatlicher Gewalt dem Bürger das Recht zu, die staatliche Maßnahme von einem unabhängigen Gericht überprüfen zu lassen (**Rechtswegegarantie**). Dabei sind die Gerichte nur an die geltenden Gesetze gebunden (**Rechtssicherheit**). Die Einflussnahme von Behörden oder Politikern ist in einem Rechtsstaat verboten (**Unabhängigkeit der Gerichte**). Hat beispielsweise ein Bürger das Gefühl, dass etwa das Ordnungsamt oder eine staatliche Schule ohne gesetzliche Grundlage gehandelt hat (Vorrang des Gesetzes), die staatliche Maßnahme unverhältnismäßig war oder sogar gegen ein Grundrecht verstoßen wurde, steht den Bürgern das Recht zu, ein unabhängiges Gericht zu ihrem Schutz anzurufen. Verhältnismäßigkeit bedeutet dabei, dass die staatliche Maßnahme zumutbar und erforderlich sein muss und dass ein milderes staatliches Vorgehen zur Erreichung des „legitimen" Ziels nicht möglich war.
Auch dürfen in einem Rechtsstaat Gesetze im Strafrecht nicht rückwirkend in Kraft treten (**Rückwirkungsverbot**). Sie müssen hinreichend klar und verständlich formuliert sein und vorab veröffentlicht werden. Das Verbot der Doppelbestrafung erlaubt es Verurteilten, sich auf ein rechtskräftiges Urteil verlassen zu können und nicht in der Ungewissheit leben zu müssen, zu einem späteren Zeitpunkt für dieselbe Tat nochmals bestraft zu werden. Dies trägt dazu bei, dass die Bürger die Konsequenzen ihres Handelns einschätzen können.
Damit ergibt sich das Bild eines Staates, der für seine Bürger **berechenbar** und nicht willkürlich ist. Der die Bürger nicht als Untertanen versteht, sondern ihnen die Möglichkeit gibt, ihre Rechte wahrzunehmen und gegenüber dem Staat durchzusetzen.

Prinzipien des Rechtsstaats	
Gewaltenteilung	Die Gewalten werden von unterschiedlichen Institutionen ausgeübt, die sich gegenseitig kontrollieren.
Rechtssicherheit	Die Verfassung ist Grundlage der Gesetzgebung, die Gesetze sind Grundlage der Verwaltung und Justiz.
Rechtsgleichheit	Gesetze gelten für alle Bürger gleich.
Rechtskontrolle	Der Rechtsweg steht allen offen. Auch gegen den Staat selbst kann geklagt werden.
Freiheitssicherung	Allen Bürgern werden Grundrechte garantiert.

Basierend auf: Landeszentrale für politische Bildung Baden-Württemberg: Was ist ein Rechtsstaat? In: www.lpb-bw.de (Abruf 07.07.2022)

Fortentwicklung des Rechts
Kapitel **2.5** S. 86

Eine wesentliche Aufgabe des Rechts ist es, das Zusammenleben der Menschen zu regeln. Die Erfüllung dieser Aufgabe erlaubt kaum ein starres, unveränderliches Recht. Der Wandel der gesellschaftlichen Rahmenbedingungen erfordert die **ständige Anpassung** des positiven Rechts an veränderte Gegebenheiten unter Berücksichtigung der Aspekte Gerechtigkeit, Rechtssicherheit und Zweckmäßigkeit. Insbesondere die moderne Industrie-, Informations- und Dienstleistungsgesellschaft unterliegt einem ständigen Wandel, der durch wirtschaftliche, technische und gesellschaftliche Veränderungen hervorgerufen wird. Stellvertretend sei hier nur die zunehmende Digi-

talisierung genannt. Diese Entwicklungen müssen gesteuert werden und finden daher einen entsprechenden Niederschlag in der Gesetzgebung. Auch durch die Mitgliedschaft der Bundesrepublik Deutschland in der Europäischen Union entstehen eine Vielzahl neuer Gesetze bzw. müssen bestehende Gesetze an EU-Regelungen angepasst werden.
Eine grenzenlose Neuschöpfung von Gesetzen ist allerdings nicht möglich. Nach Art. 79 Abs. 3 GG existiert ein **unveränderlicher Verfassungskern**, der auch als so genannte Ewigkeitsgarantie bezeichnet wird. Darin heißt es, dass „[e]ine Änderung des Grundgesetzes, durch welche die Gliederung des Bundes in Länder, die grundsätzliche Mitwirkung der Länder bei der Gesetzgebung oder die in den Artikeln 1 und 20 niedergelegten Grundsätze berührt werden, [...] unzulässig" ist. Auch mit Verfassungsmehrheit oder gar Einstimmigkeit kann der Verfassungskern nicht geändert werden.
Einen wesentlichen Beitrag zur Fortentwicklung des Rechts leistet auch die Rechtsprechung. Nach Art. 20 Abs. 3 GG ist die Rechtsprechung an Gesetz und Recht gebunden; allerdings besteht kein Zweifel daran, dass Richter zur Auslegung und Fortbildung des Gesetzes berechtigt und verpflichtet sind. Das Gesetz stellt meist nur allgemeine Regeln auf, der Richter ist zur Anwendung auf Einzelfälle berufen. Daraus ergibt sich ein Spannungsverhältnis zwischen Gesetzgebung und Rechtsprechung. Die Lösung bewegt sich zwischen zwei Extrempositionen: Während die eine die strikte Bindung des Richters an das Gesetz fordert und seine Aufgabe in der bloßen Subsumtion des Falles unter das Gesetz sieht, so löst sich die andere von dieser Bindung und betrachtet es als erforderlich, dass der Richter den Fall nach seiner Einschätzung sinnvoll, gerecht und zweckmäßig entscheidet.

Die Funktionen des Rechts

Kapitel **2.6**
S. 88

Menschen, die in einer Gemeinschaft zusammenleben, haben unterschiedliche Interessen. Das Recht enthält Regeln, die einen gerechten Ausgleich der Interessen gewährleisten sollen. So verhindert es bereits im Vorfeld das Entstehen zahlreicher Konflikte (**Ausgleichsfunktion**).
Kommt es dennoch zum Konflikt, so gewährleistet das Recht, dass dieser auf friedliche Weise in einem geregelten Verfahren ausgetragen werden kann (**Friedensfunktion**). Ein privater Konfliktaustrag, etwa als Opfer einer Straftat private Rache zu üben oder sein Recht als Gläubiger auf Bezahlung einer Rechnung auf „eigene Faust" durchzusetzen, ist verboten. Die geltende Ordnung spricht allein dem Staat das Recht zu, Gewalt zur Durchsetzung der Rechtsordnung anzuwenden (staatliches Gewaltmonopol). Man muss in jedem Fall die Hilfe der Gerichte in Anspruch nehmen, die den Konflikten ein Ende setzen und damit den Rechtsfrieden wiederherstellen. Auf diese Weise dient das Recht der Sicherung des inneren Friedens einer Gesellschaft.
Eng mit der Friedensfunktion ist die **Ordnungsfunktion** des Rechts verbunden. Um das Zusammenleben in einer komplexen und arbeitsteiligen Gesellschaft zu organisieren, ist es notwendig, bestimmte Regeln aufzustellen. Ein gutes Beispiel sind die Straßenverkehrsregeln.

FUNKTIONEN DES RECHTS

AUSGLEICHSFUNKTION
gerechter Ausgleich zwischen den Interessen aller Beteiligten

FRIEDENSFUNKTION
Recht hilft Konflikte zu vermeiden und Konflikte friedlich zu lösen

ORDNUNGSFUNKTION
Recht sagt, was gilt, was erlaubt und was verboten ist

SCHUTZFUNKTION
Recht schützt die Menschen vor anderen und vor dem Staat

Das Recht schützt die Freiheit des Einzelnen gegenüber den anderen Mitbürgern der Gesellschaft und dem Staat. Das erscheint zunächst widersprüchlich, da die Rechtsordnung mit Hilfe von Normen die Freiheit jedes Einzelnen beschränkt. In einer Gesellschaft kann es jedoch keine uneingeschränkte Freiheit geben. Die Freiheit eines jeden hat als natürliche Grenze die Freiheit der anderen. Diese Grenze kann nur durch Gesetze geregelt werden. Ist die Rechtsordnung zu dieser Grenzziehung nicht in der Lage, so entsteht ein rechtsfreier Raum, in dem Willkür und das Recht des Stärkeren herrschen. Die Schwächeren (z. B. Minderjährige, Verbraucher etc.) haben dann darunter zu leiden. In einem funktionierenden Rechtsstaat wird deshalb die Verletzung von Rechten mit Strafe bedroht und ein verursachter Schaden muss ausgeglichen werden. In einem Rechtsstaat ist das Recht auch ein Mittel zur Kontrolle von Herrschaft. Staatliches Handeln muss sich immer an den bestehenden Gesetzen orientieren. Darüber hinaus hat jeder Bürger, der sich durch eine staatliche Maßnahme ungerecht behandelt fühlt, die Möglichkeit, Widerspruch bei einer Behörde einzulegen oder die Gerichte anzurufen. So ist der Einzelne gegenüber der Willkür des Staates geschützt (**Schutzfunktion**).

Öffentliches und privates Recht

Kapitel **2.7**
S. 90

Die Normen unserer Rechtsordnung lassen sich grob zwei Kategorien zuordnen, dem öffentlichen und dem privaten Recht. Öffentliches und privates Recht unterscheiden sich dadurch, dass im **öffentlichen Recht** der Bürger dem Staat untergeordnet ist, während im **Privatrecht** die beteiligten Personen einander gleich geordnet sind. Das öffentliche Recht regelt somit das Verhältnis des Einzelnen zum Staat sowie das Verhältnis der Staatsorgane und der Verwaltungsträger zueinander. Zum öffentlichen Recht zählen u. a. Völkerrecht, Staatsrecht, Strafrecht, Prozessrecht, Steuerrecht und das Sozial- und Sozialversicherungsrecht. Das Privatrecht regelt die rechtlichen Beziehungen der Personen zueinander. Zum Privatrecht zählen u. a. das Bürgerliche Gesetzbuch und seine Nebengesetze, das Handelsgesetzbuch, das Aktien-, GmbH- und Genossenschaftsgesetz, das Wertpapierrecht sowie das Privatversicherungsrecht. Manche Rechtsgebiete enthalten sowohl öffentlich-rechtliche wie privatrechtliche Normen, insbesondere das Arbeitsrecht, das Urheberrecht oder das Wettbewerbsrecht.

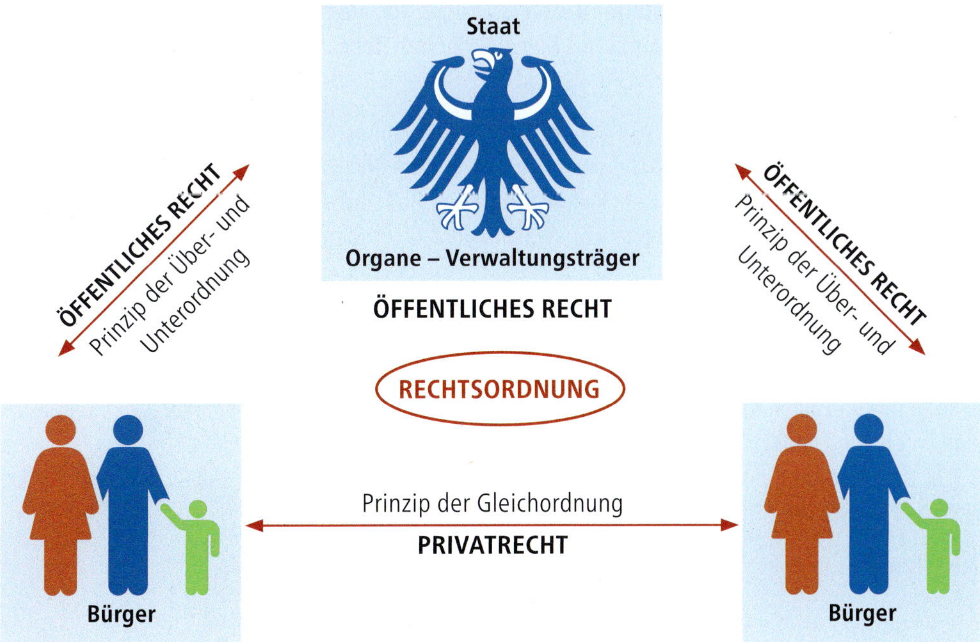

FACHWISSEN

Der Eigentumsbegriff
Kapitel **2.8** S. 92

Eigentum ist im Privatrecht das umfassendste Recht an einer Sache (§ 90 BGB). Während gemäß dem Bürgerlichen Gesetzbuch Eigentum nur an beweglichen körperlichen Gegenständen oder an Immobilien möglich ist, geht der Eigentumsbegriff im öffentlichen Recht oder im Urheberrecht weit darüber hinaus und umfasst auch Rechte, Forderungen und Schöpfungen (**geistiges Eigentum**).
Das privatrechtliche Eigentum an einer Sache berechtigt den Eigentümer grundsätzlich, mit der Sache nach Belieben zu verfahren und andere von jeglicher Einwirkung auf die Sache auszuschließen (vgl. § 903 BGB).

Wertvorstellungen des Eigentumsrechts
Kapitel **2.8** S. 92

Sowohl das Grundgesetz als auch die Bayerische Verfassung sehen den Menschen als autonom handelndes Individuum.
Die Garantie des Eigentums ist demnach Ausdruck der **Garantie der persönlichen Freiheit**. Sie sichert den Menschen vermögensrechtliche Freiheiten, die ihnen eine eigenverantwortliche Gestaltung ihres Lebens ermöglichen sollen. So ermöglicht das Eigentum durch die freie Verfügbarkeit über Güter die freie wirtschaftliche Betätigung der Menschen.

Schutz des Eigentums
Kapitel **2.8** S. 93

Art. 14 GG sowie Art. 103 BV gewährleisten das Eigentumsrecht (Eigentumsgarantie). Die Verfassung schützt dabei nicht nur das Eigentum im privatrechtlichen Sinne, sondern alle privaten Vermögensrechte wie z. B. das Patentrecht oder das Recht am eingerichteten und ausgeübten Gewerbebetrieb.
Im Strafrecht ist das Eigentum z. B. durch die §§ 242 ff. StGB geschützt. Hierunter fallen Delikte wie Diebstahl, Unterschlagung oder Raub. Außerdem steht gem. §§ 303 ff. StGB Sachbeschädigung unter Strafe.
Der Eigentumsschutz im Bürgerlichen Gesetzbuch ist umfassend. Gem. §§ 823 ff. BGB können bei schuldhafter und rechtswidriger Verletzung des Eigentums Schadensersatzansprüche geltend gemacht werden. § 1004 BGB gibt dem Eigentümer einen Abwehranspruch gegen rechtswidrige Störungen des Eigentums. Der Anspruch ist v. a. für Grundstückseigentümer von Bedeutung. Sie können sich gegen Beeinträchtigungen (wie z. B. Lärm, Gerüche, Rauch) wehren.
Nach § 985 BGB hat der Eigentümer einen Herausgabeanspruch gegenüber dem unrechtmäßigen Besitzer einer Sache. **Unrechtmäßiger Besitz** liegt dann vor, wenn zwischen dem Eigentümer und dem Besitzer kein vertragliches Verhältnis besteht, der den Besitzer zum Besitz berechtigt.

Grenzen des Eigentumsrechts
Kapitel **2.8** S. 94

In Art. 14 Abs. 2 GG sowie in Art. 103 Abs. 2 BV wird verfassungsrechtlich auf die Sozialpflichtigkeit des Eigentums hingewiesen. So habe das private Eigentum auch dem Allgemeinwohl zu dienen.
Wichtige **öffentlich-rechtliche Beschränkungen** des Eigentumsrechts ergeben sich z. B. aus dem Bau- und Nachbarrecht (z. B. Flächennutzungspläne der Gemeinden, Regelungen der Baugestaltung, etc.). Auch wird das Eigentumsrecht ggf. in erheblichem Maße durch das Mitbestimmungsrecht, das Verkehrsrecht, durch Naturschutzgesetze, Immissionsschutzgesetze, das Wasserrecht, das Denkmalschutzrecht oder etwa Vorschriften bei der Festlegung der Wohnungsmiete begrenzt. Über diese inhaltlichen Beschränkungen hinaus, für die der Eigentümer in der Regel keine Entschädigung erhält, ist in manchen Fällen, in denen das öffentliche Interesse weit über dem Privatinteresse steht, auch eine Enteignung, jedoch nur gegen eine angemessene Entschädigung, möglich.
§ 903 BGB schränkt die umfassenden Befugnisse des Eigentümers einer Sache insofern ein, als nicht das Gesetz oder Rechte Dritter diesen entgegenstehen dürfen.

Privateigentum als Grundlage unserer Wirtschaftsordnung
Kapitel **2.9**
S. 96

Eine **marktwirtschaftliche Ordnung** basiert auf dem individuellen Erwerbsstreben der Menschen. Im Wettbewerb sind die Anbieter gezwungen, ihre angebotenen Leistungen immer wieder den Markterfordernissen anzupassen, um ihren Gewinn zu maximieren. Um dies zu ermöglichen, müssen die Produktionsmittel in privater Hand sein, damit ein Unternehmer darüber frei verfügen kann. Die Nachfrager sind bestrebt, mit ihren Konsumentscheidungen ihren Nutzen zu maximieren. Der Staat greift dabei nicht in die Entscheidungen der Unternehmen und Haushalte ein. Seine Aufgabe ist es aber, den nötigen Ordnungsrahmen für den freien Austausch von Gütern bereitzustellen.
Ohne die Gewährleistung des **Privateigentums**, der **Vertragsfreiheit** und der **Rechtstaatlichkeit** wäre eine marktwirtschaftliche Ordnung demnach nicht möglich.
Das Grundgesetz und die Bayerische Verfassung garantieren das private Eigentumsrecht. Art. 20 Abs. 1 GG definiert die Bundesrepublik Deutschland als einen demokratischen und sozialen Bundesstaat. Den Gefahren einer „freien Marktwirtschaft" wird in der „Sozialen Marktwirtschaft" die Sozialstaatlichkeit entgegengesetzt. Diese kommt nicht zuletzt auch durch die Sozialbindung des Eigentums (Art. 14 Abs. 2 GG, Art 103 Abs. 2 BV) zum Ausdruck.

Fortentwicklung des Eigentumsrechts
Kapitel **2.10**
S. 98

Technische **Entwicklungen** und vor allem die fortschreitende Digitalisierung stellen das Eigentumsrecht immer wieder vor besondere Herausforderungen. Insbesondere für das geistige **Eigentum** ist die Ausschließbarkeit Dritter durch die Digitalisierung oft nicht möglich. Der Aufwand und die Kosten für die Reproduktion und die weitere Verbreitung sind ausgesprochen gering. Der Gesetzgeber versucht dem u. a. mit der Anpassung des Urheberrechts, etwa mit der Verabschiedung des Urheberrechts-Diensteanbieter-Gesetzes (**UrhDaG**), Rechnung zu tragen.

KOMPETENZCHECK

M1 Rechtsstreit um überhängende Äste

Das Selbsthilferecht greift bei fremdem Eigentum.

Der Bundesgerichtshof (BGH) hat entschieden, dass ein Grundstücksnachbar – vorbehaltlich naturschutzrechtlicher Beschränkungen – von seinem Selbsthilferecht aus § 910 BGB auch dann Gebrauch machen darf, wenn durch das Abschneiden überhängender Äste das Absterben des Baums oder der Verlust seiner Standfestigkeit droht. Voraussetzung für das Selbsthilferecht ist eine Beeinträchtigung durch überhängende Äste. Hier ging es darum, dass durch den Abfall von Nadeln und Zapfen von den Zweigen das Nachbargrundstück mittelbar beeinträchtigt sein könnte. [...] Die Kläger hatten versucht, dem beklagten Nachbarn zu untersagen, auf sein Grundstück ragende Äste abzuschneiden, weil die Standsicherheit des 15 Jahre alten Baums der Kläger hierdurch gefährdet sei. Die Klage war in den Vorinstanzen erfolgreich. Der BGH hat das Berufungsurteil aufgehoben und die Sache an das Berufungsgericht zurückverwiesen. [...]

Das Selbsthilferecht aus § 910 Abs. 1 BGB sollte nach der Vorstellung des Gesetzgebers einfach und allgemein verständlich ausgestaltet sein, es unterliegt daher insbesondere keiner Verhältnismäßigkeits- oder Zumutbarkeitsprüfung. Zudem liegt die Verantwortung dafür, dass Äste und Zweige nicht über die Grenzen des Grundstücks hinauswachsen, bei dem Eigentümer des Grundstücks, auf dem der Baum steht; er ist hierzu im Rahmen der ordnungsgemäßen Bewirtschaftung seines Grundstücks gehalten. Kommt er dieser Verpflichtung nicht nach und lässt er die Zweige des Baumes über die Grundstücksgrenze wachsen, kann er sich gegen das Abschneiden überhängender Äste nicht mit dem Argument wehren, dass der Baum (nunmehr) droht, seine Standfestigkeit zu verlieren oder abzusterben. Das Selbsthilferecht kann aber durch naturschutzrechtliche Regelungen, etwa durch Baumschutzsatzungen oder -verordnungen, eingeschränkt sein.

Lubda, Martin: Recht zum Abschneiden überhängender Äste auch bei Gefahr für Standfestigkeit des Baums. In: www.anwalt.de, 01.07.2021

M2 Gerichtsurteil: Einschränkung von Kurzzeitvermietung ist rechtmäßig

Die Richter erklären den Kampf gegen die Wohnungsknappheit zu einer Sache von allgemeinem Interesse. Eigentümer, aber auch [...] [Plattformen zur Wohnungsvermittlung], müssen ihre wirtschaftlichen Interessen dagegen zurückstellen.

Eine Genehmigungspflicht zur kurzzeitigen Vermietung von Wohnungen [...] ist mit dem europäischen Recht vereinbar. Die Bekämpfung des Wohnungsmangels sei im allgemeinen Interesse und rechtfertige die Maßnahme, begründete der Europäische Gerichtshof (EuGH) in Luxemburg seine Entscheidung [...].

Mit der Genehmigungspflicht solle ein System zur Bekämpfung des Wohnungsmangels geschaffen werden, „um der Verschlechterung der Bedingungen für den Zugang zu Wohnraum und der Verschärfung der Spannungen auf den Immobilienmärkten Rechnung zu tragen, was einen zwingenden Grund des Allgemeininteresses darstellt". [...] [J]eder Eigentümer [soll] im Grundsatz frei über seine Wohnung verfügen. Dazu zählt, dass er einzelne Räume oder die gesamte Fläche vermieten kann, auch über Vermittlungsplattformen [...]. Um der Knappheit von Wohnraum entgegenzuwirken, haben die Bundesländer unterschiedliche Gesetze erlassen. Im Kern zielen sie alle darauf ab, eine auch zeitweise Zweckentfremdung von Wohnungen, insbesondere in den angespannten Ballungsgebieten, zu verbieten. [...]

Ob dies einen ungerechtfertigten Eingriff in das Eigentumsrecht darstellt, beschäftigte in diesem Frühjahr das Bundesverfassungsgericht. [...] Eigentümer [...] sollten sich in ihren Gemeinden und Städten vorab über eine Genehmigungspflicht informieren. Ansonsten könnten ihnen, im Fall einer Anzeige, auch hierzulande empfindliche Geldbußen drohen. So hat Bayern sein Wohnraum-Zweckentfremdungsverbots-Gesetz von 2017 weiter verschärft: Verstöße können mit Bußgeldern von bis zu 500.000 Euro belegt werden.

Auf Vermittlungsplattformen können kurz- oder langfristig private Unterkünfte gemietet werden.

Frankfurter Allgemeine: EUGH zum Wohnraummangel. Einschränkung von Kurzzeitvermietung über Airbnb & Co. ist rechtmäßig. In: www.faz.net, 22.09.2020

AUFGABEN

82022-129

1. Beurteilen Sie, ob die Entscheidung des Bundesgerichtshofs (BGH) im Fall **M1** und des Europäischen Gerichtshofs (EuGH) im Fall **M2** jeweils einen gerechten Ausgleich zwischen den dargestellten Interessen schafft.
2. Zeigen Sie an den Beispielen der Fälle **M1** und **M2** wesentliche Merkmale eines Rechtsstaates auf.
3. Beschreiben Sie anhand der Fälle **M1** und **M2**, inwiefern das Recht hier seine wesentlichen Funktionen erfüllt.
4. Zeigen Sie am Beispiel **M2** die Notwendigkeit der Fortentwicklung des Eigentumsrechts auf und stellen Sie dar, wie diese hier erfolgt.
5. Diskutieren Sie, ob die Einschränkung des Eigentumsrechts, wie sie im Fall **M2** dargestellt ist, den Prinzipien der Sozialen Marktwirtschaft entspricht.

Deutschland, die EU und die Welt

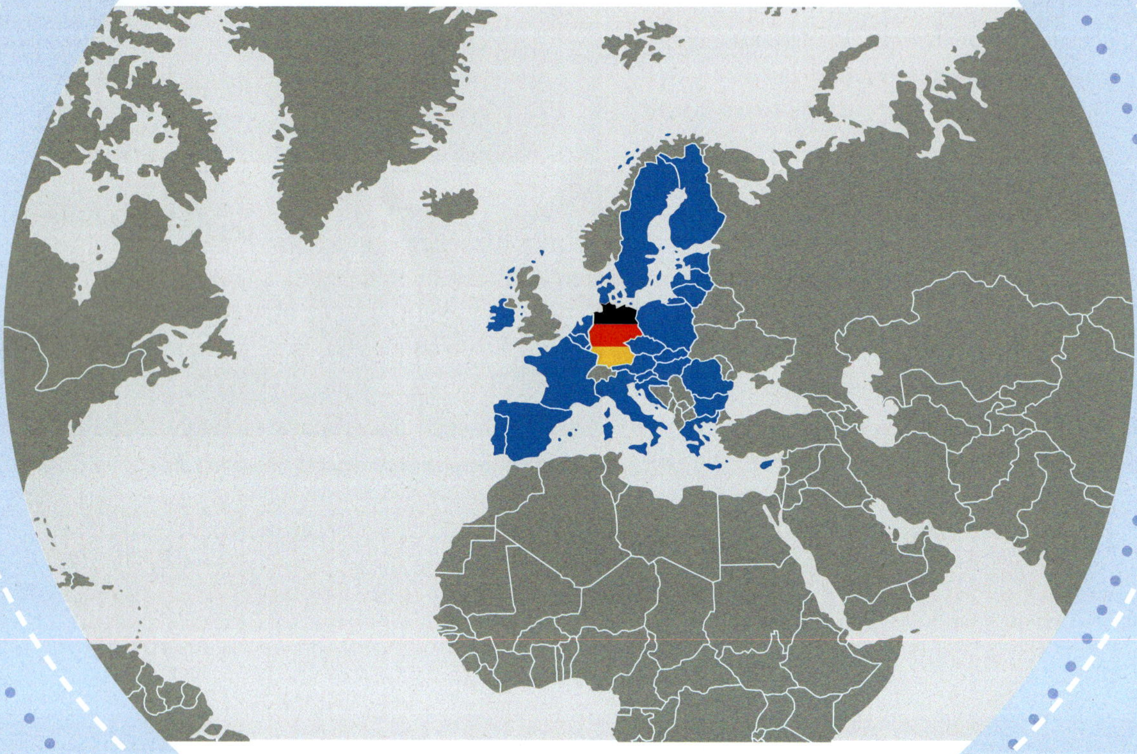

Ihre Meinung ist gefragt!

1. Zeichnen Sie jeweils ein Herz, das Deutschland, die EU und die Welt symbolisiert.
2. Trifft es mitten ins Herz? Drücken Sie mit einer Markierung in der Mitte, am Rand oder außerhalb des Herzes aus, wie stark Sie sich jeweils mit dem Raum identifizieren. Vergleichen Sie Ihre Ergebnisse in der Klasse und erörtern Sie mögliche Gründe für Unterschiede und Gemeinsamkeiten.
3. Sammeln Sie Beispiele dafür, dass Sie Teil der deutschen und europäischen Wirtschaft, aber auch der Weltwirtschaft außerhalb der EU sind.

Internationale wirtschaftliche Verflechtung

3

Die Verfügbarkeit von Waren aus aller Welt ist für uns selbstverständlich geworden. Exotisches Obst füllt unsere Supermarktregale, wir fahren Autos, deren Einzelteile in vielen verschiedenen Ländern gefertigt wurden, wir fliegen mal schnell nach London oder arbeiten gar dauerhaft im Ausland. Kurzum: Die Welt ist durch moderne Informations-, Kommunikations- und Transportwege auch wirtschaftlich zusammengewachsen. Die völlige Abschottung eines Landes scheint unmöglich, und doch gestalten Länder ihre außenwirtschaftlichen Beziehungen ganz bewusst und durchaus unterschiedlich. In diesem Sinne ist Deutschland Teil der europäischen Integration mit allen Vor- und Nachteilen, die ein gemeinsamer Binnenmarkt und eine gemeinsame europäische Währung mit sich bringen.

Kompetenzen

Das können Sie nach diesem Kapitel:

- … die Bedeutung internationaler Wirtschaftsbeziehungen für Deutschland beurteilen, indem Sie Folgen von Veränderungen des Außenhandels mithilfe des Kreislaufmodells analysieren.
- … Maßnahmen der Außenhandelspolitik vor dem Hintergrund der Konzepte Freihandel und Protektionismus hinsichtlich ihrer kurz- und langfristigen Folgen diskutieren.
- … Auswirkungen von Wechselkursschwankungen auf private Haushalte und Unternehmen analysieren.
- … Entwicklungen im Rahmen der europäischen Integration u. a. hinsichtlich ihrer Konsequenzen für die eigene Lebensplanung bewerten.
- … journalistische Texte und Karikaturen zur internationalen wirtschaftlichen Verflechtung analysieren bzw. interpretieren.

3.1 Warum produziert ein Land nicht alle Güter selbst?

Sie begründen an Beispielen die Sinnhaftigkeit internationaler Arbeitsteilung.

M1 Top 10 Warenimporte nach Deutschland

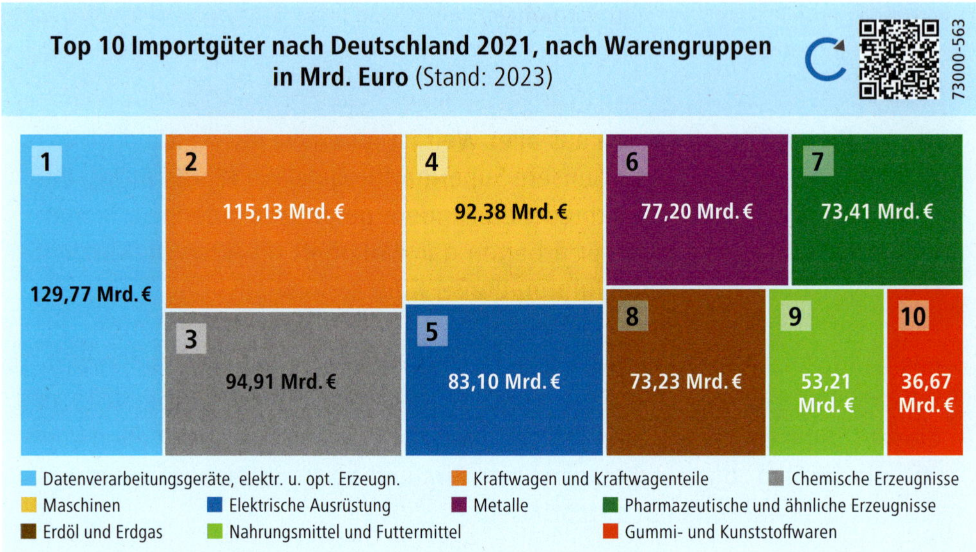

© C.C.Buchner Verlag, aktuelle Daten nach: DESTATIS (Datenerhebung: 2023; Grafikerstellung: 2023)

M2 Granit in Bayern: Steiniger Weg in eine bessere Zukunft

Internationale Arbeitsteilung
Spezialisierung einzelner Länder auf die Produktion verschiedener Güter als Grundlage des Handels

Die Granitindustrie im Bayerischen Wald hat harte Zeiten hinter sich. Die [...] [zunehmende internationale Arbeitsteilung], vor allem in den 1990er Jahren, trieb viele Betriebe in den Ruin.
Sie konnten mit der Billig-Konkurrenz aus China und Indien nicht mithalten. Inzwischen haben sich die übrig gebliebenen Unternehmen mit innovativen Produkten neue Märkte erobert. [...] [Sie] überlebte[n] – weil die Unternehmer flexibel und kreativ genug waren, völlig umzudenken: „Fürs erste hat's natürlich scho ausgschaut wie a Katastrophe. Im Nachhinein hat es sich eigentlich positiv für uns ausgewirkt." (Joseph K., Inhaber eines bayerischen Granitwerkes)

[...] Inzwischen hat sich das Blatt wieder gewendet: Immer mehr Unternehmen entwickeln innovative Produkte und erschließen damit neue Märkte. Planer und Architekten schätzen zunehmend den Naturstein aus dem Bayerischen Wald [...] [, der sich] spektakulär [...] verarbeiten lässt und [...] vielfältig[e] [...] Anwendungsmöglichkeiten in unserer modernen Zeit [hat.] [Bayerischer Granit wird zum Beispiel für hochwertige Fassaden, Brücken oder für Swimmingpools eingesetzt. Aus China kommen hingegen vor allem günstige Randsteine, Platten, Schirmständer und Bänke nach Deutschland.]

Nach: Zwack, Ulrich: Steiniger Weg in eine bessere Zukunft. In: www.br.de, 11.10.2015; basierend auf: Lang, Michael: Arbeitsbedingungen in China. Der hohe Preis für Billig-Granit. In: www.deutschlandfunk.de, 14.03.2017

M3 „Konkurrenz belebt das Geschäft"?

a)

Das weltweit erfolgreichste Automobilunternehmen aus dem Bereich E-Mobilität und autonomes Fahren bekommt Konkurrenz. Bisher der breiten Masse noch wenig bekannte Automobilhersteller derselben Branche wollen den Marktführer von seiner führenden Marktposition verdrängen: mit deutlich mehr Reichweite und für den Verbraucher erschwinglicheren Modellen wollen die Hersteller ihre Elektroautos attraktiver machen.

Bearbeiterin, basierend auf: Levin, Tim: Rivian und Lucid: Zwei der wichtigsten Tesla-Konkurrenten kämpfen mit immer neuen Verzögerungen. In: www.businessinsider.de, 25.07.2021

Der Chef eines großen deutschen Automobilherstellers warnte 2021 im Zuge einer Betriebsversammlung vor seiner größten Konkurrenz aus dem Bereich E-Mobilität. Der Automobilhersteller will in Zukunft verstärkt auf Elektroautos umstellen, die nächste Version seiner verkaufsstärksten Modellreihe dürfe nicht von der Konkurrenz aus China oder den USA kommen, so der Unternehmenschef.

Bearbeiterin, basierend auf: RND/dpa: Diess: „Der nächste Golf darf kein Tesla sein". In: www.rnd.de, 04.11.2021

b)

Die Umsätze im stationären Handel sind seit Jahren rückläufig. Das Sterben der Modehändler hat schon lange begonnen. Zwischen 2010 und 2019 ist die Anzahl der Betriebe in der Bekleidungsbranche um 31 Prozent gesunken, hat die Unternehmensberatung PwC in einer Studie herausgefunden. [...] Die zunehmende Billig-Konkurrenz durch Textildiscounter [...] und der Siegeszug des Onlinehandels machen der klassischen Modebranche schon lange zu schaffen. Online-Händler [...] florieren.

Blechner, Notker: Modehandel im Umbruch. In: www.tagesschau.de, 16.06.2021

Damit die europäische Textilindustrie ihre Produktion von den Low-Cost-Produktionsstätten in Asien zurück nach Europa holen kann, hat [ein Start-Up-Unternehmen] eine überraschend griffige Robotiklösung geschaffen. Diese könnte die Textilproduktion in eine neue automatisierte Ära führen. [...] [Das Unternehmen ist] überzeugt, dass europäische Textilproduzenten im internationalen Wettbewerb mit Konkurrenten aus Low-Cost-Ländern im Vorteil sind, wenn sie auf die Robotik setzen: „In der konventionellen Herstellung von Textilien fallen etwa 40 Prozent der Personalkosten auf einfachste Stoffhandhabungstätigkeiten an."

Automationspraxis: Robotextile bläst mit Kuka-Robotern zur Textil-Revolution. In: www.automationspraxis.industrie.de, 29.06.2022

M4 Adam Smiths Wirtschaftstheorie einfach erklärt

Etwas selber herstellen, was man billiger kaufen kann? Unsinn!
Du nähst deine Sneaker doch auch nicht selbst! Aber wahrscheinlich kommt es günstiger, dein Zimmer selbst zu putzen, als dafür eine Haushaltskraft einzustellen!
Es macht in einer Gesellschaft also Sinn, dass sich jeder auf das spezialisiert, was er am günstigsten produzieren kann. Man kann dann mit diesen Gütern handeln. Warum sollte es zwischen Ländern anders sein?

Adam Smith (1723–1790): englischer Nationalökonom, u. a. Begründer der Theorie der absoluten Kostenvorteile

Theorie der absoluten Kostenvorteile
→ Fachwissen S. 144

Podcast zu Adam Smith

82022-04

M5 David Ricardos Wirtschaftstheorie einfach erklärt

Theorie der komparativen Kostenvorteile
→ Fachwissen S. 144

David Ricardo (1772–1823): englischer Bankier, Nationalökonom und u. a. Begründer der Theorie der komparativen Kostenvorteile

Was ist, wenn du in der Zeit, in der du dein Zimmer aufräumst, auch Nachhilfestunden geben könntest? Entscheidest du dich für das Zimmeraufräumen, verzichtest du ja auf deinen Lohn und das Aufräumen „kostet" auf einmal doch etwas.
Bedenkt man dies, lohnt es sich, sich auf das Gut zu spezialisieren, bei dem diese sogenannten Opportunitätskosten möglichst niedrig sind.
Mit dieser Erkenntnis lohnt sich der Handel zwischen Ländern auch dann, wenn ein Land mehrere oder gar alle Güter günstiger produzieren könnte als ein anderes. Schließlich sind die Ressourcen begrenzt und es macht Sinn, sich auf die Produktion zu fokussieren, bei der man den größten Kostenvorteil hat. Insgesamt haben wir dann alle mehr!

Podcast zu David Ricardo

82022-05

M6 Wirtschaftstheorie: Freihandel tut not

Grenzenloser Handel macht Angst, gerade in wohlhabenden Ländern. Im Oktober 2015 nahmen mindestens 150.000 Menschen in Berlin an einer Großdemonstration gegen TTIP und Ceta teil, die geplanten Freihandelsabkommen der EU mit den USA und Kanada. Das waren wesentlich mehr Demonstranten als die, die im März 2022 für die Solidarität mit der Ukraine auf die Straße gingen. TTIP und Ceta würden die Ökologie, Arbeitnehmerrechte und sogar die Demokratie gefährden, hieß es damals. […]

Widerstand gegen den Freihandel gab es auch schon vor mehr als 200 Jahren in England. Im Jahr 1815 waren es Großgrundbesitzer, die die britischen Inseln vor billigem Getreide aus dem Ausland „schützen" und so ihr Einkommen mehren wollten. Das Ergebnis waren die berüchtigten „Corn Laws", die den Markt abschotteten und das Brot teuer machten. Besonders Mittelschichten und Arbeiter litten unter den hohen Preisen, was zu heftigen Protesten führte. Am 16. August 1819 nahmen bei Manchester mehrere Zehntausend Menschen an einer Demonstration *für* den Freihandel und gegen die Korngesetze teil. Soldaten lösten die Kundgebung in einem blutigen Exzess auf, 15 Menschen wurden getötet. Der Vorfall ging als „Peterloo-Massaker" in die Geschichte ein. Erst 1846 schaffte das Parlament in London die infamen Gesetze ab.

Die Korngesetze waren eine unrühmliche Episode in der Geschichte Englands. Für die Entwicklung der Wirtschaftswissenschaften sollten sie jedoch von zentraler Bedeutung werden, denn in der Auseinandersetzung mit ihnen entstand die moderne Außenhandelstheorie. Und die hat vor allem mit einem Mann zu tun: David Ricardo. Der Ökonom, der vor 250 Jahren in London geboren wurde, kämpfte leidenschaftlich gegen die Gesetze und entwickelte eine Theorie, die diesen Kampf begründete und die im Prinzip bis heute gilt. Ricardo, neben Adam Smith und Thomas Malthus, einer der Klassiker der Nationalökonomie, zeigte, dass Außenhandel für ein Land selbst dann von Vorteil ist, wenn alle Waren günstiger im Inland produziert werden könnten. In seinem berühmt gewordenen Beispiel erklärte er dies am stark vereinfachten Beispiel des Handels zwischen England und Portugal: Beide Länder können Wein und Bekleidung produzieren. Bei beiden Waren ist Portugal günstiger als England, bei Wein ist der Vorsprung jedoch viel größer als bei Kleidern. Deshalb sollte sich Portugal auf Wein spezialisieren, England auf Bekleidung, dann profitieren beide. Der Nobelpreisträger Paul Samuelson hat diese „Theorie der komparativen Kostenvorteile" später in seinem Lehrbuch so verallgemeinert: „Wenn sich von zwei Ländern jedes auf die Produktion derjenigen Güter spezialisiert, bei denen es die größte relative Leistungsfähigkeit besitzt, lohnt sich der Handel für alle Beteiligten. In beiden Ländern steigen die Reallöhne." Es ist die Lehre von den Vorzügen der Arbeitsteilung, konsequent zu Ende gedacht.

Piper, Nikolaus: Freihandel tut Not. In: www.sueddeutsche.de, 15.04.2022

M7 Im Zwei-Länder-Modell dargestellt: Eingesetzte Arbeitsstunden pro 100 kg

	Land A	Land B
Reis	17	16
Getreide	24	12

AUFGABEN

82022-130

→ Fachwissen zu den Aufgaben S. 144, 145

1. Werten Sie die Grafik M1 aus und erklären Sie davon ausgehend die Bedeutung ausgewählter Importgüter aus Verbraucher-, Unternehmens- und Staatsperspektive.
2. Begründen Sie mit M2, dass Konkurrenz idealtypisch eine bessere Ressourcenverteilung am Weltmarkt gewährleistet.
3. Diskutieren Sie anhand der Beispiele M2 und M3, ob internationale Arbeitsteilung Arbeitsplätze am Weltmarkt schafft oder vernichtet.
4. Belegen Sie mit M2 und M3, dass internationale Konkurrenz zu mehr Wohlstand in der inländischen Volkswirtschaft führen kann.
5. Erklären Sie unter Bezugnahme auf M4 – M6 die Theorie der absoluten und komparativen Kostenvorteile.
6. Diskutieren Sie die These „Freihandel tut not" vor dem Hintergrund aktueller globaler Herausforderungen (M6).
7. Ermitteln Sie eine sinnvolle Spezialisierung der Länder im Modell M7 unter Berücksichtigung absoluter und komparativer Kostenvorteile.

3.2 Welche Bedeutung hat Freihandel speziell für Deutschland?

Sie beurteilen anhand aktueller Daten die Bedeutung der internationalen Verflechtung für Deutschland auch unter Zuhilfenahme des Kreislaufmodells.

M1 E-Autos: Woher kommen die Rohstoffe?

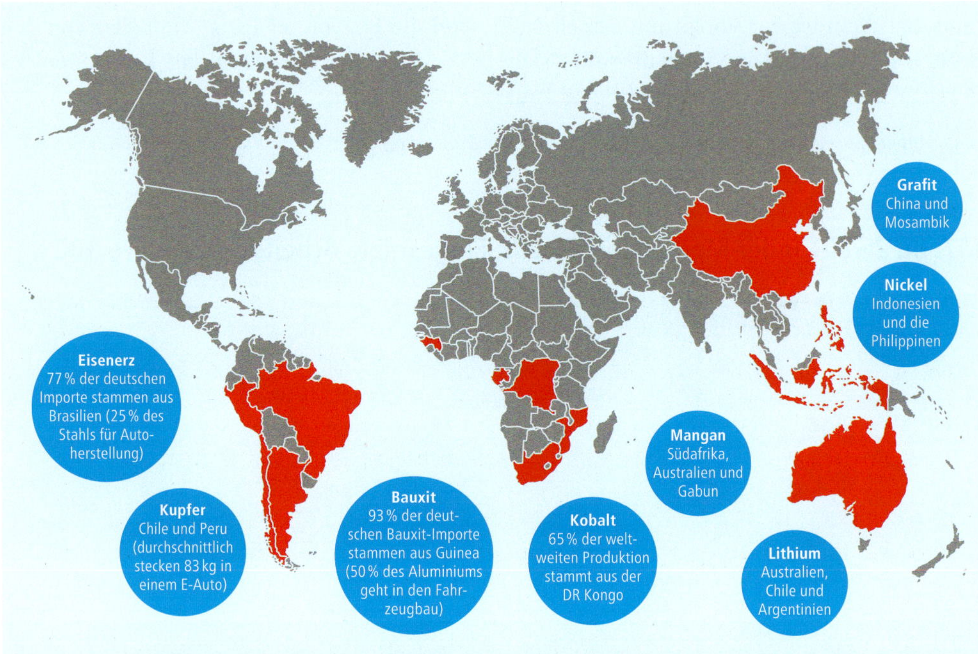

www.regenwald.org

M2 Export: Wohin gehen deutsche Autos?

Chinesischer Exportanteil deutscher Autobauer steigt auf Rekordhöhe […] [.] 2020 war der Anteil der nach China exportierten Neuwagen aus Deutschland höher als je zuvor.

Die Bedeutung des chinesischen Markts für die deutsche Automobil-Industrie ist auf neues Rekordniveau gestiegen. Vier von zehn Neuwagen werden nach China exportiert, berichtet [eine bayerische Tageszeitung] […] unter Verweis auf eine Studie des Center Automotive Research vom Autoexperten Ferdinand Dudenhöffer. 2020 exportierten die [drei größten] deutschen Autokonzerne […] demnach 5,4 Millionen Fahrzeuge nach China. Das waren 38,2 Prozent der insgesamt weltweit abgesetzten 14,16 Millionen Neufahrzeuge. „So hoch war der China-Anteil der deutschen Autobauer noch nie und er wird weiter steigen", sagte Dudenhöffer der Zeitung. Demnach stieg der Ausfuhranteil, obwohl die tatsächlichen Verkaufszahlen deutscher Fahrzeuge auf dem chinesischen Markt um 250.000 Neuwagen leicht zurückgingen.

©Reuters: Chinesischer Exportanteil deutscher Autobauer steigt auf Rekordhöhe. In: www.wiwo.de, 23.01.2021

M3 Wer sind Deutschlands größte Handelspartner?

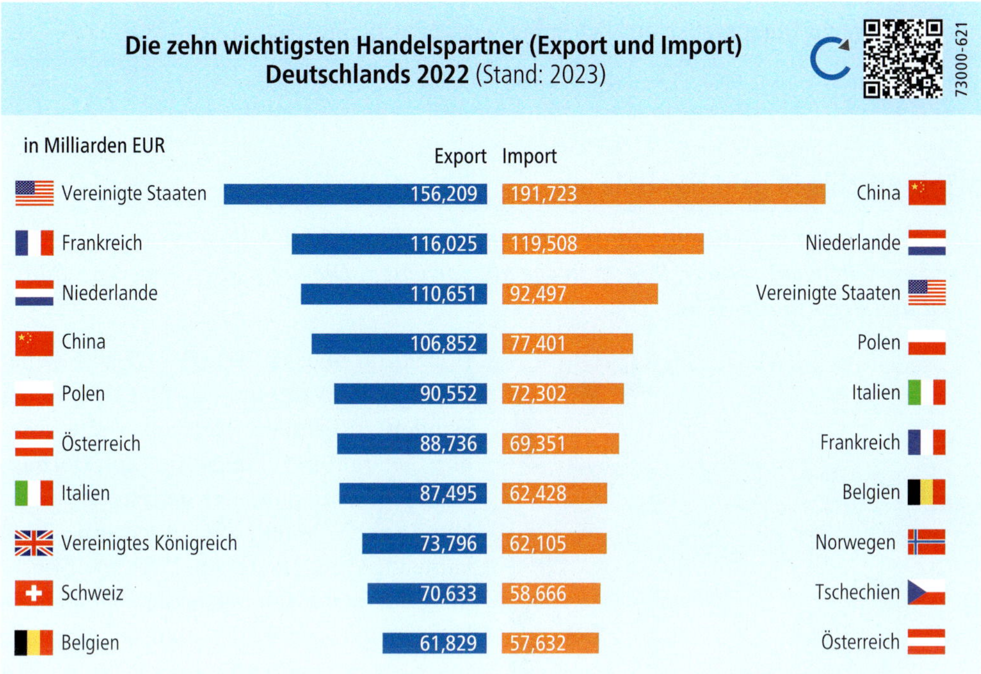

© C.C.Buchner Verlag, aktuelle Daten nach: DESTATIS (Datenerhebung: 2022, Grafikerstellung: 2023)

aktuelle Außenhandelsgrafiken des statistischen Bundesamtes

82022-07

M4 Deutschlands Wettbewerbsfähigkeit im internationalen Vergleich

Im Jahr 2020 hatte das Verarbeitende Gewerbe in Deutschland im Vergleich von 28 wichtigen Industrieländern die zweithöchsten Lohnstückkosten. Nur im Vereinigten Königreich waren die Arbeitskosten je Wertschöpfungseinheit noch höher. Vor allem die außereuropäische Konkurrenz fertigt deutlich weniger arbeitskostenintensiv: Japan konkurriert im internationalen Wettbewerb mit Lohnstückkosten, die ein Fünftel niedriger sind als die deutschen, in den USA produzieren Industrieunternehmen sogar mehr als ein Viertel günstiger. […] In den vergangenen zwei Jahren hat sich die deutsche Position damit weiter verschlechtert. Im Durchschnitt liegen die ausländischen Lohnstückkosten 18 Prozent unter dem deutschen Niveau […]. Auch die Arbeitsproduktivität ist ein wichtiges Maß für die Wettbewerbsfähigkeit eines Landes. Deutschland schneidet bei diesem Indikator leicht überdurchschnittlich ab: Die Produktivität der Bundesrepublik liegt 2 Prozent höher als der Durchschnitt der gesamten betrachteten ausländischen Konkurrenz, das Euro-Ausland hat einen Rückstand von 4 Prozent. Spitzenreiter im Produktivitätsranking ist Dänemark, das Deutschland um fast drei Viertel übertrifft, gefolgt von den USA. In den osteuropäischen Ländern – mit Ausnahme von Slowenien – sowie in Griechenland und Portugal betrug die Produktivität dagegen maximal gut ein Drittel des deutschen Niveaus. Doch auch hier stand die Bundesrepublik schon besser da. So schließt die internationale Konkurrenz immer weiter auf […]: In den vergangenen zwei Jahren sank die Produktivität im deutschen Verarbeitenden Gewerbe jeweils um rund 4 Prozent, während sie im Ausland im Durchschnitt 2019 leicht anstieg und 2020 konstant blieb. Die preis-

Lohnstückkosten bezeichnen den Anteil der Arbeitskosten, die auf eine Produkteinheit entfallen. Steigen die Arbeitskosten stärker als die Arbeitsproduktivität, erhöhen sich die Kosten pro produzierter Einheit.

Arbeitsproduktivität Verhältnis von gesamtwirtschaftlichem Produktionsergebnis zum Arbeitseinsatz.

liche Wettbewerbsfähigkeit Deutschlands hat sich damit weiter verschlechtert – die nur noch knapp überdurchschnittlich hohe Produktivität reicht bei Weitem nicht aus, um den Nachteil der hohen Arbeitskosten zu kompensieren.

© iwd: Lohnstückkosten in Deutschland steigen weiter. In: www.iwd.de, 15.07.2021

M5 Deutschland geht das Holz aus …

Holz wird knapp in Deutschland. Weil ihnen der Rohstoff fehlt, haben es Handwerksbetriebe schwer, ihre Aufträge abzuarbeiten. Die hohe Nachfrage vom Bau treibt den Preis in die Höhe.

Handwerksbetrieben wie dem von Peter H. macht der Holzmangel zu schaffen.

Viel zu groß wirkt die Lagerhalle für das wenige Holz, das noch da ist. Zimmermann Peter H. schneidet mehrere Balken zurecht. Er hat eine schlaflose Nacht hinter sich. Seine Auftragsbücher sind zwar voll, sein Holzvorrat aber ist leer. Der 59-Jährige hat kaum noch Ware, um die Wünsche seiner Kunden zu erfüllen. Normalerweise stünden Lieferanten Schlange, um ihm Holz anzubieten. Jetzt müsse er betteln, um überhaupt noch welches zu ergattern. Dazu kämen lange Lieferzeiten. „Wenn wir unser Material nicht schnell genug bekommen, kann es passieren, dass wir im Sommer, wenn es bei uns richtig boomt, Kurzarbeit anmelden müssen. Wegen Materialmangel. Das gab's noch nie", sagt der Zimmermeister. Wenn ihm noch sogenanntes Schnittholz angeboten wird, ist es doppelt so teurer als noch vor wenigen Monaten. Den Preis muss er auf seine Kunden umwälzen. „Bei Privatleuten ist das unangenehm, aber machbar. Schwierig wird es bei der öffentlichen Hand. Da sind die Baupreise oft gedeckelt", sagt H. Für ihn bedeutet das: Er muss im schlimmsten Fall sogar draufzahlen.

Der Grund für die Holzknappheit und den Preisanstieg: der Bauboom […]. Die Nachfrage im In- und Ausland steigt. Viele große Sägewerke exportieren derzeit massiv. Hauptabnehmer sind China und die USA. Dort wird mehr gezahlt als in Deutschland – sogar für minderwertiges Fichtenholz, das wegen Trockenheit, Sturmschäden oder Borkenkäferbefall in Deutschland notgefällt wurde und dadurch massenhaft anfiel.

Nach: Jakob, Sebastian: Deutschland geht das Holz aus. In: www.tagesschau.de, 24.04.2021

M6 Kreislaufmodell einer offenen Volkswirtschaft

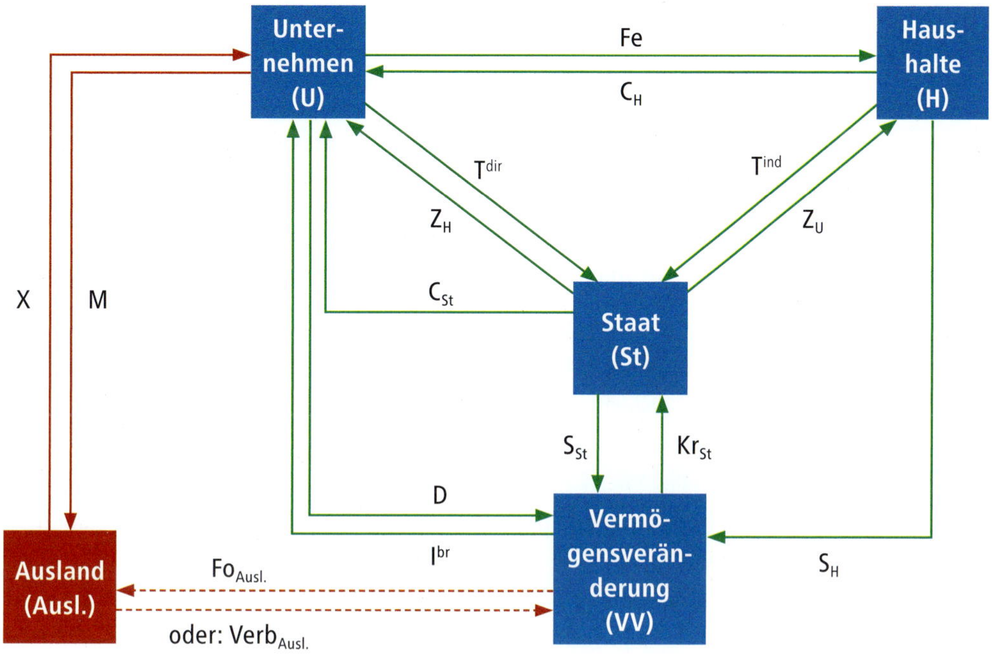

Erläuterungen der Abkürzungen
→ Fachwissen S. 147

Außenhandel im Kreislaufmodell

AUFGABEN

82022-131

1. Erklären Sie mit M1 und M2 die Bedeutung von Importen und Exporten für die deutsche Automobilindustrie.
2. Stellen Sie Deutschlands Rolle in der Weltwirtschaft in einer digitalen Mindmap dar. Werten Sie dafür Grafiken des Deutschen Statistischen Bundesamtes (vgl. M3 und dazugehöriger QR-Code) aus.
3. Analysieren Sie die Texte M4 und M5 hinsichtlich der Kriterien Glaubwürdigkeit, Inhalt und Intention des Autors.
4. Beurteilen Sie die internationale Wettbewerbsfähigkeit Deutschlands anhand der Lohnstückkosten und Arbeitsproduktivität (M4).
5. Erklären Sie das Kreislaufmodell der offenen Volkswirtschaft (M6). Begründen Sie dabei auch, dass das Modell die Realität nur bedingt abbildet.
6. Identifizieren Sie für die in M2, M4 und M5 dargestellten Situationen jeweils die betroffenen Ströme im Kreislaufmodell.
7. Analysieren Sie ceteris paribus mögliche Folgen folgender Veränderungen des Außenhandels anhand geeigneter volkswirtschaftlicher Wirkungsketten:
   a) leichter Rückgang der Verkaufszahlen deutscher Autos am chinesischen Markt (M2)
   b) steigende Lohnstückkosten in Deutschland (M4)
   c) erhöhte Nachfrage nach deutschem Holz aus dem Ausland (M5)

→ Fachwissen zu den Aufgaben S. 146, 147

→ Methode Analyse wirtschaftswissenschaftlicher journalistischer Texte S. 46

ceteris paribus
unter der Annahme, dass sich nur die betrachtete Variable ändert und alle anderen Variablen gleich bleiben

3.3 Welche Folgen haben Maßnahmen zur Begrenzung des Freihandels?

Sie diskutieren konkrete protektionistische Maßnahmen vor dem Hintergrund ihrer kurz- und langfristigen Folgen für verschiedene Wirtschaftssubjekte.

Protektionismus
staatliche Eingriffe zum Schutz inländischer Produktion vor ausländischer Konkurrenz

Donald Trump
Präsident der Vereinigten Staaten von 2017 bis 2021

Exportsubventionen
(„subsidized" Z. 10): Staatliche Leistungen für Exporte, um sonst nicht konkurrenzfähige Güter auf dem Weltmarkt wettbewerbsfähig zu machen

Dumping
(„dumped" Z. 10) Verkauf von Waren zu einem günstigeren Preis als der Weltmarktpreis

M1 Donald Trumps protektionistische Handelspolitik: „America First"!?

So today I'm going to talk about how to make America wealthy again. We have to do it. With 30-miles from Steel City, Pittsburgh played a central role in building our nation. The legacy of Pennsylvania steelworkers lives in the bridges, railways and skyscrapers that make up our great American landscape. But our workers' loyalty was repaid, you know it better than anybody, with total betrayal. Our politicians have aggressively pursued a policy of globalization, moving our jobs, our wealth and our factories to Mexico and overseas.

Globalization [...] has left millions of our workers with nothing but poverty and heartache. When subsidized foreign steel is dumped into our markets, threatening our factories, the politicians have proven, folks, have proven they do nothing.

© Time: Read Donald Trump's Speech on Trade. In: www.time.com, 28.06.2016

M2 Hintergrund: Chinesische Dumping-Exporte

Tonnen von Stahldraht warten im Hafen von Shanghai auf den Export.

China hat in den letzten Jahrzehnten eine gewaltige Stahlindustrie geschaffen, um für den Aufbau seiner Wirtschaft möglichst unabhängig von Importen zu sein. Doch seit [...] [mehreren] Jahren stockt das chinesische Wachstum, die chinesische Stahlindustrie produziert Überschüsse, riesige Überschüsse. Einen großen Teil seiner Überschüsse drückt Peking mit teils offenen, teils verdeckten Staatsbeihilfen auf den Weltmarkt und macht damit Stahlkonzernen weltweit das Leben schwer.

Berger, Alois: Dumping-Exporte. Chinas Stahl und Europas Not. In: www.deutschlandfunk.de, 06.11.2016

M3 Wirken Zölle wie gewünscht? – Eine Einschätzung der Deutschen Bundesbank

Für sich genommen erhöht ein Zoll die Preise eingeführter Waren für Inländer. Dies mindert die Kaufkraft der privaten Haushalte und der Unternehmen und dämpft tendenziell die Binnennachfrage.

[...] Die heimische Exportwirtschaft gehört üblicherweise zu den Leidtragenden von Zollerhebungen. Unmittelbar einsichtig ist dies, wenn die Handelspartner als Vergeltungsmaßnahme ebenfalls Zölle erheben. [...]
In besonderem Maße schädlich für die inländische Wirtschaft sind Zölle auf ausländische Vorleistungsgüter, da sie die heimische Produktion verteuern [...]. Insbesondere bei Gütern mit einer hohen Handelselastizität kann ein Einfuhrzoll ausländische Anbieter allerdings unter Druck setzen, die Exportpreise zu senken. Insgesamt spricht deshalb vieles dafür, dass sich eine Volkswirtschaft als Ganzes durch höhere Einfuhrzölle kurzfristig kaum besserstellen kann.
Spätestens in der mittleren und langen Frist überwiegen vermutlich negative Effekte, da der mit einer zunehmenden Abschottung einhergehende Rückgang der Wettbewerbsintensität tendenziell das inländische Produktivitätswachstum schwächt.

Nach: ©Bundesbank: Folgen des zunehmenden Protektionismus. In: Deutsche Bundesbank Monatsbericht, Januar 2020

Kaufkraft
Maßstab dafür, welche Gütermenge für eine Geldeinheit gekauft werden kann

M4 USA: Wie entwickelt sich der Handel?

US-Warenimporte aus China, 2017–2020, in Milliarden US Dollar

© C.C.Buchner Verlag, Zahlen nach: Deutsche Bundesbank

M5 USA: Wie entwickelt sich der Preis im Inland?

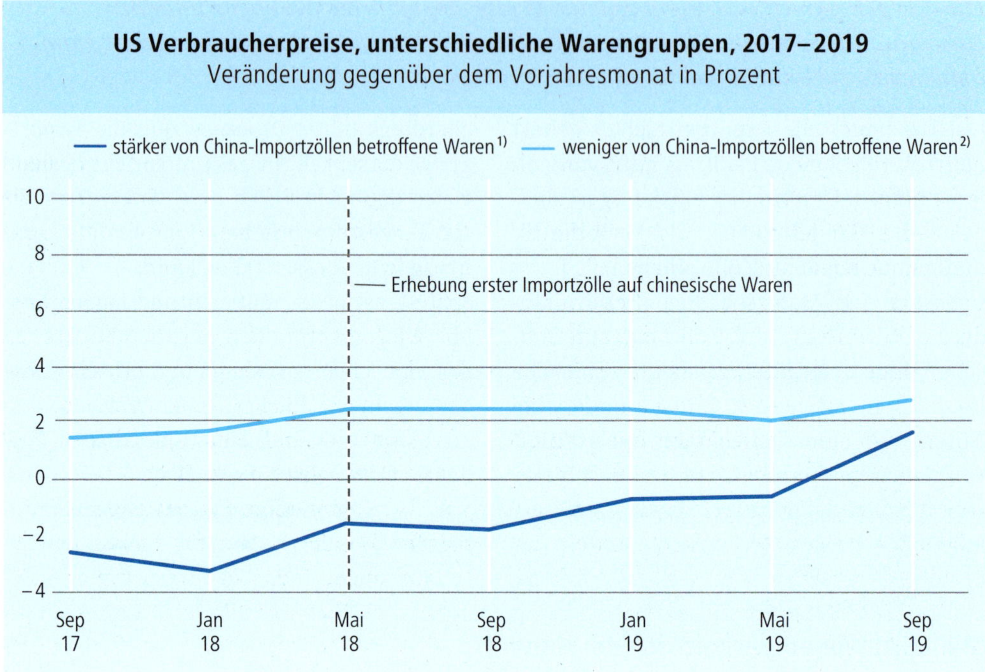

1) hauptsächlich Bodenbeläge, Möbel, Beleuchtung, Dekor, Uhren, Sportgeräte

2) alle anderen Warengruppen (ohne Nahrungsmittel und Energiegüter)

© C.C.Buchner Verlag, Zahlen nach: Deutsche Bundesbank

M6 Blick nach Deutschland: Onlinepetition „Exportstopp des Rohstoffs Holz"

Petition
Beschwerde oder Bitte an die zuständigen Stellen bzw. den Bundestag, Petitionsrecht ist Bürgerrecht nach Art. 17 GG

So kann es nicht weitergehen. Ich bin selbst Dachdecker, seit 20 Jahren. Seit 12 Jahren bin ich selbständig. In meiner Firma arbeiten 10 Angestellte. Wir wollen arbeiten, aber mit wochenlangen Lieferzeiten, bei stetig steigenden Preisen wird das immer aussichtsloser. **Bitte helft mit: Helft mit, dass Handwerk bezahlbar bleibt. Helft mit, dass es nach Verzögerungen nicht auch noch zu Baustopp kommt: Stoppt den Abverkauf von Holz ins Ausland!**

Daniel N.

Petition unterschreiben

Katharina M. · vor 6 Monaten
Wie soll es mit der Waldentwicklung und dem Rohstoff Holz weitergehen? Was wir brauchen, ist massive Wiederaufforstung. Wälder, die den klimatischen Verschiebungen dauerhaft standhalten. Weg von Monokulturen, hin zu naturnahen Waldgebieten. Nur diese können zum Klimaschutz beitragen.

66 · melden

Rudi N. · vor 6 Monaten
Mehr lokale Firmen in Deutschland müssen unterstützt werden, anstatt fremde Firmen im Ausland.

52 · melden

M7 Klimaschutz und CO_2-Grenzausgleich

Mit dem Green Deal will die Europäische Union ihre Wirtschaft bis 2050 klimaneutral gestalten. Um nicht von Konkurrenten außerhalb der EU verdrängt zu werden, plant die EU für ihre Unternehmen eine außenwirtschaftliche Absicherung – einen grünen Protektionismus. [...]

Aber bislang erheben nur 46 Staaten einen Preis für die Emission von CO_2, einschließlich der 27-EU-Mitglieder. Jetzt will die EU mit dem Green Deal der Wirtschaft noch strengere Klimavorgaben verordnen, wodurch die Preise für CO_2-Emissionen steigen dürften. Gleichzeitig will Brüssel verhindern, dass deswegen Wertschöpfung und Arbeitsplätze in Weltregionen mit geringeren gesetzlichen Klimavorgaben abwandern, womit die globalen Emissionen des Klimakillers CO_2 steigen statt sinken könnten. [...] Fachleute sprechen von Carbon Leakage, auf Deutsch: Kohlenstoff-Leckage. Sie beobachten das Phänomen, seit die Staatengemeinschaft 1997 das Kyoto-Protokoll verabschiedete. Denn das verpflichtete zwar die Industrieländer zum Klimaschutz, aber nicht die Entwicklungsländer, weswegen manche Unternehmen ihre Produktion entsprechend verlagerten. Die EU will verhindern, dass sie mit dem Green Deal die Kohlenstoff-Leckage befördert. Lange (SPD): „Deswegen diskutieren wir eine Grenzausgleichsmaßnahme, die nicht ohne ist, weil wir sicherstellen müssen, dass das keine protektionistische Maßnahme ist, also WTO-konform ist. [...] Ein Klimazoll und eine Klimasteuer sind als Grenzausgleich vom Tisch. Stattdessen will die Kommission das bestehende Europäische Handelssystem für Emissionsrechte ausbauen. Industrieunternehmen müssen dabei über Zertifikate in dem Umfang verfügen, indem sie CO_2 ausstoßen. Dieses marktwirtschaftliche System könnte künftig auch für ausländische Unternehmen gelten, die Waren oder Dienstleistungen in die EU exportieren.

WTO
Welthandelsorganisation mit dem Ziel von Freihandel und Sicherstellung einer Welthandelsordnung

Dohmen, Caspar: Wie die EU den Umbau der Wirtschaft absichern will. In: www.deutschlandfunk.de, 12.07.2021

AUFGABEN

82022-132

1. Stellen Sie mögliche Motive für Trumps protektionistische Handelspolitik anhand von M1 und M2 dar. Reflektieren Sie hierzu vor dem Hintergrund der Art und Intention der Texte M1 und M2, ob die getroffenen Aussagen als Fakten zu bewerten sind.
2. Erklären Sie die in M3 dargestellten mittel- und langfristigen Folgen von Zöllen mithilfe des Kreislaufmodells. Leiten Sie aus den passenden Wirkungsketten mögliche Konsequenzen für inländische Unternehmen, Verbraucher und den Staat ab (Methode S. 56).
3. Beurteilen Sie (im Rahmen der gegebenen Informationen aus M4 und M5) den Erfolg der „America First"-Politik.
4. Recherchieren Sie zu aktuellen protektionistischen Maßnahmen der Europäischen Union.
5. Begründen Sie Ihre Entscheidung: Würden Sie die Petition (M6) unterschreiben?
6. Erklären Sie mit M7, wie „grüner Protektionismus" zum Erreichen der globalen Klimaziele beitragen kann.
7. Recherchieren Sie, inwiefern nichttarifäre Handelshemmnisse im Bereich der deutschen bzw. europäischen Klimapolitik den Marktzugang für Importeure erschweren.

→ Fachwissen zu den Aufgaben S. 148

tarifäre Handelshemmnisse
tariff (engl.) = Tarif, Zoll; direkte Handelshemmnisse zum Schutz der eigenen Wirtschaft, v. a. Zölle

nichttarifäre Handelshemmnisse
Handelshemmnisse, die nicht in Listen oder Zolltarifen erfasst sind, und die den Zugang zum inländischen Markt indirekt erschweren, z. B. Normen, Vorschriften, Verbote

3.4 Anwendung: Karikaturen interpretieren und journalistische Texte analysieren

→ Methoden S. 12 und S. 46

Sie analysieren journalistische Texte und interpretieren Karikaturen zu Themen der internationalen wirtschaftlichen Verflechtung.

M1 Was ist der MERCOSUR?

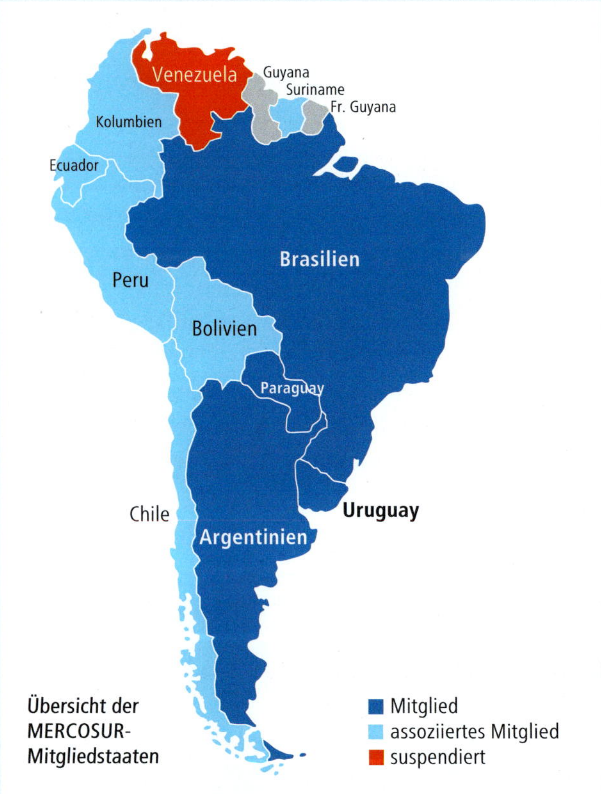

© Bundesministerium für wirtschaftliche Zusammenarbeit und Entwicklung: Gemeinsamer Südamerikanischer Markt (MERCOSUR). In: www.bmz.de (Abruf am 02.06.2022)

Der Gemeinsame Südamerikanische Markt (Mercado Común del Sur, MERCOSUR) ist ein regionaler Zusammenschluss der fünf südamerikanischen Staaten Argentinien, Brasilien, Paraguay, Uruguay und Venezuela. (Die Mitgliedschaft von Venezuela ist seit 2017 suspendiert.) Bolivien, Chile, Ecuador, Guyana, Kolumbien, Peru und Suriname sind assoziierte Mitglieder, Bolivien befindet sich in Beitrittsverhandlungen (Stand: November 2020). Der MERCOSUR wurde 1991 gegründet und hat zum Ziel, durch politische, soziale und wirtschaftliche Zusammenarbeit die regionale Integration zu fördern. Politische Schwerpunkte sind die Stärkung des freien Verkehrs von Dienstleistungen, Produktionsmitteln und Waren, die Ausgestaltung einer gemeinsamen Außenhandels- und Wirtschaftspolitik und die Harmonisierung der Gesetzgebung in den jeweiligen Bereichen. Die Zusammenarbeit innerhalb des MERCOSUR wird schrittweise um kulturelle, soziale und wissenschaftliche Aspekte erweitert. Die Europäische Union [...] und der MERCOSUR haben sich im Juni 2019 auf ein Freihandelsabkommen geeinigt.

M2 Fallbeispiel: Zollverhandlungen zwischen Argentinien und Brasilien

Argentinien und Brasilien haben sich nach zähen Verhandlungen auf eine Zollsenkung um zehn Prozent geeinigt. Für Unruhe sorgt nach wie vor der Plan Uruguays, ein eigenes Freihandelsabkommen mit China abzuschließen.

Argentiniens Außenminister Santiago Cafiero und sein brasilianischer Amtskollege Carlos Alberto Franco França haben sich [im Oktober 2021] [...] auf einen Plan zur Senkung des gemeinsamen Außenzolls der Mitgliedsstaaten des Regionalbündnisses „Gemeinsamer Markt des Südens" (Mercosur) geeinigt. Man schlage vor, den Zollsatz für Importe um zehn Prozent zu senken. Seit Jahren gab es Unstimmigkeiten um die Zollpolitik in der Freihandelszone, die Argentinien, Brasilien, Paraguay und Uruguay umfasst. Das gemeinsame Statement spricht von einem „wichtigen Schritt zu größerer Wettbewerbsfähigkeit". Es zeige sich „die Fähigkeit des Mercosur, konstruktiv und ausgewogen die Aktualisierung und Anpassung der Zollstruktur an die Situation des regionalen und internationalen Handels voranzutreiben". Die Verhandlungspositionen der beiden größten Staaten Südamerikas hätten zunächst kaum unterschiedlicher sein können: Der brasilianische Wirtschaftsminister Guedes hatte ursprünglich eine 50-prozentige, später eine 20-prozentige Senkung der Zölle verlangt; Argentinien wehrte sich bis zuletzt gegen jegliche Zollsenkungspläne.

Vogel, Steffen: Zollsenkungen für den Mercosur. In: www.amerika21.de, 14.10.2021

M3 Konkurrenz für das EU-MERCOSUR-Abkommen: Weckruf für Europa?

Eigentlich wollte die EU die größte Freihandelszone der Welt schmieden: durch den Vertrag mit dem südamerikanischen Wirtschaftsblock Mercosur. Der ist unterschriftsreif, doch weil einige EU-Staaten skeptisch sind, droht ihm jetzt das Aus. Währenddessen schafft China Fakten. [November 2020] [...] schlossen sich 13 Staaten Asiens plus Australien und Neuseeland zur größten Freihandelszone der Welt zusammen – eine Zone, die das Schwergewicht China natürlich dominieren wird.

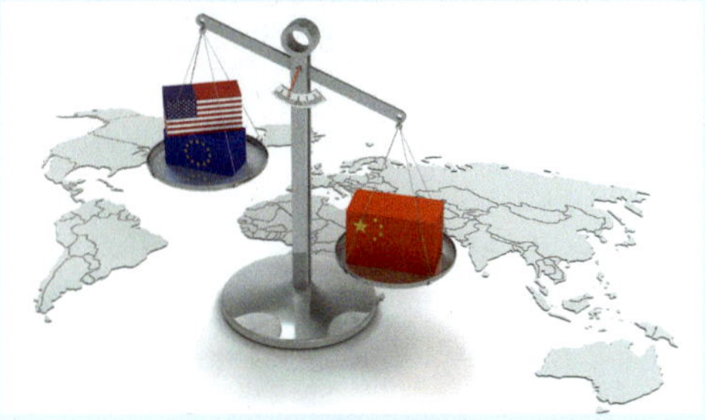

Das [...] ist ein Weckruf für Europa. Die EU-Kommission will ohnehin bald eine überarbeitete Handelsstrategie veröffentlichen [...]. Der neue Vertrag muss hier Mahnung und Ansporn zugleich sein: Es ist immer erfreulich, wenn Länder Zölle streichen und Exporte vereinfachen, zum Wohle von Verbrauchern und Firmen. Noch schöner wäre es freilich, gehörte die EU zu den Profiteuren – und nicht nur der [...] Rivale China. Das Abkommen zeigt zudem, dass jener Rivale gerne bereit ist, einzuspringen, wenn andere Wirtschaftsmächte wie die USA oder vielleicht einmal die EU Verträge platzen lassen. Denn China stößt nun in eine Lücke vor, die US-Präsident Donald Trump gerissen hat, als er einem Handelsabkommen mit Pazifikstaaten den Rücken kehrte. [...] Deswegen wäre die beste Reaktion Brüssels, die eigenen Bemühungen um neue Handelsverträge zu verstärken – in Asien und überall sonst. [...]

Hinter der Ablehnung des Mercosur-Vertrags verbirgt sich ein grundlegendes Problem: [...] Gegner klagen, die EU dürfe das Abkommen nicht freigeben, solange Brasiliens Präsident Jair Bolsonaro nicht das Abbrennen des Amazonas-Walds stoppt. Dabei macht der Vertrag sogar Vorgaben zum Klimaschutz. Kritiker bemängeln aber, dass bei Verstößen keine harten Strafen drohen. Damit haben sie recht, und doch ändert das nichts daran, dass der Wald auch ohne Vertrag weiterbrennt. Mit Vertrag hat die EU wenigstens die Chance, Einfluss zu nehmen. Und beerdigt Europa das Abkommen, steht im Zweifel China bereit, einen Vertrag zu unterzeichnen – ganz ohne lästige Klimavorschriften.

Finke, Björn: Weckruf für Europa. In: www.sueddeutsche.de, 22.11.2020

RCEP (Regional Comprehensive Economic Partnership)
Asiatisch-pazifisches Freihandelsabkommen, das circa ein Drittel der Weltbevölkerung und des globalen Bruttoinlandsproduktes betrifft.

M4 Die Schattenseite des EU-MERCOSUR-Abkommens?

Ein geplantes Freihandelsabkommen zwischen der EU und den Mercosur-Ländern Argentinien, Brasilien, Paraguay und Uruguay bedeutet mehr Abholzung, mehr Landraub und noch mehr Pestizide. Zu diesem Ergebnis kommt eine Befragung von südamerikanischen Sozial- und Umweltorganisationen im Auftrag von Rettet den Regenwald und dem Forschungs- und Dokumentationszentrum Chile-Lateinamerika (FDCL). [...] Weder die südamerikanische noch die europäische Zivilgesellschaft hatten [...] in den 20 Jahren währenden Verhandlungen die Möglichkeit, sich daran aktiv zu beteiligen. Ein Abkommen, das die Interessen von 715 Millionen Menschen auf beiden Seiten des Atlantiks nicht berücksichtigt, hat keine Rechtfertigung und keinen Wert. [...] Stattdessen hat die brasilianische Agrarlobby einen enormen Einfluss auf die Verhandlungen ausgeübt, zeichnet der Bericht nach. Die Agrarindustrie will von der vereinbarten Liberalisierung des Handels profitieren, die zunehmende Importe von Soja, Palmöl, Rindfleisch, Kaffee, Südfrüchte und Ethanol in die EU vorsehen. [...] Die Nachfrage nach Agrarprodukten wird unausweichlich zu weiterer Abholzung und das Eindringen in indigene Gebiete führen, um neue Monokulturen für den Export zu schaffen. [...] Das bedroht das Überleben der indigenen Völker und die großen Ökosysteme (Biome) der Region [...]. [...] Die beteiligten Organisationen fordern das Europäische Parlament und die Regierungen der 27 EU-Länder auf, das Abkommen abzulehnen. Das von der Europäischen Kommission ausgehandelte Freihandelsabkommen mit den vier südamerikanischen Mercosur-Ländern wurde im Juni 2019 unterzeichnet und muss derzeit noch vom Europäischen Parlament und den 27 EU-Mitgliedstaaten ratifiziert werden.

© Rettet den Regenwald e.V.: EU-Mercosur-Freihandelsabkommen – Keine Bürgerbeteiligung und Rechte, dafür Kahlschlag der Wälder. In: www.regenwald.org, 29.10.2021

M5 Deutsche Sicht auf das EU-MERCOSUR-Abkommen ...

Karikatur: Marian Kamensky, 2019

AUFGABEN

82022-133

1. Analysieren Sie die Texte M1–M4 hinsichtlich folgender Aspekte:
   - Quelle
   - Erscheinungsdatum
   - Textform
   - Kernaussagen
   - Intention des Autors
2. Beurteilen Sie die Objektivität der Texte M1–M4 jeweils auf einer Skala von 1 (sehr objektiv) bis 6 (wenig objektiv).
3. Beschreiben und interpretieren Sie die Karikatur M5.
4. Führen Sie in der Klasse eine Debatte über zentrale Problemstellungen des EU-Mercosur-Abkommens. Besetzen Sie dabei Rollen, sodass alle Interessensgruppen berücksichtigt sind.
5. Verfassen Sie einen Kommentar zum EU-Mercosur-Freihandelsabkommen.

3.5 Welche Folgen haben Wechselkursschwankungen?

Sie analysieren Auswirkungen von Wechselkursschwankungen auf private Haushalte und Unternehmen.

Mengennotierung
Menge ausländischer Währung, die man für 1 Euro bekommt, z. B. 1 EUR = 1,04 USD

Preisnotierung
Preis einer Einheit ausländischer Währung in Euro, z. B. 1 USD = 0,96 EUR

M1 Der Wechselkurs des Euro gegenüber dem US-Dollar

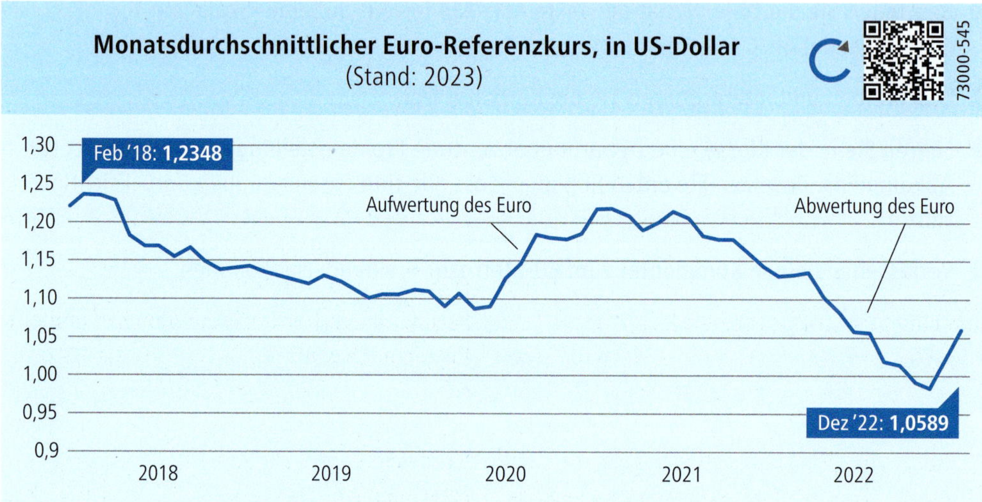

© C.C.Buchner Verlag, aktuelle Daten nach: Deutsche Bundesbank (Datenerhebung: 2023; Grafikerstellung: 2023)

M2 Wie funktionieren Wechselkurse?

Verantwortlich für die Höhe des Wechselkurses sind Angebot und Nachfrage. Das Angebot einer Währung bestimmt die Zentralbank, in dem sie den Leitzins und damit indirekt die Geldmenge festlegt. In der Eurozone macht das die Europäische Zentralbank (EZB) mit Sitz in Frankfurt. Druckt die EZB viel neues Geld, erhöht sie also das Angebot, dann sinkt tendenziell der Wert des Euros im Vergleich zu anderen Währungen wie etwa dem Dollar. Die Nachfrage nach einer Währung hängt zu einem großen Teil an der Nachfrage nach Gütern aus dem Heimatland dieser Währung. Wollen zum Beispiel viele US-Amerikaner europäische Autos kaufen, dann brauchen sie für deren Bezahlung viele Euros. Je mehr Autos also aus Europa in die USA verkauft werden, desto stärker steigt der Wert des Euros. Umgekehrt sinkt tendenziell der Eurokurs, wenn auf dem Weltmarkt weniger Güter aus Europa nachgefragt werden.

[...] Auf dem Devisenmarkt können [aber auch] bereits geänderte Erwartungen eine Kursänderung hervorrufen. Rechnen zum Beispiel Experten damit, dass die Europäer bald weniger Güter aus Großbritannien kaufen, weil das Land die EU verlässt und die Preise für britische Waren durch Zölle steigen, dann kann bereits heute der Wert der britischen Währung sinken. Genau das ließ sich nach dem Brexit-Referendum beobachten.

Dörnfelder, Andreas: Wie funktionieren Wechselkurse? In: www.handelsblatt.com, 07.08.2019

M3 Der Fluch des schwachen Euro

[Ende August 2022 ist der Euro] auf ein neues 20-Jahres-Tief gegenüber dem US-Dollar gefallen. [...]

Unter dem schwachen Euro leiden vor allem deutsche Urlauber, die in die USA fahren. Ein Trip nach New York mit Einkaufsbummel auf der Fifth Avenue oder eine Reise nach Florida sind inzwischen deutlich teurer geworden. Schlimmer noch: Nach Deutschland eingeführte Waren werden teurer. Vor allem für das Tanken und das Heizen müssen deutsche Verbraucher womöglich noch mehr Geld ausgeben. Denn Rohstoffe wie Öl werden in Dollar gehandelt. Das machte sich bereits im ersten Halbjahr [2022] schmerzlich bemerkbar: Der Ölpreis stieg in Dollar um 21 Prozent, in Euro gerechnet um gut 38 Prozent [...].

[...] Der schwache Euro könnte somit den Inflationsdruck weiter anheizen [...]. Verbraucher müssen noch tiefer in die Tasche greifen, um ihre Lebenshaltungskosten zu stemmen. Die Inflation könnten das Vermögen vieler Deutschen weiter schrumpfen lassen. Viele Anleger haben ihr Geld in Anlagen investiert, die auf Euro-Basis notieren. [...]

Selbst der deutschen Wirtschaft hilft der niedrigere Euro kaum noch. Zwar verbilligen sich die Ausfuhren deutscher Güter. Andererseits müssen die Firmen teurer die Energie und die Industrie-Rohstoffe einkaufen. Der Exportvorteil werde momentan durch die importierte Inflation überkompensiert, heißt es [...]. Der schwache Euro sei somit "mehr Fluch als Segen, befeuert er doch die ohnehin hohe Inflation noch weiter"[...]. [...] Kurzfristig sei ein schwacher Euro gut, er verbessere die Wettbewerbsfähigkeit deutscher und europäischer Unternehmen. [...] Langfristig schade die schwache Währung der Wettbewerbsfähigkeit der deutschen Exportwirtschaft [...]. Die Logik, in denen ein schwacher Euro wie ein Konjunkturprogramm für die deutsche Wirtschaft wirke, funktioniere jetzt nicht mehr, sagt Volkswirt David Kohl [...].

Wechselkurs von US-Dollar und Euro

Blechner, Notker: Der Fluch des schwachen Euro. In: www.tagesschau.de, 25.08.2022

AUFGABEN

82022-134

1. Ermitteln Sie mit **M1** den aktuellen Euro/Dollar-Kurs in der Mengen- und Preisnotierung (QR-Code zur Grafik).
2. Sie haben 2.500 € für eine USA Tour gespart. Berechnen Sie mit dem aktuellen Kurs (QR-Code zur Grafik **M1**), welches Budget Ihnen für die Reise in USD zur Verfügung steht.
3. Erläutern Sie, wie sich eine Auf- bzw. Abwertung des Dollarkurses (**M1–M3**) auf Ihre Reispläne auswirken kann.
4. Stellen Sie die in **M2** beschriebenen Szenarien zur Veränderung des Wechselkurses im Marktmodell dar.
5. Erläutern Sie mithilfe des Kreislaufmodells am Beispiel **M3** mögliche Auswirkungen von Wechselkursschwankungen auf private Haushalte und Unternehmen.

→ Fachwissen zu den Aufgaben S. 148, 149

→ Fachwissen S. 147

3.6 Welche Vor- und Nachteile hat die gemeinsame Währung im Euroraum?

Sie bewerten zentrale wirtschaftliche Entwicklungen im Rahmen der gemeinsamen Währung.

M1 Der Euro – gemeinsame Währung in Europa

Euro-Scheine auf Europakarte

Handel über Ländergrenzen hinweg

EZB ist die Abkürzung für die Europäische Zentralbank

Ausfüllen einer Banküberweisung

Schirm über Euromünze

M2 Die internationale Bedeutung des Euro

Ein [...] Indiz für die starke internationale Stellung des Euro ist die Entwicklung hin zur weltweit zweitwichtigsten Reservewährung nach dem US-Dollar. Staaten in aller Welt wollen ihre Fremdwährungsreserven auch in Euro halten, da der Euro stabil, liquide und weithin einsetzbar ist. Das [...] verleiht der Eurozone auch mehr Gewicht auf internationaler Ebene. Für europäische Unternehmen sinken beispielsweise im internationalen Handel Wechselkursrisiken, wenn dieser in Euro abgerechnet wird. Die enge Kooperation von Mitgliedstaaten der Eurozone sowie der Europäischen Zentralbank und der Europäischen Kommission ermöglicht es außerdem, die Interessen der Eurozone bei internationalen Wirtschaftstreffen gebündelt zu vermitteln. Die einheitliche Stimme der Eurozone als zweitgrößter Währungsraum hat global eine beträchtliche Bedeutung. Darüber hinaus ist Deutschland als Teil des größten Binnenmarktes der Welt in der Lage, im Konzert der großen Wirtschaftsmächte mitzuspielen und die Globalisierung aktiv mitzugestalten.

Bundesministerium der Finanzen: Nutzen des Euro. In: www.bundesfinanzministerium.de, 20.04.2022

M3 Was sind die Chancen und Herausforderungen der Währungsunion?

Mit dem Euro ist eine Währungsunion aus vielen unterschiedlichen Ländern entstanden, die sonst noch vieles trennt. Die Europäer haben eine gemeinsame Währung, ohne dafür allzu viel Souveränität an EU oder EZB abzugeben. Alle Euroländer sind EU-Mitgliedstaaten. Es gibt die gemeinsame Geldpolitik der [...] EZB und der mit ihr verbundenen nationalen Notenbanken im Eurosystem, wie die Bundesbank. Es gibt jedoch keine gemeinsame Fiskalpolitik für Haushalt und Steuern. [...] Die Rechte der einzelnen Länder wurden kaum eingeschränkt, abgesehen vom Verzicht auf eigenes Geld und eigene Geldpolitik. [...] Durch den Euro sollte es einen wirtschaftlichen Schub für den europäischen Binnenmarkt geben durch den Wegfall von Wechselkursen und mit dem neuen gemeinsamen Zahlungsraum SEPA (Single European Payment Area). Das hat insgesamt gut funktioniert und den Euroländern unterm Strich mehr Wachstum und Wohlstand gebracht. Der Euro Zahlungsraum SEPA sollte grenzübergreifende Bank- und Finanzgeschäfte erleichtern bis hin zu privaten Überweisungen. Der Euro sorgt darüber hinaus für eine europaweite Preistransparenz, von Waren und Dienstleistungen, die vorher kaum vergleichbar waren. Dieser Preiswettbewerb kann mit Hilfe des Internets voll genutzt werden von Unternehmen und Verbrauchern. Das drückt die Inflation und erhöht die Stabilität des Geldwerts. [...]
Da die Euro-Mitgliedstaaten wenig alte Rechte abgeben und sich möglichst wenig neue Pflichten einhandeln wollten, einigten sie sich wenigstens auf strenge Beitrittskriterien für die Währungsunion. Dazu gehörten ein möglichst ausgeglichener Staatshaushalt mit maximal 3 Prozent Defizit (= mehr Ausgaben als Einnahmen) und einer Gesamtverschuldung von höchsten 60 Prozent des Bruttoinlandsprodukts (= jährliche Wirtschaftsleistung). Diese [und weitere] Kriterien wurden aber vor und nach ihrem Beitritt von einigen Mitgliedsländern nicht erfüllt [...]. Der Euro ist mehr als Geld, er ist von Anfang an ein ambitioniertes politisches Großprojekt für ganz Europa. Mit ihm sind hohe Erwartungen verbunden wie eine stärkere wirtschaftliche Integration und eine neue gemeinsame Stärke aller Euroländer. [...]
Was man dem Euro und der Währungsunion als Ganzes bisher vor allem negativ anlasten muss, ist die Verschärfung der wirtschaftlichen Ungleichgewichte. Deutschland als größtes und stärkstes Euroland hat von der Entwicklung am meisten profitiert, vor allem durch seine Exporte in die Partnerländer. In den schwächeren Südländern ist die Wirtschaft nach einem anfänglichen Boom in den letzten Jahren deutlich zurückgefallen. Das Nord-Süd-Gefälle in der EU ist trotz gemeinsamer Währung größer geworden [...]. Auf der anderen Seite hat die Jugendarbeitslosigkeit in vielen Euroländern dramatisch zugenommen. Ohne alle Beispiele zu nennen, bleibt festzuhalten, das Euro-Projekt ist keineswegs vollendet [...].

Lincke, Felix: Euro – Die gemeinsame Währung für Europa. In: www.br.de, 04.03.2022

Sitz der EZB in Frankfurt am Main

Fiskalpolitik
alle Maßnahmen, die staatliche Stellen zur Verfügung haben, um in die wirtschaftliche Entwicklung einer Volkswirtschaft einzugreifen beispielsweise über Ausgaben (z. B. Subventionen) und Einnahmen (z. B. Steuern)

Wirtschaftliche Integration in der EU
man unterscheidet je nach Ausmaß wirtschaftlicher Zusammenarbeit in der EU verschiedene Stufen, je nachdem wie stark die Märkte über die nationalen Grenzen hinweg verbunden sind und auch nationale Kompetenzen an die EU übertragen wurden

M4 Wie entwickelt sich die Wirtschaft in der Währungsunion?

Entwicklung des Bruttoinlandsprodukts im Euroraum 2007–2022
(Stand: 2023)

73000-146

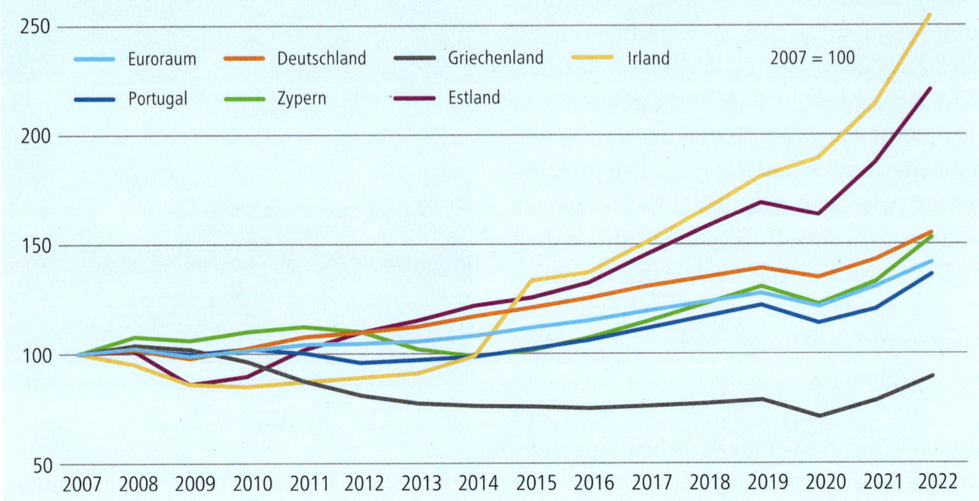

© C.C.Buchner Verlag, aktuelle Daten nach: Eurostat, eigene Berechnungen (Datenerhebung: 2022; Grafikerstellung: 2023)

Schuldenstand ausgewählter EU-Staaten in Prozent des Bruttoinlandsprodukts (Stand: 2023)

73000-622

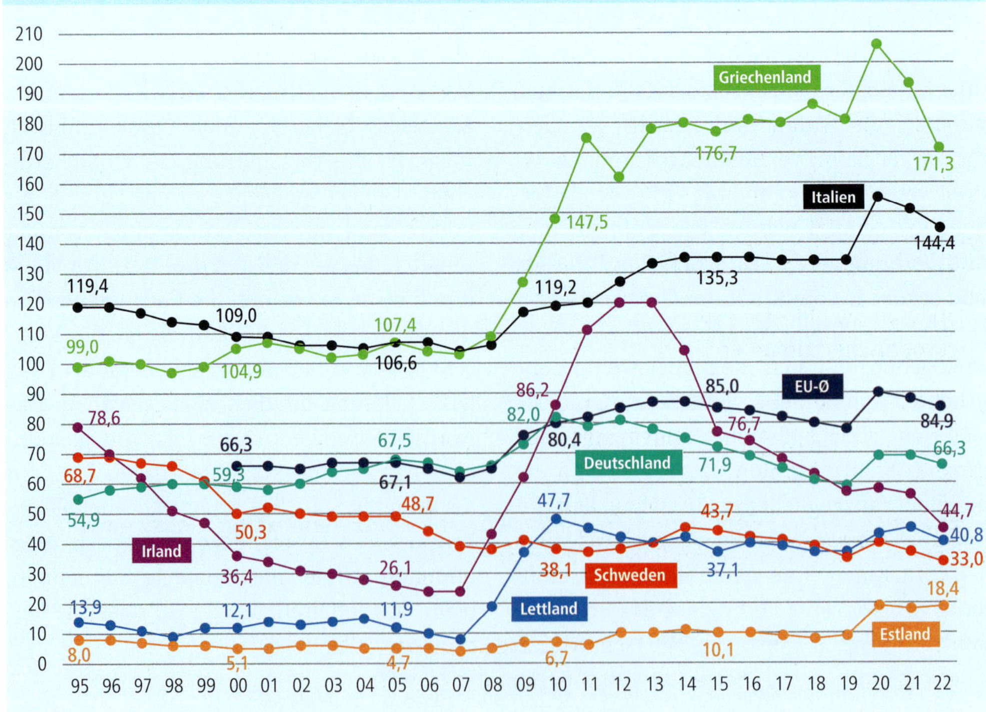

© C.C.Buchner Verlag, aktuelle Daten nach: Eurostat (Datenerhebung: 2022; Grafikerstellung: 2023)

3

Renditen zehnjähriger Staatsanleihen im Euroraum, Monatsdurchschnitte in % (Stand: 2023)

73000-142

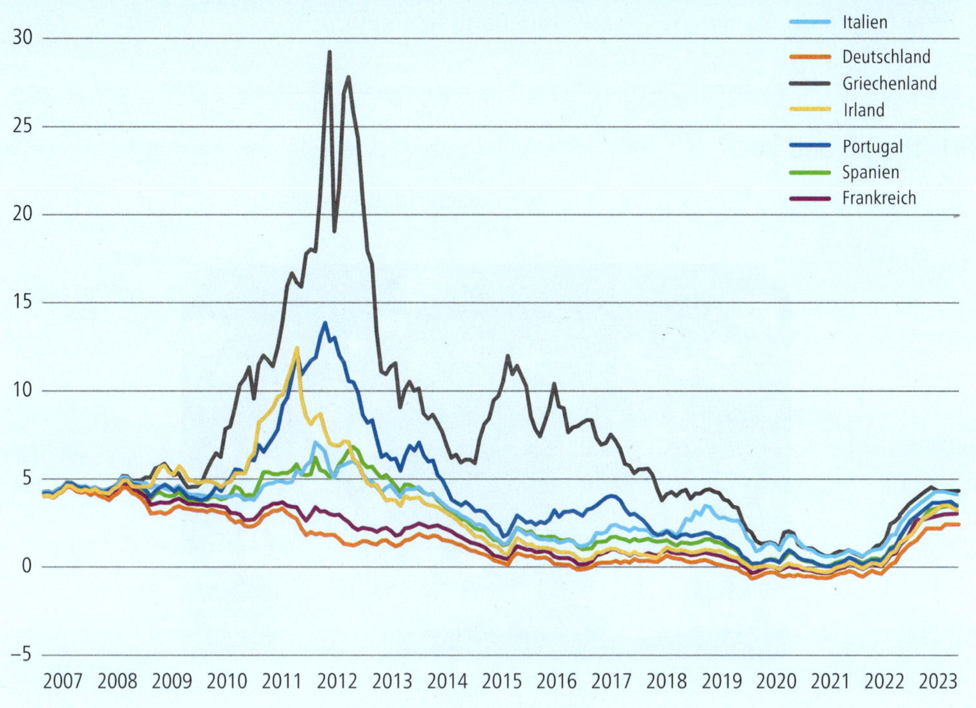

© C.C.Buchner Verlag, aktuelle Daten nach: OECD (Datenerhebung: 2023; Grafikerstellung: 2023)

Rendite
Verzinsung einer Geldanlage

Staatsanleihen
Schuldscheine eines Staates, der sich am Kapitalmarkt (z. B. bei Banken oder Anlegern) Geld leiht

AUFGABEN

82022-135

1. Erklären Sie mit M1, wie der Euro als gemeinsame Währung den Alltag in der Europäischen Union erleichtert.
2. Beurteilen Sie mit M2–M4 und aktuellen Wirtschaftsdaten, ob der Euro im gemeinsamen Währungsraum zu einer „stärkeren wirtschaftlichen Integration" (vgl. M3 Z. 50 f.) geführt hat.
3. Erläutern Sie aus verschiedenen Perspektiven Vorteile und Herausforderungen einer gemeinsamen Währung im Euroraum vor dem Hintergrund wirtschaftlicher Entwicklungen (M1–M4).
4. Recherchieren Sie zu aktuellen Euro-Beitrittskandidaten und diskutieren Sie Chancen und Herausforderungen einer Vergrößerung der Währungsunion.

→ Fachwissen zu den Aufgaben S. 149–151

3.7 Welche Freiheiten bietet der EU-Binnenmarkt?

Sie bewerten zentrale Entwicklungen des europäischen Binnenmarkts hinsichtlich ihrer Folgen für die eigene Lebens- und Berufsplanung.

M1 The EU and you

M2 Was sind die Grundfreiheiten im Binnenmarkt?

Personenfreizügigkeit

- Wegfall der Grenzkontrollen
- Harmonisierung der Einreise-, Asyl-, Waffen-, Drogengesetze
- Niederlassungs- und Beschäftigungsfreiheit für EG-Bürger
- Verstärkte Außenkontrollen

Freier Warenverkehr

- Wegfall der Grenzkontrollen
- Harmonisierung oder gegenseitige Anerkennung von Normen und Vorschriften
- Steuerharmonisierung

Dienstleistungsfreiheit

- Liberalisierung der Finanzdienste
- Harmonisierung der Banken- und Versicherungsaufsicht
- Öffnung der Transport- und Telekommunikationsmärkte

Freier Kapital- und Zahlungsverkehr

- Größere Freizügigkeit für Geld- und Kapitalbewegungen
- Schritte zu einem gemeinsamen Markt für Finanzleistungen
- Liberalisierung des Wertpapierverkehrs

Bundeszentrale für politische Bildung: Europäischer Binnenmarkt. In: www.bpb.de (Abruf am 24.02.2023)

M3 Welche Förderprogramme gibt es für junge Menschen in der EU?

- Erasmus +
- Comenius
- Leonardo da Vinci
- Beschäftigungsinitiative und Jugendgarantie
- Marie-Sklodowska-Curie-Maßnahmen
- COSME
- Europäischer Sozialfonds
- Europäisches Solidaitätskorps

M4 Wie kann europäische Zusammenarbeit aussehen?

1

Vereint ist man stärker. Das gilt nicht nur im Sport oder in der Familie, sondern auch dort, wo es um Jobs, Einkommen und Wohlstand geht: in der Wirtschaft. Bestes Beispiel dafür ist der gemeinsame Binnenmarkt der Europäischen Union. Mit mehr als 500 Millionen Menschen bildet er den neben den USA und China mächtigsten Wirtschaftsblock der Welt. Dies sorgt nach außen dafür, dass die einzelnen EU-Länder wie Deutschland im Verbund mit ihren Mitgliedstaaten in Wirtschaftsfragen mehr Gehör finden in der Welt. Und nach innen ermöglicht es Unternehmen einen privilegierten und offenen Zugang zu einer halben Milliarde meist kaufkräftiger Verbraucher. Dieser große gemeinsame Markt [...] bedeutet auch entsprechend großen Wettbewerb. [...] Der Binnenmarkt bringt auch Vorteile beim Einkauf. „Auf dem EU-Markt gelten einheitliche Standards, die alle Angebote vergleichbar machen" [...]. Das schaffe mehr Transparenz und führe so zu mehr Wettbewerb und günstigeren Preisen.

Stark, Michael: Der EU-Binnenmarkt ermöglicht Firmen viele Vorteile und Chancen. In: www.aktiv-online.de, 19.05.2019

2

Verbraucher sollen künftig durch mehr Transparenz und wirksamere Sanktionsmöglichkeiten bei Täuschungen besser geschützt werden. Als Teil der neuen Rahmenbedingungen für Verbraucher treten [...] neue Regeln für den Verbraucherschutz in Kraft. [...] „Ein schwerwiegender Verstoß gegen die neuen EU-Vorschriften kann dazu führen, dass einem Unternehmen ein hohes Bußgeld auferlegt wird, nämlich mindestens 4 Prozent des Jahresumsatzes. Dies dürfte eine hinreichend abschreckende und wirksame Sanktion darstellen, damit unredlichen Händlern die Lust am Betrügen vergeht, [und einen] Rechtsrahmen [schaffen], der echte europäische Verbraucherschutzstandards festlegt.

Betriebs-Berater: EU-Kommission: Stärkere Verbraucherrechte treten in Kraft. In: www.betriebs-berater.ruw.de, 13.01.2020

3

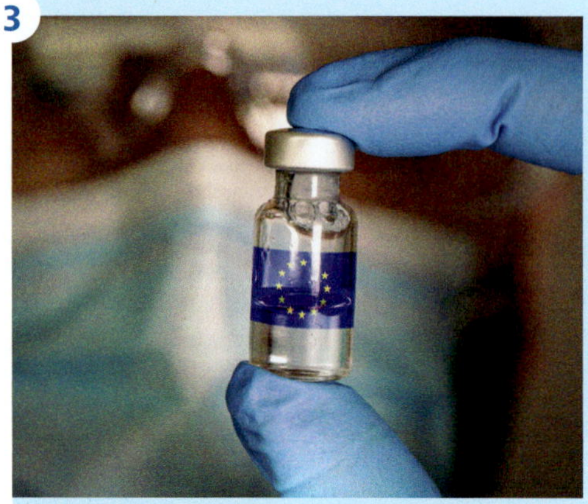

Gemeinsame Forschung in der Medizin soll vereinfacht werden

Horizont Europa wird eines der größten Förderprogramme für Forschung und Innovation weltweit sein [...]. Die Inhalte orientieren sich an wichtigen gesellschaftlichen Fragestellungen wie zum Beispiel Gesundheit, nachhaltige Entwicklung und Digitalisierung. Ein zentrales Ziel ist es, Exzellenz in der europäischen Wissenschaft zu fördern.

[...] Das EU-Rahmenprogramm für Forschung und Innovation wird es erleichtern, in länderübergreifenden Projekten zusammenzuarbeiten – europäisch, aber auch weltweit.

Nach: © Bundesministerium für Bildung und Forschung: Das neue EU-Rahmenprogramm für Forschung und Innovation: Horizont Europa. In: www.bmbf.de (Abruf am 03.06.2022)

4

Der „European Green Deal" sieht eine Klimaneutralität der EU bis 2050 vor

Die EU-Kommission dreht nicht nur ein paar Schrauben, sondern das ganz große Rad: In zwölf Gesetzesvorschlägen skizziert sie den Umbau der europäischen Lebens- und Wirtschaftsweise. Wer in Deutschland Stahl verarbeitet, in Frankreich Auto fährt, in Tschechien eine Firma betreibt, in Finnland die Wohnung heizt, wird es spüren. Kommissionspräsidentin Ursula von der Leyen hat den „Green Deal" mit der Mondlandung verglichen. Jetzt zeigt ihre Behörde, wie die Rakete aussehen könnte. Dabei setzt die Kommission alle verfügbaren Instrumente ein: Sie erhöht – im Rahmen des Emissionshandels – den CO_2-Preis, setzt strengere Standards für Motoren und schlägt höhere Energiesteuern vor. [...]

Nicht alle EU-Staaten haben gleich viel Geld, um die Transformation zu finanzieren – in anderen Worten: Nicht alle Bürgerinnen und Bürger können sich den Wandel locker leisten. Ein sozialer Klimafonds soll Mitgliedsstaaten helfen[...]. In insgesamt zwölf Richtlinien und Verordnungen, die direkt in das Leben von 450 Millionen Menschen in Europa eingreifen, will die EU klimafit werden. Am Ende müssen sich Europaparlament, Kommission und Mitgliedstaaten einigen – die Debatte ist eröffnet, und sie wird Monate, wenn nicht Jahre andauern.

Mayr, Jakob: Wie die EU klimafit werden will. In: www.tagesschau.de, 14.07.2021

M5 Wie sähe die EU ohne den Binnenmarkt aus?

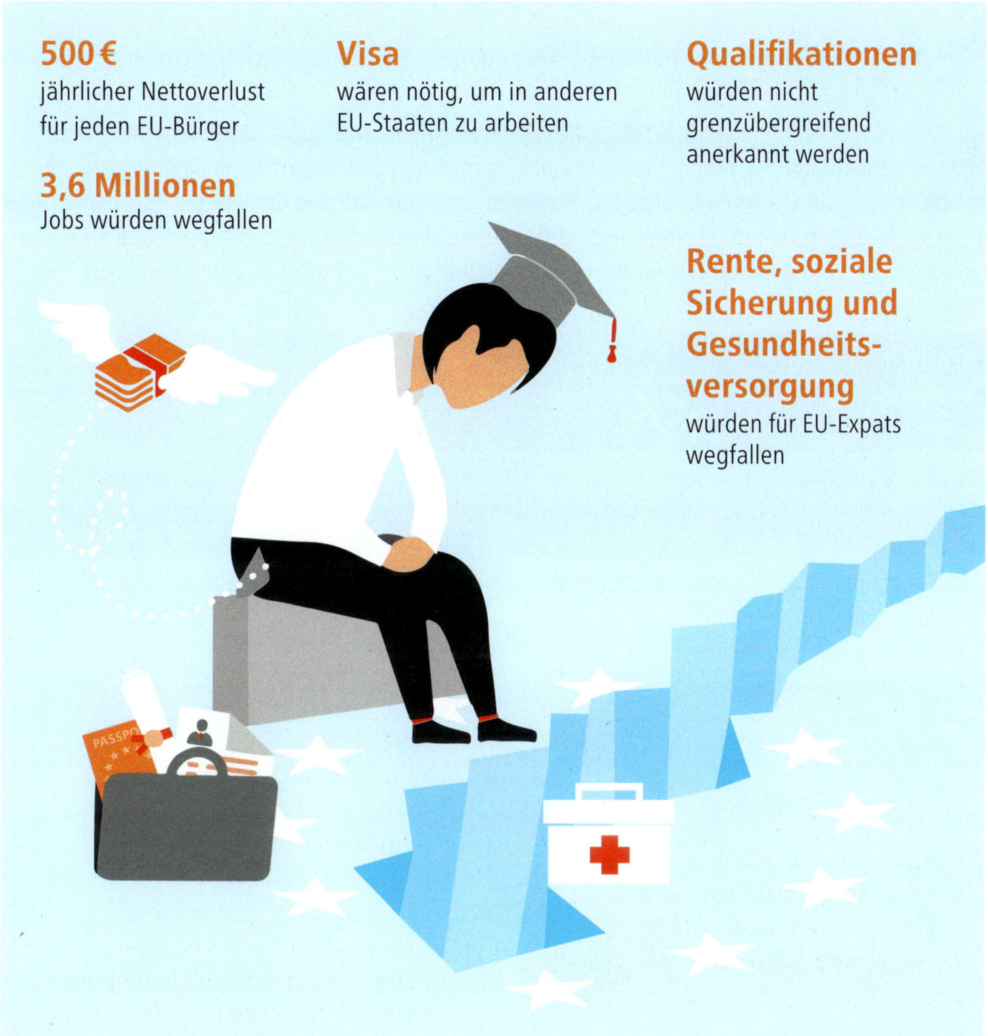

Nach: European Council, 2020

Expat (engl.)
Im Ausland arbeitende Person

AUFGABEN

82022-136

1. Beschreiben Sie mit **M1**, welche Rolle die EU in Ihrem Alltag spielt.
2. Erklären Sie an konkreten Beispielen, wie Sie die vier Freiheiten des EU-Binnenmarktes für Ihre persönliche Entfaltung und berufliche Karriere nutzen können (**M1**, **M2**).
3. Recherchieren Sie zu europäischen Förderprogrammen (**M3**) und erklären Sie anhand der Beispiele die Vorteile europäischer Zusammenarbeit.
4. Bewerten Sie die konkreten Maßnahmen europäischer Zusammenarbeit hinsichtlich deren Chancen für Ihre eigene Berufs- und Lebensplanung (**M1–M5**).

→ Fachwissen zu den Aufgaben S. 152–155

Finanzierungsmöglichkeiten für junge Menschen
82022-09

METHODE

Wie führt man ein Experteninterview und wertet es aus?

Sie bereiten ein Interview mit einem Experten vor, führen es durch und werten es aus.

Bei einem Experteninterview handelt es sich in der Regel um ein sogenanntes teilstrukturiertes Interview. „Teilstrukturiert" meint, dass sich das Gespräch mit dem Experten an einem Leitfaden orientiert. Der Leitfaden ist eine kurze Zusammenfassung des Aufbaus Ihres Interviews und enthält die Fragen, die Sie stellen möchten. Dieses Dokument dient jedoch nur als Arbeitshilfe für den Interviewer und wird dem Interviewten nicht ausgehändigt.

Schritt 1: Vorbereitung → **Schritt 2: Durchführung** → **Schritt 3: Dokumentation und Auswertung**

Schritt 1: Vorbereitung

- Geeigneten Interviewpartner suchen (z. B. Europaabgeordnete, Europabeauftragte der Kommune, Unternehmen …)
- Leitfragen vorbereiten
- Termin vereinbaren

Schritt 2: Durchführung

- Auftreten bei Experten
- Persönliche Vorstellung
- Ziel des Interviews erläutern
- Einverständnis klären
- Gesprächsregeln beachten
- Flexibilität
- Möglichkeit für Ergänzungen geben
- Dokumentation

Schritt 3: Dokumentation und Auswertung

- Gesprächsatmosphäre
- Angaben zum Experten (Sachkompetenz, Ausstrahlung, Sprache ...)
- Angaben zu Moderierenden (Gesprächsführung, Fragetechnik, Flexibilität, Wirkung ...)
- Übersichtliche Gestaltung des Dokumentationsbogens

Tipps zur Erstellung von Leitfragen:

Berücksichtigen Sie folgende Aspekte:

- Aufgabe der Firma oder Organisation
- Arbeitsbereich der/des Befragten
- Bezug der/des Befragten zum Thema
- Wünsche der/des Befragten zu zukünftigen Entwicklungen
- Beurteilung des Themas durch die/den Befragten

Fragenformulierung:

- offen, keine Antwortmöglichkeiten
- eindeutig, um passende Antworten zu erhalten
- sachlich, nicht provozierend

AUFGABE

82022-137

Wie entwickelt sich der EU-Binnenmarkt?
Führen Sie ein Experteninterview (z. B. Europabeauftragte der Kommune, Europaabgeordnete, Unternehmer) zur Bedeutung und Zukunft des europäischen Binnenmarktes.

3.8 Wie entwickelt sich die Europäische Wirtschafts- und Währungsunion?

Sie bewerten aktuelle politische Entwicklungen der Wirtschafts- und Währungsunion.

M1 Europäische Union: Idee von gestern oder Vision von morgen?

1 Europa ist ein wirtschaftlicher Riese, ein politischer Zwerg und ein militärischer Wurm

Mark Eysken, ehemmaliger belgischer Außenminister

2 Die Generation meiner Kinder kann sich ein Leben ohne dieses Heimatgefühl Europa nicht vorstellen. Als diese glückliche Generation geboren wurde, dachten auch wir Älteren, dass es immer so weiterginge. Heute ist auch den Letzten klar, dass wir wieder kämpfen müssen und aufstehen müssen für unser Europa.

Ursula von der Leyen, Präsidentin der Europäischen Kommission

3 Selbst in diesen schwierigen Zeiten bleibt die EU eine Inspiration für Länder und Menschen in der ganzen Welt und die internationale Gemeinschaft braucht eine starke Europäische Union.

José Manuel Barroso, ehemaliger EU-Kommissionspräsident

4 Die Einigung Europas gleicht dem Versuch, ein Omelett zu backen, ohne die Eier zu zerschlagen.

Paul Lacroix, französischer Autor des 19. Jh.

5 I am a firm believer in Europe – not just as our heritage, but as providing hope and vision for the future.

Angela Merkel, ehemalige Bundeskanzlerin, Rede vor dem Europaparlament im Juli 2020

6 Europa ist nicht zu einem Europa der Bürgerinnen und Bürger geworden, sondern gilt je länger desto mehr als Alptraum einer Mammutbürokratie.

Wolfgang Ullmann, deutscher Politiker

7 Europa ist auf der Suche nach sich selbst. Es weiß, dass es sein eigenes Schicksal in den Händen hält.

Robert Schuman, einer der Gründerväter der EU

8 Die Einheit Europas war ein Traum von Wenigen. Sie wurde die Hoffnung für viele. Sie ist heute die Notwendigkeit für alle.

Konrad Adenauer, ehemaliger Bundeskanzler der BRD

heritage (engl.) das Erbe

M2 Vor welchen Herausforderungen steht die EU?

Umfrage zu den Herausforderungen der EU, in % (Stand: 2023)
Frage: „Was sind die beiden wichtigsten Probleme, denen die EU derzeit gegenübersteht?"

73000-151

Thema	Frühjahr 2019	Herbst 2019*	Sommer 2020	Winter 2020/21	Frühjahr 2021	Winter 2021/22	Sommer 2022	Winter 2022/23
Einwanderung	34	37	23	18	25	22	–	–
Umwelt/Klimawandel	35	36	20	20	25	26	–	–
Wirtschaftliche Lage	18	18	35	35	27	21	19	18
Staatsverschuldung	18	18	23	21	22	18	–	–
Terrorismus	18	17	7	6	8	6	4	4
Inflation	–	–	–	–	–	–	34	32
Kriminalität	–	–	–	–	–	–	4	5
Arbeitslosigkeit	–	–	–	–	–	–	5	5

Befragt wurden Privatpersonen der EU-Mitgliedsstaaten

*ab Herbst 2019: EU27

© C.C.Buchner Verlag, aktuelle Daten nach: Eurobarometer 89–96 (Datenerhebung 2023; Grafikerstellung 2023)

M3 Wie soll sich die Europäische Union deiner Meinung nach entwickeln?

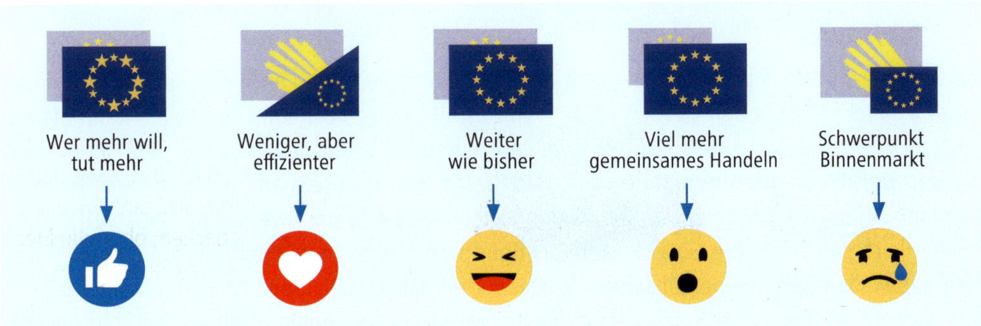

Nach: Europäische Kommission/Europe Direct Steiermark

AUFGABEN

82022-138

1. Nehmen Sie zu den Zitaten in **M1** Stellung und beschreiben Sie Ihre Sicht der Europäischen Union.
2. Recherchieren Sie arbeitsteilig zu den in **M2** genannten Herausforderungen der EU und stellen Sie sich die Ergebnisse gegenseitig vor.
3. Legen Sie auf der Grundlage Ihrer Ergebnisse (Kapitel 3.6 bis 3.8) begründet dar, welche weitere Entwicklung Sie für die Europäische Wirtschafts- und Währungsunion für wünschenswert halten.

→ Fachwissen zu den Aufgaben S. 155

Internationale Arbeitsteilung
Kapitel **3.1**
S. 114

Internationale Arbeitsteilung meint die Aufteilung der Güterproduktion auf verschiedene Länder. Diese spezialisieren sich auf die Herstellung bestimmter Güter und handeln diese untereinander. Zudem findet internationale Arbeitsteilung auch innerhalb von Produktionsprozessen statt: Vorleistungsgüter werden beispielsweise aus anderen Ländern importiert, im Inland weiterverarbeitet und z. B. als Endprodukt wieder exportiert. Wie auch die Arbeitsteilung innerhalb einer Volkswirtschaft (z. B. durch die Spezialisierung im Rahmen von Berufen oder die Spezialisierung von einzelnen Mitarbeitern auf konkrete Produktionsschritte), führt auch internationale Arbeitsteilung zu einer erhöhten Produktivität und damit zu mehr Wohlstand und Wachstum. Voraussetzung für internationale Arbeitsteilung sind offene Märkte. Nur auf einem funktionierenden globalen Markt können Güter gehandelt und getauscht werden. In den letzten Jahrzehnten hat die internationale Arbeitsteilung (als Teil der insgesamt fortschreitenden Globalisierung) zunehmend an Bedeutung gewonnen. Die technische Weiterentwicklung der weltweiten Kommunikation aufgrund der zunehmenden Möglichkeiten der Digitalisierung sowie relativ günstige Transportmöglichkeiten über Schiff, Schiene oder Luftfracht haben zu dieser Entwicklung beigetragen.

Theorie der absoluten und komparativen Kostenvorteile
Kapitel **3.1**
S. 115

Im Zuge der Spezialisierung auf globaler Ebene konzentrieren sich einzelne Länder auf die Produktion der Güter, die sie im Vergleich zu anderen Ländern besser und damit günstiger herstellen können. Beispielsweise verfügen manche Länder über mehr unternehmerisches und technisches Knowhow als andere. Andere Länder können dafür bestimmte Güter zu niedrigeren Löhnen produzieren. Auf diesen Fall **absoluter Kostenvorteile** bezieht sich die Begründung Adam Smiths für die Vorteilhaftigkeit internationaler Arbeitsteilung. Adam Smith (1723–1790) vertrat die Ansicht, dass sich ein Land auf die Produktion der Güter spezialisieren sollte, die es billiger herstellen kann als seine Konkurrenten am Weltmarkt. Durch diese globale Spezialisierung würden letztendlich alle Länder zu mehr Wohlstand gelangen.

Smith Außenwirtschaftstheorie ließ aber die Frage offen, ob ein Land auch dann in den internationalen Handel eingebunden werden kann, wenn es alle Güter nur teurer herstellen kann als das Ausland, wenn es also bei allen Gütern einen absoluten Kostennachteil hat. Hier setzt die Theorie der **komparativen Kostenvorteile** von David Ricardo (1772–1823) an. Gemäß Ricardo ist internationaler Handel auch dann für alle Länder vorteilhaft, wenn (im Zwei-Länder-Beispiel) Land A im Vergleich zu Land B alle Güter kostengünstiger produzieren kann, Land A also im Vergleich zu Land B bei allen Gütern einen absoluten Kostenvorteil hat. Entscheidend ist seiner Meinung nach, dass sich die relativen, d. h. komparativen Kostenvorteile unterscheiden. Seine Theorie basiert dabei auf der Modellannahme, dass die Kosten der Produktion eines Gutes ausschließlich durch den Faktor Arbeit bestimmt werden.

In dem Aufsatz „Principles of Political Economy and Taxation" (1817) beschäftigt sich David Ricardo eingehend mit den Wirtschaftsbeziehungen zwischen Portugal und England. Vereinfachend nimmt er an, dass nur diese zwei Länder Handel treiben und dass in England und Portugal sowohl Tuch als auch Wein hergestellt wird:

	1 Ballen Tuch	**1 Fass Wein**
England	5 Arbeitsstunden	10 Arbeitsstunden
Portugal	4 Arbeitsstunden	2 Arbeitsstunden

Der **absolute Kostenvorteil** liegt also sowohl bei Tuch als auch bei Wein bei Portugal, da beide Produkte dort mit einem geringeren Einsatz des Produktionsfaktors Arbeit hergestellt werden können.

Dementsprechend sollte Portugal sowohl Wein als auch Tuch herstellen.

Diese Betrachtung vernachlässigt aber die **Opportunitätskosten**. Darunter versteht man den entgangenen Nutzen derjenigen Alternative, die man bei einer Entscheidung nicht gewählt hat. Am Beispiel erklärt: Setzt Portugal 4 Arbeitsstunden für die Produktion von Tuch ein, so können diese 4 Arbeitsstunden nicht für die Produktion von Wein eingesetzt werden. Damit entgeht Portugal der Nutzen, den es mit der Produktion von Wein im Rahmen von 4 Arbeitsstunden erwirtschaftet hätte. Entscheidend sind damit nicht die absoluten, sondern die **komparativen Kostenvorteile**. Im obigem Beispiel ist der Vorteil Portugals bei der Weinproduktion größer als in der Tuchproduktion. Für die Produktion von einem Fass Wein braucht Portugal 8 Stunden weniger als England, für die Produktion von einem Ballen Tuch 1 Stunde weniger. Portugal hat also einen vergleichsweise größeren Vorteil bei der Herstellung von Wein und England einen vergleichsweise kleineren Nachteil bei der Herstellung von Tuch. Deshalb kommt man zu einem besseren gesamtwirtschaftlichen Ergebnis (zumindest im Zwei-Länder-Modell), wenn England Tuch und Portugal Wein herstellt.

Neuere Außenhandelstheorien

Die klassischen Außenhandelstheorien von Adam Smith und David Ricardo basieren auf vereinfachenden Modellannahmen. Spätere Theorien versuchen dies aufzuheben. Sie erklären die Motive für Freihandel unter Einbeziehung von Überlegungen zu anderen Produktionsfaktoren, Transportkosten und Wechselkursen.

Einen realitätsnäheren Ansatz verfolgte der Amerikaner Raymond Vernon (1913–1999) mit der Produktlebenszyklus-Theorie der internationalen Arbeitsteilung. Er geht davon aus, dass ein neues Produkt verschiedene Phasen in seinem Lebenszyklus durchläuft. Je nach ihrer Ausstattung mit Produktionsfaktoren (v.a. dem Faktor Arbeit und Qualifikation) haben verschiedene Länder komparative Kostenvorteile in den verschiedenen Phasen des Produktlebenszyklus:

- Innovation und Markteinführung: Da Innovationen viel Knowhow und Kapital erfordern, finden sie meist in den hoch entwickelten Industrieländern statt. Das Produkt wird zunächst am heimischen Markt eingeführt.
- Wachstum: Das Produkt kann zu einem steigenden Preis auf einem wachsenden Markt angeboten werden. Die Produktionszahlen steigen. Das Produkt reift immer mehr aus, die Produktion wird weniger technisch anspruchsvoll.
- Reife: Mit zunehmender Standardisierung der Produktion wird es möglich, die Herstellungskosten durch Massenproduktionsvorteile zu senken. Die Forschungs- und Entwicklungsarbeit an dem Produkt verliert an Bedeutung. Durch günstige Preise können neue Käuferschichten erschlossen werden und die inzwischen entstandenen Kapazitäten stehen für Exporte ins Ausland zur Verfügung. Oft ist es bereits in dieser Phase lohnend, auch Teile der Produktion ins Ausland zu verlagern.
- Sättigung: In der letzten Phase des Lebenszyklus sind die Märkte im Wesentlichen gesättigt, die Technologie ist standardisiert und stellt geringe Anforderungen an die Qualifikation von Arbeitskräften. Entwicklungsländer besitzen in dieser Phase komparative Kostenvorteile. Sie produzieren über den eigenen Markt hinaus und beginnen ihrerseits zu exportieren, darunter auch in das ursprüngliche Innovationsland.

Nach: Kruber/Mees/Meyer: Theoretische Grundlagen des internationalen Handels. In: www.bpb.de, 27.08.2008

Weitere Motive für Freihandel
Kapitel **3.2**
S. 118

Neben der Produktivitätssteigerung durch die Nutzung komparativer Kostenvorteile führt Freihandel noch zu weiteren positiven Folgen:
- Auf Märkten stehen Güter zur **Verfügung**, die sonst nicht angeboten werden könnten (in Deutschland z. B. Bananen, Ananas, Erdgas, etc.).
- Verbraucher am inländischen Markt haben eine größere Produktauswahl (z. B. bei Elektrogeräten).
- Internationaler Wettbewerb sichert eine hohe **Qualität** der angebotenen Produkte (z. B. bei Medikamenten)
- Der **Innovationsdruck** auf Unternehmen wächst durch internationale Konkurrenz. Dies sichert ökonomisches Wachstum und gesellschaftliche Weiterentwicklung (z. B. im Bereich der E-Mobilität).
- Internationale Konkurrenz führt zu einer besseren **Ressourcenallokation**. Ressourcen werden für die Produktion eingesetzt, deren Ergebnis auch am globalen Markt bestehen kann (z. B. Einstellung eines Produktionszweigs bei zu hoher internationaler Konkurrenz).
- In der Exportindustrie werden **Arbeitsplätze** geschaffen (z. B. in der Automobil- und Zulieferindustrie in Deutschland).

Schattenseiten der internationalen Arbeitsteilung
Kapitel **3.2**
S. 120

Im Umkehrschluss kann Freihandel auch zu negativen Folgen führen:
- Importeure drängen auf den inländischen Markt mit der Folge einer sinkenden Nachfrage nach heimischen Produkten. Dies kann zu **importierter Arbeitslosigkeit** führen.
- Verlässt sich ein Land (z. B. bei dringend benötigten Vorleistungsgütern) zu sehr auf den Import und stellt diese Güter nicht mehr in ausreichender Menge selbst her, begibt es sich in eine gewisse **Abhängigkeit** vom Ausland.
- Bei Lieferschwierigkeiten oder **politischen Verwerfungen** in den bilateralen Beziehungen, kann dies zu einer Unterversorgung der Bevölkerung oder zu einer Schwächung der Industrie führen.
- Neben den ökonomischen Aspekten ist auch zu bedenken, dass internationale Arbeitsteilung weite Transportwege verursacht und damit zu einer höheren **Umweltbelastung** beitragen kann.

Position Deutschlands im Welthandel
Kapitel **3.2**
S. 119

Deutschland ist in hohem Maße **exportorientiert** und galt lange Zeit als Exportweltmeister. China exportierte im Jahr 2021 Waren im Wert von rund 3,36 Billionen US-Dollar und ist damit mit großem Abstand vor den USA (1,75 Billionen US-Dollar) und Deutschland (1,63 Billionen US-Dollar) das größte Exportland der Welt. Dennoch gehört Deutschland (mit China und den USA) zu den weltweit größten Warenexporteuren und auch -importeuren. Deutschland wies in den letzten Jahrzehnten immer einen deutlichen **Handelsbilanzüberschuss** aus, d. h. der Wert der exportierten Güter überstieg den Wert der importierten Güter. Die wichtigsten Exportgüter sind dabei: Kraftwagen und Kraftwagenteile, Maschinen und chemische Erzeugnisse. Durch die internationale Verflechtung ist Deutschland in hohem Maße auf offene Märkte und internationalen Handel angewiesen. Ein nicht unbeachtlicher Anteil an Arbeitsplätzen (28 % im Jahr 2020) hängt direkt oder indirekt vom Export ab. Den meisten Handel betreibt Deutschland mit den anderen EU-Ländern.

Kreislaufmodell einer offenen Volkswirtschaft mit staatlicher Aktivität
Kapitel **3.2**
S. 121

Auswirkungen von Veränderungen des Außenhandels auf Deutschland können anhand des **Kreislaufmodells** analysiert werden. Dafür ist es aber nötig, das Modell der geschlossenen Volkswirtschaft um den Sektor Ausland zu erweitern. Dieser Sektor entsteht durch die Aggregation der Länder, mit denen ein Land Handel betreibt. Das Inland, welches die Sektoren Staat, Unternehmen, private Haushalte und Vermögensveränderung umfasst, steht mit dem Ausland durch Exporte und Importe in Beziehung. Bekanntermaßen vernachlässigt das Kreislaufmodell die Güterströme und bildet nur die Geldströme ab. Der Geldstrom für die Importe fließt demnach vom Inland ins Ausland, der Geldstrom für die Exporte vom Ausland ins Inland. Aus Gründen der Vereinfachung bestehen Außenhandelsbeziehungen im Modell nur zwischen den Unternehmen und dem Ausland, d. h. die Ströme Importe und Exporte fließen aus und in den Unternehmenssektor. Sie setzen sich dabei jeweils aus ver- bzw. gekauften Sachgütern und Dienstleistungen zusammen. Die Differenz von Exporten und Importen, d. h. der Außenbeitrag eines Landes, beeinflusst die Vermögensveränderung:

- Exporte > Importe: Der Außenbeitrag ist positiv und es besteht eine Forderung gegenüber dem Ausland. Als Folge nimmt das Vermögen der Volkswirtschaft zu.
- Exporte < Importe: Der Außenbeitrag ist negativ und es besteht eine Verbindlichkeit gegenüber dem Ausland. Als Folge nimmt das Vermögen der Volkswirtschaft ab.

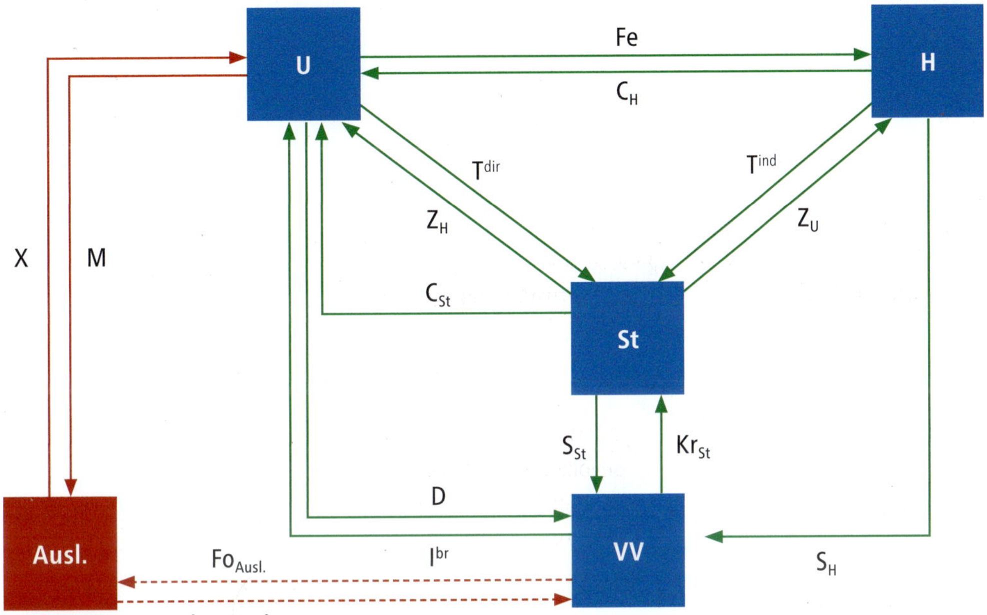

Sektoren	Ströme (nur Geldströme)
H: Haushalte **U:** Unternehmen **St:** Staat **VV:** Vermögensveränderung **Ausl.:** Ausland	Fe: Faktoreinkommen (z. B. Löhne, Gehälter, Miete, Zinsen, Gewinne) C_H, C_{St}: Konsum der Haushalte bzw. des Staates T^{dir}: direkte Steuern, z. B. Einkommensteuer T^{ind}: indirekte Steuern, z. B. Umsatzsteuer Z_H, Z_U: Zahlungen des Staates an Haushalte (Transferzahlungen Z_H) und Unternehmen (Subventionen Z_U) D: Abschreibungen (engl.: Depreciations, vermindern die Gewinne und dienen als Grundstock für Ersatzinvestitionen) I^{br}: Bruttoinvestitionen (Summe aus Ersatzinvestitionen I^e und Neu- bzw. Nettoinvestitionen I^n) S_H: Sparen der Haushalte (Alle Einnahmen der Haushalte abzüglich des Konsums sowie der Steuern und Abgaben gelten als Ersparnisse) S_{St}: Sparen des Staates Kr_{St}: Kredite des Staates X: Exporte M: Importe $Fo_{Ausl.}$: positiver Außenbeitrag/Forderungen an Ausland $Verb_{Ausl.}$: negativer Außenbeitrag/Verbindlichkeiten gegenüber dem Ausland

FACHWISSEN

Kurzfristige Motive für Protektionismus
Kapitel 3.3 S. 122

Länder gestalten in ihrer Außenhandelspolitik die Rahmenbedingungen für den Handel mit anderen Ländern. Dabei verfolgen sie unterschiedliche Zielsetzungen mit unterschiedlichen Regelungen. Während manche Länder den Freihandel mit anderen Ländern vertiefen und sich neue Märkte erschließen wollen, fokussieren sich andere Länder (mitunter nur in manchen Branchen) auf den Schutz der heimischen Industrie vor ausländischer Konkurrenz. Sie bauen **Handelshemmnisse** auf und verfolgen damit eine **protektionistische Außenhandelspolitik**. Es wird dabei versucht, Importe zu erschweren bzw. weniger wettbewerbsfähig zu machen, und dadurch die heimische Produktion anzukurbeln und Arbeitsplätze im Inland zu schaffen bzw. zu sichern.

Der Begriff „Protektionismus" beschreibt also eine handelspolitische Konzeption, die durch ein starkes Bestreben nach dem Schutz der eigenen Wirtschaft geprägt ist (Englisch: „to protect" = Deutsch: „etwas schützen").

Protektionistische Maßnahmen
Kapitel 3.3 S. 123

Mit dem Ziel der Stärkung der heimischen Wirtschaft und deren Schutz vor internationaler Konkurrenz ...

- werden z. B. **Zölle** auf ausländische Importgüter erhoben. Der Zoll wirkt dann wie eine Preiserhöhung für das Importgut am inländischen Markt, welches dann im Konkurrenzkampf mit dem heimischen Produkt nicht bestehen kann.
- subventionieren Länder einzelne Wirtschaftszweige der Exportwirtschaft, um deren Exporte anzukurbeln. Die Güter sollen dann zu günstigeren Preisen auf den Weltmarkt kommen. Auf diese Weise geförderte Unternehmen bieten ihre Exportgüter dann unter dem Referenzpreis auf dem Weltmarkt, d. h. zu „**Dumping**-Preisen", an. Bisweilen fördern Länder gezielt ihre ,,infant industries", d. h. sie subventionieren dabei z. B. Innovationen, die aufgrund der hohen Entwicklungskosten noch nicht am internationalen Markt bestehen könnten.
- greifen Länder auf **nicht-tarifäre** Handelshemmnisse zurück. Beispielsweise werden **Normen** für im Inland verkaufte Produkte eingeführt, die von der ausländischen Konkurrenz nur schwer erfüllt werden können. Diese begrenzen Importe dann sozusagen auf dem indirekten Weg.

In der Fachliteratur werden tarifäre, also direkte Handelshemmnisse (z. B. Zölle) und nicht-tarifäre, also indirekte Handelshemmnisse (z. B. Vorschriften und Auflagen) unterschieden.

Langfristige Folgen protektionistischer Maßnahmen
Kapitel 3.3 S. 124

Protektionistische Maßnahmen können für Länder mit einem großen Importüberschuss (v. a. Entwicklungs- und Schwellenländer) zumindest kurzfristig Sinn machen. Bei der Einführung von Zöllen wird allerdings oft vernachlässigt, dass sich die dadurch entstehende faktische **Preiserhöhung** auch auf die inländischen Verbraucher auswirkt, deren Kaufkraft dadurch sinkt. Darüber hinaus ist die Gefahr von „Vergeltungsmaßnahmen" groß. Auf die Einführung eines Handelshemmnisses für ein anderes Land reagiert jenes abermals mit Einfuhrzöllen oder -kontingenten. Kurzum: Protektionismus schaukelt sich hoch. Drittstaaten beobachten solche „**Handelskriege**" oft sehr genau und verlieren das Vertrauen in die beteiligten Parteien als loyale, zukunftsträchtige Handelspartner. Dieser Vertrauensverlust kann zu weniger Auslandsinvestitionen, weniger Handel und damit zu einem volkswirtschaftlichen Schaden führen.

Wechselkurse
Kapitel 3.5 S. 130

Aufgrund unterschiedlicher Währungen müssen bei Geschäften über die Landesgrenzen hinweg einheimische Zahlungsmittel in ausländische getauscht werden. Den Preis einer Währung (bewertet in einer anderen Währung) bezeichnet man dabei als Wechselkurs. Der nominale Wechselkurs zeigt dabei das relative Verhältnis zweier Währungen, z. B. 1 EUR ≙ 1,19 USD.

Es gibt zwei gängige Formen, in denen Wechselkurse dargestellt werden. Üblich ist die Mengennotierung, bei der die Menge an ausländischer Währung angegeben wird, die man für einen Euro erhält, z. B. 1 EUR ≙ 1,04 USD. Umgekehrt wird bei der Preisnotierung angegeben, wie viel eine Einheit ausländischer Währung kostet, z. B. 1 USD ≙ 0,96 EUR.

Sorten und Devisen
Kapitel **3.5**
S. 130

Das Wort „**Devisen**" stammt aus der Handelssprache und dem Bankwesen und bezeichnet ausländische Zahlungsmittel wie Schecks oder Kontoguthaben in fremder Währung bei ausländischen Banken. Diese Art von Währung nennt man auch „Buchgeld". Der Devisenkurs gibt an, zu welchem Verhältnis zwei Währungen gegeneinander ausgetauscht werden können. In der Regel wird der Kurs dabei aus Sicht der inländischen Währung (**Mengennotierung**) angegeben. Ausländisches Bargeld wird als **Sorten** bezeichnet und meist zu einem speziellen Sortenkurs getauscht. Dieser orientiert sich zwar am Devisenkurs, ist aber nicht mit ihm identisch. Bei Banken oder Wechselstuben liegt der Ankaufskurs für Sorten über, der Verkaufskurs unter dem Devisenkurs. Die Differenz fängt die Kosten der Banken und Wechselstuben durch den Umgang mit Bargeld auf.

Folgen von Wechselkursschwankungen
Kapitel **3.5**
S. 131

Wechselkurse unterliegen im Laufe der Zeit Schwankungen. Bei einer **Abwertung** des Euro (aus Sicht der Eurozone) verringert sich die Menge an ausländischer Währung, die man für einen Euro erhält. Beispiel: der Wechselkurs des Euro zum Dollar wertet von 1 EUR ≙ 1,04 USD auf 1 EUR ≙ 1,01 USD ab. Im Falle einer **Aufwertung** des Euro steigt die Menge an Dollar, die man für einen Euro erhält.

Steigt die Nachfrage nach Euro aus dem Dollarraum, weil beispielsweise viele Amerikaner europäische Produkte kaufen, so steigt auch der Kurs des Euro, man spricht von einer **Aufwertung** des Euro. Wertet der Euro gegenüber dem US-Dollar auf, so werden Importe von Gütern in die EU günstiger, deren Preise in US-Dollar abgerechnet werden. Darunter fällt beispielsweise der Einkauf von Heizöl oder Benzin. Auch andere Güter aus dem Dollarraum werden billiger für Europäer, z. B. US-amerikanische Elektronikartikel, Urlaub in den USA oder US-amerikanische Autos. Unternehmen, die sehr viele Rohstoffe aus dem Ausland importieren, profitieren von einer **Abwertung** des US-Dollars im Vergleich zum Euro, da die Rohstoffe aus dem Ausland dann günstiger zu erwerben sind.

Die Aufwertung des Euro bringt aber auch Nachteile mit sich. Unternehmen, die Güter und Dienstleistungen exportieren, werden sich schwerer tun, ihre Waren außerhalb des Euro-Raumes zu verkaufen. Durch den aufgewerteten Euro müssen beim Umtausch jetzt mehr Dollar aufgewendet werden. Dadurch sind die inländischen Güter im Euroraum für das Ausland teurer. Die Unternehmen müssen sich also auf Absatzrückgänge aus dem Ausland einstellen, vielleicht sogar Kapazitäten ihrer Produktion reduzieren und Beschäftigte entlassen. Eine Aufwertung des Euro macht den Import von Waren aus dem Ausland also günstiger, erschwert aber den Export von Waren in das Ausland.

Eine **Abwertung** des Euro hilft dagegen der europäischen Wirtschaft, da die Nachfrage nach Gütern und Dienstleistungen aus dem Ausland wegen der gesunkenen Preise zunimmt. Die Absatzsteigerungen führen zu einer höheren Auslastung der Kapazitäten und gegebenenfalls zur Schaffung neuer Arbeitsplätze.

Wirtschafts- und Währungsunion
Kapitel **3.6**
S. 132

Früher wurde der Handel zwischen den EU-Mitgliedsstaaten in zahlreichen Währungen mit schwankenden Wechselkursen abgewickelt. Um den Handel im Binnenmarkt effizienter zu gestalten, gibt es seit 1999 den Euro als gemeinschaftliche Währung in der EU.

Alle EU-Länder gehören der Wirtschafts- und Währungsunion (WWU) an und bilden einen als **Binnenmarkt** bekannten gemeinsamen Markt. Sie alle koordinieren ihre Wirtschaftspolitik mit den anderen EU-Ländern und ihre Zentralbanken sind Teil des Europäischen Systems der Zentralbanken (ESZB).

Der Grad der wirtschaftlichen Integration in der Europäischen Union (EU) unterscheidet sich jedoch von Land zu Land. Während einige bereits den Euro als gemeinsame Währung eingeführt haben, sind andere noch weit davon entfernt. In den EU-Verträgen ist festgelegt, dass die EU-Länder in der Regel verpflichtet sind, den Euro als einheitliche Währung einzuführen und damit auch Teil der **Währungsunion** zu werden, sobald sie die folgenden Konvergenzkriterien erfüllen:

Konvergenzkriterien

Preisstabilität
Nicht mehr als 1,5 Prozentpunkte über dem Durchschnitt jener drei Länder mit der niedrigsten Inflationsrate

Haushaltsdisziplin
Neuverschuldung: **max. 3 % des BIP**
Gesamtverschuldung: **max. 60 % des BIP**

Währungsstabilität
keine großen Schwankungen in den letzten zwei Jahren vor dem Beitritt zur Währungsunion

Niedrige Zinsen
Langfristiger Zinssatz höchstens 2,0 Prozentpunkte über dem durchschnittlichen Zinssatz der drei preisstabilsten Länder

Vorteile des Euro
Kapitel **3.6**
S. 132

Der Euro bietet dabei folgende Vorteile:

Bürgerinnen und Bürger	Unternehmen	Europa
• größere Preistransparenz • einfacheres grenzüberschreitendes Einkaufen • stabile Währung, stabiles Preisniveau (Inflationsziel der EZB bei 2 %) • billigeres und einfacheres Reisen (keine Wechselkursgebühren)	• Stabilität und Planungssicherheit • geringere Risiken und Kosten für grenzüberschreitenden Handel und Investitionen • Wegfall von Kosten der Kurssicherung • geringere Abhängigkeit von globalen Währungsschwankungen	• erweiterter Finanzmarkt im Euroraum mit ordnungsgemäßer Regulierung und Aufsicht • stärkere Regulierung der Finanzmärkte • Attraktivität für Investoren (Planbarkeit, Risikostreuung) • internationale Handelstransaktionen in Euro • größere internationale Präsenz und Bedeutung

Erweiterung des Währungsraumes – pro und contra
Kapitel 3.6
S. 133

Von den Vorteilen einer gemeinsamen Währung im Binnenmarkt möchten noch weitere Beitrittskandidaten zum Euro profitieren. Allerdings müssen von diesen Ländern dazu noch die Konvergenzkriterien erfüllt werden.

Eine Erweiterung des Währungsraumes findet jedoch in den Euroländern, aber auch in den Beitrittsländern nicht nur Zustimmung. Die Probleme einer einheitlichen Geldpolitik für eine sehr heterogene Staatengemeinschaft, langwierigere Entscheidungsprozesse, die Angst vor der Haftung für Schulden schwächerer Länder, aber auch die Angst vor Preissteigerungen in den Beitrittsländern sind nur einige der Bedenken.

Heterogenität

Wirtschaftliche Entwicklungen – Herausforderungen für den Euro
Kapitel 3.6
S. 134

Eine ungleiche wirtschaftliche Entwicklung in den Teilnehmerstaaten stellt die einheitliche Euro-Währungspolitik der Europäischen Zentralbank (EZB) vor Herausforderungen. Während Deutschland von erhöhten Exporten in die Partnerländer profitiert hat, ist die Wirtschaftsleistung in einigen Südländern nach einem anfänglichen Boom deutlich zurückgefallen. Das Nord-Süd-Gefälle ist trotz gemeinsamer Währung größer geworden. Diese ungleiche wirtschaftliche Entwicklung in den Teilnehmerstaaten kann bei einer einheitlichen Währung aber nicht mehr durch Wechselkursanpassungen der jeweiligen Mitgliedsstaaten ausgeglichen werden. Die Heterogenität der Mitgliedsstaaten erschwert die geldpolitische Aufgabe der EZB, die Preisniveaustabilität für den gesamten Euroraum zu gewährleisten.

Unterstützung wirtschaftlich schwächerer Staaten

Eine Möglichkeit, die unterschiedlichen Entwicklungen auszugleichen, wäre, die EU langfristig in eine Transferunion umzuwandeln. Dann würden wirtschaftlich starke Länder den schwächeren Ländern auf Dauer finanzielle Mittel zur Verfügung stellen. In diesem Zusammenhang werden immer wieder sogenannte **Bonds**, also Anleihen bzw. Schuldverschreibungen, diskutiert. Mit ihnen leihen sich Unternehmen, aber auch Länder in aller Welt Geld, das sie den Anlegern dann zuzüglich Zinsen zurückzahlen. Wie Normalbürger, die einen Kredit aufnehmen, zahlen auch Staaten dabei unterschiedlich hohe Zinsen – abhängig davon, wie hoch Investoren das Risiko einschätzen, ihr verliehenes Geld nicht wiederzubekommen. Angesichts der verschiedenen Krisen der letzten Jahre forderten einige Länder der Währungsunion, dass die Euroländer gemeinsame Anleihen auflegen. Die Regierungen nehmen dabei zur kurzfristigen Krisenbewältigung gemeinsam Geld an Finanzmärkten auf, sie verschulden sich also und haften dann gemeinschaftlich für Zinsen und Rückzahlung. Hoch verschuldete Eurostaaten wie Griechenland oder Italien könnten durch die gemeinsame Ausgabe von Eurobonds aller Eurostaaten Geld am Finanzmarkt zu erheblich günstigeren Konditionen erhalten als durch die Ausgabe eigener Staatsanleihen, da sie für eigene Staatsanleihen aufgrund ihrer Bonität wesentlich höhere Zinsen zahlen müssten. Dies senkt jedoch auch den Anreiz verschuldeter Staaten, ihre Staatsschulden durch Reformen oder Anstrengungen wieder zu reduzieren. Zudem müssten relativ stabile Euroländer wie Deutschland höhere Zinsen zahlen als bei der Ausgabe eigener, deutscher Staatsanleihen. Aus diesem Grund ist die Einführung von Eurobonds umstritten.

Steigende Staatsverschuldung – Verstöße gegen Maastricht-Kriterien

Die Euroländer sind durch die Konvergenzkriterien eigentlich an die Einhaltung klarer Rahmenbedingungen gebunden. Als Reaktion auf die Bankenkrise 2007 wurden Geschäftsbanken mit staatlichen Geldern in Milliardenhöhe gestützt. Die Folgen der daraufhin schwächelnden Wirtschaft –

sinkende Steuereinnahmen, zunehmende Arbeitslosigkeit, steigende Sozialausgaben – belasteten die Staatshaushalte besonders in den wirtschaftlich schwächeren Ländern des Euroraumes. Einige Euroländer haben sich dabei derart hoch verschuldet, dass sie zunehmend Schwierigkeiten hatten, weitere Kredite aufzunehmen oder ihre Zahlungsverpflichtungen zu erfüllen. Sie waren daher auf die Unterstützung der Euro-Partner, der Europäischen Zentralbank (EZB) und des Internationalen Währungsfonds (IWF) angewiesen. Die Schuldengrenzen des Stabilitäts- und Wachstumspaktes wurden dabei nicht eingehalten, Vorgaben aufgeweicht und Verstöße nicht konsequent sanktioniert. An den Finanzmärkten spekulierten einige auf ein Auseinanderbrechen der Euro-Zone, was die gemeinsame Währung schwächte. Die Folge war die Eurokrise.

Unter Einbeziehung des Internationalen Währungsfonds IWF (Beteiligung an Krediten und Bürgschaften an drei Krisenländer) und der Europäischen Zentralbank (Niedrigzinspolitik, Ankauf von Anleihen der Krisenländer) wurden innerhalb der Staaten der Eurozone mehrere Rettungsschirme verabschiedet und letztlich mit dem **Europäischen Stabilitätsmechanismus (ESM)** ein dauerhafter Rettungsschirm geschaffen. Weiterhin wurden mit dem **Fiskalpakt** strengere Haushaltsregeln beschlossen und ein neues Europäisches Finanzaufsichtssystem eingeführt. Die Koordinierung der Politik in den Staaten der Eurozone und den EU-Mitgliedstaaten ist jedoch weiterhin teilweise schwierig. Die Durchsetzung von beschlossenen Maßnahmen (Sanktionen, Sparpakete) in den Krisenländern ruft Widerstand in der Bevölkerung hervor und hat zur Abwahl von Regierungen geführt. Auf der anderen Seite gibt es in den Staaten, die wirtschaftlich stärker und stabiler sind, die Angst, für Schulden der anderen einstehen zu müssen. Dies führt dort auch zu erhöhtem politischen Druck, die **Sparpolitik** in diesen Ländern auf jeden Fall durchzusetzen und Kreditzusagen an strikte Reformauflagen zu knüpfen. Die Niedrigzinspolitik der Europäischen Zentralbank führte zwar zu einer deutlichen Entlastung der öffentlichen Haushalte (niedrigere Zinsausgaben für öffentliche Schulden), Reformen und Haushaltsdisziplin der Staaten in der Eurozone bleiben jedoch eine Daueraufgabe.

Wirtschaftsunion – Freiheiten des Binnenmarktes

Kapitel **3.7**
S. 136

Die EU ist neben einer Wertegemeinschaft auch ein großer Marktplatz. Die 27 Mitgliedsstaaten der EU bilden gemeinsam den **größten Binnenmarkt der Welt**.

Binnenmarkt bedeutet: Zwischen den Mitgliedsstaaten funktioniert das Wirtschaftsgeschehen genauso wie innerhalb Deutschlands. Im Binnenmarkt gelten die sogenannten **vier Freiheiten**. Das sind die **Freiheit der Personen, Waren, Dienstleistungen** und des **Kapitals**. Diese vier Freiheiten wirken sich direkt auf die persönlichen, beruflichen und privaten Entwicklungsmöglichkeiten der Bevölkerung aus.

Freier Personenverkehr

Das vielleicht wichtigste Element ist die Freiheit des **Personenverkehrs**: Unionsbürger können überall in der EU reisen, leben, lernen und arbeiten. Jeder kann sich um eine Stelle in einem anderen EU-Land bewerben und einen Arbeitsvertrag unterschreiben. Niemand darf dabei aufgrund seiner Staatsbürgerschaft benachteiligt werden. Im Ausland erworbene Rechte aus der Rentenversicherung gehen nicht verloren. Unionsbürger können in ihrem erlernten Beruf arbeiten: Die Abschlüsse und Qualifikationen werden grundsätzlich gegenseitig anerkannt, auch wenn dies manchmal etwas Zeit benötigt. Für EU-Bürger ist auch das Reisen und Einkaufen leichter geworden. Waren für den privaten Bedarf können sie überall in der EU kaufen und – ohne an der Grenze weitere Steuern zahlen zu müssen – in ihr Heimatland mitnehmen (für Neuwagen und den Versandhandel gelten Ausnahmeregelungen).

3

Freier Warenverkehr

Auf einem großen Binnenmarkt können die Unternehmen ihre **Waren** und Produkte in großen Stückzahlen herstellen und damit Kosten senken. Einheitliche Märkte bedeuten den Abbau von Handelsschranken, mehr Innovation und eine Zunahme des Handels in den teilnehmenden Ländern. Das bringt nicht nur ein größeres Warenangebot und niedrigere Preise für die Verbraucher, sondern stärkt die internationale Wettbewerbsfähigkeit der europäischen Wirtschaft. Warengrenzkontrollen an den EU-Binnengrenzen sind abgeschafft. Unternehmen, die ihre Leistungen in anderen EU-Staaten anbieten wollen, wird dies nicht durch Hindernisse, z. B. in Form von Zöllen, erschwert. Existieren europaweit einheitliche Vorschriften für die Produktion von Gütern, so müssen die Produzenten nicht für jedes Land eigene Vorgaben beachten. Dadurch lassen sich viele sog. „Transaktionskosten" reduzieren oder fallen sogar ganz weg (z. B. die Kosten der Informationsbeschaffung, der Ausgestaltung unterschiedlicher Vertragsinhalte). Für die Produzenten bzw. Anbieter ergeben sich somit durch den Wegfall von Zöllen und nicht-tarifären Handelshemmnissen Kostenreduktionen (z. B. beim Einkauf von Vorprodukten im Ausland oder beim länderübergreifenden Transport von Endprodukten). Ebenso können leichter Produktionsstätten verlagert werden, beispielsweise um Personalkosten zu sparen. Zudem ist es oft leichter, an qualifiziertes Personal zu gelangen und ggf. Marktnähe herzustellen. Der Binnenmarkt steigert damit die Wirtschaftsleistung der Union.

Freier Dienstleistungsverkehr

Die Freiheit des **Dienstleistungsverkehrs** beinhaltet die Möglichkeit, Dienstleistungen in einem anderen Mitgliedstaat (z. B. ein Hotelaufenthalt) zu erbringen oder Leistungen eines Anbieters aus einem anderen Mitgliedstaat in Anspruch zu nehmen. Dabei ist es nötig, verschiedene Interessen (Schutz von Dienstleistern vor Diskriminierung, Verbraucherschutz, mögliches Lohndumping und den Abbau sozialer Standards) auszugleichen. Deshalb haben die Mitgliedsstaaten der EU beschlossen, sich auf Grundsätze zu sozialen Rechten und sozialem Schutz zu einigen – die sogenannte **Europäische Säule sozialer Rechte**. Europäische Regeln gelten für die Sicherheit, Gesundheit, Information und Mitbestimmung am Arbeitsplatz. Zum Binnenmarkt gehört auch der Schutz der Wanderarbeitnehmerinnen und Wanderarbeitnehmer, die Gleichbehandlung von Mann und Frau und die Nichtdiskriminierung Behinderter. Binnenmarkt und fairer Wettbewerb bedeuten in Europa das Ende der nationalen Monopole. Auch die große Mehrheit der Verbraucherschutzgesetze in Deutschland geht auf EU-Initiativen zurück. Lebensmittelkennzeichnungen, Hygiene- und Sicherheitsnormen, Gesundheitsstandards für Trinkwasser, Beipackzettel für Medikamente – das alles und noch mehr ist EU-weit geregelt. Dank der EU kostet zum Beispiel das Surfen und Telefonieren mit dem Handy in anderen Mitgliedsländern in der Regel so viel wie zuhause. Durch einheitliche europäische Standards sollen die Rechte von Verbraucherinnen und Verbraucher geschützt werden.

Freier Kapitalverkehr

Der freie **Kapitalverkehr** ermöglicht es, Geld überall in der Union anzulegen. Wer möchte, kann sein Geld im eigenen Land anlegen, aber auch in jedem anderen Staat der Europäischen Union, wenn die Bedingungen dort günstiger erscheinen. Das betrifft auch Investitionen, wenn ein deutsches Unternehmen in einem anderen EU-Land eine Zweigstelle oder eine Tochterfirma schafft. Volkswirtschaftlich gesehen verspricht der Binnenmarkt ein höheres Maß ausländischer Direktinvestitionen.

Digitaler Binnenmarkt

Aufgrund des technologischen Fortschritts wird es in der EU immer wichtiger, auch einen **digitalen Binnenmarkt** zu schaffen. Nationale Beschränkungen sollen fallen und auch der Internethandel soll fair und einheitlich geregelt sein. Die digitale Binnenmarktstrategie zielt darauf ab, ein vollständig vernetztes Europa aufzubauen, in dem jeder Zugang zu hochwertigen digitalen Netzwerken hat, möchte aber auch den Schutz persönlicher Daten gewährleisten.

FACHWISSEN

EU im Alltag

Kapitel 3.7
S. 136

Ich … und wie die EU mich betrifft

… arbeite:

- soziale Mindeststandards
- Arbeitnehmer- und Dienstleistungsfreiheit
- Europäische Betriebsräte
- gemeisame stabile Währung
- Gleichberechtigung von Mann und Frau

… bin gesund:

- sauberes Trinkwasser
- schadstoffarme Atemluft
- regulierter Straßenlärm
- Verbot von Pestiziden in der Landwirtschaft
- keine krebserregenden Stoffe in der Kosmetik

… fahre weg:

- Passagierrechte im Flugverkehr
- keine Lockvogelangebote von Fluggesellschaften
- nierige Handygebühren bei Anrufen aus dem Ausland nach Hause
- Reisen ohne Grenzkontrollen
- klare Kennzeichnung und hohe Wasserqualität an Badestränden
- europäische Krankenversicherungskarte

… habe Kinder:

- Schüler- und Studentenaustausch
- Vereinheitlichung der Bildungsabschlüsse
- Anerkennung von Ausbildungsabschlüssen im europäischen Ausland

… kaufe ein:

- Gewährleistungsfrist auf Konsumgüter
- klare Kennzeichnung von Lebensmitteln
- hohe Hygieneanforderungen an Fleischwaren
- Schutz bei Einkäufen im Internet
- Ausnutzung von Preisvorteilen durch freien Einkauf in anderen EU-Ländern

Nach: Bundeszentrale für politische Bildung, cc by-nc-nc/3.0/de/

Jugend in Europa

Kapitel 3.7
S. 137

Das Thema **Jugend** wird in der EU als eine Querschnittsaufgabe aller Politikfelder verstanden. Es obliegt den jungen Menschen von heute, das Europa von morgen zu gestalten. Deshalb sind sie ein wesentlicher Bestandteil der EU von heute und der EU der Zukunft. Zahlreiche Programme der EU eröffnen jungen Menschen Möglichkeiten in den Bereichen Bildung und Ausbildung oder auch Freiwilligenengagement. Dazu gehören beispielsweise **Erasmus+** oder das **Europäische Solidaritätskorps**. Damit möchte die Europäische Union die Jugendlichen ermuntern, die Chancen wahrzunehmen, die Europa ihnen bietet. Die Bildungs- und Austauschprogramme der EU helfen, internationale Erfahrungen zu sammeln und sich auf den Arbeitsmarkt der Zukunft vorzubereiten. Mit dem breitgefächerten Bildungsangebot Erasmus+ erhalten Schülerinnen und Schüler, Studierende, Auszubildende und junge Arbeitnehmerinnen und Arbeitnehmer die Möglichkeit, grenzüberschreitend zu lernen, zu studieren und sich zu qualifizieren. So unterstützt Erasmus+ Aufenthalte von Schülerinnen und Schülern an europäischen Partnerschulen. Sie werden auf diese Weise beim Erlernen von Fremdsprachen gefördert und lernen andere Kulturen kennen. Mit Erasmus+ fördert die EU auch das Studieren in Europa. Gaststudierende werden in der Regel von den örtlichen Studiengebühren befreit. Die im Ausland erworbenen Studienleistungen werden anerkannt. Auch Auszubildende werden durch Erasmus+ gefördert. Soll die Ausbildung durch ein Praktikum in einem ausländischen Betrieb ergänzt werden, dann gibt es auch dafür Fördermittel.

Autonomie vs. gemeinsame Regeln
Kapitel **3.7**
S. 137

Zunehmende europäische Integration bedeutet immer auch den Verlust von **Autonomie**. Die Bundesregierung kann im Zuge der zunehmenden europäischen Integration immer weniger eigenständige Politik betreiben. Hohe Standards z. B. beim Verbraucherschutz, bei Sozial- und Umweltfragen, im Lebensmittelbereich, bei der Anerkennung von Berufsabschlüssen und bei technischen Vorgaben lassen sich nunmehr nur europaweit regeln, können jedoch häufig nur mit Kompromissen erreicht werden. Eine gemeinsame Wirtschaftspolitik wird sich immer an der Gesamtheit der EU orientieren. Bei unterschiedlicher Wirtschaftslage in den einzelnen Ländern kann dies zu Zielkonflikten führen.

Herausforderungen für die EU im 21. Jh.
Kapitel **3.8**
S. 143

Die Europäische Union hat in den gut sechs Jahrzehnten ihrer Existenz viel erreicht und muss sich doch laufend neuen Herausforderungen stellen, zum Beispiel:

- Akzeptanz in der Bevölkerung für Maßnahmen auf europäischer Ebene
- Umgang mit hoher Staatsverschuldung in einzelnen Mitgliedsstaaten
- Überwindung der Klimakrise bzw. gemeinschaftliche Senkung des CO_2-Ausstoßes
- Integration der West-Balkan-Staaten und Aufnahme weiterer Beitrittskandidaten in die EU
- Internationale Konkurrenz durch aufstrebende Volkswirtschaften
- Umgang mit Terrorismus und Kriminalität über Landesgrenzen hinweg
- Gemeinsame Migrations- und Entwicklungspolitik der EU
- Geschlossenes außenpolitisches Auftreten der EU

Alle diese Themen hängen eng miteinander zusammen. Scheitert die EU daran, Wohlstand und sozialen Schutz zu erhalten, wirkt sich das auf die Einstellung der Bevölkerung aus. Genau dasselbe kann passieren, wenn die EU keine politischen Ergebnisse vorlegen kann, weil das interne Zusammenspiel nicht funktioniert. Die Nachbarländer, um deren Annäherung an die EU gerungen und gestritten wird, sind gleichzeitig wichtige Energielieferanten oder zumindest Energietransitländer. Wenn es zudem nicht gelingt, die sogenannten Westbalkan-Länder zu stabilisieren und zu integrieren, kann das unmittelbare Auswirkungen auf Deutschland und andere EU-Staaten haben, z. B. im Hinblick auf die Sicherheit oder die Sozialsysteme. Die Europäische Union kann also keinen der genannten Punkte aus dem Blick verlieren oder „nach hinten schieben", da damit das gesamte System in Mitleidenschaft gezogen würde.

Wie geht es weiter mit der EU? – verschiedene Szenarien
Kapitel **3.8**
S. 143

Schon im Jahr 2017 wurden im Weißbuch zur „Zukunft der Europäischen Union" verschiedene Szenarien für die künftige Entwicklung der EU präsentiert. Da seitdem nichts Substantielles an der Europäischen Union verändert wurde, sind diese noch immer aktuell:

Szenario 1: Weiter wie bisher

Szenario 2: Konzentration auf den Binnenmarkt

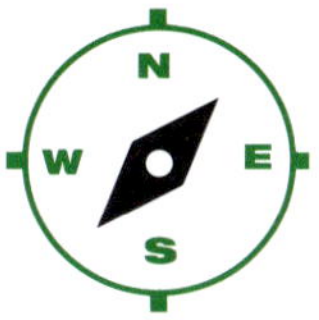

Szenario 3: Jeder wie er will

Szenario 4: Weniger, aber effizienter

Szenario 5: Mehr EU

Bei der Gestaltung der Zukunft der EU möchten die politischen Gremien die Bürgerinnen und Bürger in Zukunft noch stärker einbeziehen. Programme wie die **Konferenz zur Zukunft Europas** sollen Bürgerinnen und Bürgern die Möglichkeit geben, sich in einem Dialogprozess zu beteiligen und ihre Ideen und Visionen für die Zukunft der EU einzubringen.

M1 Karikatur: Biodiesel

Karikatur: Frank Speth

M2 Ein Verband für transparente Gentechnik berichtet …

Doppeltes Spiel bei Gentechnik-Pflanzen: Jede Menge Import-Zulassungen, aber Anbau bleibt tabu.

Es ist längst Routine: Im August 2021 hat die EU-Kommission zehn weitere gentechnisch veränderte Pflanzen für den Import zugelassen. Damit können nun 85 solcher Pflanzen in die EU eingeführt und als Lebens- und Futtermittel vermarktet werden. Dagegen stammt die Zulassung für die einzige gv-Pflanze, die in der EU angebaut werden darf, aus dem Jahre 1998. Neuere Anträge sind zwar wissenschaftlich begutachtet, hängen aber seit Jahren in der politischen Warteschleife.

gv gentechnisch verändert

Bei der Grünen Gentechnik zeigt die EU ein doppeltes Gesicht: In vielen Mitgliedstaaten – etwa in Deutschland, Frankreich oder Italien – finden gentechnisch veränderte Pflanzen und Lebensmittel in der breiten Öffentlichkeit wenig Akzeptanz. Viele Regierungen folgen diesem Meinungsklima und stimmen in Brüssel gegen weitere Zulassungen von gv-Pflanzen. Andere, dazu gehört oft Deutschland, enthalten sich. Es scheint, als gäbe es auf der europäischen Bühne für die Gentechnik keine Mehrheiten. Doch jenseits der großen populistischen Gesten sieht die Realpolitik ganz anders aus. […] Europa ist auf die Einfuhr großer Mengen an Sojabohnen angewiesen, überwiegend aus Ländern, in denen großflächig gv-Sojabohnen angebaut werden.

TransGEN: Doppeltes Spiel bei Gentechnik-Pflanzen: Jede Menge Import-Zulassungen, aber Anbau bleibt tabu. In: www.transgen.de (Abruf am 23.06.2022)

M3 Importpreis von Sojabohnen in der Europäischen Union

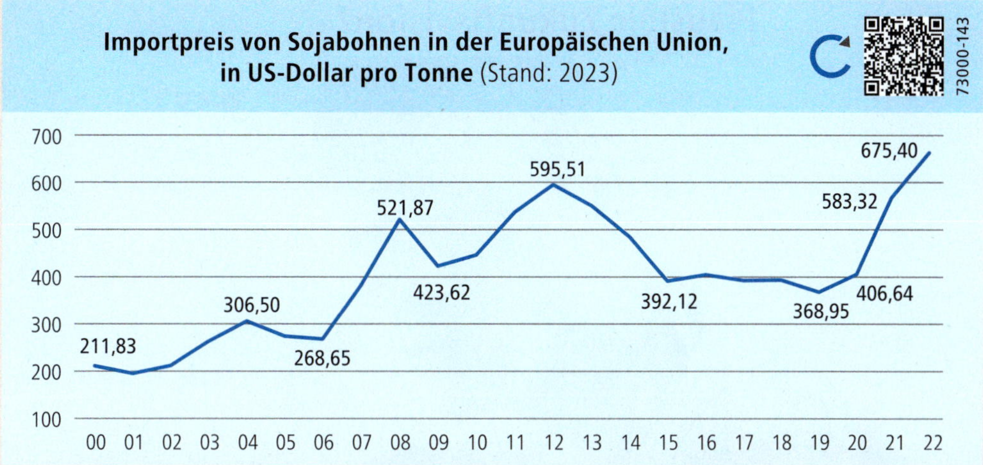

© C.C.Buchner Verlag, aktuelle Daten nach: Weltbank (Datenerhebung: 2022; Grafikerstellung: 2023)

M4 EU-Agrarsubventionen

Die EU-Bürgerinnen und Bürger zahlen für die milliardenschweren Agrarsubventionen – im Schnitt **jeder 114 Euro pro Jahr**.

NABU: Wer bekommt wieviel aus dem EU-Agrarhaushalt? In: www.nabu.de (Abruf am 23.06.2022)

Jährlich über 6,2 Milliarden Euro an EU-Mitteln stehen insgesamt für die Agrarförderung in Deutschland von 2014 bis 2020 zur Verfügung.

Bundesministerium für Ernährung und Landwirtschaft: Im Überblick: Gemeinsame Agrarpolitik (GAP) der Europäischen Union. In: www.bmel.de (Abruf am 23.06.2022)

AUFGABEN

82022-139

1. Beschreiben und interpretieren Sie die Karikatur **M1**.
2. Analysieren Sie den Text **M2** hinsichtlich seiner Objektivität und der Intention des Autors. Recherchieren Sie dazu Informationen über den Herausgeber (z. B. über die Leitlinien, die Finanzierung oder das Impressum der Webseite).
3. Diskutieren Sie die in **M2** genannten Import-Zulassungen für Soja vor dem Hintergrund der Konzepte von Freihandel und Protektionismus. Gehen Sie dabei auf kurz- und langfristige Folgen der Maßnahmen für inländische Verbraucher und Bauern ein.
4. Erklären Sie, inwiefern sich Schwankungen des Wechselkurses Euro-Dollar auf die heimische Nahrungs- und Futtermittelindustrie sowie den Endverbraucher auswirken.
5. Erläutern Sie mögliche Folgen der in **M3** dargestellten Entwicklung des Sojabohnenpreises zu Beginn des Jahres 2021 anhand des Kreislaufmodells.
6. Erklären Sie am Beispiel der gemeinsamen Agrarpolitik der EU, inwiefern Sie persönlich in Ihrer Rolle als Konsument, Sparer, Schüler und zukünftiger Arbeitnehmer vom Europäischen Binnenmarkt und der Europäischen Währungsunion profitieren.

Plausible Zukunftsvision?

Ihre Meinung ist gefragt!

1. Nehmen Sie zu folgender Aussage Stellung: „Die nächste Evolutionsstufe der Menschheit wird durch die Fusion des Menschen mit Technologie erreicht." Positionieren Sie sich dazu auf einer gedachten Linie im Klassenzimmer zwischen den Polen: „Ich stimme der Aussage voll und ganz zu" und „Ich stimme der Aussage überhaupt nicht zu" und begründen Sie Ihre Positionierung.
2. Leiten Sie vor dem Hintergrund einer fortschreitenden Digitalisierung und unter Berücksichtigung Ihrer Argumentation aus Aufgabe 1 Zukunftserwartungen für die wirtschaftliche Entwicklung ab.

Globale Zukunftstrends

4

Es gibt zahlreiche Zukunftsvisionen. Manche sind mehr, andere sind weniger plausibel. Doch wie kann die Zukunft beeinflusst werden? Und was müsste getan werden, um eine positive Entwicklung zu begünstigen?
Die Zukunft kann sicherlich nicht exakt vorhergesagt werden, aber es gibt schon heute Trends, die es zu erkennen gilt, da diese in Zukunft an Bedeutung gewinnen. Unter anderem bringt die Digitalisierung einen fundamentalen Wandel von Wirtschaft und Gesellschaft mit sich. Neue Technologien und Geschäftsmodelle eröffnen Chancen für ökonomischen Fortschritt und gesellschaftlichen Wohlstand, bergen aber gleichzeitig Herausforderungen im Hinblick auf Veränderungen von Arbeitsprozessen und Wertschöpfungsketten sowie Risiken für die Wirtschaftsordnung als solche. Entsprechend stellt sich die Frage, welche Zukunftstrends vor dem Hintergrund gesellschaftlicher Werthaltungen überhaupt wünschenswert sind.

Kompetenzen

Das können Sie nach diesem Kapitel:

- … aktuelle wirtschaftliche und rechtliche Entwicklungen auf der Grundlage Ihrer Fachkenntnisse analysieren und bewerten. Dabei berücksichtigen Sie auch Entwicklungen im Bereich der Digitalisierung.
- … Zukunftsszenarien und Gestaltungsoptionen entwickeln und diese vor dem Hintergrund der jeweiligen Voraussetzungen und Rahmenbedingungen beurteilen.
- … als mündige Staatsbürger an der Gestaltung der ökonomischen Zukunft verantwortungsbewusst mitwirken.

4.1 Welche globalen Trends werden das Leben in Zukunft beeinflussen?

→ Fachwissen S. 175–177

Sie identifizieren und bewerten systematisch aktuelle Trends und zeigen mögliche Folgen auf.

M1 Immer und überall vernetzt – Internetnutzung mit großer Dynamik

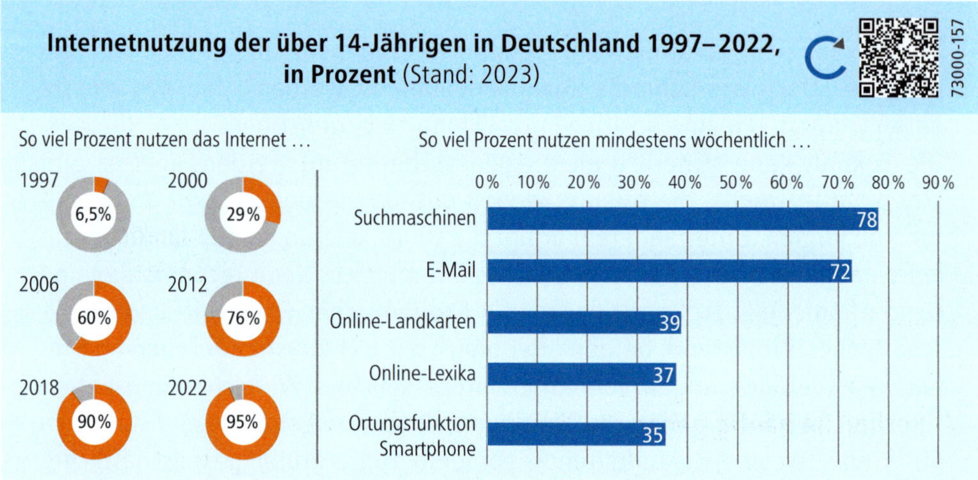

© C.C.Buchner Verlag, aktuelle Daten nach: ARD/ZDF-Onlinestudie (Datenerhebung: 2022; Grafikerstellung: 2023)

M2 Merkmale von Megatrends

Megatrends „entstehen“ weniger, vielmehr geht es um die Beobachtung langfristiger Entwicklungen mit großer Relevanz für alle Bereiche von Wirtschaft und Gesellschaft, die sich mit hoher Verlässlichkeit in die Zukunft „verlängern“ lassen. […] Echte Trends „entstehen“ dann, wenn …

- … sich gesellschaftliche, wirtschaftliche oder technische Phänomene oder Innovationen aus gesellschaftlichen Randbereichen oder Nischen heraus in die gesellschaftliche Mitte hineinbewegen.
- … neue Phänomene eine höhere Relevanz bekommen und kleine Avantgarden das Potenzial entwickeln, den Mainstream zu verändern – in Lebensformen oder Familienmodellen, in der Mediennutzung, im Konsumverhalten, in der Arbeitswelt, bei technologischen Anwendungen oder in einzelnen Branchen.

Wo genau Trends ihren Ursprung haben, lässt sich oft kaum eindeutig beantworten. Vielfach bilden sie sich aber aus mehreren ähnlichen und gleichzeitig verlaufenden Phänomenen heraus, die sich gegenseitig verstärken. Megatrends zeigen sich überall auf der Welt, mit unterschiedlichen Ausprägungen. Es wäre jedoch ein Trugschluss, zu glauben, der Fortschritt beginne immer erst in der westlichen Welt und ökonomischer Wandel zuvorderst in den Industrieländern.

Zukunftsinstitut: Die Megatrends. In: www.zukunftsinstitut.de (Abruf am 17.11.2021)

M3 Entwicklungen und ihre Konsequenzen darstellen: Das Futures Wheel

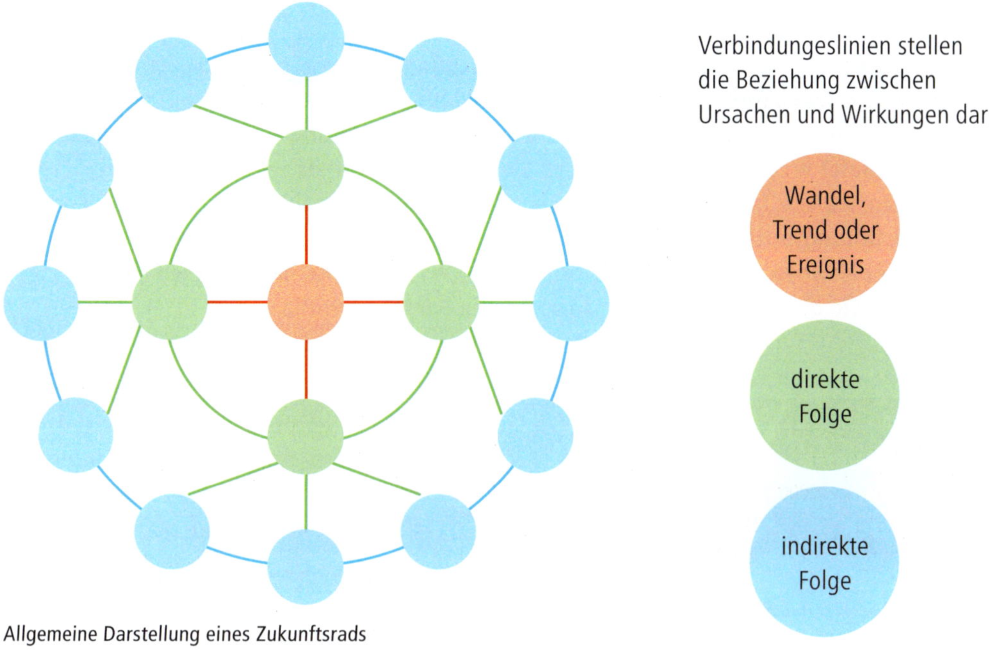

Allgemeine Darstellung eines Zukunftsrads

M4 Recherche häufig genannter Trends und Zukunftsthemen

Newsletter 卌 |	Patentanmeldungen 卌	Social-Media-Kanäle
wissenschaftliche Veröffentlichungen ||||	Themen in Kunst, Kultur und Design	Bestsellerlisten 卌 ||
Start-up-Gründungen	Podcasts 卌	Blogs 卌 卌 卌

Nach: Bundesministerium für Bildung und Forschung: Orientierung für die Welt von morgen

Trends können identifiziert werden, indem in vielen Quellen die Häufigkeit der Nennung sowie die Bedeutung des recherchierten Zukunftsthemas ausgewertet wird.

AUFGABEN

82022-140

1. Erklären Sie, inwieweit das Internet als globaler Trend unser komplettes Leben verändert hat (**M1**).
2. Begründen Sie mit **M2**, dass es sich beim Internet um einen Megatrend handelt.
3. Visualisieren Sie die Folgen einer fortschreitenden Vernetzung mithilfe des Futures Wheels (**M3**).
4. Identifizieren und bewerten Sie Trends (**M2**, **M4**). Erstellen Sie ggf. für einen selbstgewählten Trend ein Futures Wheel (**M3**).

→ **Fachwissen zu den Aufgaben** S. 174, 175

METHODE

Die Szenariotechnik

Sie vollziehen eine Methode zur Zukunftsforschung nach und erkennen, dass unterschiedliche Szenarien möglich sind. Wie wird das Leben in 10, 20 oder 50 Jahren sein? Welche Herausforderungen birgt vor allem die Digitalisierung für Wirtschaft und Gesellschaft? Weder Tarot-Karten noch Bleigießen können dabei helfen, herauszufinden, welche Trends die Gegenwart prägen und welche Rückschlüsse sich für die Gestaltungsoptionen von Wirtschaft und Gesellschaft – unter Berücksichtigung ethischer Normen – plausibel ableiten lassen. Deshalb sollte nicht danach gefragt werden, wie das Leben sein wird, sondern wie wir leben wollen.

Schritt 1: Themenbereich bzw. Trend analysieren → **Schritt 2: Einfluss-faktoren beschreiben** → **Schritt 3: Zusammen-hänge darstellen** → **Schritt 3: Szenarien entwickeln** → **Schritt 4: Strategien erörtern**

Schritt 1: Themenbereich/Trend analysieren

- den aktuellen Zustand des betrachteten Themenbereichs/Trends recherchieren und analysieren
- festlegen, über welchen Zeitraum das Szenario betrachtet werden soll

Schritt 2: Einflussfaktoren beschreiben

- wichtige Faktoren (z. B. Wirtschaftswachstum, Einkommen, Arbeitslosigkeit, Innovationen, Demographie, Umwelteinflüsse), die unmittelbar auf den gewählten Themenbereich einwirken, ermitteln
- quantitative (z. B. Bruttoinlandsprodukt, Einkommensverteilung, Arbeitslosenquote, Patentanmeldungen) und qualitative (z. B. Ausgrenzung in der Gesellschaft) Kenngrößen bestimmen, um die Entwicklung der Einflussfaktoren mehrperspektivisch (Haushalt, Unternehmen, Staat) zu beschreiben

Schritt 3: Zusammenhänge darstellen

- gegenseitige Abhängigkeiten und Zusammenhänge der Einflussbereiche bestimmen und beschreiben (z. B. mit allgemeinen Wirkungsketten im Kreislaufmodell)
- Abhängigkeiten bestimmen und Art der Abhängigkeit beschreiben (verstärkend oder kontraktiv)

Schritt 4: Szenarien entwickeln

- Zukunftsbilder entwerfen, z. B. Positiv- (Best-Case) und Negativszenario (Worst-Case) sowie wahrscheinliches Trendszenario
- auf Plausibilität der Szenarien achten

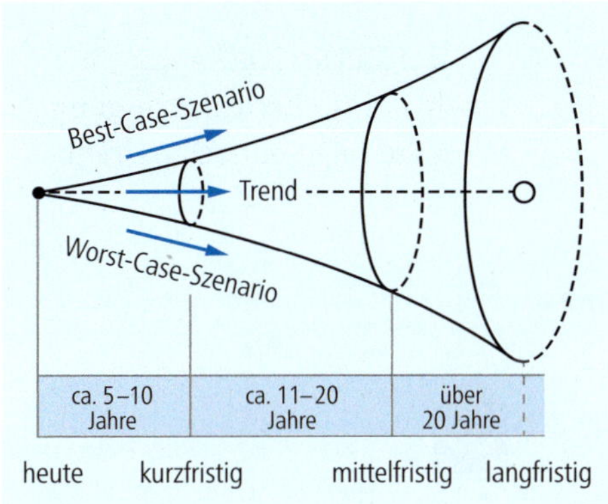

Möglicher Szenario-Trichter

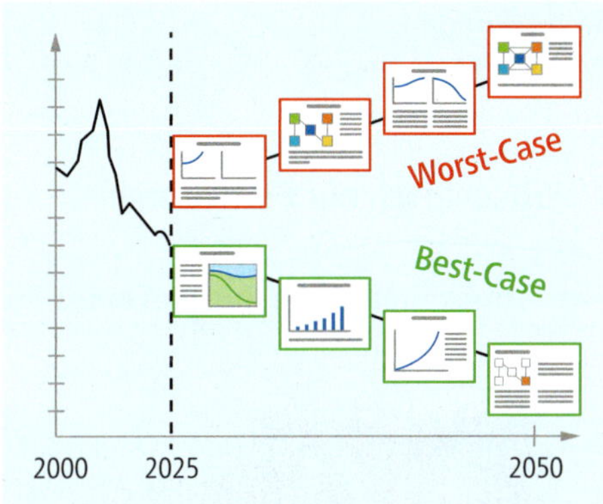

Anwendung des Szenario-Trichters am Beispiel der Entwicklung der Arbeitslosigkeit in Deutschland bis 2050

Schritt 5: Strategien und Maßnahmen erörtern und reflektieren

- Konsequenzen aus den entworfenen Szenarien mehrperspektivisch (Haushalt, Unternehmen, Staat) ableiten
- mögliche Strategien zur Förderung positiver Entwicklungen bzw. Verhinderung negativer Entwicklungen vorschlagen
- Umsetzbarkeit zukunftsorientierter Maßnahmen diskutieren

AUFGABE

82022-141

Entwickeln Sie unter Anwendung der Szenariotechnik verschiedene Zukunftsszenarien. Wählen Sie dazu einen aktuellen globalen Zukunftstrend. Im nächsten Kapitel 4.2 finden Sie mögliche Themenvorschläge für wirtschaftliche, rechtliche und gesellschaftliche Entwicklungen (Stand 2022) aus folgenden ausgewählten Bereichen: Wirtschaftsordnung (M1–M3), Arbeitswelt (M4–M5), Rechtsordnung (M6–M8), Weltwirtschaft (M9–M10), Finanzmärkte (M11–M13), Ressourcen (M14–M16), Urbanisierung (M17–M19), Biotechnologie (M20–M22). Gehen Sie dabei projektbasiert (arbeitsteilige Gruppenarbeit) vor:

→ Fachwissen S. 175

- Halten Sie den Planungshorizont bereits ab Schritt 1 in einem zu jederzeit und für jeden einsehbaren Dokument fest,
- gestalten Sie die Ergebnisse aus Schritt 2 und 3 anschaulich an einer Pinnwand,
- nutzen Sie den Szenario-Trichter als Grundlage für die Präsentation (Schritt 4),
- berücksichtigen Sie den Zeitbedarf (ca. 3–4 Unterrichtsstunden).

4.2 Wie würden sich unterschiedliche Szenarien auf die Zukunft auswirken?

Sie wenden die Szenariotechnik zur Entwicklung von Zukunftsszenarien sowie Gestaltungsoptionen an und beurteilen aus verschiedenen Perspektiven deren Auswirkungen.

M1 Wirtschaften auf Plattformen

Bundesministerium für Wirtschaft und Klimaschutz zu „Digitalen Plattformen"

82022-13

Plattformökonomie am Beispiel eines Autokaufs

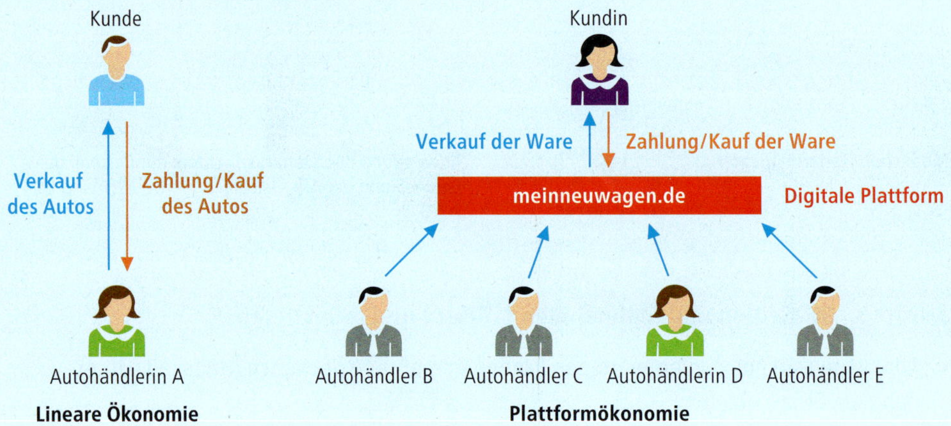

Bearbeiter

M2 Postwachstumsökonomie – Wirtschaft ohne Wachstum

Als „Postwachstumsökonomie" wird eine Wirtschaft bezeichnet, die ohne Wachstum des Bruttoinlandsprodukts über stabile, wenngleich mit einem vergleichsweise reduzierten Konsumniveau einhergehende Versorgungsstrukturen verfügt. Die Postwachstumsökonomie grenzt sich von landläufigen, auf Konformität zielende Nachhaltigkeitsvisionen wie „qualitatives", „nachhaltiges", „grünes", „dematerialisiertes" oder „decarbonisiertes" Wachstum ab.

Paech, Niko: Grundzüge einer Postwachstumsökonomie. In: www.postwachstumsoekonomie.de (Abruf am 03.01.2022)

M3 Robotersteuer

Die Idee ist, den Betrieb respektive die Arbeit von Robotern [...] in der Produktion und in anderen Bereichen zu besteuern und die Gelder entweder dem System der Sozialversicherung oder bspw. dem Bildungswesen zuzuführen. Auch eine Kopplung an das bedingungslose Grundeinkommen wird vorgeschlagen. Zugleich ist die Frage, ob im Gegenzug die Arbeit von Menschen steuerlich entlastet werden soll.

Bendel, Oliver: Robotersteuer. In: www.wirtschafts-lexikon.gabler.de, 13.07.2021

M4 New Work – ein neues Verständnis von Arbeit

Wofür genau New Work steht, ist alles andere als eindeutig: Einerseits werden damit organisationale und technische Veränderungen der Arbeit beschrieben […]. Andererseits steht New Work für ein neues, erweitertes Arbeitsverständnis, welches die Zentralität der Erwerbsarbeit im Leben aufzubrechen sucht und darauf zielt, auch anderen Formen der Arbeit wie Subsistenz- oder Care-Arbeit Raum zu geben. New Work steht somit für ein neues Denken über Arbeit und für das Ausprobieren neuer Arbeitskonzepte. […] Der Begriff geht auf den Sozialphilosophen Frithjof Bergmann zurück […].

Hardering, Friedericke: Die Suche nach dem Sinn: Zur Zukunft der Arbeit. In: www.bpb.de, 23.06.2017

M5 Wie die Digitalisierung die Arbeit verändert

Exoskelette unterstützen Mitarbeiter

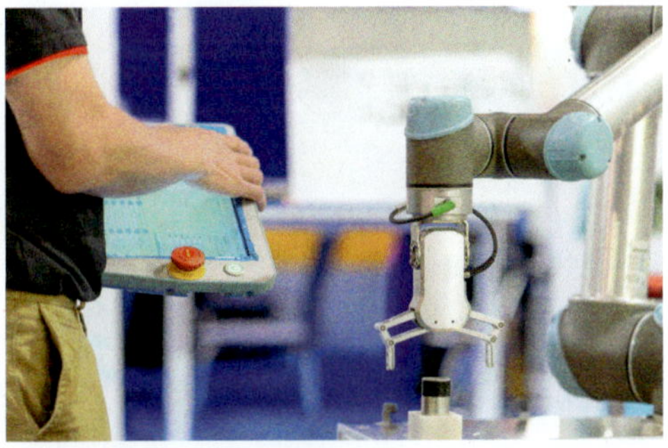

KI und Cobots in der Produktion

Cobots
(collaborative robots) Industrieroboter, die direkt mit Menschen in der Produktion zusammenarbeiten

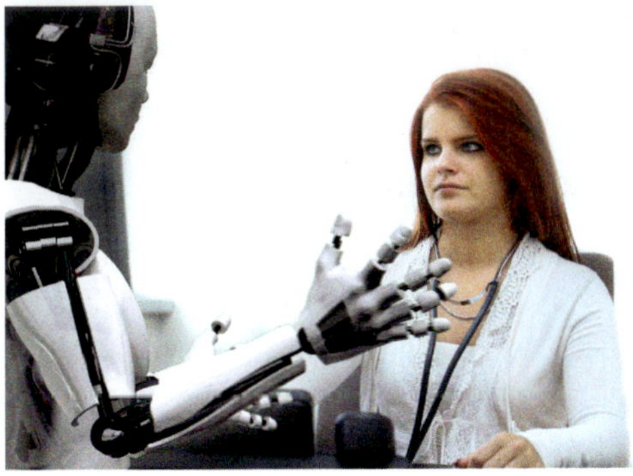

Eigene KI-Kopie als Roboter

Roboter als Führungskräfte und Entscheider

M6 Künstliche Intelligenz in der Justiz

Vollständiger Bericht

82022-10

Die Anwendung von KI in der Justiz stellt [...] einen Teilbereich des Sammelbegriffes „Legal Tech“ dar, unter dem der allgemeine Einsatz von Informationstechnik im juristischen Bereich verstanden wird. Neben technischen und praktischen Herausforderungen ergeben sich beim Einsatz von KI in der Justiz auch ethische Spannungsfelder [...].

Wissenschaftliche Dienste des Deutschen Bundestages: Künstliche Intelligenz in der Justiz, Aktenzeichen WD7-3000-017/21, S.4, 01.03.2021

M7 Verhaften ohne Verbrechen?

Dokumentation „Pre-Crime“

82022-11

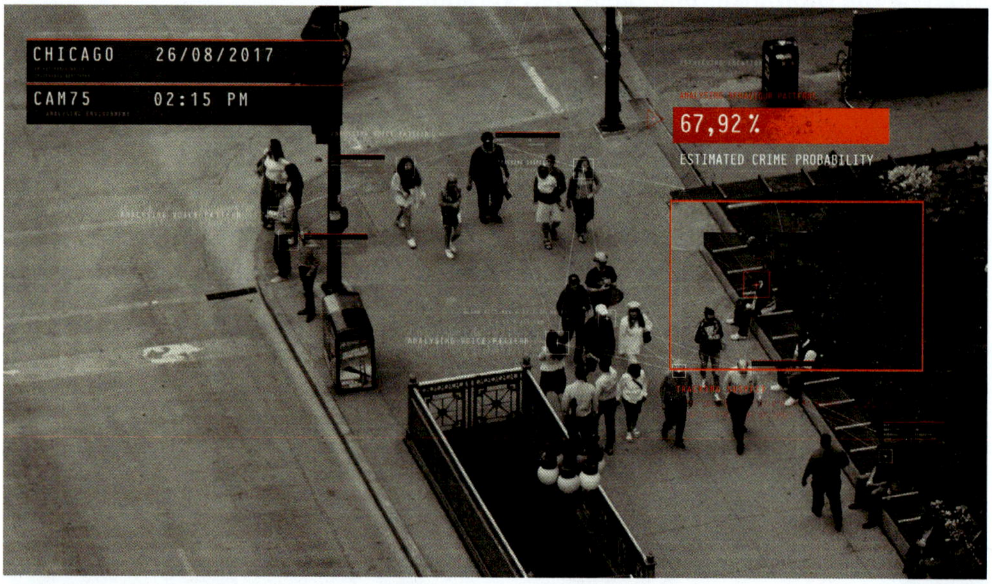

Ausschnitt aus der Dokumentation „Pre-Crime“ (2017)

Eine Software, die voraussagt, wo und wann ein Verbrechen geschehen wird und wer es potenziell begeht – was nach Science-Fiction klingt, ist vielerorts längst Realität [...] [: der] Einsatz von polizeilichen Vorhersagesystemen auf Basis von Algorithmen und großen Datenmengen. In Städten wie Chicago, London oder München ist diese Technik bereits im Einsatz.

Heeder, Matthias/Hielscher, Monika: Pre-Crime. In: www.bpb.de (Abruf am 27.07.2021)

M8 Rechtliche Regelungen zum autonomen Fahren

Vollständiges Gesetz

82022-12

Die Entwicklungsdynamik im Bereich des automatisierten, autonomen und vernetzten Fahrens ist ungebrochen hoch. Um die Potenziale dieser Technologien heben zu können und die Teilhabe der Gesellschaft daran zu ermöglichen, bedarf es der Umsetzung weiterer Schritte zur Einführung entsprechender Systeme in den Regelbetrieb.

©Bundesministerium für Digitales und Verkehr: Gesetz zum autonomen Fahren tritt in Kraft. In: www.bmvi.de, 27.07.2021

M9 Wer sind die neuen Schwergewichte im Welthandel?

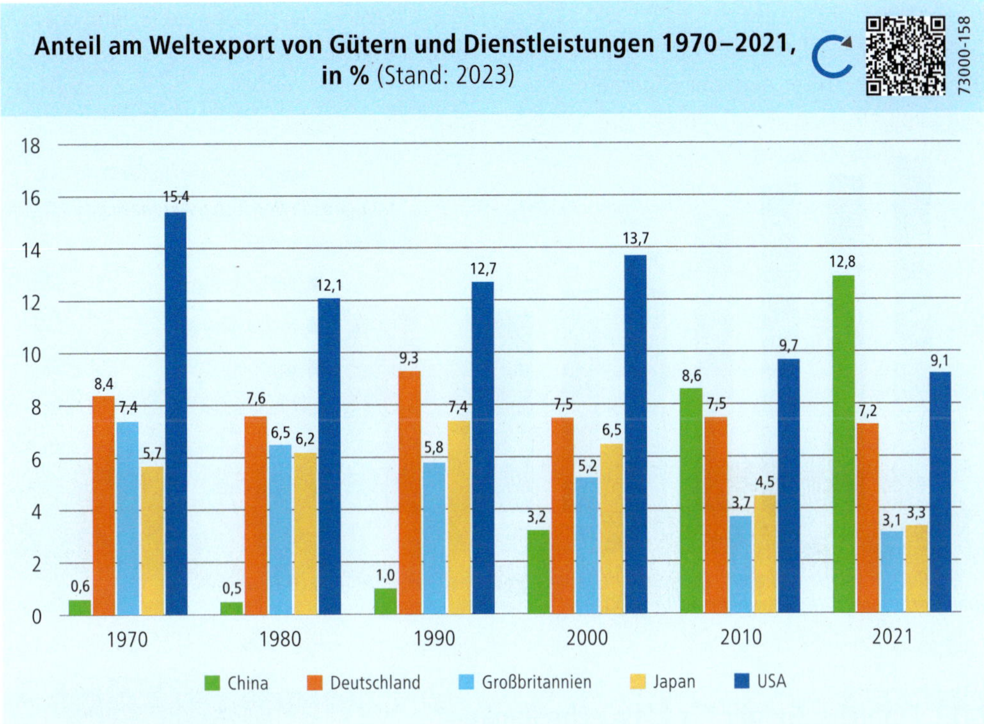

© C.C.Buchner Verlag, aktuelle Daten nach: Weltbank, eigene Berechnungen (Datenerhebung: 2022; Grafikerstellung: 2023)

M10 Die neue Seidenstraße: Chinas Handels- und Infrastrukturprojekt

© Peter Palm, Berlin

M11 Bankenbranche im Wandel

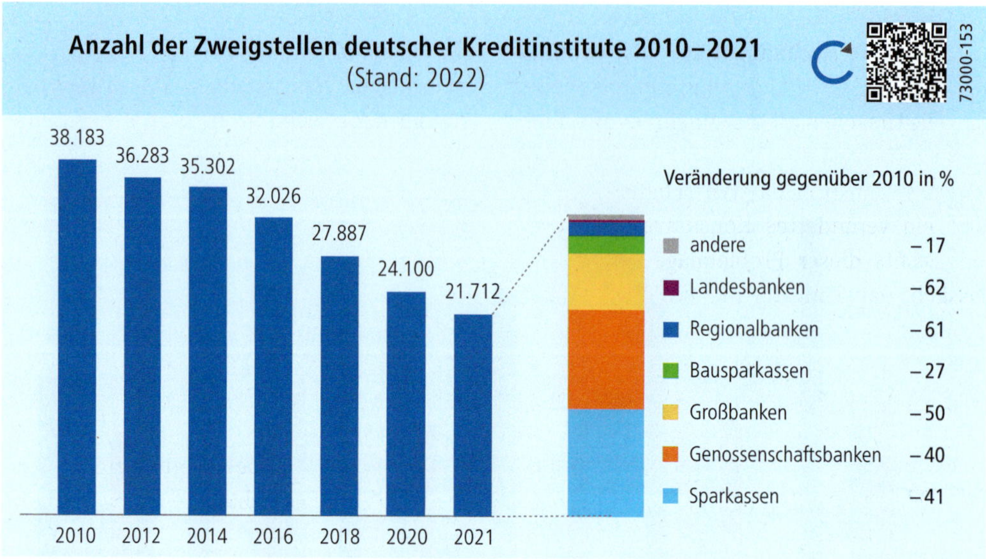

© C.C.Buchner Verlag, aktuelle Daten nach: Deutsche Bundesbank, eigene Berechnungen (Datenerhebung: 2022; Grafikerstellung: 2022)

M12 Fintechs: Gefahr für klassische Banken?

Die großen europäischen Finanz-Start-ups (Fintechs) begannen ihre noch junge Geschichte mit Nischenprodukten. Jetzt bauen sie ihre Dienstleistungen immer weiter aus. Damit machen sie traditionellen Banken zunehmend im Kerngeschäft Konkurrenz. Vor allem [...] das wertvollste, nicht börsennotierte Start-up Europas, verfolgt eine explizite Verdrängungsstrategie. [...] Die Basis für dieses „Tech-Unternehmen“ sollen die Kunden selbst liefern: ihre Daten.

Atzler, Elisabeth/Osman, Yasmin: „Wir bauen einen neuen Typ Bank“ – Die Verdrängungsstrategie der Fintechs. In: www.handelsblatt.de, 09.09.2021

M13 Trading mit dem Smartphone – Jugendboom an der Börse

Der Aktienhandel über Apps wird auch bei jungen Menschen immer beliebter.

M14 Das Recht am Wasser

Wasser gilt als „Gold des 21. Jahrhunderts“: Es ist sowohl Wirtschaftsgut als auch Grundlage allen Lebens. Und es wird immer knapper. [...] Die Ursachen für die zunehmende Knappheit sind neben dem Klimawandel das Bevölkerungswachstum, das Wirtschaftswachstum und ein verändertes Konsumverhalten. [...] Angesichts dieser Problemlage ist es unerlässlich, den Umgang mit diesem zentralen Rohstoff zu verbessern, damit genug da ist für die Ökosysteme, für den Grundbedarf aller Menschen, für die Landwirtschaft sowie für die industrielle Verwendung. Hierbei rücken vor allem verschiedene Regulierungs-, Eigentums- und Nutzungsfragen in den Fokus, um privatwirtschaftliche und gesellschaftliche Bedürfnisse und Interessen in Einklang zu bringen. Was passieren kann, wenn der Wassermarkt dem freien Wettbewerb ohne staatliche Regulierung überlassen wird, zeigt das Beispiel Chile, dessen Wasserversorgung seit 1981 zu nahezu 100 Prozent privatisiert worden ist: Die Wasserrechte konzentrieren sich dort mittlerweile in den Händen weniger Großunternehmen, der Spekulationsmarkt boomt, und die Folgen der extremen Dürre, unter der das Land leidet, werden dadurch noch verschärft – was das teure Gut vor allem für die ärmere Landbevölkerung zunehmend unerschwinglich macht.

Vollständiger Text
82022-15

Walter, Anne-Barbara: Das Recht am Wasser. In: ww.bpb.de, 19.03.2021

M15 Bodenschätze unter dem Eis

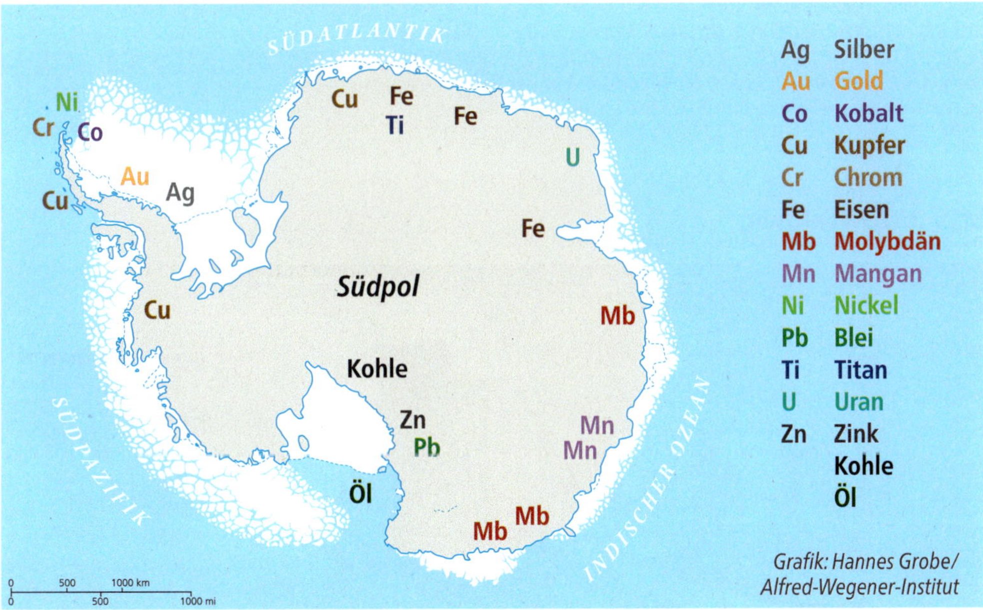

Grafik: Hannes Grobe/ Alfred-Wegener-Institut

Karte des Südpols mit Bodenschätzen

M16 Autodaten sind wertvolle Ressourcen

Moderne vernetzte Autos sammeln eine Vielzahl von Daten, die Rückschlüsse auf das Nutzungsprofil, die Intensität der Nutzung, die Anzahl der Fahrer oder sogar den Fahrstil erlauben, wie der ADAC feststellt. Der Automobilclub hält es für ein Problem, dass der autofahrende Kunde nicht wisse, welche Fahrzeugdaten exakt gespeichert werden. Außerdem habe er auch keinen Zugriff darauf.

Tagesschau: Streit um die Autodaten. In: www.tagesschau.de, 31.01.2022

M17 Smart City Cockpit einer fiktiven deutschen Kleinstadt

Smart City Cockpit der fiktiven Kleinstadt Mahrsbrunn

M18 Urbane Mobilität: Wie sieht die Zukunft aus?

Wer von der Zukunft der urbanen Mobilität spricht, der spricht nicht nur über neuartige Technologien [...], sondern zwangsläufig auch über Nachhaltigkeit, verändertes Nutzungsverhalten und die smarte Vernetzung ganzer Städte. Die größten Trends und Veränderungen im Verkehr der Zukunft sind: fliegende Taxis, autonomes Fahren, E-Mobilität, Car- und E-Scooter Sharing sowie das Fahrrad.

Nach: American Express: Urbane Mobilität: So sieht der Verkehr der Zukunft aus. In: www.americanexpress.com, 26.03.2020

M19 Urban Farming

Gemüsegarten auf dem Dach eines Bürogebäudes im Stadtzentrum von Rotterdam

M20 Zukunftsvision: Das Bewusstsein in der Cloud

[Eine Vision des Mental-Uploadings ist es, das Bewusstsein vom eigenen Körper in eine virtuelle Realität oder ein anderes Medium zu transferieren. Prof. Dr. Georg Gassner fragt, ob man danach noch derselbe Mensch wäre. Der Philosoph] befasst sich unter anderem damit, was es für uns bedeutet, einen Körper zu haben. Dabei sind für ihn die Ideen des Transhumanismus interessant. Dessen Vision ist es, dass wir die Einschränkungen und Anfälligkeit unseres Körpers durch moderne Technik und Naturwissenschaft überwinden können.

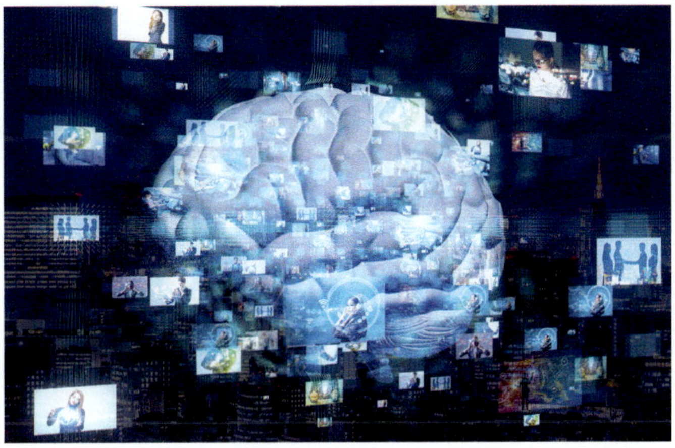

Kann man sein Bewusstsein in Zukunft „uploaden"?

Bernotat, Benjamin: Das Bewusstsein in der Cloud. In: Wissenschaft und Forschung in Augsburg, S. 2. Ausgabe 16 Winter 2021, 25.02.2021

M21 Kritik an der KI: Das Verschwinden der Person

Der Traum von der unbändigen Freiheit des „deregulierten Subjekts" führt dazu, einem biotechnologischen Transhumanismus das Wort zu reden, in dem sich der Mensch dauernd neu entwirft. Doch in dem Augenblick, in dem der Mensch Computertechnologie oder Robotik in seine körperlichen Vollzüge implantiert, um bis zu Gehirn und Bewusstsein vorzudringen, ist es um ihn geschehen. Denn der Cyborg ist ein Bündel akzidenteller Relationen, die ihn externen Zweckbestimmungen gefügig machen. Eine ähnliche Gefahr geht vom Genderismus aus, dem zufolge der Mensch sein Geschlecht wählen könne.

akzidentelle Relationen
zufällig auftretende Beziehungen

Genderismus
auch ‚Genderwahn', ist eine abwertende Bezeichnung für die Gender-Vielfalt einer Gesellschaft

Stickelbroeck, Michael: Transhumanismus und Genderismus: Das Verschwinden der Person. In: www.die-tagespost.de, 15.07.2021

M22 Ewiges Leben dank digitaler Seele?

Künstliche Intelligenz kann verstorbene Menschen wieder zum Leben erwecken: virtuell als Avatare. Sie sehen aus, reden, empfinden wie ihr Ebenbild. Tech-Giganten sehen darin einen Riesen-Markt mit Milliarden-Umsätzen.

Deutsche Welle: Ewiges Leben dank digitaler Seele? In: www.dw.com, 29.09.2021

Mittels VR-Brille kann man schon jetzt in digitale Welten eintauchen.

KI und ewiges Leben

82022-14

4.3 Was muss für eine verantwortungsvolle Gestaltung der Zukunft getan werden?

Sie reflektieren und erörtern individuell und gesellschaftlich notwendige Schritte, um an der Gestaltung der ökonomischen Zukunft verantwortungsvoll mitzuwirken.

M1 Individuelle und gesellschaftliche Werte

- Auseinandersetzung mit Sinnfragen des Lebens
- Eigenverantwortung, Verantwortung für sich und sein Handeln
- Gesellschaftlich oder politisch aktiv sein
- Hohes Einkommen, materieller Wohlstand
- Menschen helfen, die in Not geraten
- Sich selbst verwirklichen
- Unabhängigkeit, sein Leben weitgehend bestimmen können
- Die Welt kennenlernen, andere Länder und Kulturen
- Erfolg im Beruf
- Gesundheitsbewusst leben

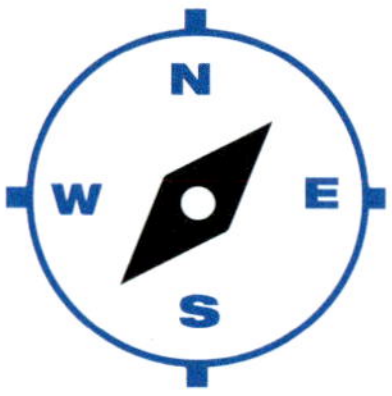

- Immer Neues lernen
- Religion, feste Glaubensüberzeugung
- Starke Erlebnisse haben, Abenteuer, Spannung
- Viel Spaß haben, das Leben genießen
- Disziplin und Ordnung
- Für die Familie da sein, sich für die Familie einsetzen
- Gute Freunde haben, enge Beziehungen zu anderen Menschen
- Kinder haben
- Sich für soziale Gerechtigkeit einsetzen
- Umweltbewusst leben
- Von anderen geschätzt, anerkannt werden

Nach: Bundesministerium für Bildung und Forschung: Vorausschau: Zukunft von Wertvorstellungen der Menschen in unserem Land, Abruf am 09.01.2023

M2 Wünsche der Gesellschaft: So sollte die Zukunft sein

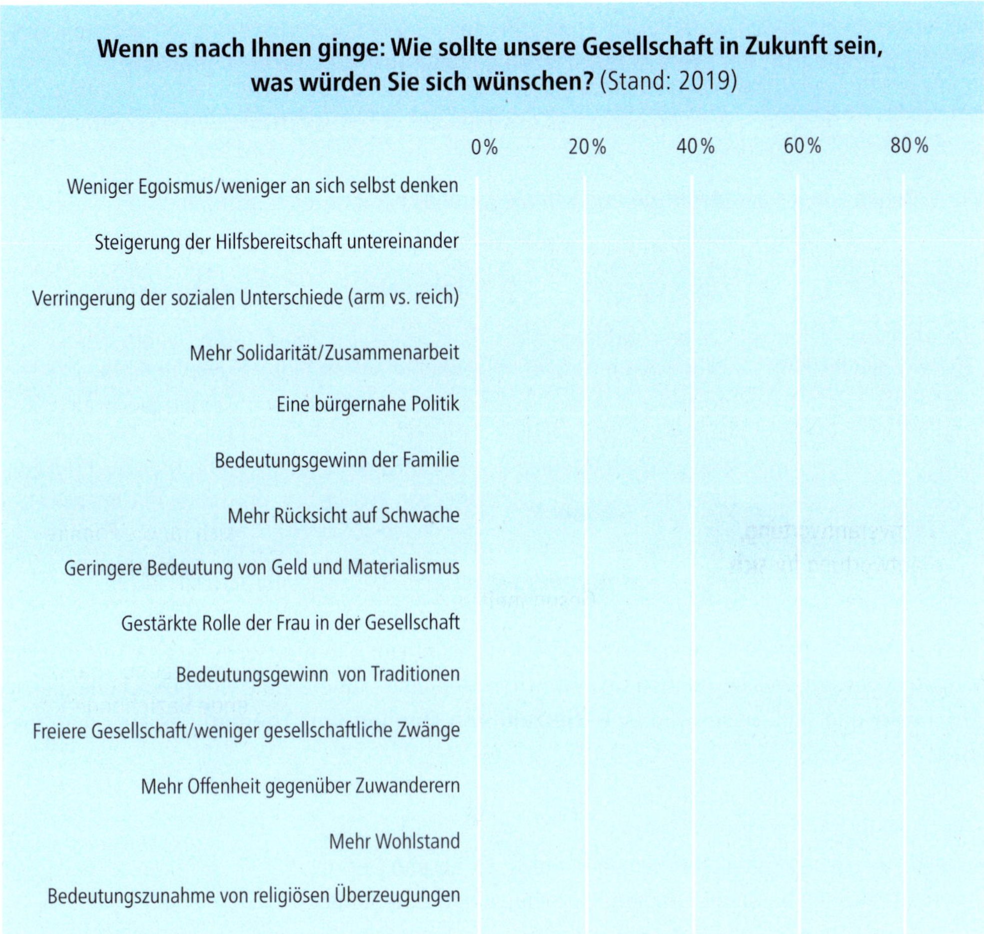

Nach: Bundesministerium für Bildung und Forschung: Vorausschau: Zukunft von Wertvorstellungen der Menschen in unserem Land, Daten: Studie IfD Allensbach, Januar und November 2019

AUFGABEN

82022-142

1. Ordnen Sie sechs der in **M1** vorgeschlagenen Werte in Form einer hierarchischen Pyramide danach an, was Ihnen im Leben als wichtig und erstrebenswert erscheint (Hinweis: oben steht der für Sie bedeutendste Wert).

2. Beantworten Sie die Frage in **M2**, indem Sie in der Klasse eine Online-Abstimmung (QR-Code zum Aufgabenkasten) durchführen. Vergleichen Sie das Ergebnis mit Ihrer Pyramide aus Aufgabe 1.

3. Reflektieren Sie die Strategien der von Ihnen erstellten Zukunftsszenarien im Hinblick auf die gesellschaftlichen Wünsche auch unter Bezugnahme auf die Ergebnisse aus Aufgabe 2 (**M2**). Erörtern Sie individuelle und gesellschaftliche Handlungsoptionen zur Förderung positiver Entwicklungen bzw. Verhinderung negativer Entwicklungen.

→ Fachwissen zu den Aufgaben S. 177

FACHWISSEN

Identifikation von Megatrends und Zukunftsthemen
Kapitel **4.1**
S. 160

Von Megatrends ist die Rede, wenn es um fundamentale Veränderungen geht, die zwar relativ langsam ablaufen, dafür aber verhältnismäßig lange andauern und damit zahlreiche andere Entwicklungen beeinflussen. Mithilfe dieses Begriffs soll dem Bedürfnis Rechenschaft getragen werden, die **Komplexität der Welt** zu **reduzieren** und **Zukunft planbarer** zu **machen**.

Basierend auf: Piepenbrink, Johannes: Editorial. In: Aus Politik und Zeitgeschichte: Megatrends? 65. Jahrgang, 31-32/2015, 27.07.2015

Vier Kriterien können zur Identifizierung von Megatrends herangezogen werden.

Dauer	Ubiquität	Globalität	Komplexität
Die Halbwertszeit beträgt mindestens 50 Jahre.	Sie durchdringen alle Lebensbereiche und zeigen u. a. Auswirkungen in Wirtschaft, Gesellschaft, Medien und Politik.	Es handelt sich um weltweit auftretende und beobachtbare Entwicklungen, allerdings nicht zur gleichen Zeit und in der gleichen Stärke.	Die Dynamik entsteht durch gegenseitige Wechselwirkungen, aufgrund ihrer Vielschichtigkeit und Mehrdimensionalität.

Basierend auf: Zukunftsinstitut: Die Megatrends. In: www.zukunftsinstitut.de (Abruf am 03.01.2022)

Durch systematisches Zuhören und Lesen wird von Zukunftsforschern versucht, zu erfassen, was die Menschen bewegt, welche Themen sie in welchen Medien diskutieren und welche Technologien in der Entwicklung sind. Dabei wird eine **Vielzahl von Quellen und Themen** gescannt und analysiert:

- Newsletter, Blogs und Social-Media-Kanäle
- Bestsellerlisten, Podcasts, TED-Talks
- Trends und gesellschaftliche Themen in Kunst, Kultur und Design
- Veröffentlichung forschungsstarker Hochschulen und Unternehmen
- Trends und Themen von Start-up-Gründungen und Patentanmeldungen

Nach: ©Bundesministerium für Bildung und Forschung: Vorausschau: Orientierung für die Welt von morgen

Partizipative Foresight-Methoden
Kapitel **4.1**
S. 158, S. 160
Methode S. 162

Beim Blick in die Zukunft werden in der Wissenschaft unterschiedliche Methoden verwendet. Allen gemein ist das **Streben nach Beteiligung verschiedener Akteure**.

Visioning: Beim Visioning formulieren die Teilnehmenden ihre Zukunftserwartungen – und lassen dabei auch ihre Werthaltungen einfließen.

Mittels Visioning werden normative Zukunftsbilder systematisch aus Zukunftserwartungen und vorherigen Analysen abgeleitet. Es wird ergänzend zu anderen Projektionsmethoden im Bereich der Strategie- und Innovationsentwicklung in Arbeitsgruppen umgesetzt. Visioning übersetzt abstrakte Problemlagen aus dem Umfeld in konkrete Organisationsziele. Ein Spezifikum der Methode ist, dass alle Teilnehmenden Zukunftserwartungen formulieren und bewusst auch Werthaltungen und Präferenzen einbezogen werden.

Futures Wheel: Mit dieser Methode werden direkte oder indirekte Folgen eines Trends oder eines Ereignisses aufgezeigt.

Das Futures Wheel ist eine vielseitig einsetzbare Methode für Gruppenarbeit oder in Workshops. Durch die Methode lassen sich Wirkungen von Trends oder Entwicklungslinien für einen spezifischen Kontext beschreiben, wobei zwischen mittelbaren und unmittelbaren Wirkungen (Ableitungen zweiter, dritter und vierter Ordnung) unterschieden wird [z. B. Klimawandel → steigende Temperaturen → angepasste Architektur → neue Ansätze in der Stadtplanung → neue Verkehrskonzepte]. Somit eignet sich Futures Wheel für eine trendbasierte Innovations- und Strategieentwicklung sowie zum systemdynamischen Durchdenken möglicher Implikationen.

Szenariotechnik: Mit dieser Technik werden mögliche Zukünfte beschrieben und relevante Faktoren für neue Entwicklungen qualitativ bewertet.

Die Szenariotechnik wird eingesetzt, um mögliche alternative Zukunftsentwicklungen zu beschreiben, die als plausibel betrachtet werden. Anders als quantitative Szenarien, die meist mittels computergestützter systemdynamischer Modellierungen erstellt werden, setzen qualitative Szenarien auf eine qualitative Bewertung der relevanten Faktoren für die zukünftige Entwicklung. Szenarioprozesse eignen sich hervorragend zur Integration von externem Wissen sowie zur Ableitung strategischer Implikationen.

Bundesministerium für Bildung und Forschung: Vorausschau: Orientierung für die Welt von morgen, Bundesministerium für Bildung und Forschung: Vorausschau: Partizipative Foresight-Methoden, Bundesministerium für Bildung und Forschung: Vorausschau: Mit diesen Methoden schauen wir nach vorne. In: www.vorausschau.de (Abruf am 03.01.2022)

Szenario-Trichter
Methode S. 162

Der **Modellcharakter der Szenariotechnik** kann am besten mit Hilfe des sogenannten „Szenario-Trichters" verdeutlicht werden. Der Trichter **symbolisiert Komplexität und Unsicherheit**, bezogen auf die Zukunft: Je weiter man von der heutigen Situation in die Zukunft geht, desto größer wird die Unsicherheit und desto umfassender und vielfältiger wird die Komplexität […]. Die Trichterszenarien werden eingeteilt in:

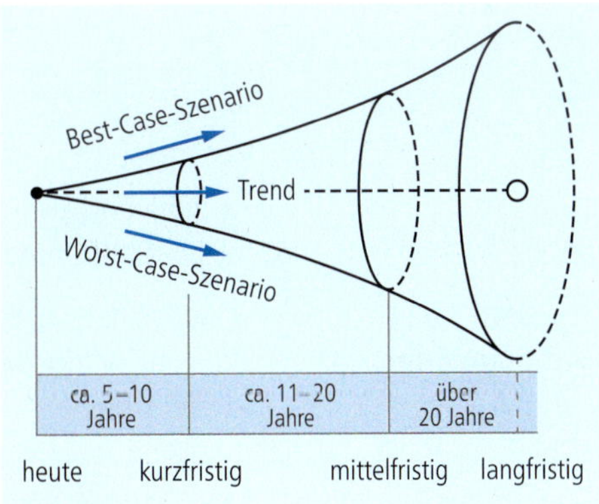

Szenario-Trichter

- Positives Extremszenario: bezeichnet die günstigst mögliche Zukunftsentwicklung (**Best-Case-Szenario**),
- Negatives Extremszenario: bezeichnet den schlechtesten möglichen Entwicklungsverlauf (**Worst-Case-Szenario**),
- Trend-Szenario: beinhaltet die Fortschreibung der heutigen Situation in die Zukunft (**Trend-Extrapolation**).

Szenarien operieren in der Regel mit **drei Planungshorizonten**: kurzfristig (ca. 5–10 Jahre), mittelfristig (ca. 11–20 Jahre) und langfristig (über 20 Jahre).

Wegweiser Bürgergesellschaft: Szenariotechnik. Methodenbeschreibung. In: www.buergergesellschaft.de (Abruf am 03.01.2022)

FACHWISSEN

Globale aktuelle und zukünftige Trends
Kapitel **4.2** S. 164

Grundsätzlich gibt es unterschiedliche Vorstellungen, was ein Megatrend ist und welche als solche gehandelt werden. Nach dem Verständnis des Bundesministeriums für Bildung und Forschung kennt die Wissenschaft (Stand 2022) u. a. folgende **Transformationsprozesse** bzw. Megatrends.

Neue politische Weltordnung	Volatilität, Instabilität und Konflikte prägen die geopolitische Lage. Ein neuer Systemwettstreit zwischen liberal-marktwirtschaftlichen Demokratien und staatskapitalistisch-autoritären Staaten zeichnet sich ab. Trendaspekte: • multipolare Welt • Rückbau öffentlicher Versorgung • regionale Integrationsvorhaben
Volatile Ökosysteme	Globale Abhängigkeiten haben in dem Maße zugenommen, wie Kapital- und Güterströme durch die Globalisierung gewachsen sind. Trendaspekte: • globale Überschuldung • unbeständige Wirtschafts- und Handelspolitik • disruptiver Wandel von Industriestrukturen • kurzfristiges Investmentverhalten
Digitale Transformation	Digitale Technologien erobern alle Lebensbereiche, wobei sich die Veränderungsdynamik weiter verstärken wird. Trendaspekte: • digitale Vernetzung im Alltag • neue Möglichkeiten mit Big Data • künstliche Intelligenz und Robotik • Verletzlichkeit kritischer Infrastrukturen
Business-Ökosysteme	Geschäftsfelder in Unternehmen verändern sich dynamisch und Innovationen entstehen an mehreren Schnittstellen ehemals getrennter Branchen. Trendaspekte: • Ausbreitung der Plattform-Ökonomie • Teilen als Geschäftsmodell • Flexibilisierung von Produktionssystemen
Veränderte Arbeitswelten	Die Arbeitswelt von morgen ist räumlich und zeitlich flexibler. Auch künstliche Intelligenz und Robotik verändern die Arbeitsprozesse. Trendaspekte: • dezentrale Organisation • assistierte und automatisierte Arbeit • komplexere Tätigkeiten • zunehmende Diversität
Biotechnische Transformation	Ein immer tieferes Verständnis für die allgemeinen Gesetze des Lebens erlaubt dem Menschen, die Natur und biologische Organismen schöpferisch-gestaltend zu formen. Trendaspekte: • modifizierte und synthetische Organismen • Verbesserung menschlicher Fähigkeiten • smarte Materialien, neue Konstruktionsprinzipien

Anthropogene Umweltbelastungen	Die von Menschen verursachten Umweltbelastungen nehmen zu. Gesetze sollen helfen, unsere Lebensgrundlagen zu schützen. Trendaspekte: • anthropogener Klimawandel • zunehmende Umweltverschmutzung • Verlust von Biodiversität • zunehmende Abfallmengen
Urbanisierung	Immer mehr Menschen leben in Städten; auch übernimmt die ländliche Bevölkerung städtische Lebensweisen. Trendaspekte: • ungesteuertes Wachstum von Städten • Modernisierungskrise städtischer Infrastrukturen • Ausbau adaptiver Infrastrukturlösungen • generative und nachhaltige Stadtentwicklung
Demographischer Wandel	Fast 9 Milliarden Menschen werden bald auf der Welt leben. Während die Bevölkerung vor allem in Afrika wächst, schrumpft sie in Europa. Trendaspekte: • regionale Entwicklungsasymmetrien • global alternde Bevölkerungen • urbane Wachstumsregionen • wachsende Migrationsströme
Gesellschaftliche Disparitäten	Im globalen Maßstab gehen die Wohlstandsunterschiede zurück, auf nationaler Ebene dagegen nehmen sie zu. Trendaspekte: • Zunahme prekärer Lebensverhältnisse • zunehmende Wohlstandskonzentration • intensivierte gesellschaftliche Konflikte • wachsende Stadt-Land-Gefälle

Nach: Bundesministerium für Bildung und Forschung: Vorausschau: Mit diesen Methoden schauen wir nach vorne. In: www.vorausschau.de, Z_punkt: Der neue Blick auf die globale Dynamik des Wandels. In: www.z-punkt.de (Abruf am 12.02.2022)

Werte als Grundlage für die Zukunftsgestaltung

Kapitel **4.3**
S. 172

In Wissenschaft und Forschung besteht selten Einigkeit über Inhalt und Bedeutung des Begriffs „Werte". Im Allgemeinen versteht man darunter **wünschenswerte Grundhaltungen**, die ein **erstrebenswertes Ziel** kennzeichnen und **Orientierung bieten**. Folgende Werte können dabei unterschieden werden:

- moralische (z. B. Aufrichtigkeit, Wahrheit, Gerechtigkeit, Treue),
- religiöse (z. B. Gottesfurcht, Nächstenliebe),
- politische (z. B. Toleranz, Freiheit, Gleichheit, Gemeinwohl, Verantwortung),
- ästhetische (z. B. Kunst, Schönheit) und
- materielle (z. B. Wohlstand).

Basierend auf: Bayerisches Staatsministerium für Unterricht und Kultus: Werte machen stark. Praxishandbuch zur Werteerziehung, Brigg Pädagogik Verlag, Augsburg 2008, S. 22 f.

M1 Entwicklung verfügbarer Kryptowährungen

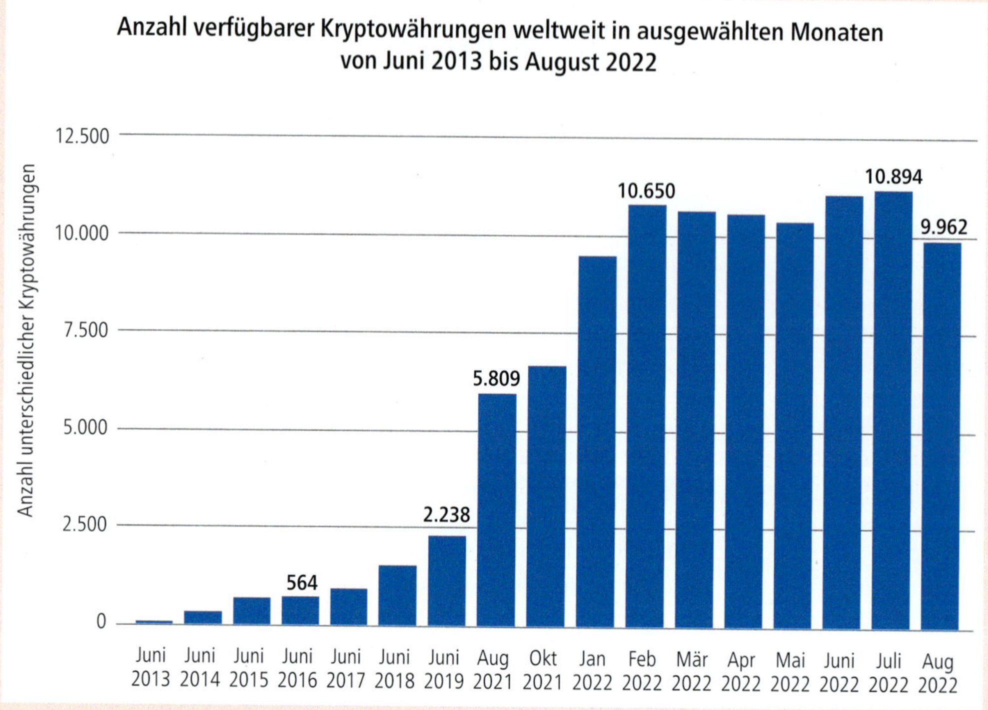

Investing.com, © Statista 2022

M2 Zahlungsmittel nicht gleich Währung!

Blockchain ist eine öffentliche, unveränderbare Datenbank

Miner von mining (engl.): Abbau

Bei einer Kryptowährung handelt es sich um ein digitales Zahlungsmittel auf der Grundlage eines Blockchain-Systems. Guthaben wird in Form von Computercode von einem Teilnehmer zum anderen übertragen. Eine solche Übertragung wird durch eine kryptografisch signierte Transaktion in der Blockchain dokumentiert. Die Verifizierung dieser Transaktionen (Signaturprüfung) übernehmen die im Netzwerk befindlichen Rechner. Nur wer einen passenden geheimen Signaturschlüssel besitzt, kann eine gültige Transaktion einstellen und damit über das dahinter stehende Guthaben verfügen. Seine Schlüssel speichert man in einer digitalen Geldbörse (Wallet). Empfänger von Transaktionen werden normalerweise nur durch eine abstrakte Adresse (eine Art Kontonummer) repräsentiert, sodass Kryptowährungen idealerweise pseudonym verwendet werden können. Überwacht und verbucht werden die Transaktionen durch sogenannte Miner. Durch riesige Rechenleistungen erkaufen sich die Miner das Recht zur Bildung neuer Blöcke und zur Verlängerung der Blockchain. Für diese Anstrengung werden die erfolgreichen Miner mit Währungseinheiten entlohnt.

Kryptowährungen [...] bilden noch die Ausnahme, um online zu bezahlen. Dementsprechend gibt es erst wenige Online-Portale und -Shops, die Kryptowährungen als Zahlungsmethode akzeptieren. Und auch offline bieten bisher Geschäfte, Restaurants, oder Museen Kryptowährungen eher selten als alternatives Zahlungsmittel an. Der Bezahlvorgang wird dabei in der Regel über QR-Codes mittels einer digitalen Geldbörse (einer Wallet, die auf dem Smartphone vorliegt) abgewickelt. [...]

Die Vorteile von Kryptowährungen sind, dass sie weltweit, pseudonym und ohne Vermittlungsinstanzen (Banken) eingesetzt werden können. Minutenschnell können auch große Summen weltweit transferiert werden. Es gibt jedoch keine staatliche Regulierung der Währung, was zu diversen Problemen führen kann wie dem Ausschluss eigener Transaktionen aufgrund eines Mehrheitsentscheides von Minern. Durch das aufwendige Miningverfahren zur Verwaltung der Blockchain sind Kryptowährungen außerdem oft wenig effizient. Es gibt aktuell [...] [mehrere tausend] verschiedene Kryptowährungen am Markt [...]. Kryptowährungen stellen im rechtlichen Sinne in der Regel keine Währung dar, sondern zählen laut [...] [der Bundesanstalt für Finanzdienstleistungsaufsicht] zu den „Finanzinstrumenten". Das Finanzamt stuft sie als Wirtschaftsgüter ein. So sind beim bzw. nach dem Bezahlen mit Kryptowährungen auch steuerliche Aspekte zu beachten.

Bundesamt für Sicherheit in der Informationstechnik: Blockchain macht Daten praktisch unveränderbar. In: www.bsi.bund.de (Abruf am 01.06.2022)

AUFGABEN

82022-143

1. Sammeln Sie mögliche Gründe für die Entwicklung verfügbarer Kryptowährungen (**M1**).
2. Bewerten Sie mithilfe von **M1** und entsprechender Recherche, inwieweit Kryptowährungen einen globalen Zukunftstrend darstellen.
3. Entwickeln Sie ein Best-Case- oder Worst-Case-Szenario zu Kryptowährungen (**M1**, **M2**, Recherche). Hilfreiche Leitfragen könnten dabei sein:
   - Was könnte die globale Akzeptanz von Kryptowährungen für die Wirtschaft in Deutschland bedeuten?
   - Wäre Blockchain zukünftig als vertrauensvolle Transaktionstechnologie etabliert, welche neuen regulatorischen und rechtlichen Hürden könnten sich ergeben?
   - Wie könnte es Politik und Rechtsstaat gelingen, mit den technischen Entwicklungen Schritt zu halten?
4. Nehmen Sie zu den Gestaltungsoptionen aus dem Szenario vor dem Hintergrund gesellschaftlicher Werthaltungen reflektiert Stellung.

SAMMLUNG WICHTIGER PARAGRAFEN

Bayerisches Naturschutzgesetz (BayNatSchG)

Art. 26 Recht auf Naturgenuss und Erholung

(1) [1]Jedermann hat das Recht auf den Genuss der Naturschönheiten und auf die Erholung in der freien Natur. 2Dieses Recht wird nach Maßgabe des Art. 141 Abs. 3 der Verfassung und der folgenden Bestimmungen dieses Teils gewährleistet; weitergehende Rechte auf Grund anderer Vorschriften bleiben unberührt.
(2) [1]Bei der Ausübung des Rechts nach Abs. 1 ist jedermann verpflichtet, mit Natur und Landschaft pfleglich umzugehen. [2]Dabei ist auf die Belange der Grundstückseigentümer und Nutzungsberechtigten Rücksicht zu nehmen. [3]Die Rechtsausübung anderer darf nicht verhindert oder mehr als nach den Umständen unvermeidbar beeinträchtigt werden (Gemeinverträglichkeit).

Art. 36 Eigentumsbindung und Enteignung

(1) Grundeigentümer oder sonstige Berechtigte haben Beeinträchtigungen, die sich aus vorstehenden Vorschriften und unter Beachtung der Grundsätze des Art. 33 aus behördlichen Maßnahmen nach Art. 34 und 35 ergeben, als Eigentumsbindung im Sinn von Art. 14 Abs. 1 Satz 2 und Abs. 2 des Grundgesetzes und von Art. 103 Abs. 2 und Art. 158 Satz 1 der Verfassung entschädigungslos zu dulden.
(...)

Bayerische Verfassung (BV)

Art. 103

(1) Eigentumsrecht und Erbrecht werden gewährleistet.
(2) Eigentumsordnung und Eigentumsgebrauch haben auch dem Gemeinwohl zu dienen.

Art. 104

(1) Eine Handlung kann nur dann mit Strafe belegt werden, wenn die Strafbarkeit gesetzlich bestimmt war, bevor die Handlung begangen wurde.
2) Niemand darf wegen derselben Tat zweimal gerichtlich bestraft werden.

Art. 141

(...)
(3) [1]Der Genuss der Naturschönheiten und die Erholung in der freien Natur, insbesondere das Betreten von Wald und Bergweide, das Befahren der Gewässer und die Aneignung wildwachsender Waldfrüchte in ortsüblichem Umfang ist jedermann gestattet. [2]Dabei ist jedermann verpflichtet, mit Natur und Landschaft pfleglich umzugehen. [3]Staat und Gemeinde sind berechtigt und verpflichtet, der Allgemeinheit die Zugänge zu Bergen, Seen, Flüssen und sonstigen landschaftlichen Schönheiten freizuhalten und allenfalls durch Einschränkungen des Eigentumsrechtes freizumachen sowie Wanderwege und Erholungsparks anzulegen.

Bürgerliches Gesetzbuch (BGB)

§ 90 Begriff der Sache
Sachen im Sinne des Gesetzes sind nur körperliche Gegenstände.

§ 433 Vertragstypische Pflichten beim Kaufvertrag
(1) Durch den Kaufvertrag wird der Verkäufer einer Sache verpflichtet, dem Käufer die Sache zu übergeben und das Eigentum an der Sache zu verschaffen. Der Verkäufer hat dem Käufer die Sache frei von Sach- und Rechtsmängeln zu verschaffen.
(2) Der Käufer ist verpflichtet, dem Verkäufer den vereinbarten Kaufpreis zu zahlen und die gekaufte Sache abzunehmen.

§ 823 Schadensersatzpflicht
(1) Wer vorsätzlich oder fahrlässig das Leben, den Körper, die Gesundheit, die Freiheit, das Eigentum oder ein sonstiges Recht eines anderen widerrechtlich verletzt, ist dem anderen zum Ersatz des daraus entstehenden Schadens verpflichtet.
(2) Die gleiche Verpflichtung trifft denjenigen, welcher gegen ein den Schutz eines anderen bezweckendes Gesetz verstößt. Ist nach dem Inhalt des Gesetzes ein Verstoß gegen dieses auch ohne Verschulden möglich, so tritt die Ersatzpflicht nur im Falle des Verschuldens ein.

§ 903 Befugnisse des Eigentümers
Der Eigentümer einer Sache kann, soweit nicht das Gesetz oder Rechte Dritter entgegenstehen, mit der Sache nach Belieben verfahren und andere von jeder Einwirkung ausschließen. Der Eigentümer eines Tieres hat bei der Ausübung seiner Befugnisse die besonderen Vorschriften zum Schutz der Tiere zu beachten.

§ 910 Überhang
(1) Der Eigentümer eines Grundstücks kann Wurzeln eines Baumes oder eines Strauches, die von einem Nachbargrundstück eingedrungen sind, abschneiden und behalten. Das Gleiche gilt von herüberragenden Zweigen, wenn der Eigentümer dem Besitzer des Nachbargrundstücks eine angemessene Frist zur Beseitigung bestimmt hat und die Beseitigung nicht innerhalb der Frist erfolgt.
(2) Dem Eigentümer steht dieses Recht nicht zu, wenn die Wurzeln oder die Zweige die Benutzung des Grundstücks nicht beeinträchtigen.

§ 985 Herausgabeanspruch
Der Eigentümer kann von dem Besitzer die Herausgabe der Sache verlangen.

§ 1004 Beseitigungs- und Unterlassungsanspruch
(1) Wird das Eigentum in anderer Weise als durch Entziehung oder Vorenthaltung des Besitzes beeinträchtigt, so kann der Eigentümer von dem Störer die Beseitigung der Beeinträchtigung verlangen. Sind weitere Beeinträchtigungen zu besorgen, so kann der Eigentümer auf Unterlassung klagen.
(2) Der Anspruch ist ausgeschlossen, wenn der Eigentümer zur Duldung verpflichtet ist.

Einkommenssteuergesetz (EStG)

§ 32a Einkommensteuertarif

(1) [1]Die tarifliche Einkommensteuer bemisst sich nach dem zu versteuernden Einkommen. [2]Sie beträgt ab dem Veranlagungszeitraum 2022 vorbehaltlich der §§ 32b, 32d, 34, 34a, 34b und 34c jeweils in Euro für zu versteuernde Einkommen

1. bis 10 347 Euro (Grundfreibetrag): 0;
2. von 10 348 Euro bis 14 926 Euro: $(1\,088{,}67 \cdot y + 1\,400) \cdot y$;
3. von 14 927 Euro bis 58 596 Euro: $(206{,}43 \cdot z + 2\,397) \cdot z + 869{,}32$;
4. von 58 597 Euro bis 277 825 Euro: $0{,}42 \cdot x - 9\,336{,}45$;
5. von 277 826 Euro an: $0{,}45 \cdot x - 17\,671{,}20$.

[3]Die Größe „y" ist ein Zehntausendstel des den Grundfreibetrag übersteigenden Teils des auf einen vollen Euro-Betrag abgerundeten zu versteuernden Einkommens. [4]Die Größe „z" ist ein Zehntausendstel des 14 926 Euro übersteigenden Teils des auf einen vollen Euro-Betrag abgerundeten zu versteuernden Einkommens. [5]Die Größe „x" ist das auf einen vollen Euro-Betrag abgerundete zu versteuernde Einkommen. [6]Der sich ergebende Steuerbetrag ist auf den nächsten vollen Euro-Betrag abzurunden.
(...)
(5) Bei Ehegatten, die nach den §§ 26, 26b zusammen zur Einkommensteuer veranlagt werden, beträgt die tarifliche Einkommensteuer vorbehaltlich der §§ 32b, 32d, 34, 34a, 34b und 34c das Zweifache des Steuerbetrags, der sich für die Hälfte ihres gemeinsam zu versteuernden Einkommens nach Absatz 1 ergibt (Splitting-Verfahren).
(6) [1]Das Verfahren nach Absatz 5 ist auch anzuwenden zur Berechnung der tariflichen Einkommensteuer für das zu versteuernde Einkommen

1. bei einem verwitweten Steuerpflichtigen für den Veranlagungszeitraum, der dem Kalenderjahr folgt, in dem der Ehegatte verstorben ist, wenn der Steuerpflichtige und sein verstorbener Ehegatte im Zeitpunkt seines Todes die Voraussetzungen des § 26 Absatz 1 Satz 1 erfüllt haben,
2. bei einem Steuerpflichtigen, dessen Ehe in dem Kalenderjahr, in dem er sein Einkommen bezogen hat, aufgelöst worden ist, wenn in diesem Kalenderjahr
   a) der Steuerpflichtige und sein bisheriger Ehegatte die Voraussetzungen des § 26 Absatz 1 Satz 1 erfüllt haben,
   b) der bisherige Ehegatte wieder geheiratet hat und
   c) der bisherige Ehegatte und dessen neuer Ehegatte ebenfalls die Voraussetzungen des § 26 Absatz 1 Satz 1 erfüllen.

[2]Voraussetzung für die Anwendung des Satzes 1 ist, dass der Steuerpflichtige nicht nach den §§ 26, 26a einzeln zur Einkommensteuer veranlagt wird.

Grundgesetz (GG)

Art. 13

(1) Die Wohnung ist unverletzlich.
(2) Durchsuchungen dürfen nur durch den Richter, bei Gefahr im Verzuge auch durch die in den Gesetzen vorgesehenen anderen Organe angeordnet und nur in der dort vorgeschriebenen Form durchgeführt werden.
(3) Begründen bestimmte Tatsachen den Verdacht, dass jemand eine durch Gesetz einzeln bestimmte besonders schwere Straftat begangen hat, so dürfen zur Verfolgung der Tat auf Grund richterlicher Anordnung technische Mittel zur akustischen Überwachung von Wohnungen, in denen der Beschuldigte sich vermutlich aufhält, eingesetzt werden, wenn die Erforschung des Sachverhalts auf andere Weise unverhältnismäßig erschwert oder aussichtslos wäre. Die Maßnahme ist zu befristen. Die Anordnung erfolgt durch einen mit drei Richtern besetzten Spruchkörper. Bei Gefahr im Verzuge kann sie auch durch einen einzelnen Richter getroffen werden.
(4) Zur Abwehr dringender Gefahren für die öffentliche Sicherheit, insbesondere einer gemeinen Gefahr oder einer Lebensgefahr, dürfen technische Mittel zur Überwachung von Wohnungen nur auf Grund richterlicher Anordnung eingesetzt werden. Bei Gefahr im Verzuge kann die Maßnahme auch durch eine andere gesetzlich bestimmte Stelle angeordnet werden; eine richterliche Entscheidung ist unverzüglich nachzuholen.
(5) Sind technische Mittel ausschließlich zum Schutze der bei einem Einsatz in Wohnungen tätigen Personen vorgesehen, kann die Maßnahme durch eine gesetzlich bestimmte Stelle angeordnet werden. Eine anderweitige Verwertung der hierbei erlangten Erkenntnisse ist nur zum Zwecke der Strafverfolgung oder der Gefahrenabwehr und nur zulässig, wenn zuvor die Rechtmäßigkeit der Maßnahme richterlich festgestellt ist; bei Gefahr im Verzuge ist die richterliche Entscheidung unverzüglich nachzuholen.
(6) Die Bundesregierung unterrichtet den Bundestag jährlich über den nach Absatz 3 sowie über den im Zuständigkeitsbereich des Bundes nach Absatz 4 und, soweit richterlich überprüfungsbedürftig, nach Absatz 5 erfolgten Einsatz technischer Mittel. Ein vom Bundestag gewähltes Gremium übt auf der Grundlage dieses Berichts die parlamentarische Kontrolle aus. Die Länder gewährleisten eine gleichwertige parlamentarische Kontrolle.
(7) Eingriffe und Beschränkungen dürfen im übrigen nur zur Abwehr einer gemeinen Gefahr oder einer Lebensgefahr für einzelne Personen, auf Grund eines Gesetzes auch zur Verhütung dringender Gefahren für die öffentliche Sicherheit und Ordnung, insbesondere zur Behebung der Raumnot, zur Bekämpfung von Seuchengefahr oder zum Schutze gefährdeter Jugendlicher vorgenommen werden.

Art. 14

(1) Das Eigentum und das Erbrecht werden gewährleistet. Inhalt und Schranken werden durch die Gesetze bestimmt.
(2) Eigentum verpflichtet. Sein Gebrauch soll zugleich dem Wohle der Allgemeinheit dienen.
(3) Eine Enteignung ist nur zum Wohle der Allgemeinheit zulässig. Sie darf nur durch Gesetz oder auf Grund eines Gesetzes erfolgen, das Art und Ausmaß der Entschädigung regelt. Die Entschädigung ist unter gerechter Abwägung der Interessen der Allgemeinheit und der Beteiligten zu bestimmen. Wegen der Höhe der Entschädigung steht im Streitfalle der Rechtsweg vor den ordentlichen Gerichten offen.

Art. 19

(1) Soweit nach diesem Grundgesetz ein Grundrecht durch Gesetz oder auf Grund eines Gesetzes eingeschränkt werden kann, muß das Gesetz allgemein und nicht nur für den Einzelfall gelten. Außerdem muß das Gesetz das Grundrecht unter Angabe des Artikels nennen.
(2) In keinem Falle darf ein Grundrecht in seinem Wesensgehalt angetastet werden.
(3) Die Grundrechte gelten auch für inländische juristische Personen, soweit sie ihrem Wesen nach auf diese anwendbar sind
(4) Wird jemand durch die öffentliche Gewalt in seinen Rechten verletzt, so steht ihm der Rechtsweg offen. Soweit eine andere Zuständigkeit nicht begründet ist, ist der ordentliche Rechtsweg gegeben. Artikel 10 Abs. 2 Satz 2 bleibt unberührt.

Art. 20

(1) Die Bundesrepublik Deutschland ist ein demokratischer und sozialer Bundesstaat.
(2) Alle Staatsgewalt geht vom Volke aus. Sie wird vom Volke in Wahlen und Abstimmungen und durch besondere Organe der Gesetzgebung, der vollziehenden Gewalt und der Rechtsprechung ausgeübt.
(3) Die Gesetzgebung ist an die verfassungsmäßige Ordnung, die vollziehende Gewalt und die Rechtsprechung sind an Gesetz und Recht gebunden.
(4) Gegen jeden, der es unternimmt, diese Ordnung zu beseitigen, haben alle Deutschen das Recht zum Widerstand, wenn andere Abhilfe nicht möglich ist.

Art. 79

(1) Das Grundgesetz kann nur durch ein Gesetz geändert werden, das den Wortlaut des Grundgesetzes ausdrücklich ändert oder ergänzt. Bei völkerrechtlichen Verträgen, die eine Friedensregelung, die Vorbereitung einer Friedensregelung oder den Abbau einer besatzungsrechtlichen Ordnung zum Gegenstand haben oder der Verteidigung der Bundesrepublik zu dienen bestimmt sind, genügt zur Klarstellung, dass die Bestimmungen des Grundgesetzes dem Abschluss und dem Inkraftsetzen der Verträge nicht entgegenstehen, eine Ergänzung des Wortlautes des Grundgesetzes, die sich auf diese Klarstellung beschränkt.
(2) Ein solches Gesetz bedarf der Zustimmung von zwei Dritteln der Mitglieder des Bundestages und zwei Dritteln der Stimmen des Bundesrates.
(3) Eine Änderung dieses Grundgesetzes, durch welche die Gliederung des Bundes in Länder, die grundsätzliche Mitwirkung der Länder bei der Gesetzgebung oder die in den Artikeln 1 und 20 niedergelegten Grundsätze berührt werden, ist unzulässig.

Sozialgesetzbuch (SGB) Erstes Buch (I)

§ 1 Aufgaben des Sozialgesetzbuchs

(1) Das Recht des Sozialgesetzbuchs soll zur Verwirklichung sozialer Gerechtigkeit und sozialer Sicherheit Sozialleistungen einschließlich sozialer und erzieherischer Hilfen gestalten. Es soll dazu beitragen, ein menschenwürdiges Dasein zu sichern,

gleiche Voraussetzungen für die freie Entfaltung der Persönlichkeit, insbesondere auch für junge Menschen, zu schaffen,
die Familie zu schützen und zu fördern,
den Erwerb des Lebensunterhalts durch eine frei gewählte Tätigkeit zu ermöglichen und
besondere Belastungen des Lebens, auch durch Hilfe zur Selbsthilfe, abzuwenden oder auszugleichen.

(2) Das Recht des Sozialgesetzbuchs soll auch dazu beitragen, dass die zur Erfüllung der in Absatz 1 genannten Aufgaben erforderlichen sozialen Dienste und Einrichtungen rechtzeitig und ausreichend zur Verfügung stehen.

Strafgesetzbuch (StGB)

§ 27 Beihilfe

(1) Als Gehilfe wird bestraft, wer vorsätzlich einem anderen zu dessen vorsätzlich begangener rechtswidriger Tat Hilfe geleistet hat.
(2) Die Strafe für den Gehilfen richtet sich nach der Strafdrohung für den Täter. Sie ist nach § 49 Abs. 1 zu mildern.

§ 211 Mord

(1) Der Mörder wird mit lebenslanger Freiheitsstrafe bestraft.
(2) Mörder ist, wer aus Mordlust, zur Befriedigung des Geschlechtstriebs, aus Habgier oder sonst aus niedrigen Beweggründen, heimtückisch oder grausam oder mit gemeingefährlichen Mitteln oder um eine andere Straftat zu ermöglichen oder zu verdecken, einen Menschen tötet.

§ 240 Nötigung

(1) Wer einen Menschen rechtswidrig mit Gewalt oder durch Drohung mit einem empfindlichen Übel zu einer Handlung, Duldung oder Unterlassung nötigt, wird mit Freiheitsstrafe bis zu drei Jahren oder mit Geldstrafe bestraft.
(2) Rechtswidrig ist die Tat, wenn die Anwendung der Gewalt oder die Androhung des Übels zu dem angestrebten Zweck als verwerflich anzusehen ist.
(3) Der Versuch ist strafbar.
(4) In besonders schweren Fällen ist die Strafe Freiheitsstrafe von sechs Monaten bis zu fünf Jahren. Ein besonders schwerer Fall liegt in der Regel vor, wenn der Täter
1. eine Schwangere zum Schwangerschaftsabbruch nötigt oder
2. seine Befugnisse oder seine Stellung als Amtsträger missbraucht.

§ 242 Diebstahl

(1) Wer eine fremde bewegliche Sache einem anderen in der Absicht wegnimmt, die Sache sich oder einem Dritten rechtswidrig zuzueignen, wird mit Freiheitsstrafe bis zu fünf Jahren oder mit Geldstrafe bestraft.
(2) Der Versuch ist strafbar.

§ 243 Besonders schwerer Fall des Diebstahls

(1) In besonders schweren Fällen wird der Diebstahl mit Freiheitsstrafe von drei Monaten bis zu zehn Jahren bestraft. Ein besonders schwerer Fall liegt in der Regel vor, wenn der Täter

1. zur Ausführung der Tat in ein Gebäude, einen Dienst- oder Geschäftsraum oder in einen anderen umschlossenen Raum einbricht, einsteigt, mit einem falschen Schlüssel oder einem anderen nicht zur ordnungsmäßigen Öffnung bestimmten Werkzeug eindringt oder sich in dem Raum verborgen hält,
2. eine Sache stiehlt, die durch ein verschlossenes Behältnis oder eine andere Schutzvorrichtung gegen Wegnahme besonders gesichert ist,
3. gewerbsmäßig stiehlt,
4. aus einer Kirche oder einem anderen der Religionsausübung dienenden Gebäude oder Raum eine Sache stiehlt, die dem Gottesdienst gewidmet ist oder der religiösen Verehrung dient,
5. eine Sache von Bedeutung für Wissenschaft, Kunst oder Geschichte oder für die technische Entwicklung stiehlt, die sich in einer allgemein zugänglichen Sammlung befindet oder öffentlich ausgestellt ist,
6. stiehlt, indem er die Hilflosigkeit einer anderen Person, einen Unglücksfall oder eine gemeine Gefahr ausnutzt oder
7. eine Handfeuerwaffe, zu deren Erwerb es nach dem Waffengesetz der Erlaubnis bedarf, ein Maschinengewehr, eine Maschinenpistole, ein voll- oder halbautomatisches Gewehr oder eine Sprengstoff enthaltende Kriegswaffe im Sinne des Kriegswaffenkontrollgesetzes oder Sprengstoff stiehlt.

(2) In den Fällen des Absatzes 1 Satz 2 Nr. 1 bis 6 ist ein besonders schwerer Fall ausgeschlossen, wenn sich die Tat auf eine geringwertige Sache bezieht.

§ 244 Diebstahl mit Waffen; Bandendiebstahl; Wohnungseinbruchdiebstahl

(1) Mit Freiheitsstrafe von sechs Monaten bis zu zehn Jahren wird bestraft, wer

1. einen Diebstahl begeht, bei dem er oder ein anderer Beteiligter
   a) eine Waffe oder ein anderes gefährliches Werkzeug bei sich führt,
   b) sonst ein Werkzeug oder Mittel bei sich führt, um den Widerstand einer anderen Person durch Gewalt oder Drohung mit Gewalt zu verhindern oder zu überwinden,
2. als Mitglied einer Bande, die sich zur fortgesetzten Begehung von Raub oder Diebstahl verbunden hat, unter Mitwirkung eines anderen Bandenmitglieds stiehlt oder
3. einen Diebstahl begeht, bei dem er zur Ausführung der Tat in eine Wohnung einbricht, einsteigt, mit einem falschen Schlüssel oder einem anderen nicht zur ordnungsmäßigen Öffnung bestimmten Werkzeug eindringt oder sich in der Wohnung verborgen hält.

(2) Der Versuch ist strafbar.

(3) In minder schweren Fällen des Absatzes 1 Nummer 1 bis 3 ist die Strafe Freiheitsstrafe von drei Monaten bis zu fünf Jahren.

(4) Betrifft der Wohnungseinbruchdiebstahl nach Absatz 1 Nummer 3 eine dauerhaft genutzte Privatwohnung, so ist die Strafe Freiheitsstrafe von einem Jahr bis zu zehn Jahren.

§ 244a Schwerer Bandendiebstahl

(1) Mit Freiheitsstrafe von einem Jahr bis zu zehn Jahren wird bestraft, wer den Diebstahl unter den in § 243 Abs. 1 Satz 2 genannten Voraussetzungen oder in den Fällen des § 244 Abs. 1 Nr. 1 oder 3 als Mitglied einer Bande, die sich zur fortgesetzten Begehung von Raub oder Diebstahl verbunden hat, unter Mitwirkung eines anderen Bandenmitglieds begeht.

(2) In minder schweren Fällen ist die Strafe Freiheitsstrafe von sechs Monaten bis zu fünf Jahren.

(3) (weggefallen)

§ 303 Sachbeschädigung

(1) Wer rechtswidrig eine fremde Sache beschädigt oder zerstört, wird mit Freiheitsstrafe bis zu zwei Jahren oder mit Geldstrafe bestraft.

(2) Ebenso wird bestraft, wer unbefugt das Erscheinungsbild einer fremden Sache nicht nur unerheblich und nicht nur vorübergehend verändert.

(3) Der Versuch ist strafbar.

§ 323c Unterlassene Hilfeleistung; Behinderung von hilfeleistenden Personen

(1) Wer bei Unglücksfällen oder gemeiner Gefahr oder Not nicht Hilfe leistet, obwohl dies erforderlich und ihm den Umständen nach zuzumuten, insbesondere ohne erhebliche eigene Gefahr und ohne Verletzung anderer wichtiger Pflichten möglich ist, wird mit Freiheitsstrafe bis zu einem Jahr oder mit Geldstrafe bestraft.

(2) Ebenso wird bestraft, wer in diesen Situationen eine Person behindert, die einem Dritten Hilfe leistet oder leisten will.

Straßenverkehrsordnung (StVO)

§ 1 Grundregeln

(1) Die Teilnahme am Straßenverkehr erfordert ständige Vorsicht und gegenseitige Rücksicht.

(2) Wer am Verkehr teilnimmt hat sich so zu verhalten, dass kein Anderer geschädigt, gefährdet oder mehr, als nach den Umständen unvermeidbar, behindert oder belästigt wird.

§ 12 Halten und Parken

(...)

(5) An einer Parklücke hat Vorrang, wer sie zuerst unmittelbar erreicht; der Vorrang bleibt erhalten, wenn der Berechtigte an der Parklücke vorbeifährt, um rückwärts einzuparken oder wenn sonst zusätzliche Fahrbewegungen ausgeführt werden, um in die Parklücke einzufahren. Satz 1 gilt entsprechend, wenn an einer frei werdenden Parklücke gewartet wird.

(...)

Operatoren für Wirtschaft

	Operatoren	Erläuterung/Beispiele
Anforderungsbereich I	nennen/wiedergeben/zusammenfassen	Kenntnisse (Fachbegriffe, Daten, Fakten, Modelle) und Aussagen in komprimierter Form unkommentiert darstellen
	beschreiben/darstellen	wesentliche Aspekte eines Sachverhaltes im logischen Zusammenhang unter Verwendung der Fachsprache wiedergeben
	berechnen/ermitteln	Aufgaben anhand vorgegebener Daten und Sachverhalte mit bekannten Operationen lösen
Anforderungsbereich II	erklären/erläutern	Sachverhalte durch Wissen und Einsichten in einen Zusammenhang (Theorie, Modell, Regel, Gesetz, Funktionszusammenhang) einordnen und deuten; ggf. durch zusätzliche Informationen und Beispiele verdeutlichen
	analysieren	wirtschaftliche Sachverhalte aus Materialien kriterien- bzw. aspektorientiert beschreiben und erklären
	auswerten	Daten oder Einzelergebnisse zu einer abschließenden Gesamtaussage zusammenführen
	vergleichen	Sachverhalte gegenüberstellen, um Gemeinsamkeiten, Ähnlichkeiten und Unterschiede herauszuarbeiten
	herausarbeiten	aus Materialien bestimmte Sachverhalte herausfinden, die nicht explizit genannt werden, und Zusammenhänge zwischen ihnen herstellen
	anwenden	grundlegende Arbeitsweisen und Modelle auf unbekannte Sachverhalte bzw. Zusammenhänge übertragen
	erörtern	eine These oder Problemstellung unter Abwägen von Pro- und Kontraargumenten hinterfragen und zu einem eigenen Urteil gelangen
Anforderungsbereich III	beurteilen	den Stellenwert von Sachverhalten und Prozessen in einem Zusammenhang bestimmen, um theorie- und kriterienorientiert zu einem begründeten Sachurteil zu gelangen
	Beschreiben und Interpretieren von Karikaturen	Thema nennen, Darstellung beschreiben (reine Bildebene), die Bedeutung der dargestellten Sachverhalte und Personen beschreiben (Bedeutungsebene) und Darstellung vor dem Hintergrund der Fragestellung interpretieren, ggf. die Position des Karikaturisten aufzeigen
	Stellung nehmen	ausgehend vom Sachurteil unter Einbeziehung individueller Wertmaßstäbe zu einem begründeten eigenen Werturteil kommen
	selbstständiges Entwickeln	zu einem Sachverhalt oder einer Problemstellung ein konkretes Lösungsmodell, eine Gegenposition oder einen Regelungsentwurf begründet entfalten
	gestalten	Aufbereiten und adressatenbezogenes, sachlogisch strukturiertes, fachsprachlich korrektes Darstellen der selbstständig entwickelten Ergebnisse
	diskutieren	zu einer ökonomischen Problemstellung eine Pro- und Kontra-Argumentation entwickeln, die zu einer begründeten Bewertung (Fazit) führt

Operatoren für Recht

Operatoren	Erläuterung/Beispiele	
nennen/aufzählen/ wiedergeben/ zusammenfassen	Fachbegriffe, Rechtsnormen und Definitionen angeben	**Anforderungsbereich I**
beschreiben/schildern/ kennzeichnen/darstellen	wesentliche Aspekte eines Sachverhaltes unter Verwendung der Fachsprache darlegen	
ermitteln	bekannte Anspruchsnormen finden	
erklären/erläutern/ aufzeigen	komplexe Fachbegriffe definieren, abgrenzen, an Beispielen verdeutlichen, ob einzelne Tatbestandsmerkmale erfüllt sind	**Anforderungsbereich II**
begründen	in einem begrenzten Zusammenhang auf der Basis einzelner Rechtsnormen entscheiden Aufzeigen des Normzwecks	
erörtern	Für und Wider rechtlicher Standpunkte darstellen Vor- und Nachteile einer rechtlichen Regelung aufzeigen	
analysieren von Rechtsnormen	Rechtsnormen in Tatbestandsmerkmale und Rechtsfolgen gliedern	
herausarbeiten	rechtlich relevante Informationen aus komplexen Sachverhalten herausarbeiten und strukturieren	
vergleichen/abgrenzen	Rechtsnormen gegenüberstellen, um Gemeinsamkeiten und Unterschiede herauszuarbeiten	
subsumieren	darstellen, inwiefern in einem Sachverhalt die Tatbestandsmerkmale einer Rechtsnorm erfüllt sind	
bestimmen/festhalten	Beschreiben der Rechtsfolgen bzw. des juristischen Ergebnisses, wenn bestimmte Tatbestandsmerkmale erfüllt sind	
prüfen/untersuchen	Subsumieren ausgewählter, einzelner Tatbestandsmerkmale	**Anforderungsbereich III**
beurteilen/abwägen/ diskutieren	ausgehend von einer kriterienorientierten Pro- und Kontra-Darstellung unter Einbeziehung individueller Wertmaßstäbe ein begründetes eigenes Werturteil (Fazit) darstellen	
Stellung nehmen/ bewerten/würdigen	unter Einbeziehung individueller Wertmaßstäbe ein begründetes eigenes Werturteil darstellen	
entwickeln	zu einem Sachverhalt oder einer Problemstellung einen eigenen Regelungsentwurf begründet entwerfen, zu einer unbekannten Rechtsnorm ein passendes Fallbeispiel darstellen	
widerlegen	Eingehen auf vorgegebene Argumente und eine begründete Gegenposition formulieren	
prüfen im Gutachtenstil/untersuchen im Gutachtenstil	Aufwerfen der Fallfrage („Wer will was von wem woraus?"), dabei Nennen der Anspruchsgrundlage und systematisches Prüfen der Tatbestandsmerkmale und Subsumtion	

GLOSSAR

A

Abwertung
Wertverlust einer Währung im Vergleich zu einer anderen Währung

Arbeitsproduktivität
Verhältnis von gesamtwirtschaftlichem Produktionsergebnis in Relation zum Arbeitseinsatz

Aufwertung
Wertgewinn einer Währung im Vergleich zu einer anderen Währung

Außenhandel
staatliche Grenzen überschreitende Handelsbeziehungen

Angebot
Menge an Gütern und Dienstleistungen, die auf einem Markt bereitgestellt werden. Im Preis-MengenDiagramm werden die vielen Anbieter zusammengefasst dargestellt.

Anstalt des öffentlichen Rechts
Verwaltungseinrichtung, der eine öffentliche Aufgabe per Gesetz oder per Satzung zugewiesen worden ist.

Ausgleichsfunktion des Rechts
Das Recht hat die Aufgabe, bei Konflikten zwischen den Beteiligten einen gerechten Interessenausgleich zu gewährleisten.

B

Berufung
Rechtsmittel gegen ein Gerichtsurteil der ersten Instanz (vgl. **Revision**).

Billigkeit
Gerechtigkeit unter Berücksichtigung des Einzelfalls (individualisierende **Gerechtigkeit**) (vgl. **Gleichheit**)

Binnenmarkt
Markt mit freiem Waren- und Dienstleistungsverkehr, freiem Kapitalverkehr sowie Freizügigkeit der Arbeitnehmer und Niederlassungsfreiheit der Selbstständigen; u.a: gemeinsamer Markt der EU

Blockchain
Durch Eigenschaften wie Dezentralität, Zuverlässigkeit und Fälschungssicherheit können Werte, Rechte und Schuldverhältnisse an materiellen und immateriellen Gütern durch Token repräsentiert werden.

Bundeshaushalt
Gegenüberstellung aller Einnahmen und Ausgaben des Bundes

Bundesverfassungsgericht
Höchstes Gericht der Bundesrepublik und Hüter der Verfassung, seine Entscheidungen sind für die anderen Verfassungsorgane, Gerichte und Behörden bindend.

C

Cloud
Cloud Computing ermöglicht die Nutzung geteilter Ressourcen (z. B. webbasierte Dokumente oder auch Rechenleistung) in Computernetzwerken.

CO_2-Abgabe
Ausgaben eines Unternehmens für dessen ausgestoßene Menge an Kohlenstoffdioxid

CO_2-Emissionen
Ausstoß von Kohlenstoffdioxid

Creative Commons
Gemeinnützige Organisation, die verschiedene Standard-Lizenzverträge veröffentlicht, mit denen ein Autor anderen Nutzungsrechte an seinen Werken einräumen kann. Diese Lizenzen sind für beliebige Werke anwendbar, die unter das Urheberrecht fallen, zum Beispiel Texte, Bilder, Musikstücke, Videoclips usw. Auf diese Weise entstehen freie Inhalte, bzw. **Open Content**

D

Devisen
Zahlungsmittel in ausländischer Währung, z. B. Buchgeld als Guthaben in einer ausländischen Währung

Dumping
Verkauf von Waren zu einem billigeren Preis als der Weltmarktpreis

Digitales Rechtemanagement
Technologien, mit denen die Nutzung digitaler Inhalte wie Musik, Filme oder E-Books kontrolliert wird.

Digitalisierung
beschreibt u. a. die Umwandlung analoger Daten und Informationen, um diese mithilfe von Computertechnik verarbeiten und darstellen zu können. Die Verwendung digitaler Daten kann der Verbesserung von Geschäftsprozessen dienen.

E

Europäische Wirtschafts- und Währungsunion
Ziel der Europäischen Union, u. a. mit freiem Kapitalverkehr, gemeinsame Währung und Geldpolitik

Export
u. a. Ausfuhr von Sachgütern und Dienstleistungen

EZB
Europäische Zentralbank

Eigentum
bezeichnet die rechtliche Herrschaft über eine Sache

Enteignung
Entziehung des **Eigentums** durch den Staat gegen eine Entschädigung. (vgl. **Vergesellschaftung**)

Europäischer Gerichtshof (EuGH)
Oberstes rechtsprechende Organ der Europäischen Union

Externe Kosten
Kosten, die nicht vom Verursacher getragen werden

F

Faustrecht
Recht des Stärkeren

Fiskalpolitik
alle Maßnahmen, die staatliche Stellen zur Verfügung haben, um in die wirtschaftliche Entwicklung einer Volkswirtschaft einzugreifen, beispielsweise über Ausgaben und Einnahmen

Freihandel
uneingeschränkter zwischenstaatlicher Handelsverkehr

Free-Software-Community
Weltweite Bewegung, die sich für die grundsätzlich freie Nutzung von Software einsetzt.

Freie Marktwirtschaft
Wirtschaftsordnung, in der Mengen und Preise auf den Märkten nur durch Angebot und Nachfrage bestimmt werden

Friedensfunktion des Rechts
Das Recht hat die Aufgabe, den Frieden in der Gesellschaft zu erhalten bzw. Frieden zu schaffen, indem es verbindliche Regeln für die Konfliktlösung bereitstellt.

G

Gebrauchsmuster
Schutzrecht des gewerblichen Rechtsschutzes für technische Erfindungen. Es verleiht dem Inhaber das räumlich und zeitlich befristete Privileg, allein über die Erfindung zu verfügen. Während beim **Patentrecht** eine ausführliche Prüfung durch Patentprüfer auf Innovation und erfinderische Tätigkeit erfolgt, handelt es sich beim Gebrauchsmuster um ein reines Registrierungsrecht, bei dem nur die formalen Voraussetzungen geprüft werden.

Geistiges Eigentum
Recht an einem geistigen Gut, etwa einem Text oder einer technischen Erfindung

Gerechtigkeit
Gleiches ist gleich (**Gleichheit**) und Ungleiches ungleich (**Billigkeit**) zu behandeln.

Geschmacksmuster (Design)
Schutzrecht, das für bestimmte Waren das alleinige Recht zur Benutzung einer künstlerischen Erscheinungsform (Gestalt, Farbe, Form) verleiht.

Gesetzgebungskompetenz
Im Grundgesetz verankertes Recht für die Bundesländer oder für den Bund, je nach Zuständigkeit, Gesetze zu erlassen.

Gewaltenteilung
Ein und dieselbe Institution darf grundsätzlich nicht verschiedene Gewaltenfunktionen ausüben, die unterschiedlichen Hoheitsbereichen staatlicher Gewalt zugeordnet sind. Ebenso darf dieselbe Person nicht verschiedenen Institutionen angehören. Dabei werden die drei Gewalten Gesetzgebung (Legislative), ausführende Gewalt (Exekutive) und Rechtsprechung (Judikative) unterschieden.

Gleichgewichtspreis
Marktpreis, bei dem sich die Menge von Angebot und Nachfrage entsprechen

Gleichheit
grundsätzlich gleiche Behandlung aller (generalisierende **Gerechtigkeit**) (vgl. **Billigkeit**)

Grundgesetz
höchstes Gesetz in Deutschland (geltende Verfassung der Bundesrepublik Deutschland)

H

Haftung
Verpflichtung, einen entstandenen Schaden zu ersetzen.

Handelshemmnisse
Maßnahmen zur Beschränkung des Freihandels, z. B. Zölle, Kontingente und Exportsubventionen

I

Internet
Spezielle Dienstleistungen (z. B. E-Mail und Websites) werden in einem weltweiten Verbund von Computernetzwerken angeboten.

Immaterialgüterrechte
Rechtsnormen, die den Schutz des **Geistigen Eigentums** betreffen.

Import
u. a. Einfuhr von Sachgüter und Dienstleistungen

Internationale Arbeitsteilung
Spezialisierung einzelner Länder auf die Produktion verschiedener Güter als Grundlage des Handelns

K

Kulturrecht
Rechtlichen Themen im Zusammenhang mit Kultur und Kunst (bildende Kunst, darstellende Kunst, Musik, Literatur).

Künstliche Intelligenz
Nachbildung menschlicher Wahrnehmung und menschlichen Handelns durch Maschinen

L

Lohnstückkosten
Verhältnis von Arbeitskosten und Arbeitsproduktivität

M

Markenrecht
Recht, zum Schutz von Bezeichnungen von Produkten im geschäftlichen Verkehr.

Markt
realer oder virtueller Ort, an dem Angebot und Nachfrage aufeinandertreffen

Marktmodell
Modell in Form eines PreisMengen Diagramms, welches die Preisbildung am Markt abbildet

Marktversagen
Marktmechanismen führen nicht zu dem gesellschaftlich oder volkswirtschaftlich gewünschten Ergebnis

Marktwirtschaft
Eine Menge an Märkten, an denen Anbieter und Nachfrager aufeinandertreffen

Megatrends
Trends, die zu fundamentalen Veränderungen in allen Bereichen des Lebens führen.

Menschenrechte
Universelle, unveräußerliche, moralisch begründete, individuelle Freiheits- und Autonomierechte, die jedem Menschen allein aufgrund seines Menschseins gleichermaßen zustehen.

Mietpreisbremse
Gesetzliche Grenze für die Mieterhöhung bei Neuvermietungen

Mindestlohn
Entgeltzahlung, auf die jeder Arbeitnehmer einen gesetzlichen Anspruch hat

multilateral
Mehr als zwei Vertragspartner betreffend

N

Nachfrage
Menge an Gütern und Dienstleistungen, die für einen bestimmten Preis nachgefragt werden. Im Preis-Mengen-Diagramm werden die vielen Nachfrager zusammengefasst dargestellt.

Naturrecht
Recht, das in der menschlichen Natur und deren Vernunft begründet ist. Es ist unabhängig von Raum, Zeit und Kultur. Schriftlich fixiert ist es in den **Menschenrechten**.

Net zero
Klimaneutralität, d. h. nicht mehr CO_2 auszustoßen, als von der Natur aufgenommen werden kann.

NGO (Non-Governmental Organization)
Private Organisationen, die durch ihre Aktivitäten versuchen, Leid zu mindern, die Interessen der Armen in der Öffentlichkeit zu vertreten, die Umwelt zu schützen, grundlegende soziale Dienste zu leisten oder Aktionen für Entwicklungsvorhaben zu initiieren.

O

Öffentliches Gut
Ein Gut, deren Nutzen für eine Person nicht sinkt, wenn eine andere es verwendet

Opportunitätskosten
entgangener Nutzen derjenigen Alternative, die man bei einer Entscheidung nicht gewählt hat

Öffentliches Recht
Teil der Rechtsordnung, der die Rechtsbeziehungen zwischen dem Staat und den Bürgern regelt

Open-Content-Bewegung
Inhalte, deren kostenlose Nutzung und Weiterverbreitung urheberrechtlich erlaubt ist. Die Open-Content-Bewegung hat die freie Verfügbarkeit wissenschaftlicher Informationen im Internet als Ziel.

Ordnungsfunktion des Rechts
Aufgabe des Rechts, durch Regelungen Ordnung zu schaffen

P

Pariser Klimaabkommen
Vertrag, der 2015 von 195 Staaten und der EU zur Erreichung des Ziels, die globale Erwärmung deutlich unter 2 °C zu halten, geschlossen wurde.

Patentrecht
vgl. **Gebrauchsmuster**

Personenrecht
Recht, das die Verhältnisse einzelner Personen untereinander regelt. Es enthält besondere Regelungen für die Handlungs- und Rechtsfähigkeit von Personen.

Plattformökonomie
Geschäftsmodelle, die Anbieter und Nachfrager über einen virtuellen Markt (üblicherweise im Internet) zusammenbringen.

Positives Recht
Recht, das von Menschen geschaffen ist, im Gegensatz zum **Naturrecht**.

Pre-Flagging
Selbst erstellte Inhalte werden auf Internet-Plattformen hochgeladen und dabei vom Nutzer als rechtlich zulässig gekennzeichnet. (vgl. **Urheberrecht**, **Uploadfilter**)

Privateigentum
Eigentum, welches Privatpersonen und nicht-staatlichen Unternehmen gehört.

Protektionismus
staatliche Eingriffe zum Schutz inländischer Konkurrenz

Privatrecht
Teil der Rechtsordnung, der die Rechtsbeziehungen zwischen den Bürgern regelt

R

Rechtsfortentwicklung
Notwendige Weiterentwicklung des Rechts aufgrund gesellschaftlicher, wirtschaftlicher oder technischer Veränderungen.

Rechtsgemeinschaft
Gruppe, für die ein gemeinschaftliches Recht gilt

Rechtsgleichheit
Grundprinzip des **Rechtsstaates**, dass vor dem Gesetz alle Bürger gleich sind, unabhängig von Abstammung, Geschlecht, Religion, sexuelle Orientierung und sozialem Status.

Rechtskontrolle
Merkmal des **Rechtsstaats**, dass allen der Rechtsweg offensteht. Jeder kann seine Rechte vor Gericht einklagen und hat die Möglichkeit, das Handeln des Staates überprüfen zu lassen. (Vgl. **Rechtsweggarantie**)

Rechtspersönlichkeit
Menschen und juristische Personen, die Rechtsfähigkeit, also die Fähigkeit, Träger von Rechten und Pflichten zu sein, besitzen.

Rechtspositivismus
Auffassung, dass allein das **positive**, also das staatlich gesetzte **Recht** Gültigkeit hat.

Rechtssatz
Rechtsnorm bzw. Rechtsvorschrift

Rechtssicherheit
Sicherheit, die dadurch besteht, dass die Rechtsordnung klar, bestimmt und beständig ist und umstrittene Rechtsfragen in angemessener Zeit geklärt werden

Rechtsstaat
Staat, in dem die Grundsätze der Rechtsstaatlichkeit gelten.

Rechtswegegarantie
Grundrecht, nach dem für jedermann, der durch die öffentliche Gewalt in seinen Rechten verletzt ist, der Rechtsweg offensteht.

Revision
Rechtsmittel gegen eine gerichtliche Entscheidung. Es werden, im Gegensatz zur **Berufung**, nicht noch einmal die Umstände des Falls untersucht, sondern nur das vorangegangene Urteil auf Rechtsfehler hin untersucht.

Rückwirkungsverbot
Eine Tat kann nur bestraft werden, wenn die Strafbarkeit durch Gesetz bestimmt ist, bevor die Tat begangen wurde.

S

Sachenrecht
Teil des Bürgerlichen Gesetzbuchs (BGB), das die Rechtsverhältnisse von Personen zu Sachen regelt.

Staatsanleihen
Schuldschein eines Staates, der sich am Kapitalmarkt Geld leiht

Subvention
staatliche Förderung zur Unterstützung bestimmter Wirtschaftszweige oder einzelnen Unternehmen

Schutzfunktion des Rechts
Aufgabe des Rechts, durch Regelungen den jeweils Schwächeren zu schützen

Schutzrecht
Recht, das die exklusive Nutzung von **geistigem Eigentum**, insbesondere technischen Erfindungen, Marken oder eigenständigen Designs schützt.

Seidenstraße
Seit über 2 000 Jahren bezeichnet dies ein Netz an Transportwegen von China nach Europa für Waren und Güter.

Selbsthilferecht
Recht zu Selbstvollstreckungsmaßnahmen, die ausnahmsweise erlaubt sind, wenn Hilfe durch staatliche Organe nicht rechtzeitig zu erlangen ist, und demzufolge eine Gefahr der Verwirklichung des eigenen Anspruchs droht.

Sozialbindung
Artikel 14 Absatz 2 des GG beschreibt die Sozialbindung des **Eigentums**, indem Eigentum verpflichtet und sein Gebrauch gleichzeitig dem Wohl der Allgemeinheit dienen soll. Die Zurückstellung von Einzelinteressen gegenüber Gemeininteressen kann deshalb verlangt werden.

Soziale Marktwirtschaft
Wirtschaftsordnung, die soziale Sicherung mit wettbewerblichen Freiheiten verbindet

Soziale Ordnung
Das durch soziale Normen (Moral, Sitte, Religion, Recht) und Institutionen geregelte Zusammenleben von Menschen in Gemeinschaften und Gesellschaften.

T

Tariflohn
Lohn, der mittels Tarifvertrag zwischen Gewerkschaften und Arbeitgeberverbänden vereinbart wurde.

Theorie der absoluten Kostenvorteile
Außenhandelstheorie, die besagt, dass jedes Land sich auf die Produktion der Güter spezialisieren soll, die es kostengünstiger herstellen kann als andere Länder

Theorie der komparativen Kostenvorteile
Außenhandelstheorie, die besagt, dass sich jedes Land auf die Produktion der Güter spezialisieren soll, die zum größten relativen Kostenvorteil führen

U

Unveränderlicher Verfassungskern
Gemäß Artikel 79 Absatz 3 GG ist eine Änderung des Grundgesetzes, durch welche die Gliederung des Bundes in Länder, die grundsätzliche Mitwirkung der Länder bei der Gesetzgebung oder die in den Artikeln 1 und 20 niedergelegten Grundsätze berührt werden unzulässig.

Uploadfilter(-Gesetz)
Software auf Internetplattformen, die Dateien beim Hochladen prüft und gegebenenfalls abweist, um Rechtsgüter wie das **Urheberrecht** oder Persönlichkeitsrechte zu schützen.

Urheberrecht
Recht auf den Schutz **geistigen Eigentums**.

V

Vergesellschaftung
Überführung von **Privateigentum** in Staatseigentum (vgl. **Enteignung**)

Vertragsfreiheit
Freiheit, Verträge grundsätzlich mit Personen der eigenen Wahl, mit Inhalten der eigenen Wahl und in selbstgewählter Form abschließen zu können. In bestimmten Fällen kann sie eingeschränkt oder ausgeschlossen sein. (Privatautonomie)

W

Wechselkurs
Austauschverhältnis zweier Währungen

Wettbewerbsfähigkeit
Fähigkeit, Güter kostendeckend und rentabel auf (internationalen) Märkten abzusetzen

Welthandelsorganisation (WTO)
Internationale Organisation mit Sitz in Genf, die die Handels- und Wirtschaftsbeziehungen ihrer Mitgliedsstaaten regelt.

Werte
allgemeine Zielorientierung für das Handeln (z. B. Gerechtigkeit, Verantwortung, Solidarität, Freiheit)

Wirtschaftspolitik
Regelungen des Staates zur Steuerung oder Beeinflussung der Wirtshaft

Z

Zentralverwaltungswirtschaft
Wirtschaftsordnung, bei der das Geschehen von einer zentralen Stelle gelenkt wird

Zoll
Abgabe, die u. a. bei der Einfuhr von Waren ins Inland erhoben wird

REGISTER

A

Adam Smith 115 f., 144 f.
Autoindustrie 11

B

Banken 133, 149 f., 168
Bedarfsgerechtigkeit 33, 69 f.
Binnenmarkt 132 f., 136 ff.
Bundeshaushalt 29, 41, 51, 54
Bürgergeld 31, 37 f.
Bürgerversicherung 48 f.
Bruttoinlandsprodukt (BIP) 26, 58, 73, 134, 164
Bodenschätze 169

C

Cloud 171
Chancengerechtigkeit 27, 33, 69
CO_2 20 ff., 30, 42 ff., 50 f., 66, 74 f., 125

D

David Ricardo 116, 144 f.
DDR 15, 82 f.

E

Effektivität 32
Effizienz 32, 36, 40, 42, 60 f.
Eigentum 63 f., 66, 92 f., 96, 98, 107 ff.
Einkommensteuer 28, 34, 69 f. 182
Emissionen 18, 20, 22, 42 f., 50, 74, 97, 125, 138
Enteignung 93 ff., 108, 180, 183
Equal Pay Day 19
EU 44, 74, 100, 112, 125, 127 f., 133 f., 136 ff., 139
Euroraum 132, 134 f.
Export 118 f., 122 f., 124, 127, 146 f., 148 ff.

F

Fintechs 168
Fleischmarkt 22 f.
Freihandel 118, 122, 126 f., 128, 145 f.

G

Geistiges Eigentum 98 f., 107
Generationengerechtigkeit 33, 69
Gerechtigkeit 33, 36, 40, 42, 52, 67, 69 f.
Gleichheit 80, 103
Güter 34, 60 ff., 98, 114, 144
Grundfreiheiten 136

H

Handelspartner 119, 123
Holz 120, 124

I

Import 114, 118 f., 122 ff., 127 f.
Immaterialgüterrecht 98

J

Jugend 29, 30, 54, 137, 168
Jugendstrafe 83

K

Kindergeld 29, 38
Klimapolitik 42, 45, 50 f.
Klimaschutz 18, 45, 50 f., 125, 127
Konsum 18, 22, 34, 59, 60 f.
Krankenkasse 48 f.
Kreislaufmodell 56 f., 58, 72 f., 121, 146
Kryptowährung 178 f.